Meredith Tate

Halt die Klappe und küss mich

MEREDITH TATE

Halt die KLAPPE und küss mich

Aus dem Englischen
von Doris Attwood

cbt

Bei diesem Buch wurden die durch das verwendete Material und die Produktion entstandenen CO_2 -Emissionen ausgeglichen, indem der cbj Verlag ein Projekt zur Aufforstung in Brasilien unterstützt.
Weitere Informationen zu dem Projekt unter:
www.ClimatePartner.com/14044-1912-1001

MIX
Papier aus verantwortungsvollen Quellen
FSC
www.fsc.org
FSC® C014496

Wir produzieren
Klimaneutral
ClimatePartner.com/14044-1912-1001
Druckprodukt

Penguin Random House
Verlagsgruppe FSC® N001967

1. Auflage 2022
Erstmals als cbt Taschenbuch Juni 2022

Die Originalausgabe erschien unter dem Titel
»Shipped« bei Penguin Random House LLC, New York

This edition published by arrangement with G.P. Putnam's Sons,
an imprint of Penguin Young Readers Group, a division of Penguin
Random House LLC, New York
Aus dem Englischen von Doris Attwood
Lektorat: Christina Neiske
Umschlaggestaltung: Guter Punkt, München
Umschlagmotive: © AdobeStock (Drobot Dean , simona,
Дарья Колпакова) © iStockphoto (dylan_burrill, Anna Vilieva,
Chinnapong, miriam-doerr)
sh · Herstellung: AW
Satz: Uhl + Massopust, Aalen
Druck: GGP Media GmbH, Pößneck
ISBN 978-3-570-31480-7
Printed in Germany

www.cbj-verlag.de

Für alle, die jemals eine erfundene Welt so sehr geliebt haben, dass sie real wurde.

Für Jamie Howard, eine wunderbare Kritikpartnerin und Freundin, die mich von Anfang an unterstützt hat.

Und für Vincent und meine Eltern, Jessica und Paul, weil ich jedes meiner Bücher für euch schreibe.

// 24. APRIL 2017 //

✦ ZUR SOFORTIGEN VERÖFFENTLICHUNG ✦

Im vergangenen Jahr hatte SFFStream die große Freude, *Euch* mit *Warship Seven* unterhalten zu dürfen – einer Serie, die oft als »Robin Hood im Weltall« beschrieben wird. In *Warship Seven* riskieren die junge Weltraumrebellin Captain Jill Brighton und ihre bunt zusammengewürfelte Crew ihr Leben, um reiche, von den tyrannischen Truppen der Zentralen Elite kontrollierte Militärbasen zu plündern und die erbeuteten Ressourcen unter den ärmeren, abgelegeneren Planeten zu verteilen. Schon mit ihrer ersten Staffel erlangte die Serie unglaubliche Popularität.

Doch trotz ihrer großen Fangemeinde haben wir die schwierige Entscheidung getroffen, *Warship Seven* nicht mit einer zweiten Staffel fortzusetzen.

»Es war mir eine große Ehre, an dieser Serie mitarbeiten zu dürfen«, so Produzent William Jackson. »*Warship Seven* strotzt nur so vor Herz und Action und es geht um Themen wie Menschlichkeit und Moral. Wir möchten diese Gelegenheit nutzen, um uns bei unserer Besetzung, unserer Crew und unseren Zuschauern zu bedanken, die das vergangene Jahr in eine unvergessliche Reise verwandelt haben.«

Captain Jill Brighton, Sergeant Aaron Lewis und ihre unkonventionelle Crew an Bord der *Happening* haben sich zu sehr beliebten Charakteren entwickelt und die Serie wird schon jetzt als »Kultphänomen« bezeichnet. Wir werden sie sehr vermissen. Wir wünschen der Besetzung und der ganzen Crew nur das Beste für ihre zukünftige Laufbahn.

KOMMENTARE:

JBStan12: das soll wohl ein Witz sein!

Fleetlover9: NEIN!!! WAS?!

LewtonOTP: Ernsthaft, ich hoffe, ihr überdenkt diese Entscheidung noch mal. Eine der besten Serien aller Zeiten nach einer Staffel einzustellen ist fast schon eine Beleidigung für treue Fans. Mal abgesehen von der Tatsache, dass die erste Staffel mit einem echten Cliffhanger endet, hatten diese Charaktere noch eine unglaubliche Reise vor sich. Die Einstellung der Serie beweist, dass für SFFStream Profit wichtiger ist als seine Zuschauer. Vielleicht wandere ich mit dem Geld für mein Abo ja stattdessen zu Hulu ab.

danversisendgame: oh, komm mal wieder von deinem hohen Ross runter, es ist nur eine Serie lol. Ich liebe diese Serie, aber ich werd drüber wegkommen, und immerhin haben wir ja diese zwanzig unglaublichen Folgen

theeighthwarship: ^es gibt zwei Arten von Fans

CONDORsBackup: lmaoooo mit der Serie gings sowieso stetig bergab, keine Überraschung

LewtonOTP: @danversisendgame Ich werde nicht einfach »drüber wegkommen«, aber trotzdem danke.

Captain Jill und Serg Lewis haben sich ZWANZIG Folgen lang nacheinander verzehrt und standen endlich kurz davor, zusammenzukommen. Man beendet eine Serie nicht einfach, wenn der Hauptfigur gerade das Herz gebrochen wurde, weil der Mann, den sie liebt, sie völlig grundlos verlassen hat.

danversisendgame: @lewtonOTP ähm, da war nichts mit Liebe. Er hat sie verlassen. Haben wir die gleiche Serie geguckt?

LewtonOTP: @danversisendgame wooow. Es war doch wohl offensichtlich, dass er zurückgekommen wäre. Er wollte nicht gehen, er hat sie nur beschützt. Er liebt sie. Du irrst dich.

danversisendgame: @LewtonOTP Er hatte was mit ihr und ist dann mitten in der Nacht verschwunden. Er kommt nicht zurück. Rein, raus, aus die Maus.

LewtonOTP: @danversisendgame tja, jetzt werden wir es niemals erfahren, weil die Serie abgesetzt wurde, also stfu #Lewton ist das OTP

danversisendgame: @LewtonOTP die Chancen, dass Jill und Aaron ein Paar werden, standen gleich null. Die beiden hassen sich.

LewtonOTP: @danversisendgame Sie *hassen* sich nicht. Das war sexuelle Spannung.

danversisendgame: @LewtonOTP nein. War es nicht. Manchmal sind Menschen einfach inkompatibel.

LewtonOTP: @danversisendgame Hass ist ein starkes Gefühl. Liebe ist ein starkes Gefühl. Unterscheiden sie sich wirklich so sehr?

1
Stella

Im Cornerview Zoo gibt es einen Orang-Utan, der berühmt-berüchtigt dafür ist, mit seiner Kacke um sich zu werfen. Es ist schon fast eine Art Challenge – wer Orange, den Orang-Utan, mitten im Wurf erwischt, postet das Foto auf der Facebook-Seite des Zoos. Manchmal wählen sie dann einen der Beiträge aus und derjenige gewinnt eine Wasserflasche oder so.

Ich bin mir ziemlich sicher, dass ein Vortrag von Orang-Utan Orange sinnreicher wäre als die Kacke, dir mir hier gerade entgegengeschleudert wird, von Wesley Clarke höchstpersönlich.

Wesley lehnt im Rhetorikkurs vor unserer Klasse am Rednerpult und auf seinem zerknitterten grünen T-Shirt prangt ein gigantischer Charizard. »Um meine Argumentation abzuschließen, möchte ich noch einmal wiederholen, dass Schuluniformen Kreativität und individuelle Ausdrucksmöglichkeiten unterdrücken. Wie kann ich mich aufs Lernen konzentrieren, wenn meine Kleidung mich dermaßen einschränkt?«

Mehrere Leute klatschen zustimmend Beifall. Ich behalte meine Hände demonstrativ auf dem Schoß.

Der Rest seines Teams grinst auf der anderen Seite des Zimmers hämisch, weil alle glauben, der verdammte Wesley Clarke hätte die Debatte im Sack, einfach nur, weil er der verdammte Wesley Clarke ist. Newsflash: Wenn du der Erbe einer großen lokalen Süßigkeitenfirma bist und Partys in deinem riesigen Spielzimmer mit Tischtennisplatte und altmodischem Pac-Man-Automaten schmeißt, dann halten dich im Prinzip alle für einen Gott.

»Genauso, wie alle Schüler:innen das Recht haben, sich in ihrer Lernumgebung wohlzufühlen, haben auch alle Schüler:innen das Recht, sich in dem wohlzufühlen, was sie anhaben.« Selbst Ms Hatley nickt.

»Ich dachte, die Genfer Konvention verbietet diese Art von Folter«, grummele ich leise vor mich hin.

Dahlia kichert neben mir. »Er schlachtet es echt ganz schön aus.«

Mir ist schon klar, dass Wesley ins Anti-Uniformen-Team gelost wurde, aber in einem zerrissenen Pokémon-T-Shirt und Surfshorts in der Schule aufzulaufen, ist dann doch ein bisschen übertrieben. Ich verschränke die Arme und lehne mich auf meinem Stuhl zurück.

»Deine Argumentation am Anfang hat ihn fertiggemacht«, versichert Dahlia mir. »Wir gewinnen das Ding.«

Ich wünschte, sie hätte recht. Aber alle wissen,

dass das Anti-Uniformen-Team an staatlichen Schulen immer gewinnt. Und, okay, hier kommt mein großes, dunkles Geheimnis: Ich bin total mies in Rhetorik.

»Stell dir vor, du würdest in dem Wissen aufwachsen, dass du deine ganze Schulzeit über genauso gut durchfeiern kannst und am Ende trotzdem reich und erfolgreich sein wirst, weil du mit Nachnamen Clarke heißt.«

»Ich weiß nicht.« Dahlia neigt den Kopf zur Seite und ihre dunklen Locken hüpfen dabei. »Er ist schon ziemlich schlau.«

»Er ist reich und kann ein paar vernünftige Wörter aneinanderreihen. Das macht ihn noch lange nicht schlau.«

»Er hat letztes Jahr im Geschichtskurs ziemlich gut abgeschnitten. Er hat zig Fakten zu irgendeiner Schlacht aus dem Hut gezaubert, von der vorher noch nicht mal Mr Bridges was gehört hatte.«

Ich tue, als müsste ich würgen. »Okay, er ist gut in Geschichte. Wen interessiert's?« Es ist ein Kinderspiel, überall nur Einsen zu kriegen, wenn man private Nachhilfe für die Uni-Aufnahmetests kriegt und nach der Schule nicht in der Eisdiele arbeiten muss. »Ich sage ja nur…«

»Hey, ihr zwei.« Ms Hatley wirft uns einen warnenden Blick zu. Sie zwingt die gegnerische Seite immer, während der Argumentation des anderen Teams in der ersten Reihe zu sitzen, aber auf den Anblick von Wesleys arrogantem Gesicht aus nächster Nähe hätte ich gut verzichten können. Warum finden ihn bloß alle so heiß? Okay, na gut, irgendwie verstehe ich es ja – mit seinen Wangenknochen könnte er wahrscheinlich Diamanten schleifen. Aber das würde ich natürlich niemals zugeben. Heimlich schalte ich unter dem Pult mein Handy ein – noch fünfzehn Minuten, bis es klingelt.

Captain Jill begrüßt mich auf meinem Sperrbildschirm, das typische Gewehr über ihrer Schulter. Ich habe ein Paar Ohrringe mit dem Wappen auf ihrer Jacke: die *Happening*, umschlossen von einem vierzackigen goldenen Stern. Ich hab sie mir letztes Jahr auf der Sci-Con gekauft – wobei mir wieder einfällt, dass ich noch ein Paar Captain-Jill-Stiefel für den Cosplay-Wettbewerb in diesem Jahr brauche. Dieses Sci-Con-Ticket hat mich praktisch eine Niere, meinen linken Arm und das Blut meines Erstgeborenen gekostet, deshalb laufe ich da garantiert nicht in irgendeinem Outfit auf, das nicht preiswürdig wäre.

Dahlia schaut zur anderen Seite des Zimmers und ein Lächeln huscht über ihr Gesicht. Ich folge ihrem Blick und bleibe an Brandon Nguyen hängen, Wesleys bestem Freund, der ihr Lächeln erwidert. Ich rutsche auf meinem Stuhl hin und her.

Ich weiß, dass das total klischeemäßig ist, aber Dahlia ist seit dem Kindergarten meine beste Freundin. Wir waren zusammen im Kinderturnen und beide echt erbärmlich, weil wir noch nicht mal geradeaus radschlagen konnten. Dahlias erster Schwarm war Luke, ein Typ, der in der vierten Klasse mal tierisch angebrüllt wurde, weil er aus dem kompletten Klassenvorrat Gummikitt Handschuhe gemacht hat. Ganz offensichtlich hat sich ihr Geschmack in Sachen Typen keinen Deut verbessert. Von mir kriegt jedenfalls niemand ein Gütesiegel, der auch nur im Entferntesten etwas mit Wesley Clarke zu tun hat.

»Das hier sollten die besten Jahre unseres Lebens sein – kein Militäreinsatz«, fährt Wesley fort. Gestern Abend hat er doch tatsächlich die Dreistigkeit besessen, in seiner Instagram-Story zu posten, wie er sich mit ein paar Jungs aus der Leichtathletikmannschaft bei Brandon zu Hause mit Brettspielen und gepimpten Milchshakes amüsiert, während ich gearbeitet und mich ernsthaft auf diese Debatte vorbereitet habe. Eigentlich ist es eine Beleidigung, dass ausgerechnet er mein größter Konkurrent ist – hier und im Kampf um den Titel des Valedictorian, des Abschiedsredners unserer Schule.

»Schauen wir uns doch beispielsweise einmal Stella Greene an.« Wesley gestikuliert in meine Richtung. Ich erstarre. »Sollte die Schule wirklich ein Ort sein, an dem ein Mensch *so* verkrampft und unfroh aussieht?« Gelächter schallt um mich herum. »Nein. Das sollte sie nicht.«

Hitze kriecht meine Wangen hinauf und ich spanne den Kiefer an. *Das hat er gerade nicht wirklich gesagt.*

»Okay, okay.« Ms Hatley schießt Wesley einen warnenden Blick zu. »Bleiben Sie beim Thema, bitte.«

»Kurz und gut: Genau das ist der Grund, warum

die Gene Connolly Memorial High School keine Schuluniformpflicht einführen sollte.« Wesley verbeugt sich, begleitet vom Jubel und Applaus der restlichen Klasse. Sein Blick fängt meinen ein und er zwinkert mir zu. Meine Hände verkrampfen sich in meinem Schoß. *Der Typ hat echt Nerven.*

»In Ordnung, beruhigen Sie sich wieder.« Ms Hatley winkt mit einer Hand. »Wir haben noch fünf Minuten. Stella, Wesley, zurück ans Rednerpult für Ihre Schlussbemerkungen.«

Ich hieve mich von meinem Stuhl hoch und halte die ganze Zeit Blickkontakt mit Wesley, während ich mich vor die Klasse stelle und mich so verkrampft an meinen Karteikarten festkralle, dass sie total verbiegen. Mein Herz hämmert mit jedem meiner Schritte. Wenn ich von den Karten ablese, kann nichts passieren. Vielleicht waren der karierte Rock und die Bluse ein bisschen zu viel des Guten, aber ich musste schließlich zeigen, dass ich meine Aufgabe ernst nehme. Dahlia nickt mir zu und drückt mir beide Daumen.

Dieses Projekt sollte mir eigentlich total egal sein. Es hat überhaupt keinen Einfluss auf meinen Notendurchschnitt. Aber allein der Gedanke, gegen Wesley Clarke zu verlieren, bringt mein Blut zum Kochen. Ich lege meine Karteikarten auf das Rednerpult ihm gegenüber.

»So unterhaltsam deine Argumente auch sind, Wesley«, ich zwinge mich zum flüchtigsten Anflug eines Lächelns – mehr bringe ich nicht zustande –

und richte den Blick auf meine erste Karte, »logisch sind sie nicht. Statistiken belegen, dass Schuluniformen eine positivere, äh … Lernumgebung begünstigen, weil sie fairere Grundverhältnisse schaffen. Sie lassen einige der Barrieren verschwinden, die durch Faktoren wie den sozioökonomischen Status entstehen.«

Wesley erhebt einen Zeigefinger. »Aber sie *erschaffen* Barrieren, indem sie individuelle Ausdrucksmöglichkeiten einschränken.«

»Wenn du mit individuellen Ausdrucksmöglichkeiten meinst, dass du in Badehose in der Schule aufkreuzen kannst, dann sicher, klar. Allerdings sind draußen heute nicht mal null Grad.«

Ein paar der anderen kichern.

»Ich verfechte die Theorie, dass wir von Berufs wegen sowieso für den Rest unseres Lebens bestimmte Kleidung tragen müssen«, erwidert er. »Warum jetzt schon damit anfangen, obwohl das hier die Zeit sein sollte, in der wir unsere wahre Identität entdecken und lernen sollten, wir selbst zu sein?« Ein paar Leute nicken zustimmend.

»Na, und *ich* verfechte die Theorie, dass die Schule im Moment unser Beruf ist, ähm, und dass man sich für den Job kleiden sollte, den man gerne *hätte,* nicht für den Job, den man bereits *hat*. Allerdings muss ich zugeben, du hast das Outfit für ein Leben als Gammler absolut perfektioniert.«

Er lehnt sich näher zu mir. »Ein Gammler mit demselben Notendurchschnitt wie du.«

»Du hast *nicht* denselben Notendurchschnitt wie ich.«

Ms Hatley versteift sich sichtlich. »Lassen Sie uns einfach …«

»Soweit ich weiß, liegen wir beim Rennen um den Valedictorian-Titel gleichauf, Stells.«

»Na, und soweit *ich* weiß, dauert dieses Schuljahr noch vier Monate, *Wes*.«

»Vielleicht solltest du von deinem hohen Ross runtersteigen und die Leute einfach anziehen lassen, was sie wollen.«

»Und vielleicht solltest du …«

Die Schulglocke schrillt und schneidet mir das Wort ab. Alle haben es furchtbar eilig, ihre Notizblöcke einzupacken und sich ihre Jacken zu schnappen.

»Vergessen Sie nicht, für den Sieger oder die Siegerin zu stimmen, bevor Sie gehen«, ruft Ms Hatley. »Stella, versuchen Sie beim nächsten Mal, nicht direkt von Ihren Karten abzulesen. Wesley, guter Vortrag.«

»Danke!«, sagt er. »Mein Tutor hat ihn letztes Wochenende eine ganze Stunde mit mir geübt.«

Er hat einen privaten *Tutor?* »Ernsthaft?«, zische ich.

»Entschuldigung.« Wesley räuspert sich. Er steht noch immer vorne am Rednerpult und die meisten hören tatsächlich auf zu packen und schauen ihn an. »Ich möchte mich herzlich bei Stella bedanken, die eine wirklich bewundernswerte Gegnerin war.« Seine Stimme trieft vor Sarkasmus. »Wenn ich Valedictorian werde und meinen Porsche bekomme, würde ich Stella gerne auf ein schönes Heißgetränk einladen – ihr wisst schon, um die finsteren Stirnfalten wegzuschmelzen, die auf ihrem Gesicht festgefroren sind.«

»Hmm, wirklich verlockend, aber an dem Tag schneide ich mir schon die Fußnägel, tut mir leid.«

»Ihre Argumente heute waren einfach … na, was auch immer. Freitag Abend!« Seine Stimme wird lauter. »Bei mir. Whirlpool und Pingpong – wer ist dabei?« Die halbe Klasse stürmt auf ihn zu, um sich schon jetzt die erste Runde an der Tischtennisplatte zu sichern.

»Meine Argumente waren *was?*« Ich knalle die Karteikarten auf mein Pult. »Gut recherchiert? Das Ergebnis tatsächlicher Arbeit anstatt einer Handvoll Zitate, die du dir fünf Minuten vor dem Unterricht bei Wikipedia gezogen hast?« Ich zücke meinen Stift und setze demonstrativ ein Kreuz bei »Pro Uniform« auf meinem Stimmzettel.

»Ja, das ist Stella Greene, Leute.« Wesley gestikuliert in meine Richtung und macht ein Kreuz bei »Kontra Uniform« auf seinem Stimmzettel. »Stets die klügste Person im Raum.«

»Wenn du im Raum bist, ja.«

»Schickes Outfit.«

Ich zeige ihm den Stinkefinger, bevor ich mir meine Sachen schnappe und zur Tür hinausrausche.

* * *

»Ist es nicht krass, dass ich *schon wieder* am Valentinstag allein war?«, fragt Dahlia mich auf dem Weg zu ihrem Auto. An unserer Schule gilt »Der frühe Vogel fängt den Parkplatz«, und da Dahlia für gewöhnlich von Glück sagen kann, wenn sie noch vor dem Klingeln durch die Tür schlüpft, gleicht der Weg zu ihrem kleinen Honda meist einer halben Wanderung. Normalerweise würde ich mich wortreich über den Aufstieg durch den Schnee beschweren, aber um ehrlich zu sein, bin ich Dahlia total dankbar, dass sie mich nach Hause fährt, weil meine Alternative der Bus wäre.

»Tja, meine einzige Verabredung an diesem Wochenende hatte ich mit unserem Englischaufsatz, also …« Mein Atem bildet kleine Wolken in der Luft. »Außerdem ist Freundschaft sowieso viel wichtiger.«

»Ja, na ja, aber das ist nicht der Punkt.« Dahlias dicker weißer Michael-Kors-Wintermantel verschmilzt perfekt mit dem hoch am Straßenrand aufgehäuften Schnee. Unwillkürlich zupfe ich an meiner eigenen rosa Jacke herum, weil mir plötzlich nur allzu bewusst ist, dass sie aus dem Schlussverkauf bei Walmart von vor drei Jahren stammt. Kennt ihr diese klischeemäßigen Filme, in denen das hübsche Mädchen immer eine leicht skurrile, unbeholfene, sarkastische beste Freundin hat? Genau. Die bin ich.

»Ehrlich gesagt hab ich total vergessen, dass gestern Valentinstag war.« Nicht vergessen habe ich allerdings, dass *heute* ein wichtiges Datum ist: Heute sind es noch exakt drei Monate bis zur diesjährigen Sci-Con, was bedeutet, dass mir in Sachen Cosplay langsam die Zeit davonläuft. Ich zwinge meine eingefrorenen Finger, eine Erinnerung in mein Handy einzutippen, bevor ich sie wieder in meinen Jackentaschen vergrabe. »Warum, hattest du irgendwas Besonderes im Sinn?«

Dahlia seufzt. »Nein. Nicht wirklich.«

»Vertrau mir, am Valentinstag einen festen Freund – oder eine feste Freundin oder sonst jemand Festes – zu haben, ist total überbewertet.« Ich halte einen Daumen hoch. »Erstens: Der gesellschaftliche Druck, dass wir überhaupt jemanden brauchen, ist zum Kotzen. Und zweitens«, ich halte auch den Zeigefinger hoch, »lenkt das alles nur vom eigentlichen Feiertag ab, der heute stattfindet: Süßigkeiten zum halben Preis in den Supermärkten.«

Dahlia rollt mit den Augen und angelt in ihrer Handtasche nach dem Autoschlüssel. »Du bist echt durch und durch Romantikerin.«

»So was hat bei mir nur gerade einfach keine Priorität.«

Es gibt drei Typen, bei denen ich meine Meinung eventuell noch mal ändern könnte: (1) Sergeant Aaron Lewis, der bedauerlicherweise fiktiv ist; (2) Ethan Martone, der Sergeant Aaron Lewis spielt und bedauerlicherweise verheiratet ist; und (3) Kyle Nielsen, der bedauerlicherweise keine Ahnung hat, dass ich überhaupt existiere, obwohl er in Bio nur zwei Reihen von mir entfernt sitzt.

Aber solange der Valedictorian-Titel auf dem Spiel steht, darf ich mich sowieso von nichts ablenken lassen. In ein paar Monaten gehe ich zusammen mit einem ganzen Haufen heißer Technikstudenten aufs MIT, alles bezahlt mit einem dicken, fetten Stipendium, das ich mir absolut verdient habe, weil ich mir in der letzten Ewigkeit den Arsch dafür aufgerissen hab.

Dahlia fummelt mit in Fäustlingen steckenden Fingern am Fernsteuerungsknopf ihres Autoschlüssels herum und wir steigen hastig ein. Die Jahreszeiten in New Hampshire sind ganz klar an der Farbe zu erkennen: Der Herbst ist orange, der Sommer grün, und im Augenblick befinden wir uns mitten im Weiß, was bedeutet, dass wir auf unseren Sitzen zittern, während die Heizung überlegt, ob sie anspringen soll oder nicht.

»Eigentlich ist es mir ja auch gar nicht so wichtig, aber… Ich weiß auch nicht.« Sie schaltet das Radio ein und hält den Blick aufs Armaturenbrett gerichtet. »Ich schätze, ein Teil von mir hat einfach gehofft, dass mich ein gewisser Typ fragt, ob ich mit ihm ausgehen will.«

Ich stelle meinen Rucksack zwischen meinen Füßen im Fußraum ab. »Fängt sein Name mit B an und reimt sich auf Schmändon?«

Dahlia glotzt mich an, als hätte sie gerade an eine Zahl zwischen eins und einer Zillion gedacht und ich hätte sie richtig erraten. »Woher wusstest du das?«

Woher ich das wusste? Na ja, es würde mich nicht

wundern, wenn ihr Gesicht demnächst als eins dieser Memes genutzt wird: *Finde jemanden, der dich so anschaut, wie Dahlia Johnston Brandon Nguyen anschaut.* »Gut geraten? Warum fragst *du* nicht einfach *ihn?*«

»Das würde ich ja, aber – ich weiß auch nicht. Und ist eigentlich auch egal.« Sie zuckt ein bisschen zu schnell mit den Schultern. »Außerdem bin ich sowieso lieber Single, wenn ich aufs College gehe.«

Das kaufe ich ihr keine Sekunde lang ab. Aber ich widerspreche ihr auch nicht. »Das ist die richtige Einstellung.«

WARSHIP SEVEN, PILOTFOLGE:
»Der Mann in der Zelle« (2016)

SZENENKONTEXT: Die Crew hat soeben einen Soldaten der Zentralen Elite (ZE), SERGEANT AARON LEWIS, gefangen genommen und in der provisorischen Zelle des Schiffs eingesperrt, wo er auf einer Frachtkiste aus Metall sitzt. CAPTAIN JILL BRIGHTON leitet das Verhör, unterstützt von ihrem ersten Offizier MARKUS HARRIS.

JILL: Das hier war in seiner Tasche. [hält ein Abzeichen mit einem silbernen Adler mit blau gesäumten Flügeln hoch]

AARON: Woher wollt ihr wissen, dass das mir gehört?

JILL: [ignoriert ihn völlig] Aber ein ZE kommt niemals allein und genau das macht mich nervös. Sie sind immer zu zweit unterwegs.

AARON: Vielleicht hab ich dieses Abzeichen ja auf dem letzten Schiff geklaut, auf das ich getroffen bin.

MARKUS: [ignoriert ihn ebenfalls] Glaubst du, er hatte Gesellschaft?

JILL: Das kann ich nicht mit Sicherheit sagen, aber uns ist niemand gefolgt. Gemma hat das überprüft.

AARON: [stellt seine in Stiefeln steckenden Füße auf den Tisch] Oder vielleicht übermittle ich meinem Partner eure genaue Position auch exakt in diesem Moment.

JILL: [zieht ihre Pistole und richtet sie direkt auf Aaron, ohne ihn anzuschauen] Klappe halten.

MARKUS: Also, was machen wir jetzt mit ihm?

AARON: Dürfte ich den gewagten Vorschlag machen, ihn gehen zu lassen?

JILL: [immer genervter von Aarons ständigen Unterbrechungen] Ich werde herausfinden, was er weiß, und dann überlegen wir uns einen Plan. Wir können nicht ewig jemanden auf dem Schiff gefangen halten. Wir haben weder den nötigen Platz noch die Ressourcen. Aber ich werde ihn auch nicht zur Elite zurückschicken, damit er ihnen alles erzählt, was er über uns weiß.

MARKUS: Du meinst damit doch wohl nicht, dass du ihn umbringen willst?

JILL: Mir bleibt vielleicht keine andere Wahl.

MARKUS: [mit offensichtlichem Unbehagen] Na ja, aber dann lass es Skulls machen. Er hat sowieso schon mehr als nur eine Handvoll Kerben im Bettpfosten.

JILL: Ich werde sicher kein Todesurteil verhängen und dann jemand anderen meine Drecksarbeit erledigen lassen.

AARON: Wenn ich etwas einwerfen dürfte …

JILL: [wirbelt herum und stößt seine Füße vom Tisch] Du bist hier auf meinem Schiff. Ich habe absolut keinen Grund, dich weiterleben zu lassen, abgesehen von meiner unglaublichen Gnade – und die geht allmählich zur Neige, du ZE-Dreck.

AARON: ZE-Dreck? [verzieht das Gesicht] Das ist ein bisschen hart, findest du nicht auch?

JILL: Nicht hart genug, du Abschaum – angesichts der Verbrechen, die die Zentrale Elite an unschuldigen Menschen verübt. Und wenn du mir nicht versprechen kannst, dass du die Klappe hältst, dann kann ich dir auch nicht versprechen, dass ich dich am Leben lasse.

AARON: Ich habe keine Angst zu sterben.

JILL: Jeder hat Angst zu sterben.

AARON: Ich nicht, Schätzchen.

JILL: Ich bin nicht dein Schätzchen.

AARON: Wenn du das sagst.

JILL: Ich lasse mich nicht von irgendwelchen Kleingeistern verurteilen. [Nickt Markus zu, und er folgt ihr aus der provisorischen Zelle und schließt die schwere Eisentür hinter ihnen.]

AARON: [Wartet, bis die Schritte verhallt sind. Er lehnt sich zurück und sucht mit der Zunge in seinem Mund nach dem winzigen Kommunikationschip, der zwischen seinen hinteren Backenzähnen versteckt ist.] Michele? Michele, hörst du mich? [Er flüstert, kaum hörbar.] Ich bin drin. Ich bin auf der *Happening*. Ich besorge die Infos, dann komme ich zu dir zurück… Ja… Bis bald, Baby.

[Schnitt zu MICHELE CORDOVA, die mit zusammengebundenem Haar nicht allzu weit entfernt in einem getarnten Zwei-Personen-Shuttle sitzt und die *Happening* durch ein Fernglas beobachtet. Sie lächelt.]

MICHELE: Und vergiss nicht, den Captain zu töten.

2
Wesley

Man sollte doch meinen, ich würde Befriedigung dabei empfinden, zuzusehen, wie sich vierzehn Seiten aus dem Drucker ergießen, weil ich nie wieder einen einzigen Satz für diesen schrecklichen Aufsatz schreiben muss. Aber nachdem ich den Großteil des vergangenen Monats mit Recherchen dazu verbracht habe, will ich ihm zum Abschied nur noch mit meinem Mittelfinger zuwinken.

Mein Knie wippt unter dem Tisch gegen meine Hand. Ich zwinge es, still zu halten. Bei den meisten in unserer Abschlussklasse ist die Motivation inzwischen verpufft. Es muss schön sein, seinem Gehirn einfach mal ein bisschen Urlaub zu gönnen, nachdem man im College angenommen wurde.

Der Brief mit meiner Zusage für Stanford nimmt einen ziemlich großen Teil meiner Pinnwand ein, aber ich kann die Ecke meiner Zusage von der Columbia trotzdem darunter hervorlugen sehen. In Geschichte haben wir letztes Jahr gelernt, dass Maria Stuart irgendwann im 16. Jahrhundert Prinz Edward von England versprochen wurde, obwohl sie noch ein Kind und dem Guten noch nie begegnet war. Ungefähr so fühlt sich das hier auch an, nur dass meine Eltern mich der Stanford-Universität versprochen haben, lange bevor ich überhaupt wusste, was ein College ist.

Vor drei Monaten habe ich etwas Schlimmes gemacht. Oder eigentlich etwas Gutes, schätze ich. Ich habe meinen Platz an der Columbia angenommen und den in Stanford abgelehnt. Meinen Eltern habe ich das allerdings nicht erzählt, weil sie total ausrasten würden.

Mein Blick wandert zu dem »Wunder der Natur«-Kalender hinüber, der an meiner grünen Wand hängt und auf dem der 15. Mai mit blauem Filzstift eingekreist ist: das Sci-Con-Wochenende. Manchmal habe ich das Gefühl, es ist das Einzige, was mich noch durchhalten lässt.

Noch drei Monate bis zur Convention. Noch vier bis zum Schulabschluss. Dann bin ich Valedictorian und kann verdammt noch mal von hier verschwinden. Es sei denn, diese entsetzliche Schlaftablette Stella Greene setzt sich in letzter Sekunde doch noch vor mich.

Was nicht passieren wird. Das darf sie einfach nicht. Ich *brauche* dieses Stipendium.

Ich scrolle durch Insta, während ich darauf warte, dass der Drucker endlich fertig ist. Brandons Eltern haben ihm zum Geburtstag einen Mazda geschenkt und er hat so viele Fotos davon gepostet, dass man sich fragt, warum das Unternehmen ihn nicht längst als Pressesprecher angeheuert hat.

Wenn du noch ein einziges Foto von diesem dämlichen Auto postest, dann fangen die Leute an zu glauben, dass du in Wahrheit ein Transformer bist. Seit vorhin gibt's Parktickets für die Sci-Con. Ich kaufe eins, wenn du fährst (25 $, also jammer bloß nicht wegen Benzin).

Er antwortet mir innerhalb von Sekunden.

Du bist derjenige, der 'nen Porsche kriegt – das bedeutet, dass du fährst. Sorry, aber ich mache die Regeln nicht.

Lustig, dass er ernsthaft glaubt, meine Eltern würden mir irgendwas ohne Gegenleistung geben.

Ich kriege gar nichts, wenn ich nicht Valedictorian werde. Und im Mai sowieso noch nicht. Entweder fahren wir mit dem Mazda oder mit dem Bus. Oder deine Mom fährt uns.

Ich öffne Safari auf meinem MacBook, surfe zum *Warship-Seven*-Forum und klicke auf Fan-Art. Früher war das hier mal *die* Seite schlechthin. Die Hardcore-Fans sind immer noch hier und idealerweise kommen wenigstens eine Handvoll von ihnen zur

Sci-Con. Es wäre cool, ein paar Leute zu haben, mit denen ich abhängen kann, weil Brandon mich wahrscheinlich ziemlich schnell stehen lassen wird, um irgendeinen *Star-Wars*-Schauspieler zu stalken, der auch da ist.

Mein Handy piepst mit einer weiteren Nachricht von Brandon.

Machst du Cosplay?

Vielleicht zaubere ich was aus dem Hut.

Solltest du. Ich gehe als Sturmtruppler.

Warum überrascht mich das nicht?

Es würde mich sogar noch weniger überraschen, wenn er nicht nur mit einem, sondern mit zwei Lichtschwertern dort aufkreuzen würde – wen interessiert schon der Canon?

Ich muss zwei Mal hinschauen, als mein Blick bei meinen Nachrichten am unteren Bildschirmrand hängen bleibt. Okay, ich hätte echt nicht gedacht, dass mir ausgerechnet mein eher zufällig und im Halbschlaf gezeichnetes Porträt von Sergeant Aaron Lewis mit erhobener Pistole über tausend Likes beschert. Ernsthaft, ich habe ihm noch nicht mal eine anständige Bildunterschrift verpasst. Ich habe nur gepostet: *»schnelle Skizze von Aaron, cool und kampfbereit«*, aber das Bild hat Dutzende Kommentare. Damit kann ich zwar immer noch nicht mit den schmalzig-anzüglichen Zeichnungen von Aaron und Jill konkurrieren, die andere Fans hier so posten, aber das ist mir egal.

Allhailtheship617: Die Zeichnung ist der Hammer – ich liebe ihn!

GemmasBodyguard11: Wow, du hast den Ausdruck in seinen Augen wirklich sensationell eingefangen.

Season2orbust: Diese Zeichnung hängt wahrscheinlich bei unserem Captain im Schlafzimmer.

CaptainJillsBFF22: Fantastisch!! Ich liebe Aaron. Ich wünschte, wir hätten noch mehr Szenen von unserem OTP #Lewton. Stellt euch bloß mal vor, wie sie Seite an Seite kämpfen! *Inohnmachtfall*

Ich wünschte, ich könnte wenigstens ein Mal eine Zeichnung posten, ohne dass irgendein Aaron/Jill-Shipper direkt ein Lewton-Ding draus macht. Natürlich ist CaptainJillsBFF22s Thumbnail-Bild eine Fan-Zeichnung von Aaron und Jill beim Rumknutschen. Das gehört mit zu den Dingen, die mich an diesem ganzen Fankram wirklich nerven. Aaron und Jill sind die beiden inkompatibelsten Charaktere aller Zeiten. Beide sind supertough und total cool, aber sie sind nicht füreinander bestimmt. Trotzdem bin ich mir sicher, dass dieser Mist auch bei den *Warship-*

Talkrunden auf der Sci-Con das Thema Nummer eins sein wird.

Wie aufs Stichwort vibriert mein Handy mit einer neuen Nachricht von Brandon.

Schlechte Nachrichten: Ich hab eben erfahren, dass meine Oma am 15. Mai ihren 80. feiert. Ich kann nicht mit zur Sci-Con – sorry.

Ich starre eine halbe Ewigkeit auf die Nachricht. *Oh, komm schon*. Na, das ist echt scheiße. Jetzt muss ich mein Ticket wahrscheinlich auch verkaufen. Dad wird sich freuen. Als er den Posten auf seiner Kreditkartenabrechnung gesehen hat, war sein erster Kommentar: »Ist dieses Science-Fiction-Zeug nicht nur was für Kinder?«

Unten sind Schritte zu hören, die mir verraten, dass Mom mich gleich zum Essen rufen wird.

Drei … zwei … eins …

»Wes! Kommst du? Dein Vater hat Schweinekoteletts gemacht.«

»Bin gleich da!«, rufe ich zurück.

Ich tackere die frisch ausgedruckten Seiten meines Aufsatzes zusammen und lege das fertige Werk auf meinen Schreibtisch. Es hat beinahe etwas Sadistisches an sich, dass ich zwei Wochen gebraucht habe, um diesen Aufsatz zu verfassen, und er jetzt einfach so auf dem Tisch liegt, bereit, von meinem Englischlehrer gelesen und benotet zu werden, bevor er anschließend im Müll landet.

Unten klappern Teller, das einzige Geräusch, das bis in den Flur dringt.

Zögernd bleibe ich vor meinem Laptopbildschirm sitzen. Ich will *wirklich* zur Sci-Con. Und ich will Ethan Martone schon seit Ewigkeiten mal kennenlernen. Natürlich könnte ich auch allein hingehen – eine Menge Leute gehen allein hin. Aber das wäre bestimmt total seltsam.

Hastig poste ich eine Nachricht im Forum der Website.

> Geht irgendjemand im Mai zur Sci-Con in Boston? Ist mein erstes Mal. Bin auf der Suche nach gleichgesinnten #Warshippern, mit denen ich abhängen kann.

Ich klappe den Laptop zu und blicke auf die vier Sticker, die ich letztes Jahr draufgeklebt habe: ein ZE-Adler und ein *Warship*-Logo und daneben ein Sticker von Imagine Dragons und einer vom AC Mailand, meiner Lieblingsfußballmannschaft.

Dad steht in legerer Hose und Polohemd am Herd und tippt auf seinem Handy herum. Er legt es mit dem Gesicht nach unten auf die Arbeitsplatte, als ich in die Küche komme. »Hey. Wie war's in der Schule?«

Mom trägt eine Platte mit Schweinekoteletts und eine Schüssel mit Kartoffelpüree zum Tisch.

»Gut.« Ich strecke die Hände aus, um ihr die Sachen abzunehmen. »Setz dich, Mom, ich mach das.«

»Ich hab's auch schon versucht«, sagt Dad. »Sie will sich von niemandem helfen lassen. Typisch.«

»Schon okay. Setzt euch einfach.« Meine Mom steht jeden Morgen mit den Hühnern auf, ist ab sieben in der Anwaltskanzlei, um sechs Uhr abends wieder zu Hause und gönnt sich trotzdem nie eine Pause. »Hattest du einen schönen Tag, Wes?«

»Ja. Wir hatten heute unsere Debatte.«

»Ach? Und wie ist es gelaufen?«

»Ganz okay. Ich glaube, Stella Greenes Team hat gewonnen.«

»Stella Greene! Den Namen hab ich ja schon ewig nicht mehr gehört.« Mom macht die Kühlschranktür zu. »Was treibt sie denn so?«

Sie ist eine unerträgliche Nervensäge. »Nicht viel.«

Dad setzt sich und schöpft Kartoffelpüree auf seinen Teller. »Hast du schon angefangen, an der Rede zu schreiben, die du als Valedictorian halten wirst?«

Ich zucke mit den Schultern. Ich habe das Gefühl, wenn ich jetzt schon total anmaßend anfange, an meiner Rede zu schreiben, verschwört sich das Universum gegen mich, und Stella Ich-weiß-alles Greene wird doch noch Valedictorian und versaut mir meine ganzen Pläne. »Noch nicht.«

»Na, ich bin jedenfalls stolz auf dich. Nicht jeder Vater kann von sich behaupten, Valedictorian an seiner Highschool gewesen zu sein und zwei Söhne zu haben, die ebenfalls die Besten in ihrem Jahrgang waren.«

Ich setze mich auf meinen üblichen Platz und lade

mir Essen auf den Teller. »Sicher.« Das Problem bei einem Lob von meinem Dad ist, dass es immer so klingt, als sei es mit einem Sternchen versehen, das auf eine Fußnote mit einer Liste von Bedingungen verweist, die länger ist als der gottverdammte Aufsatz, den ich gerade ausgedruckt habe.

Ein altes Schild von *Clarke Candies* hängt neben dem Kühlschrank. In der zehnten Klasse mussten wir im Informatikunterricht einen dieser Eignungstests machen, die einem verraten, welche berufliche Laufbahn am besten zu einem passt. Eigentlich war es reine Zeitverschwendung, die ganzen Fragen zu beantworten, weil mir sowieso nicht wirklich eine Wahl bleibt. Als der Computer dann »Professor für englische Literatur« und »Künstler« ausgespuckt hat, kam es mir vor, als würde er sich über mich lustig machen. *Du musst nicht ins Familienunternehmen einsteigen, aber die Zukunft liegt nun mal im Wirtschafts- und Ingenieurwesen.* Ich habe diesen Satz so oft gehört, dass er wahrscheinlich mal als Inschrift auf meinem Grabstein stehen wird.

»Schatz, du hast die Brötchen ja noch gar nicht rausgeholt«, sagt Mom zu Dad und stülpt sich einen Ofenhandschuh über. Sie nimmt das Blech aus dem Backofen und ein buttriger Geruch erfüllt die Luft. »Sie wären fast verbrannt.«

»Dann hättest du sie ja selbst früher rausholen können.«

Moms Lippen verziehen sich zu einer dünnen Linie, aber sie erwidert nichts. Ihr Hosenanzug sieht immer noch perfekt gebügelt aus, trotz ihres langen Tags in der Kanzlei.

»Hast du dein Prozac heute schon eingenommen?«, fragt sie mich.

Ich verdrehe die Augen. »Ja. Beim Frühstück.«

»Gut.« Mom lässt sich auf den Stuhl mir gegenüber sinken und bedient sich ebenfalls. »Bevor ich es vergesse: Ich dachte, wir könnten diesen Sommer wieder nach Sint Maarten fahren, bevor Wes aufs College geht.«

Ich stochere in meinem Brokkoli herum. Irgendetwas bleibt mir im Halse stecken und es ist nicht das Essen.

Dad schaut sie skeptisch an.

»Dr. Bryce hat gesagt, dass wir mehr Zeit als Familie verbringen sollen«, fährt Mom fort, ohne aufzublicken. »Das weißt du.«

Ich bin mir nicht sicher, welcher Eheberater ernsthaft glaubt, in eine hübsche Gegend zu fahren und so zu tun, als sei alles wieder wie in den guten alten Zeiten, würde sämtliche Probleme lösen.

»Das wäre eine Möglichkeit«, erwidert Dad. »Trev liebt Kreuzfahrten. Erinnert ihr euch noch an diese Mittelmeerkreuzfahrt, als ihr Jungs noch klein wart? Wir konnten ihn kaum wieder aus dem Pool rauslocken.«

Es ist zwei Jahre her, dass Trevor ausgezogen ist, um aufs College zu gehen, aber meine Eltern wollen sich immer noch nicht eingestehen, dass er nicht mehr hier wohnt. Das Haus fühlt sich seitdem leerer an. Oder lauter, weil es ständig von Geschrei erfüllt ist.

»Ich kann mir nicht vorstellen, dass Trevor zu einem Urlaub Nein sagt«, entgegnet Mom. »Was ist mit dir, Wes? Hast du Lust?«

»Schätze schon.« Allein bei der Vorstellung, eine Woche eingesperrt mit meinen Eltern zu verbringen, werde ich seekrank, ohne überhaupt einen Fuß an Bord eines Schiffes zu setzen.

»Wisst ihr, was? Mir gefällt die Idee. Wir machen eine Kreuzfahrt und amüsieren uns ein bisschen«, fügt Dad hinzu und schaut auf sein Handy. »Und feiern gleichzeitig, dass du Valedictorian bist und nach Stanford gehst.«

»Oder wir feiern einfach meinen Abschluss.« Es klingt härter als beabsichtigt, aber ich lasse es so im Raum stehen.

»Natürlich«, sagt Mom sanft. Sie wirft Dad einen tödlichen Blick zu. »Wir sind beim Abendessen, Schatz.« Er legt sein Handy wieder auf den Tisch.

Einen Moment lang essen wir schweigend weiter, während unsere Gabeln auf den Tellern klappern.

»Ich hab so das Gefühl, dass wir im Juni einen kleinen Ausflug zum Porsche-Händler unseres Vertrauens machen werden.« Dad nickt mir zu. »Du brauchst ein gutes Auto für die Fahrt nach Kalifornien.«

»Ich dachte, wir hätten uns darauf geeinigt, hinzufliegen«, erwidert Mom.

»Mit seinen ganzen Umzugskisten für die Uni? Da macht keine Airline mit.«

»Warum kaufen wir nicht einfach alles, was er braucht, wenn wir dort sind?«

Ich liebe es, wenn sie über mich reden, als würde ich nicht direkt neben ihnen sitzen.

»Was? Glaubst du, ich kann einfach so eine Ewigkeit nicht im Büro auftauchen? Und jetzt willst du auch noch in Urlaub fahren«, sagt Dad. »Wir schicken Wesleys Collegekram vorab mit einem Umzugswagen los, fahren mit ihm hin, helfen ihm, sich einzurichten, und fliegen wieder zurück.«

Mom schenkt ihm ein breites Lächeln. »Beim Golfen verbringst du auch jede Menge Zeit und bist nicht im Büro. Oder meinst du das, wenn du behauptest, dass du arbeiten musst?«

Dad grummelt irgendetwas, antwortet ihr jedoch nicht, deshalb fügt Mom hinzu: »Ich meine, Kalifornien liegt schließlich nicht gerade um die Ecke.«

Ich rutsche auf meinem Stuhl hin und her. »Oder, na ja, New York.« Wenn ich auf die Columbia gehe.

Die Falten graben sich noch tiefer in Dads Stirn. »Ich dachte, die Columbia sei nur dein Notfallplan. Nicht, dass ich glaube, Stanford würde dich ablehnen, schließlich können wir auf eine lange Reihe von Clarkes zurückblicken, die voller Stolz das Trikot der Cardinals getragen haben.«

Ich habe mehrere Sicherheitsnetze, aber die Columbia gehört nicht dazu. »Sie ist nicht mein Notfallplan«, murmele ich.

Dad gibt ein Schnauben von sich. »Ich bezahle nicht dafür, dass du dich in New York City amüsierst.

Dann kannst du genauso gut gar nicht aufs College gehen.«

»Du wirst Stanford lieben«, versichert mir Mom und schiebt sich einen Bissen Kotelett in den Mund. »Das Wirtschaftsprogramm ist erstklassig. Und wir freuen uns schon so darauf, unsere Alma Mater mal wieder zu besuchen.«

»Ja.« Ich ziehe meine Gabel durch das Kartoffelpüree. »Sicher.«

Ich weiß, warum meine Eltern wollen, dass ich Valedictorian werde: Damit ich ihre makellose Bilanz, überall die Nummer eins zu sein, nicht versaue. Aber das ist nicht der Grund, warum ich es unbedingt werden muss. Ich muss Valedictorian werden, um ein volles Stipendium zu erhalten, damit ich nicht von meinen Eltern abhängig bin und mein Studium selbst finanzieren kann – denn wer nicht zahlt, hat auch nichts zu sagen.

Das Pendel der Standuhr schwingt hin und her, hin und her. Tick-tack. Tick-tack. Es ist schwer zu glauben, dass dieses Haus einmal von den Witzen meines Vaters und dem Lachen meiner Mutter erfüllt war. Es kommt mir vor, als sei das eine Ewigkeit her.

Dads Handy vibriert und bringt seinen Teller zum Klappern. Er wirft einen hastigen Blick darauf und legt es dann zurück auf den Tisch.

Plötzlich fällt mir wieder ein, dass ich meinem kleinen Cousin Devin eine Nachricht schicken sollte. Er hatte heute eine Mathearbeit.

Hey, wie lief Mathe heute?

Dad kneift die Augen zusammen, aber ich hab ihn in der Tasche – er kann mich nicht anbrüllen, weil ich beim Essen Nachrichten verschicke, wenn sein eigenes Handy praktisch wie eine zweite Gabel auf seinem Tischset liegt.

Mein Smartphone vibriert.

Gut, glaub ich. Ich hasse Mathe.

Oh, mein liebes Sommerkind, stöhnst du ernsthaft über Mathe in Klasse sieben?

Wart's ab – Differenzialrechnen kommt erst noch.

Er antwortet mit einem Kotz-Emoji.

Mom blickt mit hochgezogener Augenbraue zu meinem Vater. »Das Essen läuft nicht weg, Ted.«

Dad hört auf, sich Essen in den Mund zu schaufeln, und schluckt. »Du hast eben anklingen lassen, dass du der Ansicht bist, dass ich nicht hart genug für diese Familie arbeite. Ich versuche nur, schnell zu essen, damit ich wieder zurück an die Arbeit kann.«

Mom murmelt leise etwas und pikst ein Brokkoliröschen energischer auf als nötig.

Dad lässt seine Gabel fallen. »Hast du irgendwas zu sagen, Bev?«

Ich stehe so abrupt vom Tisch auf, dass die Stuhlbeine über die Bodenfliesen kratzen. »Ich muss meinen Englischaufsatz noch fertig machen.«

Mom legt die Stirn in Falten. »Wes ...«

Dad versucht, meinen Blick einzufangen, weil er wahrscheinlich stinksauer ist, dass ich mitten beim Essen einfach davonstürme, aber ich kann mir das gerade einfach nicht anhören. Ich spüle meinen Teller ab und stelle ihn in die Spülmaschine, bevor ich zurück nach oben trotte.

Früher habe ich jeden Abend mit meinen Eltern im Wohnzimmer gesessen und ferngesehen, aber jetzt arbeiten sie beide immer bis spät. Ich stütze die Ellenbogen auf dem Schreibtisch ab und lege den Kopf auf meine Hände.

Sergeant Aaron Lewis verzagt nie. Er ist gegenüber den Menschen, die er liebt, unerschütterlich loyal.

Ich muss mich auf was anderes konzentrieren. Irgendwas.

Ich surfe wieder zum Forum. Mein Sci-Con-Post hat nur drei Kommentare. Der erste stammt von irgendeinem Typen, der schreibt, dass er letztes Jahr dort war und inzwischen weggezogen ist, aber offensichtlich trotzdem das Bedürfnis verspürt hat, einen Kommentar abzugeben. Der zweite ist von jemandem, der Conventions für reine Geldverschwendung hält, so als hätte ich um seine Meinung gebeten. Und dann ist da noch ein Kommentar von dieser Lewton-Shipperin, CaptainJillsBFF22.

Ich werde da sein! Kann's kaum erwarten.

Ich verdrehe die Augen. Natürlich geht ausgerechnet sie hin. Ich klopfe mit den Knöcheln auf den Schreibtisch.

Ich bin mir nicht sicher, was mich dazu treibt, aber ich klicke auf den Username und öffne eine neue Nachricht.

3
Stella

Ich kann kaum noch die Augen offen halten, die an meinem Geschichtsbuch kleben, das aufgeschlagen auf meinem Schreibtisch liegt. Ich habe denselben Satz über Teddy Roosevelt schon mindestens ein halbes Dutzend Mal gelesen, und wenn ich ihn noch ein halbes Dutzend Mal lesen muss, dann kratze ich mir freiwillig die Augen aus. Ernsthaft, der Name Roosevelt sieht echt seltsam aus, wenn man ihn sich zu oft anschaut.

Ich lehne mich zurück, vollführe eine schnelle Drehung auf meinem Schreibtischstuhl und lasse mein Zimmer um mich herum verschwimmen. Meine Wände verschmelzen mit dem beigen Teppich. Ich ziehe die Beine an die Brust, bis der Stuhl aufhört, sich zu drehen, und ich mit dem Gesicht zum Bett stehen bleibe, wo mein lila Bettzeug am Fußende zu einem Nest aufgehäuft ist. Ich würde nichts lieber tun, als auf der Stelle kopfüber dort hineinzutauchen.

Aber ich muss mir erst noch die Aknesalbe aus

dem Gesicht waschen, mir die Zähne putzen, inklusive Zahnseide – und, ach ja, stimmt, das hier zu Ende lesen.

Spotify tönt leise aus meinem Handy: Ich streame die Taylor-Swift-Playlist. Gerade laufen ein paar Akustiksongs nacheinander, und ich schwöre, dass meine Augenlider mit jedem Gitarrenton schwerer werden.

Konzentrier dich.

Mein Handy piepst mit einer Nachricht von Bridget.

Weißt du, ob wir noch welche von diesen Erdnussbutterkeksen haben?

Das Kontaktfoto meiner Schwester leuchtet auf meinen Bildschirm. Sie trägt darauf ihre Burger-Blitz-Uniform und hält meine Nichte Gwen in die Kamera. Gwen ist auf diesem Foto noch so klein, erst ein paar Monate alt. Ich kann kaum glauben, dass sie demnächst schon ihren zweiten Geburtstag feiert.

Ich verdrehe die Augen und schreibe zurück.

Hast du mir wirklich gerade aus dem Nebenzimmer 'ne Nachricht geschickt? Du weißt schon, dass du einfach zwei Meter in die Küche laufen und selbst nachschauen könntest, oder?

Gwen ist endlich eingeschlafen und ich bin soooo hungrig.

Du bist wohl eher soooo faul.

Ich füge am Ende noch schnell ein Zwinker-Emoji hinzu, weil Bridget ehrlich gesagt der am wenigsten faule Mensch ist, den ich kenne. Was die Tatsache, dass sie sich ihr Leben versaut hat, nur umso schlimmer macht, weil ich schwöre, dass sie eine sensationelle Ärztin oder Anwältin oder so abgegeben hätte.

Mom hat Sonntag 'ne neue Packung gekauft.

Sie antwortet mit einer Ansammlung von Kussgesicht-Emojis. Schon nach wenigen Sekunden öffnet sich knarrend eine Tür im Flur und Schritte trippeln über den Gang. Das ist der spaßige Nebeneffekt, wenn man in einer winzigen Sozialwohnung wohnt: Egal, was man macht, alle anderen wissen darüber Bescheid.

Ich drehe mich auf meinem Stuhl, bis das verfluchte Buch wieder in mein Blickfeld kommt. Noch zwanzig Seiten. Das ist alles. Die Erschöpfung umhüllt mich wie ein Mantel. Ich sollte mich an dieses Buch erinnern, wenn ich mal wieder nicht schlafen kann – Geschichte lernen ist ein unglaublich effektives Mittel gegen Schlaflosigkeit.

Aber ich *muss* das hier zu Ende lesen. Mr Bailey liebt unangekündigte Tests, um zu sehen, ob wir unsere Hausaufgaben gemacht haben, und ich habe bisher eine perfekte Strähne, die ich mir nur ungern versauen würde.

Valedictorian.

Stipendium.

College.

Als Erste in unserer Familie.

Ich wiederhole die Worte wie ein stummes Gebet und zwinge mich, mich wieder dem Buch zu widmen.

Mein erster Fehler war es, dass ich es mir erlaubt habe, schon mal in meinen Schlafanzug zu schlüpfen. Der zweite Fehler, dass ich zum Lernen auf mein Zimmer gegangen bin, weil mein Bett einfach unfassbar gemütlich und verlockend aussieht. Aber Dave döst im Wohnzimmer auf der Couch, und Bridget wird mich sofort ablenken, wenn sie mich sieht, deshalb ist das hier der beste Platz.

Theodore Roosevelt war der …

Theodore Roosevelt war …

Theodore Roosevelt …

Theo …

Ich klappe das Buch zu und reibe mir die Augen unter meiner Brille. Das wird heute nichts mehr. Ich stehe morgen einfach extrafrüh auf. Meine Finger wehren sich regelrecht gegen mich, als ich mir den Wecker auf Viertel vor fünf stelle, aber ich tue es trotzdem.

Ich werde Valedictorian werden. Ich habe es *verdient*, Valedictorian zu werden. Ich werde allen beweisen, dass ich es verdient habe – und dass es keine Rolle spielt, woher man kommt, sondern nur, wohin man geht.

Ich checke nur noch kurz meine Fan-Fiction, dann gehe ich ins Bett.

Ich logge mich im *Warship*-Forum ein, und tatsächlich: Die Fic, die ich heute Morgen hochgeladen habe, hat zweiundsechzig Views und zwölf Kommentare. Ein verschlafenes Lächeln breitet sich auf meinem Gesicht aus. Es war nur eine kleine Kurzgeschichte, die ich am Wochenende verfasst habe – eine Jill/Aaron-Fic in einem Paralleluniversum, wo sie sich in einer Eisdiele in Seattle kennenlernen, in der sie beide arbeiten. Ich bin mir noch nicht mal sicher, warum ich mich für Seattle entschieden habe. Ich war noch nie da – ich hab in meinem ganzen Leben noch nicht in einem Flugzeug gesessen –, aber es sah irgendwie nett aus, also: warum nicht? Jill ist sein Boss und sie geraten ständig aneinander. Die Geschichte endet mit ihrer Hochzeit auf einem Boot, das aus strategischen Gründen den Namen – Achtung, jetzt kommt's! – *Happening* trägt. Es ist das Ende, das wir alle verdient hatten.

Ich habe einen Ordner mit Lesezeichen für romantische Fluff-Fiction, falls ich mal allem entfliehen muss, und eine Sammlung mit Fix-It-Fiction, wenn ich mir *Warship* mal wieder anschaue. Zwei Mal im Jahr veranstaltet das Forum einen Livestream und alle schauen sich die Episoden noch mal an und posten ihre Reaktionen. Letztes Mal habe ich Zusammenfassungen zu den einzelnen Folgen mit persönlichen Anmerkungen geschrieben und bin mir ziemlich sicher, dass sie zumindest eine Handvoll Leser gefunden haben. Ich liebe es, aber ich brauche nach diesem schrecklichen Ende auch immer ein bisschen Fluff-Fic als Happy End.

Ich will Chrome gerade wieder schließen, als ich sehe, dass ich eine neue Nachricht erhalten habe.

CERanger11: hey. Hab deinen Kommentar zu meinem Post gesehen. Du gehst zur Sci-Con? Ich auch. Mein erstes Mal.

Na, ich hab definitiv nicht erwartet, dass dieser Typ sich in meine DMs wagt. Ist ein bisschen beunruhigend. Aber wenigstens hat er seine Nachricht nicht mit »Hallo Süße« oder so angefangen. Meine Freundin Brooke hält ihre Usernames aus Prinzip geschlechtsneutral und ihr Forum-Bild ist auch nur ein copyrightfreies Foto der *Happening*. Wir haben mal ein kleines Experiment durchgeführt und beide dieselbe Beschwerde im Forum gepostet: Obwohl die Hauptfigur eine Frau ist, bestehen über die Hälfte der *Warship*-Folgen den Bechdel-Test nicht. Mir hat die Aktion einen neuen Rekord an Mansplaining-Kommentaren beschert, dass ich total überreagiere, während Brooke ein paar »Likes« bekommen hat und ansonsten in Ruhe gelassen wurde.

Meine Finger zögern über der Tastatur. Ein Teil von mir würde die Nachricht am liebsten ignorieren. Nachrichten aus dem Nichts von irgendwelchen Typen führen nie zu etwas Gutem.

Aber ich kann mich noch gut an meine erste Con erinnern. Ich kannte niemanden und das war echt scheiße. Immerhin habe ich damals ein Autogramm von Leigh Stanton ergattert. Ihr Foto schaut mich von der anderen Seite des Schreibtischs an, eine Aufnahme von ihr in voller *Warship*-Montur und mit erhobener Pistole. Die verschnörkelte Unterschrift der Schauspielerin erstreckt sich quer über die Mitte. Etwas eher Unbekanntes so toll zu finden, kann ziemlich einsam machen. Es ist nicht das Gleiche wie *Star-Wars*- oder *Harry-Potter*-Fan zu sein, bei denen es richtige Vergnügungsparks für die riesige Fangemeinde gibt. Wenn ich jemandem erzähle, dass ich ein Kostüm von Captain Jill Brighton besitze, dann werde ich meist verständnislos angeglotzt. Aber als ich damals auf meiner ersten Sci-Con war und so viele andere Leute gesehen habe, die entweder ein *Warship*-Logo am Körper hatten, als einer der Charaktere verkleidet waren oder ein T-Shirt mit einem Aufdruck von einem von Jills berühmten Zitaten trugen, hatte ich das Gefühl, dazuzugehören. Die Leute haben mir den ganzen Tag Komplimente zu meinem Kostüm gemacht und Fotos von mir geknipst und es war absolut großartig. Wer bin ich also, jemand anderem genau das zu verwehren?

CaptainJillsBFF22: Ja, ist schon mein drittes Jahr in Folge! Die Sci-Con ist spitze. Jede Menge Warshipper.

Schon nach zwei Sekunden poppt die nächste Nachricht auf.

CERanger11: Cool. Machst du Cosplay?

Bisher keine widerlichen Kommentare oder Mansplaining. Wir sind auf dem richtigen Weg.

Mein Jill-Kostüm hängt an dem rosa Kleiderbügel, der aus meiner angelehnten Schranktür herausragt. Ich habe das *Warship*-Abzeichen eigenhändig vorne auf den taillierten grauen Mantel genäht und für die Jacke Messingknöpfe aufgetrieben, die denen an Jills Jacke ziemlich ähnlich sehen.

CaptainJillsBFF22: Ich gehe jedes Jahr als unser geliebter Captain. ☺ Du?

CERanger11: Ich hab überlegt, als Sergeant Aaron Lewis zu gehen. Weiß noch nicht. Hab mich noch nie an Cosplay versucht. Aber seine Uniform scheint mir nicht allzu kompliziert zu sein.

Okay, ich will nicht lügen, also (1) bin ich kein bisschen überrascht, dass er als Aaron geht, weil der die Lieblingsfigur sämtlicher Typen ist, aber (2) frage ich mich auch ernsthaft, ob er nicht vielleicht ein über vierzigjähriger Widerling ist, der sich gezielt für Captain Jills stürmischen Liebhaber entschieden hat, weil das alles zu seinem perversen Plan gehört, mich flachzulegen. Ein paar von diesen Fanboys würde ich das jedenfalls durchaus zutrauen. Aber ich schätze, ich sollte mich wohl glücklich schätzen, dass er mich nicht mit einem Dick-Pic bedacht hat wie der letzte Typ, der mir hier ungefragt eine Nachricht geschickt hat. Ich habe ihm mit einem Foto von meiner Kacke im Klo geantwortet, woraufhin er mich blockiert hat, deshalb betrachte ich es als Sieg.

CaptainJillsBFF22: Ach? Ist er dein Lieblingscharakter?
CERanger11: Ja. Von der ersten Folge an.
CaptainJillsBFF22: Nice! Er ist wirklich cool.

Es klopft leise an meiner Zimmertür. »Stella, Schatz, ich bin gerade nach Hause gekommen. Bist du noch auf?« Moms gedämpfte Stimme durchdringt kaum das Holz, aber obwohl sie flüstert, kann ich das Gähnen hören, das darin mitschwingt.

»Ja«, rufe ich. »Tut mir leid, ich muss noch was für Geschichte lesen. Und mir die Zähne putzen.«

Die Tür öffnet sich und sie steckt den Kopf durch den Spalt, noch immer in ihren Krankenhausklamotten mit SpongeBob-Motiv. Sie hat erst letztes Jahr ihre Ausbildung als medizinische Assistentin abgeschlossen, hat aber trotzdem ungefähr eine Fantastillion unterschiedlicher Pflegerinnen-Outfits, alle mit verschiedenen Cartoonfiguren drauf. »Hattest du einen schönen Tag?«

Ich zucke mit den Schultern und drehe meinen Stuhl, um sie ansehen zu können. »Schätze schon. Ich wäre Wesley Clarke im Debattierkurs fast an die Gurgel gegangen.«

Ihre Augenbrauen schießen nach oben. »Schon wieder?«

»Ja, heute muss wohl ein Tag sein, der auf *g* endet – oder Mittwoch.« Ich ziehe die Knie ans Kinn und streiche über meine weiche rosa Schlafanzughose. »Aber sonst lief's ganz okay. Und wie war dein Tag?«

Ein schweres Seufzen schüttelt Moms ganzen Körper. »Na ja, die Miete ist in zwei Wochen fällig, und das Auto quietscht seit Neuestem, wenn ich bremse, also um ehrlich zu sein: Nicht so toll.«

»Shit.«

»Entweder muss ich mit Cynthia reden und ihr sagen, dass sie die Miete diesen Monat später kriegt, oder weiter jedes Mal ein Stoßgebet sprechen, wenn ich bei Rot halten muss.«

»Ich kann nächste Woche eine Extraschicht in der Eisdiele machen und ...«

»Nein«, unterbricht sie mich. »Du musst dich auf die Schule konzentrieren. Ich kann Bridget fragen, wenn es sein muss.« Bridget, die Schulabbrecherin, die für den Mindestlohn arbeitet und ein Kind großzieht. Ich *muss* nach dem College einen guten Job kriegen.

Zeit für einen Themenwechsel. »Wie läuft's im Altersheim?«

»Ich durfte mein Körpergewicht in Kotze aufwischen, aber ansonsten nicht übel.«

»Sehr glamourös.« Ich nestle an meinen Fingernägeln herum. »Ich glaube, in der Genossenschaftsbank suchen sie gerade Leute. Du könntest dir einen netten Schreibtischjob besorgen. Ich garantiere dir, dass dein Tag dort aus entschieden weniger Blut und Urin bestehen würde.«

»Stella, du weißt, dass ich meinen Beruf liebe. Mit Blut und Urin und allem Drum und Dran.«

Ich hoffe, dass ich eines Tages genug Geld verdiene, damit sie das nicht mehr tun muss.

»Hast du was zu Abend gegessen?«

»Nein, Dave lässt uns verhungern.«

Mom reagiert gar nicht, deshalb füge ich hinzu: »Ja, natürlich. Er hat Auberginen mit Parmesan aus dem Gefrierfach aufgewärmt. Gwen hat sogar auch ein bisschen davon probiert. Wir haben dir was übrig gelassen, im Kühlschrank.«

»Gut.« Sie lächelt. »Und jetzt ruh dich *bitte* ein bisschen aus.«

»Ich tu's, wenn du's auch tust.« Sie wirft mir zwei Luftküsse zu, und ich mache dasselbe – unser kleines Ritual.

Dann verschwindet sie wieder in den Flur und macht die Tür zu. Ich habe mich kaum wieder dem Bildschirm zugewandt, als eine Benachrichtigung auftaucht.

CERanger11 möchte ein Bild mit dir teilen.

Aha, also doch. Ich verdrehe so sehr die Augen, dass sie praktisch an meinem Hinterkopf kratzen. Warum machen Kerle so was? Haben sie damit wirklich schon mal jemanden rumgekriegt? Nach dem Motto: *Ja, mein Sohn, ich habe ein Foto von meinen Klöten gemacht und es einer Frau mit einem echt heißen Profilbild geschickt, und, Überraschung, so habe ich deine Mutter kennengelernt.*

Mein Finger schwebt zögernd über dem Button. Wider mein besseres Wissen klicke ich auf Akzeptieren – aber nur, weil ich immer noch dieses Kackefoto auf meinem Handy gespeichert und keine Angst davor habe, es erneut zu benutzen.

Ich scrolle bereits auf der Suche nach dieser ganz speziellen Munition durch mein Smartphone, als ein Schwarz-Weiß-Foto meinen Bildschirm ausfüllt. Aber es ist absolut jugendfrei: eine Bleistiftzeichnung von Aaron Lewis, der in seinem Fluchtshuttle sitzt und für immer von der *Happening* und Jill davonfliegt. Die letzte Szene der Serie.

CERanger11: Daran arbeite ich gerade. Habs noch nicht gepostet.

Mir wird ganz schwer zumute. Folge zwanzig. Oh, Folge zwanzig. Sie bricht mir immer wieder das Herz.

Ich bin mir nicht sicher, warum es mich so sehr trifft, dass er sie verlassen hat. Ich weiß, dass es nur eine Serie ist. Ich schätze, weil in der realen Welt Romanzen so enden wie die von Bridget und Ben – Gwens Vater und ein absoluter Komplettausfall. Jill und Aaron sollten das Nonplusultra sein. Und wenn mein OTP nicht funktioniert, welche Hoffnung besteht dann noch für den Rest von uns?

Dieser Typ hat den Ausdruck in Aarons Augen perfekt eingefangen. Er schaut in seinen Rückspiegel und die Qualen sind ihm ins Gesicht geschrieben.

Ich habe die Onlinepetition für eine zweite Staffel unterschrieben, obwohl es mir ziemlich aussichtslos vorkam, weil ich mir wirklich, wirklich wünsche, dass wir doch noch zu sehen bekommen, wie die beiden ein Paar werden. Ich muss einfach daran glauben, dass Aaron zu ihr zurückgekommen wäre.

CaptainJillsBFF22: Das ist wirklich gut. Cool, wie du sein leises Grinsen und die Zweifel in seinen Augen eingefangen hast.

CERanger11: Freut mich, dass es dir gefällt. Das ist eine meiner Lieblingsszenen.

CaptainJillsBFF22: Moment mal – ernsthaft? Das ist die traurigste Szene der ganzen Serie. Er *geht*.

CERanger11: Ich schätze, es ist nur traurig, wenn einem nicht gefällt, *wohin* er geht.

Natürlich ist dieser Typ Anti-Lewton. Ich kann wirklich nicht begreifen, dass es tatsächlich Shipper gibt, die Aaron Lewis ernsthaft mit Michele Cordova anstatt mit Captain Jill sehen wollen. Ich spiele mit dem Gedanken, ihm meine Zwölf-Punkte-Theorie dazu zu schicken, warum #Lewdova die entschieden schlechtere Ship ist, überlege es mir dann jedoch anders.

CaptainJillsBFF22: Okay, Schlafenszeit. Gute Nacht.

4
Wesley

Das Zweitletzte, womit ich begrüßt werden will, als ich in der Schule ankomme, ist die Bioklausur auf meinem Pult, auf der oben in fetten Zahlen 88 % steht. Ich schlucke schwer und überfliege meine Antworten. Ich hätte mehr lernen sollen. Aber am nächsten Tag waren zwei heftige Hausaufgaben in Integralrechnung fällig, deshalb habe ich Bio ein wenig schleifen lassen. Eine einzige Klausur kann meinen Schnitt schließlich nicht allzu sehr versauen, richtig? Meine Finger trommeln nervös auf meinem Bein.

Ich habe es gerade mal bis zu Frage drei geschafft – bei der meine Antwort komplett mit rotem Kugelschreiber eingekringelt ist –, als das *Letzte*, womit ich begrüßt werden will, ins Klassenzimmer stolziert.

Stella wirft im Vorbeigehen einen Blick auf das Blatt auf meinem Pult. »Lang lebe Mr Valedictorian, der König der Zwei plus.«

Ich stopfe das Papier so hastig in meinen Rucksack, dass es dabei total zerknittert. »Sag mir Bescheid, wenn du für die Abschlussfeier Hilfe bei deiner Rede als *Salutatorian* brauchst. Ich weiß ja, dass Rhetorik nicht unbedingt deine Stärke ist.«

»Eigentlich finde ich, dass die Nummer zwei viel besser zu *dir* passt, Clarke. Irgendwie denke ich immer an dich, wenn ich die Zahl irgendwo sehe.«

»Oh, du denkst an mich? Das ist ja so süß.«

Sie zeigt mir den Mittelfinger, bevor sie sich auf ihren Platz setzt, zwei Reihen entfernt.

Ich kratze mich unauffällig am Hals und versuche, einen Blick auf Stellas Note zu erhaschen. Sie zeigt mir ein selbstgefälliges Grinsen, bevor sie ihre Klausur hochhält, auf der oben 96 % steht. Meine Schultern spannen sich unwillkürlich an.

Es ist nur eine einzige Klausur. Außerdem ist das hier ihr bestes Fach.

Okay, eine Sache zu Stella Greene: Wenn jemals jemand ein Heilmittel gegen Krebs findet, dann sie. Ihr Gehirn ist wie ein Schwamm für Biologie und letztes Jahr hat sie unseren Chemielehrer total chefmäßig bei irgendeiner Gleichung korrigiert. Aber dafür ist sie in Rhetorik und Geschichte total mies und da kann ich die verlorenen Punkte wieder aufholen. Die Sache ist noch nicht vorbei.

Ich *brauche* dieses volle Stipendium.

Ich vergrabe das Gesicht in den Händen. Es wurmt mich, dass mein ganzer schöner Plan in sich zusammenstürzen könnte, wenn ich meine Bionote nicht verbessern kann.

»Hey.« Laura McNally lässt sich auf den Stuhl neben mir fallen und mein Pulsschlag beschleunigt sofort. »Ich fass es nicht.« Sie klatscht eine Hand auf ihre Tischplatte. »Ich hab drei Stunden für diese dämliche Klausur gelernt und hab 'ne Drei gekriegt.«

»Die Klausur ist bei allen scheiße gelaufen. Mach dir deswegen keinen Kopf.«

»Ich *mach* mir aber 'nen Kopf.« Sie beißt sich auf die Unterlippe, und meine Gedanken rauschen sofort zu dem Abend zurück, an dem wir auf dem Parkplatz beim Einkaufszentrum auf dem Rücksitz vom Auto ihres Dads rumgemacht haben. Wir sind von einem Wachmann der Mall erwischt worden, der mit seiner Taschenlampe an die Fensterscheibe gedonnert und wahrscheinlich angenommen hat, dass wir's treiben. Mit einem Mal ist es viel zu heiß im Klassenzimmer. »Die NYU wird mich auf die Warteliste setzen, das weiß ich einfach.«

»Nee.« Ich will ihr spielerisch gegen den Arm boxen, ziehe meine Hand aber in der letzten Sekunde zurück, weil es sich immer noch komisch anfühlt, sie zu berühren. »Du kriegst 'nen Platz.« Mein Herz beginnt wie wild zu rasen und am liebsten würde ich mir das Ding aus der Brust reißen und in den Müll werfen.

Zwischen mir und Laura läuft es erst seit ungefähr einem Monat wieder normal und ich will das nicht kaputtmachen. Sie wirft eine lange blonde Strähne auf ihren Rücken und ich lasse meinen Blick zum vorderen Teil des Klassenzimmers wandern. So lange waren wir gar nicht zusammen. Ich glaube, insgesamt waren es vier Monate. Aber mir schnürt sich trotzdem noch jedes Mal die Brust zusammen, wenn sie in meiner Nähe ist. Ein Teil von mir hegt immer noch die leise Hoffnung, dass sie mich fragt, ob ich mit ihr zum Abschlussball gehen will. Holly D'Angeles hat mich gestern gefragt, und ich hab Nein gesagt, aber bei meinem Glück werde ich am Ende wahrscheinlich allein gehen müssen.

»Okay, Ruhe, bitte.« Mr Hardwicke betritt das Klassenzimmer. Er trägt eine karierte Krawatte und hat eine Cola Zero in der Hand. »Sind Sie alle in den Genuss gekommen, Ihre Klausuren durchzuschauen?«

Für ihn muss das Wort *Genuss* eine andere Bedeutung haben.

Um mich herum schießen sofort fünf Hände in die Luft, einschließlich Lauras.

»Ja, ja, das dachte ich mir.« Er stellt seine Cola vorne auf dem Labortisch ab. Ich schätze, die Kein-Essen-im-Labor-Regel gilt nicht für ihn. »Wir gehen jede Antwort noch mal einzeln durch. Und Sie schreiben sie am besten auf, um für die Abschlussprüfung zu lernen.«

Die Hände sinken wieder. Stella hat sich ihren selbstgefälligen Ausdruck allerdings immer noch nicht aus dem Gesicht gewischt, und er löst den Drang in mir aus, laut zu schreien.

»Aber zuerst müssen wir über Ihr Frühjahrsprojekt sprechen: Rattenlabyrinthe.«

Vereinzeltes Stöhnen im Raum. Ich lehne mich auf meinem Stuhl zurück und verschränke die Arme. Die berühmt-berüchtigten Rattenlabyrinthe sind der einzige Grund dafür, warum sich die Hälfte der Klasse überhaupt für Bio entscheidet – und der einzige Grund, warum die andere Hälfte der Klasse diesen Kurs hasst. Die Aufgabe ist tatsächlich ein bisschen seltsam, schätze ich. Meine Eltern würden ausflippen, wenn ich aus irgendeinem anderen Grund eine Ratte mit nach Hause bringen würde, und ich selbst bin auch nicht unbedingt begeistert von dieser Aussicht. Erzwungene Nähe zu Ratten: Hat das nicht damals die halbe Bevölkerung Europas ausgelöscht? Eine ebenso grausame wie ungewöhnliche Bestrafung.

»Galaxy Pets in der Willow Street hat unsere tierischen Freunde vorrätig, also vergessen Sie bitte nicht, sich einen Gutschein abzuholen und sich bis zur nächsten Woche Ihre Ratte mit allem Drum und Dran zu besorgen.«

Ich hole mein Notebook hervor und notiere mir den Namen der Tierhandlung. Er liegt ganz in der Nähe von zu Hause.

»Sie haben drei Monate Zeit, um ein Labyrinth aus Pappe zu bauen« – er zeigt auf den Labortisch im hinteren Teil des Raumes, auf dem ein Stapel zusammengeklappter Kartons gefährlich schief über der Tischkante aufragt – »und Ihre Ratte so zu dressieren, dass sie das Labyrinth meistert.«

Noch mehr Stöhnen. Ich weiß wirklich nicht,

warum sie sich alle beschweren. Die Aufgabe ist denkbar simpel: einfach mit Futter bestechen. Im Prinzip ist das dieselbe Methode, die meine Eltern anwenden, um meinen Bruder zu irgendetwas zu bewegen. Ich muss den Nager dafür noch nicht mal anfassen.

»Wenn wir sie am Ende des Projekts testen, muss Ihre Ratte in der Lage sein, ohne Hilfe, Anleitung oder Futter vom Anfang bis zum Ende zu gehen. Es ist eine leicht verdiente Eins. Die Tiere sind sehr intelligent.«

»Und was machen wir nach dem Projekt mit den Ratten?«, platzt Kyle Nielsen heraus, ohne die Hand zu heben.

»Das bleibt Ihnen überlassen. Sie können sie als Haustiere behalten oder sie in der Schule lassen. Wir geben sie dann bei unserer alljährlichen Aktion mit dem Tierschutzbund zur Adoption frei.«

Jen Martins Hand schießt nach oben. »Was, wenn meine Eltern es mir nicht erlauben, eine Ratte mit nach Hause zu bringen?«

»Sie können die Ratten hier im Klassenzimmer lassen. Beschriften Sie einfach Ihren Käfig, ich füttere sie dann abends und am Wochenende. Oder fragen Sie Ihren Partner, ob er oder sie die Ratte mit nach Hause nehmen kann.«

»Partner?« Stella runzelt die Stirn. Sie kriegt immer diese komische kleine Delle auf der Stirn, wenn sie sie in Falten legt.

»Das Rattenlabyrinth ist eine Paaraufgabe.«

Erneutes Stöhnen.

Laura schenkt mir ein kurzes Lächeln.

Eine Partneraufgabe ist vielleicht gar nicht so schlimm.

Mr Hardwicke zieht ein zusammengefaltetes Blatt aus seiner Tasche. »Ich bestimme die Paarungen.«

Diesmal schließe ich mich dem Stöhnen an.

»Beruhigen Sie sich wieder – es ist ein Schulprojekt, keine Ehe. Wenn Sie erst mal einen Job haben, müssen Sie mit allen möglichen Leuten zusammenarbeiten, also gewöhnen Sie sich lieber schon mal daran.« Er setzt seine Brille auf. »Die Ersten sind Laura McNally und Johanna Yolanski.«

Mir wird ein wenig schwer ums Herz. Laura lächelt ihrer Partnerin auf der anderen Seite des Zimmers zu. Ich wünschte, sie würde mich genauso anschauen.

»Kevin Dooley und Ally Knight. Kelly Pierce und Serena Hutchings. Wesley Clarke und Stella Greene.«

Stella springt auf. »Nein. Stopp.«

Ich hebe eine Hand. »Kann ich einen anderen Partner haben?«

»Wie bitte?« Mr Hardwicke kneift seine grauen Augenbrauen zusammen. »Nein, können Sie nicht.«

Stella funkelt mich an. »Kann ich nicht einfach allein arbeiten? Das werde ich schließlich sowieso tun müssen.«

»Nein. Setzen Sie sich wieder, Stella.«

Stella lässt sich auf ihren Stuhl sinken, ihre Wangen glühend rot und einen finsteren Ausdruck auf dem Gesicht.

»Was, wenn …«

»Nein«, schneidet Mr Hardwicke mir das Wort ab.

Diesmal hebt Kyle zumindest die Hand. »Es ist ein bisschen unfair, die zwei schlausten Leute in der Klasse in ein Team zu stecken.«

Ich haue mit einer Hand auf den Tisch. »Genau. Stimmt.«

»Er hat recht«, sagt auch Stella. »Sie sollten uns trennen.«

»Die Paarungen wurden per Computer zufällig ausgelost. Also, Sie können sich jetzt entweder wieder beruhigen oder sich für heute einen Eintrag abholen und den Rest der Stunde bei der Schulsozialarbeiterin verbringen.«

Ich schaue demonstrativ überallhin, nur nicht zu der vor Wut kochenden Stella.

Mr Hardwicke liest weiter Namen vor. Drei Monate mit Stella Greene als Partnerin. Großartig.

* * *

Stella wartet nach dem Unterricht im Korridor auf mich, noch immer mit finsterer Miene.

»Was?«, frage ich sie.

Sie stößt ein tiefes Seufzen aus, als sie mich sieht, so als würde es ihr körperliche Schmerzen bereiten. »Ich gehe am Samstag zu Galaxy und besorge unsere Ratte.«

Ich setze meinen Rucksack auf. »Ich mach das schon. Es liegt sowieso auf meinem Heimweg.«

»Ähm, nein. Ich will die Ratte aussuchen.«

»Du traust mir nicht zu, eine Ratte auszusuchen?« Sie schnaubt verächtlich. »Ich traue dir noch nicht mal zu, einen Pfannkuchen richtig zu wenden.«

»Na schön. Von mir aus. Nimmst du sie mit nach Hause oder soll ich?«

»Ich glaube nicht, dass meine Mom das erlaubt. Außerdem würde unser Hund sie definitiv fressen. Kann ich sie bei dir vorbeibringen?«

»Was? Nein.« Stella Greene will bei mir zu Hause auflaufen? »Bring sie mit in die Schule. Hardwicke hat doch gesagt, dass wir sie im Klassenzimmer lassen können. Ich nehme sie dann am Montag mit zu mir.«

Ihre braunen Augen weiten sich. »Aber … ich will die Ratte nicht das ganze Wochenende hierlassen. Ihr könnte irgendwas passieren.«

»Ernsthaft?«

»Ernsthaft. Ich bringe sie zu dir nach Hause.«

»Okay, nur, damit ich das richtig verstehe.« Ich verschränke die Arme. »Du willst unbedingt selbst zu Galaxy Pets, obwohl der Laden praktisch bei mir um die Ecke liegt, damit du die Ratte persönlich aussuchen kannst, um sie dann zu mir nach Hause zu bringen?«

»Korrekt.«

»Wenn du meinst. Aber komm nicht vor zwölf. Ich treffe mich mit meinem Rhetorik-Tutor und gehe anschließend mit den Jungs joggen.«

»Dein Rhetorik-Tutor, natürlich. Wie könnte ich es jemals wagen, euch zu stören?«

»Und komm auch nicht nach vier, da bin ich bei Brandon.«

»Wie schön, dass du Zeit für so was hast.« Sie verdreht die Augen. »Ich brauche deine Handynummer, damit wir unsere Treffen organisieren können.«

»Geh mir nicht gleich an die Wäsche, Greene. Das hier ist ein Schulprojekt.«

»Halt die Klappe.« Sie reißt mir mein Handy aus der Hand, tippt ihre Nummer ein und wirft es mir dann wieder zu. Ich füge sie schnell meinen Kontakten hinzu.

»Hey!« Stella lehnt sich näher zu mir. »Unter welchem Namen speicherst du mich ab?«

Ich drehe das Handy zu ihr um, damit sie es lesen kann.

»*Stock?* Was zur Hölle soll das denn bedeuten?«

»Das ist das riesige steife Ding, dass du immer im Hintern hast.« Ich schicke ihr meine Nummer. »Da, jetzt hast du meine auch.«

Sie tippt meine Kontaktdaten in ihr Handy ein und kippt dann den Bildschirm, damit ich es sehen kann.

Salutatorian. Sie hat mich unter Salutatorian gespeichert.

Betreff: WARSHIP SEVEN REWATCH!!!
Username: CaptainJillsBFF22

Sind alle da? Hat euch das Wiedereintauchen in die erste Folge gestern Abend genauso gut gefallen wie mir?? Ich glaube, ich habe diese Episode öfter gesehen als jede andere, aber sie wird mir nie langweilig.

Heute Abend gucken wir Folge zwei: »Zweimal minus ergibt plus«. Ich glaube, an dieser Folge mag ich am liebsten, dass wir die Crew der *Happening* richtig kennenlernen. Da wäre, natürlich, unser Captain Jill, aber auch die Pilotin Gemma, der Mechaniker Sonny, Bordschütze Skulls, Droide C0ndor und Vizekommandant Markus.

In der Episode wird die Crew von Piratenkreuzern umzingelt, und die jugendliche Pilotin Gemma muss ein paar echt krasse Manöver aus dem Ärmel schütteln, um ihnen die Flucht zu ermöglichen. Ich liebe Gemma in dieser Folge (sonst auch immer, aber hier besonders), weil wir den ganzen Mist sehen, mit dem sie sich herumschlagen muss, was sie jedoch nicht davon abhält, eine verdammt gute Pilotin zu sein. Außerdem ist es die erste Folge, in der richtig coole Kampfaction zu sehen ist.

Aber es gibt eine Szene in dieser Episode, die mich stört: die, in der die Crew gemeinsam am Tisch sitzt. Jill und Markus denken darüber nach, wie sie ihrer ZE-Geisel – also Aaron, der noch immer in der Zelle sitzt – irgendwelche Informationen entlocken können, und alle machen Vorschläge dazu. Gemma hilft C0ndor, dem Droiden, der immer wieder einen Wackelkontakt hat, aber ihr Zwillingsbruder Sonny und Bordschütze Skulls nerven sie die ganze Zeit wegen ihres bevorstehenden Dates. Ich fand es schon immer problematisch, dass Sonny im Prinzip eine männliche Nutte ist und dafür von den anderen gefeiert wird – aber kaum hat Gemma einen Freund, erklären ihr alle, dass ihr Shirt zu tief ausgeschnitten ist, und reißen Witze darüber, dass sie sie auf dem Schiff einsperren wollen? Kotz. Man weiß *sofort*, dass diese Szene von einem Mann geschrieben wurde. Ehrlich, ich liebe diese Serie, aber manchmal macht sie mich echt wütend.

KOMMENTARE

Rangerdanger69: »manchmal macht sie mich echt wütend« Weißt du, was mich wütend macht? Männerfeindlichkeit unter *Warship*-Fans.

CaptainJillsBFF22: lmao
Männer: **schreiben echt frauenfeindliches Zeug**
Frauen: **konfrontieren sie damit**
Männer: **OMG, Männerfeindlichkeit**

aarongotrobbed99: nicht alle Männer sind frauenfeindlich

CaptainJillsBFF22: Aber »alle Männer« fühlen sich anscheinend dazu berufen, mich heute Abend in meinem Blog zu nerven. Ihr könnt mich mal.

5
Stella

»Kommst du mit zu Brandons Geburtstagsparty?«, fragt Dahlia auf dem Weg zu ihrem Auto. Ich bleibe wie angewurzelt stehen, mitten auf dem Gehweg.

»Würg. Warum?«

»Bittebittebitte?« Sie faltet die Hände, als würde sie beten. »Ich will da nicht allein hin.«

»Kannst du nicht mit Em gehen?«

»Sie hat bis in alle Ewigkeit jedes Wochenende Hallenfußballspiele.«

Ich seufze und ziehe unbewusst an der Halskette unter meinem Shirt. Das Schwert mit den drei Spitzen bohrt sich in meine Haut. »Wann ist sie denn?« Ich habe keine Zeit, um am Wochenende auf Partys zu gehen. Ich bin nicht Wesley Ich-habe-einen-Privattutor Clarke.

»Am 20. März.«

»Das ist erst in einem Monat.«

»Er feiert beim Laser Tag in der Space Arena«, verkündet sie mir. »Komm schon, du liebst diesen Laden doch. Ich zahle auch für unbegrenztes Airhockey.«

»Und Ibuprofen.«

Sie runzelt die Stirn. »Ibuprofen?«

»Gegen die Kopfschmerzen, die ich kriege, wenn ich den ganzen Abend mit Wesley abhängen muss.« Ich gehe weiter.

»Weißt du, Kyle Nielsen kommt vielleicht auch ...«

Mein Herz rauscht in einem blitzartigen Sturzflug abwärts. Ich wechsle meinen Rucksackriemen von einer Schulter auf die andere und versuche, meinen Gesichtsausdruck möglichst neutral zu halten. »Wirklich? Ich wusste gar nicht, dass er mit Brandon befreundet ist.«

»Ich glaube, Brandon hat pauschal die halbe Stufe eingeladen.«

Sie kennt mich zu gut. Ich kann durchaus ein paar Stunden Wesley ertragen, wenn es ein paar Stunden Kyle bedeutet. »Na gut. Ich werde mir die Ehre geben.« Als ich meine Hand wieder unter dem Shirt hervorziehe, sehe ich einen Abdruck von Captain Jills dreispitzigem Schwert in meiner Handfläche.

* * *

Bridget trägt immer noch ihre Burger-Blitz-Uniform, als ich nach Hause komme. Der Geruch von Frittierfett und Pommes hängt an ihren Klamotten, als hätte sie mit den Burgern gebadet, anstatt sie nur zu braten. Ein paar Strähnen ihres rot gefärbten Haars blitzen unter ihrer Mütze hervor und umrahmen ihr müdes Gesicht. Ich hasse es, wenn die Leute ständig behaupten, mit harter Arbeit könnte man sich aus der Armut befreien, so als wären wir nur aus dem einen Grund arm, dass wir nicht hart genug arbeiten. Mom und Bridget arbeiten härter als jeder andere, den ich kenne.

Meine Schwester steht an der Küchentheke und stochert energisch mit einer Gabel in einer Schüssel herum. Ein runder Kern liegt neben einer halben Avocadoschale auf der Arbeitsplatte.

Ich kicke meine Schuhe weg. »Keine Sorge, diese Avocado ist bereits tot.«

»Es ist das Einzige, was sie isst.« Meine Schwester hat dicke Tränensäcke unter den Augen. »Sie schreit schon seit Stunden.«

Gwen kichert auf dem Teppich im Wohnzimmer, keinerlei Anzeichen für einen Trotzanfall in Sicht. Dave sitzt neben ihr und zeigt auf verschiedene Bilder in einem Buch, dessen Cover ein Beagle mit Baseballkappe ziert.

»Gwennie-Maus hat noch nie irgendwas falsch gemacht, in ihrem ganzen Leben nicht«, sage ich.

Bridget rollt mit den Augen. »Gesprochen wie eine wahre Tante, die sich nicht um drei Uhr morgens mit diesem Kind herumschlagen muss.« Die Worte *Gwendoline Stephens gehört mein ganzes Herz* erstrecken sich in verschnörkelter schwarzer Schrift über ihren Oberarm, neben einem Herzen mit Gwens Geburtsdatum. Espeon, unser Westie, sitzt neben Bridgets Füßen und starrt zur Küchentheke hinauf, in der Hoffnung, dass es ein paar Avocadostücke regnet. Ich spanne mich an, weil Avocados für Hunde pures Gift sind, aber Bridget passt auf, dass alle Reste auf der Arbeitsplatte bleiben. Ich kraule Espeons flauschige weiße Ohren, bevor ich ins Wohnzimmer gehe.

»Hey, Stells«, ruft mein Stiefvater, schaut aber weiter auf die Kleine. Wenn man Gwen auch nur für fünf Sekunden aus den Augen lässt, ist unsere ganze Wohnung im Nullkommanichts in Toilettenpapier mumifiziert.

»Hey.« Ich drücke meiner Nichte einen flüchtigen Kuss auf ihren flaumigen Kopf, kehre wieder in die Küche zurück, nehme den Avocadokadaver auf und werfe ihn in den Müll. Ein kurz vor dem Umkippen stehender Stapel Geschirr wartet im Spülbecken. »Brauchst du 'ne Pause? Ich kann mit ihr spazieren gehen.«

»Schon okay, ich kümmere mich um sie.« Dave zeigt auf irgendetwas anderes in dem Buch und Gwen lächelt noch breiter. Sein Gehstock lehnt hinter den beiden am Sofa.

»Dave konnte sie endlich ablenken«, flüstert Bridget.

Gwens glückliches Quietschen unterbricht sie. Obwohl die Kleine noch nicht mal ganz zwei ist, hat sie bereits einen vollen blonden Lockenschopf, genau wie ihr Vater. Ihre Ohren stehen auch genauso ab wie seine. Ich frage mich, ob es Bridget was ausmacht, dass ihre Tochter ihrem Ex so ähnlich sieht. Ich hoffe nur, dass sich seine Persönlichkeit nicht auch vererbt hat.

Als hätte sie meine Gedanken gelesen, wischt Bridget über die Küchentheke und hält den Blick dabei gesenkt. »Ich hab heute von Ben gehört.«

Ich spanne mich an. »Und ihm hoffentlich gesagt, dass er sich verpissen soll?«

»Stella …«

»Oder, keine Ahnung, ihn gefragt, wo seine sechs letzten Unterhaltszahlungen abgeblieben sind?«

»Ich gehe am Sonntag mit Gwen ins Einkaufszentrum und treffe mich mit ihm. Dort gibt's einen Spielplatz.«

Ich schaue wieder zu meiner Nichte zurück, die immer noch voll auf das Buch konzentriert ist. »Bist du dir sicher, dass das eine gute Idee ist?«

»Er ist ihr Vater.« Sie rührt noch angestrengter mit der Gabel in der Schüssel herum.

»Vater?« Ich schnaube verächtlich. »Der Typ ist ein glorifizierter Samenspender, genau wie Dad.«

»Wir werden nicht darüber diskutieren, Stella.«

»Er wird sich nicht ändern.«

Meine Schwester wirft mir einen warnenden Blick zu, und inzwischen sollte ich eigentlich wissen, dass ich es damit gut sein lassen sollte, aber ich kann einfach nicht anders. Mein Scheißkerl-o-Meter schießt jedes Mal durch die Decke, wenn wir über Ben reden. Ernsthaft, wer ghostet bitte seine schwangere Freundin? Es ist schließlich nicht so, als hätte Bridget sich selbst geschwängert.

»Als du dich das letzte Mal mit ihm getroffen hast, bist du weinend nach Hause gekommen.« Ich ziehe meinen Rucksack aus und stelle ihn auf den Küchenstuhl. »Weißt du noch, wie ihr das erste Mal Schluss gemacht habt und dann wieder zusammengekommen seid? Und ich mit dir zur Beratungsstelle gehen und dir einen Schwangerschaftstest besorgen musste? Und wie ihr das zweite Mal Schluss gemacht habt und wieder zusammengekommen seid? Und, na ja, all die Male danach?»

»Stella.«

»Du rennst jedes Mal wieder zu ihm zurück und er wird es wieder ganz genauso machen. Kannst du es dir wirklich erlauben, deine komplette Zeit auf diesen Vollidioten zu verschwenden? Er ist ein Loser, und er will, dass du auch eine Loserin bist.«

Sie funkelt mich an. »Verflucht, Stella, ich heirate ihn ja nicht. Ich treffe mich nur eine Stunde lang mit ihm, damit seine Tochter ihn sehen kann.«

Gwen kichert vom Teppich aus. »'flucht nommal«, wiederholt sie und blickt mit einem Anflug von Verschmitztheit auf dem Gesicht zu ihrer Mutter.

Wir schauen beide mit zusammengekniffenen Augen zu ihr hinunter und ein Lachen droht aus mir herauszubrechen. Dave gelingt es, sie mit ein paar Bauklötzen abzulenken, deshalb drehe ich mich wieder zu Bridget um. »Ich will nur nicht, dass du wieder einen Fehler machst.«

»Gwen war kein Fehler.«

Ich mache den Mund auf, um etwas zu erwidern, überlege es mir dann jedoch anders. »Du hast recht«, sage ich schließlich. »War sie nicht.«

Aber ich schwöre, wenn der Typ Bridget noch mal verarscht, dann schnappe ich mir eine Schaufel, und niemand wird ihn je vermissen.

»Ich hab Unterricht und heute Abend eine Schicht im Kino«, sagt sie. »Ich komme erst spät nach Hause.«

»Soll ich auf Gwen aufpassen?«

»Dave hat gesagt, dass er das machen kann.« Sie blickt mit hochgezogenen Augenbrauen zu unserem Stiefvater. »Passt es dir heute Abend noch?«

Er salutiert in ihre Richtung. »Großvaterpflichten sind aktiviert.«

Bridget steckt einen Babylöffel in die Schüssel mit der zermatschten Avocado und stellt sie auf den Tisch. »Komm her, Gwen, es gibt was zu essen.« Sie hebt ihre plappernde Tochter hoch und fädelt sie in den Hochstuhl.

Ich liebe meine Schwester, und ich hasse es, das zu sagen, weil es so schrecklich klingt, aber wenn ich Bridget anschaue, dann denke ich: *Sie ist der Grund, warum ich so hart arbeite*. Weil ich auf keinen Fall wie sie enden will – total kaputt und ohne Zukunft.

Vielleicht wäre meine Schwester jetzt nicht in dieser Situation, wenn sie mehr Zeit damit verbracht hätte, Bücher zu lesen, anstatt Ben nachzulaufen. Wenn sie Prioritäten gesetzt hätte.

Ich trotte den Flur hinunter zu meinem Zimmer, plötzlich hoch motiviert für meine Hausaufgaben. Zu sehen, wie Ben sich aufführt, hat mich komplett von dieser Fester-Freund-Sache geheilt.

Es ist nicht so, als hätte ich noch nie einen richtigen festen Freund gehabt. Ich hatte exakt drei Komma fünf Beziehungen.

Opfer Nummer eins: Derek Banks in der sechsten Klasse. Wir haben einmal Händchen gehalten, als wir auf den Bus gewartet haben. Es war alles sehr keusch. Ich glaube, wir waren einen Monat lang »zusammen«, auch wenn ich mir nicht sicher bin, ob ich es überhaupt so nennen kann, weil wir kaum miteinander geredet haben.

Dann war da Arjun Patel zu Beginn der achten Klasse. Wir haben beim Winterball Stehblues getanzt, er hat mich gefragt, ob ich seine Freundin sein will, und dann ist seine Familie nach Illinois gezogen. Tragisch.

Jeff Givens war das Highlight meines Sommers zwischen der zehnten und elften Klasse. Wir waren Betreuer im Ferienlager des YMCA und mussten vier Mal die Woche beim Kickball auf die Kinder aufpassen. Dann hat die Schule wieder angefangen und das Ganze ist irgendwie im Sande verlaufen.

Und last, but not least mein Komma fünf: Mark Statler, Chloe Sandersons Cousin. Wir haben auf Chloes Silvesterparty um Mitternacht rumgeknutscht und ich hab ihn nie wiedergesehen. Aber ich zähle ihn trotzdem mit.

Die bunten Markierungen lugen aus meinem Bio- beziehungsweise Geschichtsbuch hervor, und ein noch jungfräulicher Stapel Karteikarten bettelt mich förmlich an, dass ich sie mit Lernhilfen vollschreibe. Außerdem muss ich bis Montag noch ungefähr acht

Jahrbuchseiten formatieren und das Verzeichnis für die Nationale Schülervereinigung aktualisieren.

Aber als ich in meinem Zimmer bin, bringe ich nichts anderes zustande, als auf meine To-do-Liste zu starren, so als würde sie sich dadurch wie durch Zauberhand von selbst abhaken. Stattdessen logge ich mich im *Warship*-Forum ein.

Zwei neue Fan-Art-Posts sind online, von zwei der üblichen Verdächtigen. Die erste Zeichnung zeigt Gemma, die C0ndor wie ein Baby wiegt. Auf der anderen sind Jill und Aaron zu sehen, blutüberströmt und geschunden. Sie sitzen in benachbarten Zellen, ähnlich wie in Folge sechzehn. Er hat die Augen geschlossen und den Kopf gegen die Glasscheibe gelehnt, die sie trennt. Sie blickt zu ihm hinüber und versucht offensichtlich, sich nicht anmerken zu lassen, wie besorgt sie wegen der Schnittwunden in seinem Gesicht und an seiner Schulter ist. Das ist die Folge, in der sie sich, glaube ich, wirklich ineinander verlieben – oder in der ihnen zumindest bewusst wird, was sie in ihrem tiefsten Inneren schon lange füreinander empfinden. Die Bildunterschrift lautet: »*Unser Captain und unser Soldat – es sieht doch ein Blinder, dass sie ineinander verliebt sind!*«

Au, mein Herz. Es ist eine meiner absoluten Lieblingsszenen der Serie, obwohl meine Lieblinge darin leiden. Vielleicht liegt es daran, dass ich einfach eine Schwäche für gute, altmodische Hurt/Comfort-Storys habe. Ich füge die Zeichnung meinen Favoriten hinzu und schreibe einen schnellen Kommentar an die Künstlerin:

> Das ist wunderschön. Hör nicht auf die Antis. Hat Leigh nicht in diesem Regiekommentar erwähnt, dass das der Moment ist, in dem Jill ihre Gefühle für Aaron zum ersten Mal erkennt? (Ich meine, falls man glaubt, dass sie nicht sowieso die ganze Zeit am #heimlichflirten waren, was definitiv der Fall ist.) Tim Lacey hat das auch gesagt und er hat die Folge schließlich geschrieben. Lewton ist das OTP – das wissen alle!

Ich wünschte, ich könnte zeichnen. Ich habe so viele Ideen.

Aber da ich völlig frei von wie auch immer geartetem künstlerischen Talent bin, begnüge ich mich mit dem Nächstbesten und öffne ein leeres Word-Dokument. Letztes Jahr hat meine Fix-it-Fic, in der ich das Serienende komplett umgeschrieben habe – als Ersatz für die zweite Staffel, die wir nie bekommen haben –, über fünfzigtausend Aufrufe gesammelt. Manchmal, wenn ich down bin, krame ich sie wieder hervor und lese sie noch mal. Es ist schon ziemlich traurig, dass mein Fan-Fiction-Ende stimmiger ist als der Bullshit, den die Serienmacher uns serviert haben.

Zwanzig Minuten. Ich kann zwanzig Minuten dafür opfern, was Neues zu schreiben.

Ich glaube, es wird wieder eine Fix-it-Fic, direkt nach dem ganzen Drama von Episode zwanzig. Vielleicht fliegt Aaron am Ende wie geplant davon, wendet sich dann aber von Michele Cordova ab, anstatt zu ihr zurückzukehren. Dann fliegt er wieder zur *Happening* zurück und entschuldigt sich. Ja. Das wird meine neue Story – eine Entschuldigung. Mit Happy End.

FANDOM > WARSHIP SEVEN
Pairing: Captain Jill Brighton / Sergeant Aaron Lewis
Tags: nach Episode 20, Fix-it-Fic, Beziehungsangst, #Lewton, Canon-treu, Folge 20 war scheiße – das ist das wahre Ende

Ich überlege einen Moment. Jill wäre stinksauer auf ihn, weil er einfach abgehauen ist, und das zu Recht. Vielleicht streiten sie sich erst mal eine Weile, bevor sie sich wieder versöhnen, und am Ende machen sie auf der Brücke der *Happening* rum. Und dann gründen Jill und Aaron irgendwo eine Familie.

Ich beginne, den ersten Satz zu tippen, als plötzlich eine neue Benachrichtigung aufpoppt.

CERanger11: krass, muss ich wirklich 90 $ für ein Foto mit Ethan Martone löhnen?

Ich verdrehe die Augen. Schon wieder dieser Typ. Na toll. Diese Info hätte er auch mit Leichtigkeit auf der Website finden können, aber natürlich schickt er mir lieber eine Direktnachricht, damit ich gratis die Arbeit für ihn mache. Ich fange an Seh ich aus wie Google? zu tippen, halte dann jedoch inne. Es ist seine erste Con, und vielleicht weiß er ja wirklich nicht, wo er die Info findet.

CaptainJillsBFF22: Das ist der Vorverkaufspreis, ja. Wenn du es auf der Con kaufst, sind es 100 $, glaube ich. Aber das ist es wert! Ethan ist total super zu seinen Fans.

CERanger11: Machst du ein Foto?

CaptainJillsBFF22: Das hoffe ich! Ich spare auf eins mit Leigh (hab mir letztes Jahr ein Autogramm geholt, aber kein Foto gemacht) und hoffentlich Krista Pollack – ich hab letztes Mal meinen Gemma-Anstecker getragen, aber sie total verpasst.

CERanger11: Verkaufen sie auch Gruppenfotos? Ich hätte am liebsten eins mit der kompletten Besetzung.

CaptainJillsBFF22: Ich glaube, dieses Jahr kommen nur Leigh, Ethan und Krista. Also vielleicht mit den dreien? Idk. Aber ist wahrscheinlich megateuer.

Er antwortet nicht, also klicke ich wieder auf meine Fic.

Ich glaube, diesmal schreibe ich aus Aarons Sicht.

Dunkelheit erfüllt das kleine Shuttle, das ich vom Schiff gestohlen habe. In dem Augenblick, in dem ich vom Radar der *Happening* verschwinde, breitet sich eine seltsame Leere in meiner Brust aus. Was tue ich hier? Ich habe endlich die Informationen, die Michele braucht, und kann sie ihr überbringen.

Aber ich kann an nichts anderes denken als an Jill. Jill, mit ihrer dämlichen starrköpfigen Entschlossenheit eines wahren Captains – und mit dieser hässlichen Kette, die auf ihrer Brust baumelt.

Eine kleine rote *1* leuchtet in der Ecke des Bildschirms auf.

CERanger11: Danke. Sorry, dass ich dich dauernd nerve. Ist nur alles ein bisschen viel auf einmal, weißt du?
CaptainJillsBFF22: Kein Problem! Ich versteh das total. Auf meiner ersten Con bin ich auch nur stundenlang rumgelatscht und hab alles mit offenem Mund angeglotzt. Lol
CERanger11: Ich hatte mir sogar schon ein Parkticket gekauft, und jetzt weiß ich nicht mal, wie ich hinkommen soll. Kein Auto lol
CaptainJillsBFF22: Es hält ein Bus direkt vor der Halle. Aber es kommt natürlich drauf an, woher du kommst.
CERanger11: Ich fahre auf der R3 nach Boston. Ich schau mal wegen Bussen. Sonst muss ich mir das Auto meiner Mom ausleihen.

Ich neige den Kopf zur Seite. Okay, das ist seltsam. Dann kommt er also auch von Norden. Aber ich schätze, das sollte mich nicht überraschen. Wahrscheinlich fahren eine Menge Leute aus New Hampshire zur Sci-Con. Und wenn er sich den Wagen seiner Mutter ausleiht, vielleicht ist er dann ja auch noch in der Highschool?

CERanger11: Ach, übrigens: Tim Lacey hat Folge 16 nicht geschrieben, sondern Sean Heard.

Ich schnelle vom Bildschirm hoch.

CaptainJillsBFF22: wtf? Stalkst du mich etwa?
CERanger11: Nein! Ich wollte nur einen Kommentar zu der neuen Fan-Art schreiben und hab gesehen, dass du schon einen gepostet hast.
CERanger11: Sorry, wollte nicht wie ein Stalker klingen. ☹

Meine Finger schweben über dem Blockieren-Button.

Aber wisst ihr, was? Nein. Ich werde heute nicht vor irgendwelchen Fanboys kuschen. Stattdessen öffne ich Chrome und surfe zu IMDb. Episode sechzehn, »Licht in der Dunkelheit« – geschrieben von Tim Lacey. Ich *wusste* es.

Ich schicke ihm den Link.

CaptainJillsBFF22: Dieser Link könnte dich vielleicht interessieren! 😍
CaptainJillsBFF22: Und PS: Wenn du das nächste Mal mit dem Gedanken spielst, einem Mädchen eine DM zu schicken, um ihre Warship-Fakten zu korrigieren – tus nicht.

Danach klicke ich auf Blockieren.

6
Wesley

Ich blicke blinzelnd auf den Bildschirm. *CaptainJills-BFF22 hat dich blockiert.*

Okay, das hatte ich mir irgendwie anders vorgestellt.

Super gemacht, Clarke. Jetzt hast du niemanden mehr, der bei der Sci-Con mit dir abhängt.

Und außerdem: Hat sie mich gerade … in *Warship*-Wissen besiegt?

Ich klappe meinen Laptop zu und lege den Kopf in den Nacken. Dieser Tag kann unmöglich noch schlimmer werden.

Meine Hausaufgaben für Geschichte, Mathe und Englisch stapeln sich bedrohlich am Rand meines Schreibtischs und warten darauf, erledigt zu werden. Ich schätze, ich sollte außerdem auch für die Geschichtsklausur lernen. Und den Biokram muss ich nach diesem Klausurergebnis wahrscheinlich auch noch mal durcharbeiten. Mein Pulsschlag beschleunigt um ein paar Takte.

Columbia. Ich muss das für die Columbia tun.

Manchmal, wenn mir die Motivation fehlt, stelle ich mir New York vor. Von Wolkenkratzern, Bäckereien und sensationellen Pizzerien umgeben zu sein. In Cafés in Brooklyn abzuhängen. Und vor allem: mit einem Buch in der Columbia-Bibliothek zu sitzen und das Gefühl zu haben, dass ich genau dort bin, wo ich hingehöre.

In einem Sommer haben meine Eltern mich mal fürs Basketballcamp angemeldet. Ich bin mir nicht sicher, warum. Ich glaube, weil Trevor und ich den ganzen Juni damit verbracht hatten, uns um die Xbox zu streiten, bis Mom und Dad es irgendwann satthatten und uns für eine Weile aus dem Haus haben wollten. Ich bin echt mies in Basketball und hab mich die ganze Woche total unwohl gefühlt. Ich habe so getan, als würde es mir Spaß machen, Korbleger zu üben, aber in Wahrheit wollte ich einfach nur nach Hause. Im nächsten Jahr habe ich meine Eltern angefleht, mich stattdessen ins Fotografie-Camp zu schicken, und das war eine Woche, von der ich nicht wollte, dass sie jemals wieder endet.

Ungefähr so hab ich mich auch bei meinem Besuch in Stanford gefühlt – und in der Columbia einen Monat später. Es besteht ein Unterschied darin, etwas zu erzwingen oder das Gefühl zu haben, dass es auf ganz natürliche Weise passiert. Die Columbia hat sich für mich schon wie zu Hause angefühlt, bevor ich mich überhaupt dort beworben hatte. Es liegt nicht daran, dass mit Stanford irgendwas nicht stimmt, es ist eben nur so, dass manche Leute Rot lieber mögen und andere Blau. Manche Leute bevorzugen Kalifornien und ich liebe eben New York.

Aber es ist schon okay. Ich muss heute Nacht nicht schlafen. Die Seite mit den Anweisungen für diese dämliche Rattenaufgabe lugt aus dem Stapel hervor. Ich hatte sie schon wieder völlig vergessen, genau wie die Tatsache, dass Stella Greene am Samstag hier vorbeikommt. Mom wird ausflippen, wenn sie erfährt, dass ich eine kulleräugige Ratte mit nach Hause bringe – ausgerechnet einen Nager.

Ich schnappe mir meinen Skizzenblock und schlage die nächste leere Seite auf. Ich weiß – *ich weiß* –, ich habe im Augenblick keine Zeit für so was. Meister der Prokrastination werden nicht Valedictorian.

Ich lasse den Kohlestift über das Papier tanzen und zeichne Sonny und Skulls beim Sparring auf der Brücke. Ihre unterschwellige Rivalität ist mein Lieblings-Headcanon von den beiden.

Mein Handy vibriert mit einer Nachricht – Laura. Ich setze mich auf meinem Stuhl auf und greife so schnell nach meinem Handy, dass ich es vor lauter Hektik fast auf den Teppich fallen lasse.

> Hey, hast du die Bio-HA schon gemacht? Ich bin echt nervös, seit ich die Klausur verhauen hab.

Ich überlege eine Sekunde.

> Gestern. Brauchst du Hilfe?

Mein Herz hämmert wie wild in meiner Brust. Ich bin mir zwar auch nicht sicher, ob ich die Hausaufgabe richtig verstanden habe, und wenn sie Hilfe in Bio braucht, dann sollte sie eigentlich jemand anders fragen, aber – verdammt.

Vielleicht. Mal sehen, wie ich klarkomme.

Mein Knie hüpft nervös gegen meine Hand. Laura war das erste Mädchen, das mich gefragt hat, ob ich mit ihm ausgehen will, das erste Mädchen, mit dem ich je zusammen war, und das erste Mädchen, das ich je wirklich mochte. Und das erste Mädchen, das letzten Sommer auf dem Parkplatz von TGI Fridays mit mir Schluss gemacht hat. Ich kann mich noch immer an ihre exakten Worte erinnern: »Ich will im Moment keinen Freund.« Was die totale Ironie war, weil sie nicht mal drei Monate später bei einem Footballspiel mit Mitch Greenfield rumgemacht hat. Ich hab ihr letztes Jahr zum Valentinstag eine Halskette geschenkt, die sie in diesen vier Monaten jeden Tag getragen hat, und zu sehen, wie sie dann an unserem ersten Schultag in der Zwölften – kurz nachdem wir uns getrennt hatten – mit nacktem Hals in Latein saß, hat sich angefühlt, als würde man mir eine Glasscherbe in die Brust bohren.

Oh, und rate mal, was gerade mit der Post kam!!

OMG. NYU?

Ich habs geschafft!

GLÜCKWUNSCH!

Ich spamme sie sofort mit sämtlichen Happy GIFs zu, die ich finden kann, darunter eins von C0ndor, wie er seinen seltsamen kleinen Droiden-Tanz aufführt. Laura ist zwar keine Warshipperin, aber alle lieben C0ndor.

Danke. 😊 Und sie haben mir ein Stipendium gegeben! Kein Milliardenkredit also, zumindest nicht im ersten Jahr haha

Das ist echt cool!!

Ich kann es kaum glauben. Die NYU. Ich hab ihr monatelang im Stillen die Daumen gedrückt, dass sie angenommen wird. Natürlich hab ich es gehofft, weil ich weiß, wie viel es ihr bedeutet, aber ich will nicht lügen: Ich hatte dabei auch einen Hintergedanken.

Dann bist du ja ganz in meiner Nähe.

In dem Moment, in dem ich auf Senden klicke, bereue ich es sofort. Was, wenn sie gar nicht in meiner Nähe sein will? Was, wenn sie vergessen hat, dass ich auf die Columbia gehen will, und sie es sich jetzt doch anders überlegt und ihren Platz ablehnt?

Ja! Nur eine kurze Subway-Fahrt entfernt!

Um ehrlich zu sein, haut mich die Vorstellung von NYC ganz schön um. Aber gut zu wissen, dass ein Freund in meiner Nähe ist. Ich hab gehört, man kriegt dort zu jeder Tages- und Nachtzeit jede erdenkliche Art von Essen!

Ich starre so konzentriert auf den Bildschirm, dass ich, als meine Zimmertür plötzlich aufschwingt, fast einen halben Meter in die Luft schrecke und hastig aufspringe. Mom steht in der Tür, und ich stehe da, mit meinem Smartphone in der Hand, als hätte sie mich gerade mit heruntergelassener Hose erwischt.

»Tut mir leid, tut mir leid!« Sie legt eine Hand auf die Augen und wendet sich ab. O Gott, sie glaubt ernsthaft, ich hätte hier drin gerade Pornos geschaut.

»Verflucht, Mom, hast du mich erschreckt.«

»Bist du angezogen?«

»Ja!« Das ist so erniedrigend. »Komm rein.« Ich lasse mich wieder auf meinen Stuhl sinken.

Sie dreht sich langsam wieder zu mir um. »Okay. Puh. Hi!«

»Hi.« Ich kneife die Augen zusammen. »Warum trägst du denn ein Namensschild?«

»Oh, das hab ich ganz vergessen.« Sie zieht den

Aufkleber von ihrem Pullover ab. »Wir hatten heute ein paar Bewerber zum Mittagessen im Büro, frisch von der Uni.« Sie hat eine Thermosflasche in der Hand, auf der das Stanford-Wappen prangt. Natürlich.

Mein Handy vibriert, und ich muss es richtig fest gegen meinen Schenkel pressen, um nicht sofort einen Blick darauf zu werfen. Ich kann es im Moment echt nicht gebrauchen, dass Mom mich wegen dieser ganzen Laura-Geschichte ins Kreuzverhör nimmt. Sie hat Laura zwar nur ein paarmal getroffen, aber trotzdem. »Wie ist es gelaufen?«

Große Diamantstecker funkeln in ihren Ohren – ein Geschenk von Dad, als sie zur Partnerin in der Kanzlei gemacht wurde. »Es war großartig! Wir haben drei gefunden, von denen ich glaube, dass sie eine unglaubliche Bereicherung für uns sein werden. Einer von ihnen ist aus Stanford, natürlich.«

Mir schnürt sich die Brust zusammen und ich kann ihr nicht mehr in die Augen schauen. Deshalb starre ich stattdessen zum Fenster hinaus, auf den Pool im Garten hinunter, der immer noch mit der Winterplane bedeckt ist. »Das ist toll.«

Gestern war ich auf der Website der Columbia und hab mir die verschiedenen Kunstkurse angeschaut. Aber dann hat Mom irgendwas von unten gerufen, und ich hab den Tab wieder zugemacht, nur für den Fall, dass sie beschließt, in mein Zimmer zu platzen.

Die Sache mit dem Vermächtnis meiner Familie ist, dass wir tatsächlich eins haben. Grandpa Clarke hat meine Großmutter in Stanford kennengelernt, Mom und Dad sind sich dort auch zum ersten Mal begegnet, und im Augenblick studiert mein Bruder dort im zweiten Jahr. Das verdammte Stanford-Wappen hängt eingerahmt bei uns im Wohnzimmer. Es gibt sogar ein Babyfoto von mir, auf dem ich ein kleines Stanford-Trikot bei einem Footballspiel trage.

Mom setzt sich auf meine Bettkante. »Also, erzählst du mir, was du schon die ganze Zeit auf dem Herzen hast?«

»Ich hab überhaupt nichts auf dem Herzen.« Ich halte den Blick gesenkt. Ich bin echt ein Arschloch. Mom wird am Boden zerstört sein, wenn sie herausfindet, dass ich hinter ihrem Rücken ihrer Alma Mater eine Absage erteilt habe. »Ich bin nur gestresst wegen der Schule.«

Mom steht wieder auf und legt eine Hand auf meine Schulter. Sie hat immer gescherzt, dass sie sich nie Sorgen darüber machen muss, dass ich mich heimlich aus dem Haus schleichen könnte, weil meine Augen immer ganz genau verraten, was ich gerade denke. Aber ich glaube nicht, dass das noch stimmt, weil sie in letzter Zeit nicht den Hauch einer Ahnung hat, was ich denke. Ansonsten würde diese Unterhaltung ganz anders laufen. »Versuch, das alles nicht so ernst zu nehmen. Wir sind beide sehr stolz auf dich, ganz egal, was passiert.«

Ich zwinge mich zu einem Lächeln. »Danke.« Ich frage mich, ob dieses »was« auch einschließt, mit einer jahrzehntealten Familientradition zu brechen.

Ich gucke heimlich kurz auf mein Handy, als ich glaube, dass sie gerade nicht hinsieht, aber es ist zu spät: Eine neue Nachricht leuchtet auf, und Moms Augen werden praktisch magisch davon angezogen.

»Ist das Laura McNally? Wie geht's ihr denn so?«

Eine Sekunde lang starre ich sie nur an. Mom ist total neugierig, was solche Sachen betrifft. »Ihr geht's gut.«

»Wo geht sie nächstes Jahr hin?«

»NYU.«

Mom wirft mir einen wissenden Blick zu. »Das ist ja nicht weit von der Columbia entfernt. Ich hoffe, das ist nicht der Grund, warum du so an dieser Uni interessiert bist.«

Interessiert ist eine harmlose Umschreibung für *Ich habe von meinem Ersparten bereits meine erste Studiengebühr bezahlt*, aber okay.

»Nein, ist es nicht. Ich mag die Columbia und ich mag die Stadt.« Ich rutsche angespannt auf meinem Stuhl hin und her, weil das wirklich das Letzte ist, worüber ich reden will. »Laura hat ein Stipendium gekriegt.«

»Das ist ja großartig. Hey, bekommt der Valedictorian nicht auch ein Stipendium?«

»Ja. Ein volles Stipendium für die Universität seiner Wahl.« Wir haben einen dieser Multimillionäre mit Wohltätigkeitsdrang in der Stadt. Irgendein Typ, dessen Großvater eine Hotelkette gegründet hat und der jetzt superreich ist und jedes Jahr ein Stipendium spendet.

»Es wäre großartig, wenn du das bekommen würdest. Wir haben zwar diesen Treuhandfonds für dich, aber ein bisschen mehr Geld kann nie schaden. Stanford ist nicht unbedingt das günstigste Pflaster. Und was übrig ist, könnten wir investieren.«

Ich schlucke schwer. Ich schätze, Mom hat den Teil mit *seiner Wahl* überhört. »Klingt gut.«

Aber kein Druck, schon klar.

* * *

Ich weiß nicht, wie es ist, betrunken zu sein, aber ich wette, dass ich weiß, wie es ist, einen Kater zu haben. Ich hab mir gestern Nacht gegen elf noch einen Energydrink reingezogen. Bei den Querfeldeinrennen im Herbst machen wir einmal im Jahr einen »Sonnenaufgangssprint«, bei dem wir mitten in der Nacht auf den Mount Major joggen und rechtzeitig zum Sonnenaufgang den Gipfel erreichen. Zuzusehen, wie die Sonne über den Kiefern aufgeht, war entschieden erhebender, als sie heute Morgen durch zusammengekniffene Augen zu sehen, mein Biobuch immer noch aufgeschlagen vor mir. Es hätte ebenso gut auf Finnisch verfasst sein können, so viel wie ich beim Lesen verstanden habe.

Ich schleppe mich in die Schule, mit meiner Canon-Kamera um den Hals, der Riemen feucht auf meiner verschwitzten Haut. Beinahe hätte ich sie zu Hause vergessen. Der Jahrbuch-Klub gehört zu den einfachen College-Bewerbungsfüllern, die einen aussehen lassen, als hätte man ein abgerundetes Interessenspektrum, jedenfalls laut meiner Mutter.

»Hey, Mann.« Brandon schließt zu mir auf, als ich das Schulgebäude erreiche. »Wozu die Kamera?«

»Ich sollte vor einer Woche oder so einen Haufen Fotos von Leuten aus der Stufe fürs Jahrbuch abliefern und hab noch kein einziges davon gemacht.«

»Mist.«

»Ja, ich weiß.« Ich rücke den Riemen der Kamera um meinen Hals zurecht, alles andere als begeistert, dass ich heute den schuleigenen Paparazzo spielen darf. Vor allem nach nur einer halben Stunde Schlaf.

»Gehst du am Sonntag zum Wettkampf?«, fragt er.

Es dauert eine Sekunde, bis mein Gehirn mitkommt. »Äh … zum Wettkampf?« Scheiße. Das Junioren-Leichtathletikteam hat es zu den Hallenregionalmeisterschaften von New Hampshire geschafft. Das hatte ich völlig vergessen.

»Genau. Brian und Aidan basteln Schilder. Die Huntington Academy hat sich auch qualifiziert, die werden ebenfalls da sein.«

Ich bin in der Leichtathletikmannschaft, weil es sich gut auf Collegebewerbungen macht – und natürlich, um in Form zu bleiben. Unser Team ist ziemlich mies, um ehrlich zu sein, und organisierte Sportevents sind nicht wirklich mein Ding. Ich würde viel lieber allein laufen gehen. Aber das Juniorenteam ist dieses Jahr tatsächlich richtig gut, und ich schätze, das ist vielversprechend für die Zukunft der Schule oder was auch immer.

»Ich versuch's.« Ich stoße die Eingangstür auf. »Aber ich muss nächsten Monat acht Aufsätze oder so abgeben, deshalb kann ich nichts versprechen.«

Das riesige Fenster des Sekretariats begrüßt uns sofort, als wir durch die Tür treten, tapeziert mit Porträtfotos sämtlicher Zwölftklässler, die bereits einen Platz am College sicher haben – wir nennen es Die Wand. Farbige Sticker listen unter jedem Foto auf, wer wo angenommen wurde: Stanford, Columbia, UPenn, Dartmouth, Syracuse und BC kleben unter meinem Foto, wobei die Columbia gelb hervorgehoben ist. Falls meine Eltern aus irgendeinem Grund in der Schule auftauchen, muss ich mir blitzschnell eine Ausrede einfallen lassen.

Dieses Bild von mir ist das Allerletzte. Der Fotograf, den meine Eltern angeheuert hatten, hat mich aussehen lassen wie einen kompletten Volltrottel, mit einer dämlichen Locke, die direkt in meine Stirn hängt.

Brandon seufzt. »Du blamierst echt alle anderen.«

Im ersten Moment glaube ich, er spricht über das Foto, aber dann fährt er fort.

»*Sechs* Unis. Ich hab mich noch nicht mal bei sechs Unis *beworben*.«

Ich zucke nur mit den Schultern und gehe weiter. Ich bin mir nicht sicher, warum mir das Ganze so unangenehm ist. Wahrscheinlich, weil meine Liste mindestens doppelt so lang ist wie die aller anderen. Meine Studienberaterin und meine Eltern haben sich diese total ausgeklügelte Bewerbungsstrategie für mich einfallen lassen und ich hab einfach mitgemacht.

»Nicht mal Stella Greene wurde so oft angenommen.«

Auf Stellas Wand-Foto hängt ihr braunes Haar offen über ihre Schultern und sie steht allem Anschein nach vor dem Springbrunnen im White Park. Ihre rosa Brille umrahmt ihre Augen, und ich kann nicht umhin, festzustellen, dass sie eigentlich wirklich hübsche Augen hat. Außerdem ist es wahrscheinlich das erste Mal, dass ich sie mit offenen Haaren sehe. Unter ihrem Namen stehen MIT und UNH, wobei das MIT hervorgehoben ist. Okay, das ist ein bisschen seltsam. Ich hätte darauf gewettet, dass Stella Ich-bin-besser-als-alle-anderen Greene eine Liste hat, die doppelt so lang ist wie meine, allein schon, um es allen unter die Nase zu reiben.

Schreie erfüllen den Korridor und ziehen unsere Aufmerksamkeit auf sich. Es dauert ein paar Sekunden, bevor uns klar wird, dass niemand aus einem Fenster im fünften Stock in den Tod gestürzt ist oder so. Ein paar Jungs aus der Trommler-Sektion der Schulband marschieren durch den Korridor und geben einen Trommelwirbel zum Besten, der im winzigen Empfangsbereich des Sekretariats widerhallt. Ein paar Neuntklässler halten sich die Ohren zu.

Laura und eine Traube anderer Leute aus der Band folgen den Trommlern mit schallendem Gelächter.

»O mein Gott, hört auf!« Lauras sommersprossiges Gesicht ist knallrot, aber sie lacht und versucht, einem der Trommler die Stöcke wegzunehmen, einem Typen aus der Elften, der, glaube ich, Collin heißt. Ein Knoten schnürt sich in mir zusammen.

»Aufgepasst, Leute!« Collin schlägt seine Trommelstöcke zusammen, und alle im Korridor, die bis eben noch so getan haben, als würden sie die Meute ignorieren, wenden sich ihm zu. »Wir haben eine Ankündigung zu machen.«

Mein Kiefer spannt sich unwillkürlich an. Ich hoffe, bei dieser Ankündigung geht es nicht darum, dass er mit Laura zum Abschlussball geht oder so. Nicht, dass mich das interessieren würde.

Die Traube aus Bandmitgliedern um Laura herum beginnt zu klatschen und sie vergräbt ihr Gesicht in den Händen.

»Heute hängen wir unsere Erste Trommlerin, Laura McNally, an Die Wand!« Alle um sie herum brechen in Jubel aus. Ein paar der jüngeren Schüler im Flur klatschen halbherzig Beifall. Laura hängt inzwischen an Collins Schulter. Nicht, dass ich hingucke oder so.

An Die Wand gehängt zu werden ist eine seltsame Tradition an der GCMHS und dazu gedacht, es für die Betreffenden möglichst peinlich zu machen.

Collin nimmt seine Trommel ab und stellt sie auf den Boden. »Die NYU kriegt nächstes Jahr jemand richtig Gutes!« Er legt einen Arm um Lauras Schulter und versucht, ihr blondes Haar zu verwuscheln, aber sie schiebt seine Hand weg, immer noch lachend.

Einer der anderen Jungs holt eine Rolle Tesa hervor und klebt Lauras Zwölftklässlerporträt an Die Wand, während ein weiterer »NYU« auf einen der Sticker kritzelt, die in der Konservendose warten, die am Knauf der Sekretariatstür hängt.

Zögernd stimme ich in den Applaus ein, doch der Jubel und das Getrommel der Band übertönen ihn.

Laura schaut noch nicht mal hier rüber. Sie ist viel zu sehr mit diesem Collin beschäftigt.

»Hier wird's mir zu voll«, brummt Brandon. »Wir sehen uns später, Mann. Ich muss vor dem Unterricht sowieso noch in die Bibliothek.« Er bahnt sich mit breiten Schultern einen Weg durch die Menge und schubst dabei fast einen der Neuntklässler aus der Band um. Ich bin jedoch zu sehr damit beschäftigt, Laura zu beobachten, die mit Collin den Flur hinuntertaumelt, immer noch lachend. Einer der Schulsozialarbeiter versucht inzwischen, wieder für Ruhe zu sorgen und alle in ihre Klassenzimmer zu schicken.

»Sie sollen im Korridor nicht auf ihren Instrumenten spielen.«

Stella steht neben mir, die Arme verschränkt, und betrachtet mit finsterer Miene die feiernde Menge um uns herum.

»Bist du jetzt die Fluraufsicht, Greene?«

Die Menge beginnt, sich aufzulösen.

»Glückwunsch zum MIT.« Ich zeige auf ihr Bild. »Ich war mir sicher, dass du dich an einer Zillion Colleges bewerben würdest, nur um behaupten zu können, dass du von mehr Unis angenommen wurdest als jeder andere.«

Sie rollt mit den Augen. »Du solltest eigentlich schon letzten Donnerstag sechzig Fotos fürs Jahrbuch abliefern.«

»Wow, und Jahrbuchaufsicht bist du auch. Hast du dafür ein Abzeichen gekriegt?«

»Ich hoffe wirklich inständig, dass das der Grund ist, warum du heute diese Riesenkamera in die Schule mitgebracht hast – und dass du mich nicht hängen lässt.«

»Nee, ich hab sie mitgebracht, weil ich dachte, ich könnte vielleicht damit schwimmen gehen.«

Sie presst ihre Lippen fest zusammen. »Sorg einfach dafür, dass die Speicherkarte bereitliegt, wenn ich morgen bei dir vorbeikomme, okay?«

»Geht klar.« Ich hebe die Kamera hoch und mache ein Foto von Stella, wie sie mich anfunkelt. »Da waren's nur noch neunundfünfzig.«

7
Stella

Mein linkes Bein schläft ein, angewinkelt unter meinem Hintern auf der Couch. Ich hab immer noch meinen Schlafanzug an, obwohl schon fast Mittag ist, aber Mom und Bridget sind bei der Arbeit, und Dave ist mit Gwen im Park, deshalb ist niemand hier, der mich deswegen nerven könnte. Es ist der erste Samstag seit Ewigkeiten, an dem ich nicht arbeite, und ich würde behaupten, dass ich mir diesen entspannten Vormittag verdient habe. Es gibt nichts Besseres als ein paar Momente Ruhe und Frieden, bevor ich mich mit Wesley herumärgern muss.

Der Geruch von verbranntem Toast dringt aus der Küche zu mir. Mom vergisst jedes Mal ein paar Scheiben darin, und wenn sie raushüpfen, sind sie kohlrabenschwarz und widerlich, und man riecht es stundenlang. Der Fußboden ist von Spielzeug und Krümeln übersät, die teilweise schon mit dem Teppich verwachsen sind. Mein uralter Laptop brummt angestrengt auf meinem Schoß.

FAFSA: Antrag auf Studienförderung. Neuer Benutzer? Hier registrieren.

Ich klicke auf den Button. Mann, sie machen es einem wirklich nicht leicht. Ich wünschte, ich könnte all diese Unterrichtsstunden zu gleichschenkligen Dreiecken gegen eine Infoveranstaltung zum korrekten Ausfüllen von Anträgen auf Studienfinanzierung eintauschen.

Wenn ich Glück habe, werde ich sie natürlich gar nicht brauchen, weil ich mehr als alles andere hoffe, dass ich ein volles Stipendium bekomme. Aber im Augenblick kann ich es mir nicht leisten, ein Risiko einzugehen, nicht, solange Wesley mir noch so dicht auf den Fersen ist. Mom würde mir helfen, wenn ich sie darum bitten würde, aber sie hat schon genug um die Ohren, und außerdem ist sie sowieso kaum zu Hause. Dave hat vor ein paar Monaten versucht, mir bei meiner MIT-Bewerbung zu helfen, aber er hat mir ungefähr eine Million Fragen gestellt, deshalb hab ich ihn ziemlich schnell wieder gefeuert. Und Bridget hat noch nicht mal die Highschool abgeschlossen.

Meine Großmutter war ihr Leben lang arm, meine Mom war ihr Leben lang arm, und meine Schwester scheint in dieser endlosen Abwärtsspirale festzustecken. Aber ich werde nicht nur auf eine der besten Unis des Landes gehen, ich habe auch noch die Chance, als die Nummer eins dort hinzugehen und all die Kids mit Geld und fetten Villen und Urlaub in Europa hinter mir zu lassen. Ich muss einfach Valedictorian werden.

Der Schlüssel klappert in der Wohnungstür und sie öffnet sich langsam. Das vordere Ende von Gwens Kinderwagen donnert ungeschickt gegen den Türrahmen, gefolgt von gedämpftem Fluchen. Ich lege den Computer weg und stehe auf, um Dave dabei zu helfen, den Kinderwagen durch die Tür zu bugsieren.

»Du hättest mir 'ne Nachricht schicken sollen, dass ihr auf dem Rückweg seid, dann wäre ich runtergekommen.«

»Schon okay.« Er beugt sich nach unten und schnallt Gwen ab, die bereits ungeduldig zappelt, weil sie zu ihrem Spielzeugberg will. »Ich hab's mit ihr in den Fahrstuhl geschafft.« Dave ist im Prinzip mein Dad, seit ich sechs bin. Mein biologischer Vater – alias »der Samenspender« – ist abgehauen, als ich vier war. Bridget kann sich noch besser an ihn erinnern als ich. Als wir klein waren, hat sie mir immer erzählt, dass Dad bald wieder zurückkommt, so als sei er im Urlaub oder so. Irgendwann hat sie dann behauptet, er wäre tot, was ich ziemlich schnell als Lüge entlarvt habe, als ich deswegen heulend zu Mom gerannt bin. Danach hat sich meine Schwester einfach damit begnügt, ihn als Idioten zu bezeichnen und mir zu erklären, dass wir ihn sowieso nicht brauchen. Ich glaube, es waren Bridgets fünf Phasen der Trauer – nur, dass diese Phasen damit endeten, dass der ganze Kreislauf wieder von vorne losging, als sie sich hat schwängern lassen.

»Wie war euer Spaziergang?«

Dave darf wegen seiner schweren Epilepsie nicht

Auto fahren. Manchmal hat er einen Anfall, und vor ein paar Jahren ist das passiert, als er am Steuer saß, sodass er mit dem Wagen gegen einen Baum geknallt ist. Jetzt ist er Vollzeit-Opa und bekommt eine Berufsunfähigkeitsrente. An ein paar Abenden in der Woche hilft er mit seinen alten Armeekumpels in der örtlichen Tafel für Veteranen aus, aber ansonsten hängt er hier ab.

»Wir haben einen Falken gesehen, stimmt's, Gwennie?« Er stellt sie auf dem Teppich ab und sie stolpert zu ihren Schaumstoffbauklötzen hinüber. »Wir waren auf der Rutsche – na ja, sie zumindest. Und ein bisschen schaukeln.«

»Klingt nach Spaß.« Ich lasse mich auf den Teppich sinken und fange an, mit meiner Nichte Bauklötze zu stapeln.

»Sitzt du immer noch an diesen Antragsformularen für die Studienförderung? Brauchst du Hilfe?«

Ich tue es mit einem Schulterzucken ab, als seien solche Anträge das Einfachste auf der Welt. »Ich bin fast fertig – trotzdem danke.«

»Ich bin hier, falls du mich brauchst.« Mit einem Stöhnen klappt er den Buggy zusammen und hievt ihn in den Schrank im Flur.

Mein Handy piepst mit einer Nachricht von Bridget.

Hey – ich bin unterwegs. Die Schicht hat ein bisschen länger gedauert. Du kannst das Auto für eine Stunde haben. Reicht das?

Upsi. Ich hab die Zeit völlig vergessen. Ich soll die Ratte in zwei Stunden bei Wesley abliefern. Die Ratte, die ich noch gar nicht habe.

Ja! Muss nur ein paar Sachen für die Schule erledigen.

Rein zufällig vergesse ich, zu erwähnen, dass diese Erledigungen irgendetwas damit zu tun haben, dass ich eine lebendige Ratte in ihrem Auto transportieren muss, aber was soll's? Die Karre ist sowieso schon zwanzig Jahre alt oder so, und Gwen hat schon mindestens acht Mal auf den Rücksitz gekotzt, also. Eine flauschige kleine Ratte ist wirklich das geringste von Bridgets Problemen.

Nachdem sich Dave auf seinen üblichen Platz neben Gwen auf dem Boden niedergelassen hat, verschwinde ich in mein Zimmer, um mich anzuziehen, den Laptop unter dem Arm, den ich offen auf dem Schreibtisch stehen lasse, während ich dusche. Als ich wieder zurückkomme, schaue ich kurz im Forum vorbei und föhne mir nebenbei die Haare. Ich folge schon seit einem Jahr einer unglaublichen Fic mit mittlerweile zweiundvierzig Kapiteln, und der Post letzte Woche endete mit einem richtigen Cliffhanger: Jill und Skulls sind auf einem von Kannibalen bevölkerten Planeten gestrandet. Vielleicht hat sie ja schon das nächste Kapitel hochgeladen.

Die Leute machen sich immer über Fan-Fiction lustig, aber viele berühmte Schriftsteller haben damit angefangen. Bei vielen dieser Fics handelt es sich im Prinzip um richtige Bücher, und ich würde behaupten, dass sie qualitätsmäßig locker mit dem mithalten können, was in den Buchläden in den Regalen steht. Und trotzdem fragt mich Mom jedes Mal, wenn ich Fan-Fiction lese, warum ich kein »richtiges« Buch lese. Nerv.

Ich habe kein Glück, aber immerhin hat die Autorin eine Nachricht gepostet, dass das neue Kapitel morgen online steht. Wobei mir wieder einfällt, dass ich meine eigene neue Fic noch zu Ende schreiben muss. Vielleicht eine Hochzeit? Ja, eine Lewton-Hochzeit würde mir diesen Tag definitiv versüßen.

Dafür hat aber jemand neue Fan-Art gepostet. Ich klicke auf den Link mit dem Titel »Ein Friedensangebot«. Ein handgezeichneter Comic erfüllt meinen Bildschirm, mit einer kurzen Erklärung oben auf der Seite.

CERanger11: Zwei Zeichnungen: die erste ist ein Friedensangebot an eine Warshipper-Freundin. Ich hoffe, es gefällt dir. Und die zweite ist eine schlichte Aaron/Michele-Skizze.

Ich fange an, den Comic zu lesen, und schnappe vor Staunen nach Luft. Er hat ein paar Panels zu *Sein größter Fehler* gezeichnet, einer meiner beliebtesten Fics. Im ersten Panel sitzt Aaron im Gefängnis und verhandelt mit Jill – genauso, wie ich es geschrieben habe. Meine Schultern entspannen sich. Okay, das ist ziemlich cool. Die komplette von mir verfasste Szene ist hier in Comicform dargestellt, einschließlich meiner wortgetreuen Dialoge. O mein Gott. Er hat Fan-Art gezeichnet … zu *meiner* Fanfic. Ich muss das sofort speichern. Und es mir auf ein T-Shirt drucken oder so.

Er hat es als Friedensangebot bezeichnet. Ein Friedensangebot an *mich?*

Ich klicke zur nächsten Seite weiter – der »simplen Aaron/Michele-Skizze«, die mir alles andere als simpel aussieht: Es ist ein Foto einer Zeichnung, die jemand vor seine Handykamera hält. Wow. Er hat tatsächlich ein Foto von seiner Bleistiftskizze gemacht und es hochgeladen, anstatt sie einzuscannen.

BILDUNTERSCHRIFT DES KÜNSTLERS:

CERanger11: Mein Scanner hat mitten beim Hochladen versagt, deshalb musste ich es so posten lol

Sergeant Aaron Lewis sitzt mit den Füßen auf dem Armaturenbrett in seinem Cruiser, Michele Cordova am Steuer. Würg. Die Zeichnung an sich ist gut, schätze ich – und aus meinem Mund ist das ein Riesenkompliment, wenn man bedenkt, dass Michele überhaupt nicht zu Aaron passt. Sie verkörpert seine Vergangenheit bei der Zentralen Elite, nicht seine Zukunft als guter, aufrechter Bürger. Aber so was kann natürlich nur vom Captain der #Lewdova-Shipper kommen.

Ich habe tatsächlich irgendwie ein schlechtes Gewissen, weil ich ihn blockiert habe – wenn ich jeden

Typen wegen Mansplainings blockieren würde, dann wäre mein Leben schließlich voller Mädchen. Nicht, dass ich die Vorstellung unbedingt schlimm finde.

Nicht übel, tippe ich in die Kommentarzeile. Das ist alles, was er von mir bekommt. Tut mir leid, aber ich mache die Regeln nicht.

Als ich das Foto erneut betrachte, sticht mir etwas ins Auge. In der Ecke, neben dem Blatt mit der Zeichnung, kann ich die Wand seines Zimmers sehen, die in einem echt aufdringlichen Grünton gestrichen ist. Ich zoome näher heran, und tatsächlich: Es ist die Ecke eines Stundenplans, der an seiner Wand hängt – und das GCMHS-Logo ist deutlich zu erkennen. Es ist ein wenig verschwommen und sollte ganz sicher nicht mit auf das Bild, das er online gepostet hat, aber es ist da.

Ich halte den Atem an.

Geht er … geht er auf meine Highschool? Das ist echt seltsam. Aber ich schätze, ich sollte nicht allzu überrascht sein. Er hat die Route 3 erwähnt, und es ist durchaus logisch, dass er zu einer Sci-Con geht, die nur eine Stunde entfernt stattfindet. Ich versuche, noch näher heranzuzoomen und zu sehen, ob ich sonst noch irgendetwas entdecke, das ihn identifizieren könnte, aber es ist zu verschwommen.

Wider mein besseres Urteilsvermögen entblocke ich ihn.

CaptainJillsBFF22: hey – kurze Frage: Gehst du auf die GCMHS?

Nachdem ich auf Senden geklickt habe, starre ich nur noch auf meine Nachricht. O mein Gott, ich höre mich gerade an wie der dubioseste Irre, der je durch die Weiten des Internets gewandelt ist. Wenn ich er wäre, würde ich mich bis in alle Ewigkeiten blockieren.

CaptainJillsBFF22: mir ist klar, dass das SUPERdubios klingt – aber ich hab deinen Stundenplan im Hintergrund deiner Fan-Art gesehen
CERanger11: willkommen zurück. Mein Scanner war, glaube ich, ein Relikt aus der Urzeit. Seine Zeit war abgelaufen.
CaptainJillsBFF22: Scanner? O Gott, 2005 hat angerufen, es will seine Technologie wieder zurück.
CERanger11: und ja, gehe ich – du auch??

Ich starre blinzelnd auf den Bildschirm. Diesen Typen kenne ich garantiert. Und ich weiß jetzt auch mit Sicherheit, dass er ein Typ ist, weil ein Mädchen einem völlig Fremden niemals so schnell den Namen seiner Schule genannt hätte. Das ist das perfekte Rezept, um bei *Aktenzeichen XY … ungelöst* zu landen.

Aber wer ist er?

Ich habe noch nie einen anderen Warshipper getroffen, der auf die GCMHS geht. Ich meine, ich weiß natürlich, dass sie existieren. Wir sind schließlich keine Einhörner.

Okay, ich glaube diesem Typen. Ehrlich, das tue ich. Aber das hier ist das Internet, und ich habe schon zu viele Folgen *CSI* geguckt, um nicht zu wissen, dass ich gar nicht vorsichtig genug sein kann. Ich hebe den Blick, und er fällt auf den alten Footballkalender an meiner Pinnwand – im ersten Spiel der Saison letztes Jahr haben wir gegen unsere Erzrivalen gespielt, die Huntington Academy.

CaptainJillsBFF22: Nein, ich gehe auf die Huntington.
CERanger11: oh, na dann kann ich wohl nicht mehr mit dir reden. Sorry.
CERanger11: (das war ein Witz)

Ein halbes Lächeln breitet sich auf meinem Gesicht aus. Was für ein Trottel.

CaptainJillsBFF22: Der einzige Witz, den ich kenne, ist das Footballteam eurer Schule.

Ich habe deswegen noch nicht mal ein schlechtes Gewissen – das Footballteam der GCMHS ist echt erbärmlich. Alle gehen nur wegen der Halbzeitshow und der Pommes frites zu den Spielen. Unser Imbissstand macht sensationelle Pommes und unsere Band ist auch ziemlich gut.

CERanger11: Autsch. Aber ich kann nicht mal sauer auf dich sein. Wir sind echt scheiße.

Unsere Footballspieler würden das niemals zugeben, deshalb kann ich schon mal zwanzig Kandidaten von der Liste streichen.

CaptainJillsBFF22: Wow, du machst dein eigenes Team fertig! Das ist Verrat.
CERanger11: Hochverrat. Jill hätte mich schon längst aus der Luftschleuse geworfen.
CaptainJillsBFF22: Sie hätte dir erst mal einen Schlag zur Warnung verpasst.
CERanger11: falls sie in großzügiger Stimmung gewesen wäre. Also, in welcher Klasse bist du?
CaptainJillsBFF22: In der Zwölften! Mache bald meinen Abschluss. ☺
CERanger11: Cool. Ich auch.

Mein Herz macht einen Satz. Okay, ich kenne ihn definitiv.

Aber wer ist es?

Es klopft an meiner Tür. »Hey, ich bin zu Hause. Du kannst das Auto haben.«

»Danke«, rufe ich meiner Schwester zu.

»Eine Stunde, mehr nicht – mein Boss reißt mir die Eingeweide raus, wenn ich zu spät komme.« Ich höre, wie sie ins Bad davontrottet.

»Wo sind wir hier, bei *Braveheart?*«

Etwas donnert gegen die dünne Wand, die unser gemeinsames Bad von meinem Zimmer trennt, und ich bin mir ziemlich sicher, dass es Bridgets Faust ist. »Ich mein's ernst – sonst lässt er mich länger arbeiten, und dann komme ich zu spät zu meinem Kurs.«

»Ich weiß, ich weiß. Eine Stunde. Versprochen.«

Ich bin mir hundertprozentig sicher, dass meine Schwester mir, ohne nachzudenken, eine Niere spenden würde, aber zu versuchen, ihr Auto zu leihen, ist, als wollte ich ihr einen Zahn ziehen.

Schlagartig fällt mir wieder ein, dass ich immer noch nicht angezogen bin, deshalb schlüpfe ich hastig in eine Leggings und ein T-Shirt. Meine Haare sind immer noch feucht, aber was soll's? Ich treffe mich schließlich nicht mit irgendjemand Wichtigem.

* * *

Ein blumiger Lufterfrischer pumpt nach Flieder duftende Chemikalien aus der halb kaputten Klimaanlage in Bridgets Auto, aber es hilft nicht wirklich gegen den Geruch. Gwens leerer Kindersitz klappert ununterbrochen auf der Rückbank. Ich fädle mich in den Verkehr auf dem Highway ein und schaue auf die Uhr. Hozier dröhnt aus dem Radio und jagt mir eine doppelte Dosis Nostalgie in die Ohren.

Ich habe *Warship Seven* erst einen Monat nach der Erstausstrahlung der letzten Folge entdeckt. Meine Nana und ich hatten vorgehabt, an dem Wochenende zur Gartenschau zu gehen, unsere alljährliche Tradition, aber sie war drei Wochen zuvor gestorben, weil sich herausgestellt hatte, dass sie Bauchspeicheldrüsenkrebs im Endstadium hatte anstatt »nur« im fortgeschrittenen Stadium, wie wir eigentlich dachten. Ich stand total neben mir. Ich hab auf Youtube nach einem Hozier-Song gesucht und bin dabei auf ein Fan-Video zu *Arsonist's Lullaby* gestoßen: Szenen von Jills und Aarons Beziehung waren mit dem Lied untermalt. Ich wusste nicht das Geringste über die Serie, aber ich habe schon mit den Charakteren mitgefiebert, bevor ich überhaupt eine einzige Folge gesehen hatte. Ich hab sofort die komplette Staffel gebinget, zwei Folgen jeden Abend. Jedes Mal, wenn ich auf Play gedrückt habe, hab ich ein kleines bisschen Erleichterung gespürt, weil ich allem entfliehen konnte, wenn auch nur für eine Weile. Nachdem ich Episode zwanzig gesehen hatte, hab ich ungefähr eine Woche lang durchgeheult. Ich war zu nichts anderem fähig, als Fan-Videos auf Youtube zu gucken und Fanfics zu lesen.

Ich bin mir nicht sicher, warum mich das Ende so hart getroffen hat. Vielleicht, weil ich mich selbst in Jill gesehen habe, mehr als in jeder anderen Figur. Sie wird ständig von allen Leuten unterschätzt und hat praktisch mit nichts angefangen, aber sie ist trotzdem der toughste Captain in der ganzen Galaxie. Ich habe mir so sehr ein Happy End für sie gewünscht, aber stattdessen musste sie die Serie verwirrt und mit gebrochenem Herzen beenden. Und das war nicht richtig.

Ich rolle auf den Parkplatz des kleinen Einkaufszentrums und parke den Wagen vor dem roten Leuchtschild von Galaxy Pets. Letztes Jahr haben die Buchstaben *lax* eine Zeit lang nicht funktioniert, und der Laden hieß sozusagen »Gay Pets«, deshalb nennen ihn jetzt alle nur noch so. Mom kauft hier das Futter für Espeon, weil es immer ein paar Dollar billiger ist als im Supermarkt. Es ist ein seltsamer

Teil der Stadt, weil die Reichengegend, in der Wesley wohnt, nur knapp einen Kilometer entfernt ist, aber das hier ist das Viertel, in dem man Angst hat, man könnte abgestochen werden, sobald man aus dem Wagen aussteigt.

Ich knalle die Autotür zu und irgendetwas im Wageninneren scheppert.

ÖFFNUNGSZEITEN SAMSTAG 12–18 UHR

Ich schalte mein Handy an. Es ist erst 11:50 Uhr. Noch zehn Minuten. Bridget wird mich umbringen, wenn ich zu spät komme. Ich muss die Ratte schließlich auch noch bei Wesley zu Hause abliefern. Ich sehe, dass vor dem Schuhladen zwei Schaufenster weiter ein paar Autos parken.

SCHLUSSVERKAUF: BIS ZU 90 % AUF HERBSTSTIEFEL.

ALLES MUSS RAUS!

Oh, okay, das ist mein Bat-Signal. Wenn ich ein Paar billige Captain-Jill-Stiefel für mein Cosplay-Outfit finde, dann hat sich dieser ganze lächerliche Ausflug gelohnt.

Die Glocke läutet über mir, als ich die Tür aufschiebe. Ein starker Geruch von verbranntem Gummi liegt in der Luft.

Ich steuere direkt auf den Gang mit den reduzierten Modellen zu. Und tatsächlich: Ein Paar schwarzer kniehoher Stiefel wartet dort auf mich, mit einer glänzenden silbernen Schnalle an der Seite. Ich stürze mich so energisch darauf, dass ich die Schachtel mit den Pumps direkt daneben auf den Boden werfe.

Größe 39. Nicht ideal. Ich wäre wie die Stiefschwestern in *Aschenputtel*, die versuchen, ihre riesigen Füße in den zu kleinen Pantoffel zu quetschen.

Arm zu sein hat diesen seltsamen Nebeneffekt: Man fühlt sich immer schuldig, wenn man Geld ausgibt. Ich sollte lieber fürs College sparen, oder für Lebensmittel oder für irgendetwas anderes. Selbst mit meinem Mindestlohnjob in der Eisdiele kann ich nie viel auf die hohe Kante legen. Aber, Mann, ein cooles Paar Stiefel würde meinen Jill-Look perfekt abrunden – außerdem bin ich mir ziemlich sicher, dass meine rosa Converse beim Kostümwettbewerb letztes Jahr der Nagel zu meinem Sarg waren.

»Gibt's die auch in Größe 41?« Ich lege die schwarzen Stiefel auf die Kassentheke.

Die junge Frau dahinter legt ihr Handy weg und starrt mich an. Ich sehe sofort, dass sie heute lieber überall sonst wäre, nur nicht hier. »Sie können Sie online bestellen. Allerdings zum vollen Preis.«

Mir wird schwer ums Herz. »Warum zum vollen Preis?«

»Der Schlussverkauf gilt nur für das, was noch im Laden ist. Und das Paar hier ist leicht beschädigt.«

Ich erkenne einen winzigen schwarzen Kratzer an der Seite des linken Stiefels. Ich hätte ihn überhaupt nicht bemerkt. »Oh.«

»Möchten Sie, dass ich sie für Sie bestelle?« Sie tippt etwas in den Computer ein und dreht mir dann den Bildschirm zu. 79,99 $.

Schluck.

»Nein, schon okay. Da kann man nichts machen.« Ich lasse die 39er auf der Kassentheke stehen und trete wieder nach draußen in das blendende Sonnenlicht.

* * *

Man sagt doch, dass Astronauten die Chinesische Mauer aus dem Weltall sehen können, stimmt's? Ungefähr so ist es auch mit Wesley Clarkes Haus. Ich folge zwar dem GPS auf meinem Handy, um es zu finden, aber es ist auch nicht gerade so, als könnte man eine Riesenvilla besonders gut verstecken. In der Einfahrt parkt ein schicker roter Porsche.

Manchmal frage ich mich, was passiert wäre, wenn meine Mom damals in den Achtzigern diese Süßigkeiten erfunden hätte. Dann wäre mein Leben jetzt genauso perfekt wie Wesleys. Es muss schön sein, sich keine Sorgen um solche Dinge wie die Miete oder Essen machen zu müssen, oder ob das beschissene Gehalt deiner Mom ausreicht, um in diesem Monat für Internet *und* Heizkosten zu bezahlen. Wer immer auch behauptet hat, Glück könnte man mit Geld nicht kaufen, war noch nie arm.

Meine neue beste Freundin, alias Lint, die flauschige graue Ratte, schnuppert in ihrem Käfig in die Luft und funkelt zu mir herauf. Ich werde das Gefühl nicht los, dass sie mich dafür bestrafen will, dass ich sie allein bei Wesley zurücklasse. Ehrlich gesagt wäre ich an ihrer Stelle genauso angepisst.

»Keine Sorge, Lint, ich hole dich zu mir nach Hause, sobald ich Mom davon überzeugt habe, dass du bei uns bleiben darfst – und sobald ich herausgefunden habe, wie ich Espeon davon abhalten kann, dich bei lebendigem Leib zu verschlingen.« Vielleicht könnte ich ihren Käfig auch einfach auf meine Kommode stellen und mit einem Tuch zudecken oder so, wenn Mom in mein Zimmer kommt? Lints flauschiges Gesicht ist so süß, dass ich ein Foto knipse und den Hintergrund auf meinem Sperrbildschirm zum ersten Mal seit einem Jahr oder so ändere – sorry, Jill.

Ich steige aus Bridgets Wagen, der in dieser Einfahrt aussieht wie die Lösung in einem »Finde den Fehler«-Rätsel. Ich hänge mir die Einkaufstüte mit Lints Futter über den linken Arm und balanciere den Käfig auf meinem rechten. Die Schule hat uns nur einen Gutschein für die Ratte, einen Käfig, eine Wasserflasche und Futter gegeben, aber ich habe aus eigener Tasche noch sieben Dollar für ein Laufrad und ein Bett bezahlt. Damit ist im Prinzip eine Stunde Arbeit im Scoopery einfach so dahin. Es ist schon irgendwie seltsam, dass sie uns zwingen, uns lebendige Tiere zu besorgen, aber nicht dafür bezahlen wollen, dass sie sich auch wohlfühlen.

»Alles okay, Süße?« Ich stecke einen Finger in den Käfig und tätschele Lints Fell – weich und grau, wie die Flusen im Wäschetrockner. Ich bin nach wie vor der Meinung, dass der Name perfekt zu ihr passt.

Ich klingele an der Tür und das Läuten hallt draußen wider. Ich verlagere das Gewicht von einem

Fuß auf den anderen, während ich den Blick über den perfekt gepflegten Rasen schweifen lasse. Nach einer Ewigkeit öffnet eine Frau mit blonden Haaren, Lachfalten und freundlichem Lächeln die Tür. Eine dicke Brille umrahmt ihre Augen und in ihrem Gesicht ist ein Hauch von Wesley zu erkennen. »Hallo.« Sie wirft einen Blick auf die Ratte, und plötzlich frage ich mich, ob Wesley seinen Eltern überhaupt von diesem kleinen Projekt erzählt hat. »Kann ich dir helfen?«

»Ich wollte zu Wesley.« O Gott, ich hätte nie gedacht, dass mir diese vier Worte wirklich jemals über die Lippen kommen würden.

»Oh.« Ihre Miene wird weicher. »Für die Schule.«

»Ja. Ich wollte nur ein paar Sachen für unser Bioprojekt vorbeibringen.«

»Wes! Du hast Besuch!« Sie öffnet die Holztür ganz. »Komm rein, du kannst in der Diele auf ihn warten.«

»Danke.« Ich manövriere den Metallkäfig über die Türschwelle und passe auf, damit nicht gegen den weißen Türrahmen zu stoßen.

Hier sieht es genauso aus, wie ich mir das Haus reicher Leute immer vorgestellt habe. Eine breite, geschwungene Treppe führt von der Mitte der Diele nach oben. In einer Ecke steht eine Standuhr, deren mächtiges Pendel im selben Rhythmus wie mein Herzschlag schwingt. Bilder von Wesley und einem anderen Jungen, seinem Bruder wahrscheinlich, bedecken überall im Großformat die Wände. Vor einem riesigen Flachbildfernseher steht ein gigantisches, bauschiges weißes Sofa. Plötzlich bin ich total paranoid, dass ich irgendwas darauf verschütten könnte, obwohl ich gar nichts zum Verschütten habe.

»Wes!«, ruft Mrs Clarke hallend die Treppe hinauf. Ich komme mir hier drin vor wie in einer Krypta. »Tut mir leid«, murmelt sie mir zu. »Vor ein paar Minuten war er noch unter der Dusche. Warum setzt du dich nicht?« Sie gestikuliert in Richtung des Sofas, und ich lasse mich unbehaglich auf die Kante nieder, so als könnte ich es beschädigen, wenn ich mich zu weit zurücklehne. Lints Käfig stelle ich auf meinem Schoß ab. Meine abgewetzten schwarzen Leggings stechen auf der makellosen Couch furchtbar hervor. Ich komme mir viel zu underdressed vor, um mich überhaupt in diesem Raum aufzuhalten. »Kann ich dir vielleicht was zu trinken oder zu essen anbieten?«

Ich zwinge mich zu einem Lächeln. »Nein, danke, ich kann nicht lange bleiben. Ich wollte nur die Sachen vorbeibringen.« Ich schaue nervös auf die Uhr auf meinem Handy. Ich habe noch fünfzehn Minuten, um wieder zu Hause aufzuschlagen, bevor Bridget mich umbringt. Und ich werde mir ganz sicher keinen Strafzettel für zu schnelles Fahren einfangen, weil Wesley Clarke unter der verdammten Dusche stand.

»Na gut, dann … Ich bin in meinem Arbeitszimmer, falls du irgendetwas brauchst.«

In Folge zwölf gibt es diese angespannte Szene, in der Jill und Markus versuchen, mit einem Kopfgeldjäger der ZE zu verhandeln, und auf dem Schiff des Jägers landen. Sie befinden sich auf feindlichem Gebiet, und obwohl sie nicht angegriffen werden, nehmen sie alles in ihrer Umgebung hyperbewusst wahr und zucken bei jedem Geräusch zusammen. So ähnlich ist das hier auch.

Ein eingerahmtes Poster von *Clarke Candies* hängt an der Wand neben den Porträts von Wesley und seinem Bruder. Es sieht fast so aus, als hätten die Clarkes sämtliche Fotos von ihren Kindern dort aufgehängt, und mir drängt sich die Frage auf, ob die Tatsache, dass die Pralinen ganz vorne hängen, auf ihre Prioritäten hindeutet. Mir wird mit einem unbehaglichen Gefühl bewusst, dass Mrs Clarke irgendwo in die Untiefen dieses riesigen Hauses entschwebt ist und mich allein zurückgelassen hat – in Wesley Clarkes vornehmer Diele.

Große bunte Glasvasen sind sorgfältig auf dem ausladenden Kaminsims arrangiert. Jede von ihnen sieht aus, als wäre sie mehr wert als alles in unserer ganzen Wohnung zusammen. Wes könnte wahrscheinlich eine davon ins Pfandhaus bringen und meine kompletten Studiengebühren davon bezahlen.

Ich tippe ungeduldig mit den Füßen auf den Parkettboden.

Nach einer Ewigkeit donnern Schritte die Treppe herunter. »Hey, Stock. Willkommen in meinem bescheidenen Heim.«

»Eure Diele sieht aus, als wollte sie sich bei meinem Vorgesetzten über mich beschweren.«

»Falls das deine Art ist, mir zu sagen, dass dir mein Zuhause gefällt, dann vielen Dank.«

Wesley lässt sich auf den Sessel rechts neben mir fallen. Sein nasses Haar klebt an seiner Stirn und er trägt einen Kapuzenpullover und Jeans. Ich spanne mich unwillkürlich an. Manchmal vergesse ich, wie attraktiv er ist. In gewissem Sinne. Schätze ich. »Wie nett von dir, dass du dich zu mir gesellst.«

»Ich bin gerade zehn Kilometer gejoggt.« Er streckt seine Beine vor sich aus. »Und dann hab ich geduscht.«

»Schon wieder ein Jahr um?«

»Ich schätze, es wäre dir lieber gewesen, wenn ich total verschwitzt und stinkend hier aufgetaucht wäre, was?«

»Das wäre auch nicht so viel anders als sonst.«

»Ist das die Ratte?« Er nickt in Richtung des Käfigs auf meinem Schoß. Mir ist durchaus aufgefallen, dass er Lint nicht mehr aus den Augen gelassen hat, seit er den Raum betreten hat.

»Nein, das ist ein Hund.« Ich muss mich richtig zwingen, durchzuatmen. Ich werde seinetwegen garantiert nicht die Beherrschung verlieren.

»Musste es unbedingt ein rosa Käfig sein? Du weißt schon, dass ich das Ding in die Schule tragen muss, oder?«

»Ist deine Männlichkeit wirklich so fragil, Wesley? Es ist nur eine Farbe. Wo willst du die Sachen?«

»Oben. Ich hab ihm auf der Kommode im Gästezimmer einen Platz eingerichtet.«

»Ihr, um genau zu sein. Und ihr Name ist Lint.«

Er blickt mich mit hochgezogenen Augenbrauen an. »Lindt? Wie die Schokolade? Hast du sie wirklich nach einem der Konkurrenten von Clarke Candies benannt?«

»Nein. *Lint*, wie flauschig weiche Flusen.« Ich warte darauf, dass er sich über den Namen lustig macht, den ich ausgewählt habe, aber er steht nur auf.

»Okay. Dann komm mit rauf ins Gästezimmer.«

»Wow, lad mich wenigstens vorher zum Abendessen ein.«

Er wirbelt zu mir herum. »Hast du ... Hast du gerade einen Witz gemacht?«

»Geh weiter, Clarke.«

Ich folge ihm die geschwungene Treppe hinauf und kann nicht umhin, darüber zu staunen, wie offen und großzügig hier alles ist. Aber auf ganz seltsame Weise. So als hätte noch nie jemand wirklich darin gewohnt. Gänsehaut kribbelt auf meinen Armen, dabei ist es nicht mal kalt hier drin.

»Ich habe einen Futterplan aufgestellt, damit du sie nicht vergisst.« Ich reiche ihm das Blatt Papier mit dem Plan, den ich gestern nach der Schule geschrieben habe.

»Hast du das ernsthaft farblich gekennzeichnet?«

»Ich war mir nicht sicher, wie es um deine Lesefähigkeiten bestellt ist.«

»O mein Gott, hier ist sogar ein Zeitplan.« Er wedelt mit dem Papier vor meinem Gesicht herum. »Wie lange hast du dafür gebraucht?«

Ich spüre, wie mir die Röte ins Gesicht steigt. »Na ja, weißt du, ich hab einen Hund, deshalb … ist es mir wichtig, dass Lint glücklich ist.«

»Ich glaub dir nicht, dass du einen Hund hast.«

Ich verziehe das Gesicht. »Warum?«

»Weil du eine viel zu perfektionistische Ordnungsfanatikerin bist.«

»Wie bitte? Ich habe sehr wohl einen Hund. Einen Westie. Und ich bin schließlich nicht diejenige, die in diesem unberührten Palast wohnt, also komm mir bloß nicht mit diesem Ordnungsfanatiker-Bullshit.«

»Wie heißt er?«

Ich winde mich ein wenig. »Espeon.«

Wesley betrachtet mich einen Moment lang und prustet dann vor Lachen. »Du hast deinen Hund nach einem Pokémon benannt? Ich fass es nicht.«

»Meine Schwester hat ihm den Namen gegeben.« Ich funkle wütend den Teppich unter seinen Füßen an.

»Hey, das war nicht negativ gemeint. Espeon ist meine Lieblings-Evoli-Entwicklung.«

»Nicht Umbreon?« Es kommt mir über die Lippen, bevor ich mir auf die Zunge beißen kann.

Ein hämisches Grinsen huscht über Wesleys Gesicht. »Du bist Pokémon-Fan.«

»Na ja, ich würde mich nicht unbedingt als *Fan* bezeichnen.«

»Das bist du definitiv, wenn du weißt, was Evoli-Entwicklungen sind.«

Ich lächle zaghaft. »Okay, vielleicht ein bisschen.

Ich hab es mir immer angeschaut, wenn ich krank war.« Ich hole das Rattenfutter und das Zubehör aus der Tüte, entriegele den Käfig und hole Lint vorsichtig heraus. Wesley weicht einen halben Schritt zurück, sehr subtil, aber ich bemerke es trotzdem.

Lint schnuppert einen Moment lang in die Luft, bevor sie sich aus meinen Händen windet, meine Brust hinaufklettert und sich auf meine Schulter setzt.

Wesley zieht die Augenbrauen hoch. »Bist du sicher, dass du das Viech hierlassen willst?«

»*Sie*. Ich lasse *sie* hier.«

»Ja, ja. *Sie*.«

»Okay, gib mir deine Hände. Ich zeige dir, wie du sie halten musst.«

Er zieht blitzschnell die Hände auf seinen Rücken. »Ich fasse das nicht an.«

»Ernsthaft? Du hast Angst vor Ratten? Dir ist aber schon klar, dass dieses Projekt hier drei Monate dauert und wir sie auch gelegentlich anfassen müssen, oder?«

»Ratten haben die Pest ausgelöst.«

Ich verdrehe die Augen. »Ach ja – Wesley, der Geschichtsexperte. Das hatte ich ja ganz vergessen.«

»*Du* darfst die Ratte gerne anfassen – und dir die Pest einfangen.«

»Danke. Aber du lässt mich lieber nicht die ganze Arbeit für dieses Projekt allein machen, klar? Nur, weil du Angst vor Ratten hast, heißt das nicht, dass ich alles übernehme.«

»Jawohl.« Er salutiert mir sarkastisch. »Ich würde

die Jahrgangs*zweit*beste niemals die ganze Arbeit allein erledigen lassen.«

»Wenn ich erst Jahrgangsbeste bin«, korrigiere ich ihn, »werde ich in meiner Abschlussrede selbstverständlich auf deine umfangreiche Unterstützung hinweisen.«

»Wenn *ich* Jahrgangsbester bin und meinen Porsche bekomme, dann werde ich dir selbstverständlich im Vorbeifahren zuwinken.«

»Und bist dabei so abgelenkt, dass du gegen einen Baum knallst und einen Totalschaden verursachst – aber ich verspreche, dann so zu tun, als würde ich mir Sorgen um dich machen.«

Ich setze die Ratte vorsichtig wieder in ihren Käfig und schließe die Tür, vergewissere mich vorher jedoch, dass sie ein gemütliches Nest aus Heu hat. Wir gehen wieder zurück durch den Flur und nach unten. »Bevor ich's vergesse: Hast du diese Fotos für mich?«

»Oh. Ja. Warte kurz.« Er lässt mich wie bestellt und nicht abgeholt im Flur stehen, während er erneut nach oben verschwindet und kurz darauf wieder heruntergerannt kommt. »Hier.« Er reicht mir eine Speicherkarte.

»Sechzig Fotos, richtig?«

»Äh, mehr oder weniger.«

»Was soll das denn nun wieder heißen, *mehr oder weniger?*«

»Es soll heißen … dass es möglicherweise nicht ganz sechzig sind.«

»Du hast versprochen, mir die Fotos zu liefern.«

»Ich habe sie ja auch! Es sind nur… vielleicht keine sechzig, keine Ahnung. Ich hab nicht mitgezählt.« Er zuckt mit den Schultern.

Wenn ich Laserstrahlen aus meinen Augen abfeuern könnte, dann läge Wesley Clarke jetzt tot auf dem Rücken. »Ich hoffe, die Qualität ist wenigstens anständig.«

»Für dich nur die beste Qualität, Stock.«

»Hör mal.« Ich stemme eine Hand in die Hüfte. »Mir ist schon klar, dass du dich aus demselben Grund wie alle anderen für das Jahrbuch gemeldet hast. Du wolltest einen stressfreien Füller für deine Collegebewerbungen.«

»Bingo!«

»Aber ich schwöre bei Gott, wenn hier nicht mindestens fünfzig verwendbare Bilder drauf sind und ich losziehen und sie selber schießen muss, dann trete ich dir so was von in den Hintern und verbanne dich für immer aus dem Jahrbuch-Klub.«

Er stößt ein Schnauben aus. »Du kannst mich nicht aus dem Jahrbuch-Klub verbannen.«

»Das kann ich sehr wohl – ich bin die Vorsitzende.«

»Bist du nicht. Jeremy Wheeler ist der Vorsitzende des Klubs.«

»Jeremy Wheeler hat seit der zehnten Klasse einen Scheiß für das Jahrbuch gemacht. Deshalb habe ich mich selbst ernannt.«

»Verstehe, dann bist du also eher die Diktatorin des Jahrbuch-Klubs.«

»Das Jahrbuch ist keine Demokratie, Wesley.«

»Okay, nur um das klarzustellen: Du bist Schülersprecherin, die«, er macht Anführungszeichen mit den Fingern, »Vorsitzende des Jahrbuch-Klubs, spielst irgendwas im Orchester …«

»Bratsche.«

»Hast irgendein Amt bei der Nationalen Schülervereinigung …«

»Schatzmeisterin. Und sie haben mich ausdrücklich gebeten, das Amt zu übernehmen. Ally Martin war krank und hat es niedergelegt.«

»Und du bist in der Theater-AG.«

»Ich bin nur für den Ton und die Mikrofone und so zuständig, mit den Musicals hab ich sonst nichts zu tun.«

»Du hast es mit den ganzen Extras für deine Collegebewerbung echt ein bisschen übertrieben, Stock.«

»Würdest du bitte aufhören, mich so zu nennen?«

»Hattest du Angst, dass du aufgrund deiner *schulischen Leistungen* nicht genug aus der Menge hervorragen würdest?« Seine Stimme trieft nur so vor Sarkasmus.

Ich blinzle. »Ich bin außerdem die stellvertretende Vorsitzende von Schüler:innen gegen den Klimawandel.«

Wir schauen einander einen Moment lang an.

»Kommt dir das nicht selbst wie ein bisschen zu viel des Guten vor?«, fragt er. »Ich meine, wann hast du überhaupt noch Zeit zum Atmen?«

»Wir werden eben nicht alle automatisch von

sechs verschiedenen Colleges angenommen, weil wir einen Privattutor haben und uns das Geld zu den Ohren rauskommt, Wesley.«

Er glotzt mich immer noch mit offenem Mund an, als ich nach draußen stürme und nach Hause rase, um mich Bridgets Zorn zu stellen, weil ich inzwischen offiziell fünfzehn Minuten zu spät bin.

Als ich zu Hause ankomme, werfe ich einen Blick auf mein Handy und finde eine neue Nachricht von Wesley.

Salutatorian: Viel Spaß mit den Fotos! ☺

Ich beiße die Zähne zusammen. Irgendetwas sagt mir, dass mir diese Fotos *keinen* Spaß machen werden.

8
Wesley

Okay, kann sein, dass ich was ziemlich Dämliches gemacht hab. Die Hälfte der Fotos auf der Speicherkarte, die ich Stella Stock-im-Hintern Greene gegeben habe, sind Schnappschüsse von Brandon und den Jungs aus der Leichtathletikmannschaft, wie sie Grimassen schneiden. Außerdem sind ein paar von Mr Donahue, unserem Geografielehrer, dabei, wie er sich seine eingeklemmte Unterhose aus dem Hintern zieht. Und nach Schulschluss hatte ich es dann ziemlich eilig, deshalb hab ich hastig noch ein paar eher willkürliche Aufnahmen geknipst. Ich bin mir relativ sicher, dass die Hälfte davon entweder verschwommen ist oder dass im Hintergrund irgendjemand foto-bombt und den Mittelfinger in die Kamera hält.

Ich sollte deswegen eigentlich kein schlechtes Gewissen haben, weil Stella eine ungeheure Nervensäge ist, aber das habe ich trotzdem. Weil sie wirklich total fertig aussah. Und weil ich nicht will, dass sie denkt, ich könnte noch nicht mal ein paar vernünftige Fotos machen. Ich nehme mir vor, die Kamera zum nächsten Leichtathletikwettkampf mitzunehmen und zu versuchen, dort ein paar brauchbare Fotos zu schießen. Ich will nicht in vierzig Jahren mein Jahrbuch aufschlagen und sofort daran erinnert werden, dass ich in der Highschool ein Riesenarschloch war.

Mein Handy vibriert, und mein Magen vollführt einen Purzelbaum, als ich den Namen lese.

Laura: Weißt du noch letzten Sommer, als mein Auto dieses seltsame Geräusch von sich gegeben hat?! Rätsel gelöst: 500 $ später. *stöhn* meine armen Eltern.

Scheiße. Soll ich dich irgendwohin fahren? Könnte in zehn Min bei dir sein.

Wow, geht's vielleicht noch verzweifelter?

Schon okay, Collin Anderson hat angeboten, mich zu fahren. Trotzdem danke! 😊

Na, wenn das kein Schlag in die Magengrube ist.

Als mein Handy das nächste Mal vibriert, fühlt es sich an, als würde sämtliche Luft aus meiner Lunge entweichen.

Stock: 17:25. Fütterst du Lint??

Ich war zwei Minuten zu früh, deshalb ist sie leider tot umgefallen.

Du bist nicht so komisch, wie du glaubst.

Aber ich will Ihre Königliche Hoheit ja nicht verärgern, deshalb gehe ich ins Gästezimmer, wo die Ratte bereits auf mich zu warten scheint.

Ich bin mindestens so komisch, wie ich glaube. PS: viele Grüße von Lint.

Ich mache schnell ein Foto mit dem Handy und schicke es ihr.

»Na, hat hier jemand Hunger?« Ich halte die Luft an, schiebe die Käfigtür auf und lasse ein paar Futterpellets und Gemüse hineinfallen, bevor ich sie schnell wieder verriegele. Die Kulleraugen der Ratte scheinen mir zu folgen, als ich wieder aus dem Gästezimmer verschwinde. Ich fasse es nicht, dass sich dieses Ding tatsächlich in meinem Haus befindet.

Auf meinem Laptopbildschirm wartet eine Nachricht, als ich wieder in mein Zimmer zurückkomme.

CaptainJillsBFF22: Wie bist du eigentlich Warshipper geworden?

Ich lasse mich auf meinen Schreibtischstuhl nieder und beginne zu tippen.

CERanger11: Mein Bruder hat die Serie zuerst entdeckt, als sie damals im Fernsehen lief. Ich hab sie jeden Mittwochabend mit ihm geguckt. Ich glaube nicht, dass er sie genauso liebt wie ich, aber auf dem Schreibtisch in seinem Wohnheimzimmer steht immerhin eine Mini-Happening.

CaptainJillsBFF22: Cool!

CERanger11: Was ist mit dir?

CaptainJillsBFF22: Ich hab Warship erst entdeckt, nachdem es bereits abgesetzt worden war, leider. Und auch dann nur, weil ich mir Fan-Videos auf Youtube angeschaut hab. Lol

Ich konzentriere mich nur mit einem Auge auf das Mathebuch auf meinem Schreibtisch, das auf der Seite mit den Integralrechnungsaufgaben aufgeschlagen ist.

CERanger11: Eine Menge Leute hatte keine Ahnung, dass Warship überhaupt existiert, als es damals ausgestrahlt wurde.

CaptainJillsBFF22: Stimmt.

CERanger11: Also, warum warst du nach diesem Fan-Video süchtig?

CaptainJillsBFF22: Du wirst mich nur auslachen.

CERanger11: Werde ich nicht!

CaptainJillsBFF22: Es war dieser großartige Zusammenschnitt von Aarons sämtlichen Szenen, unterlegt mit dem Song »Arsonist's Lullabye«. Ich hatte irgendwie das Gefühl, ihn zu kennen, allein dadurch, weißt du?

CERanger11: Den Song kenne ich nicht. Ich schau gerade auf Youtube.

CaptainJillsBFF22: OMG. Nein. Warte. Ich hab eine Playlist. Mit der ganzen Musik!!

Sie schickt mir einen Link zu einer Spotify-Playlist mit dem Titel »Warshipping«. Ich drücke direkt beim ersten Song auf Play: *Poison and Wine* von Civil Wars. Okay, die Musik ist wirklich richtig gut.

CaptainJillsBFF22: Was sagst du??

CERanger11: Bin noch beim ersten Song, aber bisher echt gut. Ich hab noch nie was von dieser Band gehört.

CaptainJillsBFF22: Das ist eine meiner Lieblingsbands!

CERanger11: Jetzt muss ich auch eine Playlist für dich zusammenstellen.

CaptainJillsBFF22: jaaaaa

CERanger11: Ich muss das fragen – warum hast du die Playlist mit Lewton getaggt?

CaptainJillsBFF22: Das sind alles Songs, bei denen ich an Aaron/Jill denken muss!

CaptainJillsBFF22: Wenn ich down bin oder so, dann höre ich mir einfach die Lewton-Playlist an und denke daran, was für ein süßes Paar die beiden sind. Sie sind ein klassisches Beispiel für die Aus-Feinden-werden-Liebende-Story. Die Spannung! Die Kabbeleien! Der Hass! Der vereinte Kampf gegen einen gemeinsamen Feind. Wie sie erkennen, dass sie die ganze Zeit ineinander verliebt waren! Der

Beweis dafür, dass die Liebe immer noch existiert, du weißt schon.

Dies ist wahrscheinlich nicht der richtige Zeitpunkt, sie daran zu erinnern, dass Ship Lewton in Folge zwanzig einen Komplettabsturz erlebt hat.

Ich habe nie verstanden, warum jemandem ein erfundenes Pärchen so viel bedeutet, aber angesichts der Hingabe, mit der sie die Playlist zusammengestellt hat, kann ich es beinahe nachvollziehen.

CERanger11: Okay, also, warum shipst du #Lewton?

CaptainJillsBFF22: Fragst du das, damit du dich über mich lustig machen kannst?

CERanger11: Nein. Ich will es ehrlich wissen.

CERanger11: Aaron scheint mir einfach perfekt zu Michele Cordova zu passen, allein schon wegen ihrer gemeinsamen Vergangenheit und so, deshalb hab ich diese Lewton-Sache nie wirklich verstanden.

CaptainJillsBFF22: Okay, gut, ich hab nämlich AUSFÜHRLICH darüber nachgedacht.

CERanger11: Das überrascht mich nicht. Lol.

CaptainJillsBFF22: Michele steht für Aarons Vergangenheit in der ZE. Leute aufzuspüren und dafür zu sorgen, dass sie bezahlen; für ein diktatorisches Regime zu kämpfen; für eine Sache zu stehen, die mehr als nur ein bisschen problematisch ist.

CaptainJillsBFF22: Als er Jill begegnet, ist das seine Chance auf ein neues Leben, auch wenn es ihm zu diesem Zeitpunkt noch nicht bewusst ist.

CERanger11: Aber es war die ZE, die ihm das alles ermöglicht hat. Dafür hat er die ganze Zeit gearbeitet.
CaptainJillsBFF22: Sie hat ihm alles ermöglicht, von dem er dachte, dass er es will (Macht, Status usw.). Aber es hat ihn nicht glücklich gemacht.

Verdammt. Okay. Offenbar hat sie wirklich viel darüber nachgedacht.

CaptainJillsBFF22: Und ich schätze, das bringt uns zurück zu: Er hat nur deshalb geglaubt, dass Michele diejenige war, die er wollte, weil sie für all das steht, von dem er die ganze Zeit dachte, dass er es will.
CaptainJillsBFF22: (das soll aber nicht heißen, dass ich Michele nicht mag; ich liebe Michele, und ich glaube, dass sie und Jill in einem Paralleluniversum beste Freundinnen wären)
CERanger11: Aber Michele und Jill hassen einander …
CaptainJillsBFF22: Sie hassen einander, weil die Autoren alle Männer sind.

Darüber hab ich noch nie nachgedacht. Ha.

CaptainJillsBFF22: IRL sind Leigh und Lisa BFFs, und Lisa sagt immer, dass es das Beste gewesen wäre, wenn Michele und Jill Aaron einfach beide abserviert hätten und selbst ein Paar geworden wären! Haha
CERanger11: Das könnte ich mir definitiv vorstellen

Mein Handy vibriert mit einer neuen Nachricht von meinem Bruder.

Hey. Komme in den Ferien doch nach Hause.
Bist du da?

Na, das ist echt mal ein Schock, und ich hab ihn überhaupt nicht kommen sehen. Ich bin mir ziemlich sicher, dass Mom was damit zu tun hat.

Ich dachte, du bleibst mit Mike in LA?

Mom ist ausgeflippt, als ich das erwähnt hab.
Und als ich meine Mails gecheckt hab, war
da plötzlich ein Flugticket für mich. lol

Es ist schön, zu sehen, dass unsere Eltern unser beider Leben immer noch so erfolgreich kontrollieren, selbst aus der Ferne.

Wenn du »Helikoptereltern« googelst, taucht
ein Foto von Mom auf.

Aber es überrascht mich nicht. Trevor war in der Highschool mit ein paar Typen zusammen, aber Mike ist seine erste ernste Beziehung. Er hat Thanksgiving bei Mikes Familie in Indiana verbracht, und Mom wäre fast explodiert, als er es ihr damals eröffnet hat. An Weihnachten war er zu Hause, ist am 26. Dezember aber in den ersten Flieger nach Indiana gestiegen, um mit Mikes Familie noch mal Weihnachten zu feiern. Ich glaube nicht, dass meine Eltern sonderlich begeistert darüber waren. Es ist nicht so, dass es ihnen was ausmacht, dass er schwul ist – ernsthaft, Mom hat ihm sogar eine Torte mit Buttercreme in Regenbogenfarben gekauft, als er sich geoutet hat –, aber es wäre ihnen einfach lieber, wenn er, ob schwul oder nicht, verheiratet wäre und im Haus nebenan wohnen würde, für den Rest seines Lebens. Sie wollen, dass wir beide geradezu lächerlich erfolgreich werden – nur nicht so erfolgreich, dass wir irgendeinen Job weit weg von zu Hause kriegen oder bei überhaupt irgendwas unsere eigenen Entscheidungen treffen. Was die pure Ironie ist, da sie gerade mit aller Gewalt versuchen, mich dazu zu bringen, für die nächsten vier Jahre ans andere Ende des Landes zu ziehen.

Kann Mike in den Ferien nicht auch herkommen? Wir könnten alle was zusammen unternehmen?

Ich hab ihn gefragt, aber seine Schwester wird sich wahrscheinlich in den Ferien verloben und will, dass die ganze Familie dabei ist. Idk.

Tut mir leid, Mann.

Er antwortet nicht, deshalb gehe ich noch ein paar Integralaufgaben durch und schreibe dann wieder an *Warship*-Girl.

CERanger11: Und, ist dein Jill-Kostüm fertig?
CaptainJillsBFF22: Fast! Ich brauche nur noch passende Schuhe.
CaptainJillsBFF22: Was ist mit dir?? Gehst du immer noch als unser Sergeant??
CERanger11: Höchstpersönlich. Glaubst du, ich komme mit einer braunen Hose, schwarzem T-Shirt und Aarons Zentrale-Elite-Bomberjacke durch?
CERanger11: (hab mir schon eine bei eBay besorgt)
CaptainJillsBFF22: ooooh! Ja. Und schau dir das hier mal an!

Sie schickt mir einen Link zu Etsy. O mein Gott. Es ist eine exakte Imitation von Aaron Lewis' silbernem Pilotenhelm. Und wer immer ihn gemacht hat, hat auch noch in dunklem Violett das ZE-Logo von Hand auf die Seite gemalt.

> BESCHREIBUNG: Hi Warshippers – mit diesem handbemalten Helm seht ihr genauso aus wie unser Lieblingssergeant! Einheitsgröße! Maßanfertigung.

Das Visier des Helms ist getönt, sodass er den Kopf komplett verbirgt, genau wie Aarons. Er würde perfekt zu meiner ZE-Jacke passen. Den muss ich unbedingt haben und er kostet auch nur 70 Dollar. Ich hoffe, Dad hat nichts dagegen, wenn ich seine Kreditkarte noch ein kleines bisschen strapaziere.

CERanger11: Bestellt! Kann die Sci-Con kaum erwarten!
CaptainJillsBFF22: YAY!
CaptainJillsBFF22: Ich überlege, ob ich mir die Haare rotbraun färben, eine Perücke tragen oder es einfach sein lassen und hoffen soll, dass die Jury es nicht bemerkt.
CERanger11: Jury? Es ist ein Wettbewerb?
CaptainJillsBFF22: Ja! Ich mache jedes Mal mit, gewinne aber nie irgendwas. Sie stellen den Teilnehmern verschiedene Aufgaben – jeder, der verkleidet ist, kann mitmachen –, und man muss seine jeweilige Rolle perfekt spielen, während man sie erfüllt. Als Jill versuche ich zum Beispiel, immer stoisch, ruhig und beherrscht zu sein, genau wie sie.
CERanger11: Und was sind das für Aufgaben?
CaptainJillsBFF22: Letztes Jahr mussten wir auf der Bühne einen Monolog über uns selbst halten und dann als unser Charakter zu einer »Teeparty« gehen (für den Tee musste man selbst bezahlen oder so tun als ob, lol). Wer gewinnt, bekommt einen Gutschein, und ein paar Aussteller schenken dem Sieger oder der Siegerin auch meistens Kunstwerke des jeweiligen Charakters.
CERanger11: Das ist ja ganz schön krass. Und was, wenn dein Charakter eigentlich niemals Tee trinken würde?

CaptainJillsBFF22: Oh, keine Sorge. Aaron Lewis trinkt auf jeden Fall Tee.
CERanger11: Ich glaube, er ist eher der Kaffee-Typ
CaptainJillsBFF22: Aber die eigentliche Frage ist doch: Bist DU eher der Kaffee-Typ? Oder ein Tee-Typ?
CERanger11: Schwarztee, ohne Zucker. Manchmal auch Caffè Latte.
CaptainJillsBFF22: Ob jemand lieber Kaffee oder Tee trinkt, verrät eine Menge über den Menschen, weißt du? (Ich bin übrigens Kaffeetrinkerin)
CERanger11: Und was verraten dir meine Vorlieben über mich?
CaptainJillsBFF22: Hmmm … Ich glaube, sie bedeuten, dass du eher zu den Leuten gehörst, die direkt zur Sache kommen. Du stehst nicht auf Drama, und dir ist wichtig, dass andere ehrlich sind.
CERanger11: Das habe ich wohl mit Aaron gemeinsam.

Manchmal. Außer, wenn ich meine Eltern drei Monate lang anlüge.

CaptainJillsBFF22: Und, lag ich richtig??
CERanger11: Erschreckend richtig.
CaptainJillsBFF22: Aber übrigens: Aaron liebt Drama. Mein Lieblings-Headcanon von ihm ist, wie er Jill gegenüber total frech wird, wenn sie gerade *ähem* allein zu zweit sind.
CERanger11: Wie ich sehe, liest da jemand gerne Smutty Fics.

CaptainJillsBFF22: Na ja, es ist ein harter Job, aber irgendwer muss ihn ja schließlich erledigen.

CERanger11: Und, wer hat den Wettbewerb letztes Jahr gewonnen?

CaptainJillsBFF22: Letztes Jahr gab es zwei Sieger: irgendein Typ, der sich als Batman verkleidet hatte, und eine unfassbar coole ältere Frau, die als Peggy Carter kostümiert war! Das war echt genial. Im Jahr davor sind zwei echte Zwillinge als Gemma und Sonny gegangen und Zweite geworden!! Gegen diese krasse Dragqueen, die als Sailor Moon verkleidet war, hatten sie einfach keine Chance.

CERanger11: Ha. Ich bin mir nicht sicher, ob ich das auf der Bühne wirklich bringen würde. Ich käme mir total dämlich vor.

CaptainJillsBFF22: Lol das ist doch genau der Punkt! Aber es macht echt irre Spaß und alle stürzen sich kopfüber rein.

Ich habe keine Ahnung, warum ich überhaupt angefangen habe, mit diesem Mädchen von der Huntington zu chatten, aber sie scheint echt nett zu sein. Es ist nur irgendwie komisch, ihren Namen nicht zu kennen.

CERanger11: Kann ich dich was fragen? Ich glaube, du hast mir noch gar nicht gesagt, wie du heißt…?

Sie hört auf zu tippen und ich erstarre. Habe ich eine Grenze überschritten?

CaptainJillsBFF22: du hast recht, hab ich nicht. Lol. (sorry, aber ich finde das einfach seltsam)

CERanger11: Okay. Kein Problem. Aber wie soll ich dich denn jetzt nennen?

CaptainJillsBFF22: Du darfst mich Unser Geliebter Captain Jillian Brighton nennen. 😍

Okay, Botschaft angekommen. Keine echten Namen.

CERanger11: Nur, wenn du mich Sergeant Aaron Lewis nennst.

CaptainJillsBFF22: Ich salutiere vor Ihnen, Sergeant! Die Zentrale Elite dankt Ihnen für Ihre Dienste.

CaptainJillsBFF22: Wie wärs, wenn ich dich Aaron2 nenne?

CERanger11: Nur, wenn ich dich Jill2 nennen darf.

Ich kann nicht anders, als zu lächeln, und dann fällt mir plötzlich auf, dass es an diesem Tag das erste Mal überhaupt ist, dass ich lächle. Nur noch knapp drei Monate bis zur Sci-Con, aber es kommt mir wie eine Ewigkeit vor.

CERanger11: Okay, dann erzähl mal von diesem Fanfic-Zeug. Ich hab so was noch nie geschrieben. Was schreibst du denn da so?

CaptainJillsBFF22: Hauptsächlich Fix-it-Fics, offensichtlich – dieses Ende muss einfach umgeschrieben werden. Und das hier ist meine Lieblingsfiction.

Sie fügt einen Link ein und ich klicke darauf.

EIN WIEDERGUTGEMACHTER FEHLER
Von: CaptainJillsBFF22
Pairing: Captain Jill Brighton / Sergeant Aaron Lewis
Wörter: 198.000
Tags: Fix-it-Fic; Beziehungsangst; OTP; #Lewton; so viel Geknutsche; sie gehören zusammen; ich will Amnesie, damit ich das Ende von Folge zwanzig vergesse; diesmal kommt er zurück!; das Staffelfinale war Mist; wir hatten was Besseres verdient; ernsthaft, ich hasse dieses Ende

Ich fasse es nicht, dass sie ernsthaft 198.000 Wörter geschrieben hat. Mein letzter Englischaufsatz hatte 5000 Wörter, wenn überhaupt, und ich dachte echt, das Ding würde mich umbringen.

CaptainJillsBFF22: (du musst nicht das ganze Ding lesen, lol)

Ich überfliege die ersten paar Seiten, die nur wenige Minuten nach dem Ende der Serie spielen. Zweihundertzwanzig Warshipper haben einen Kommentar hinterlassen; ich scrolle sie durch, aber es ist hauptsächlich irgendwelches Fangirl-Zeug zu Lewton, gespickt mit Kommentaren von irgendeinem Idioten, der sich darüber lustig macht, dass das perfekte Ende der Fiction total unrealistisch ist.

CERanger11: Wow. Okay. Ich bin beeindruckt.
CaptainJillsBFF22: *verbeug*

CERanger11: Wie viele davon hast du denn schon geschrieben?

CaptainJillsBFF22: Ähmmm … 17? Aber ich hab auch einen NSFW-Account, da poste ich meine Smutty Fics lol

CERanger11: …

CERanger11: Und wo ist der Link zu dieser Sammlung?

CaptainJillsBFF22: Du willst, dass ich ihn dir schicke?

CERanger11: Unbedingt

CaptainJillsBFF22: hahahahahahaha

CaptainJillsBFF22: Nein.

CERanger11: Okay, du willst mir deinen richtigen Namen nicht verraten, und du lässt mich deine anzüglichen Fictions nicht lesen – woher soll ich denn bitte wissen, dass du überhaupt echt bist? 😉

Ich meine das wirklich nur als Scherz, aber sie schickt mir trotzdem ein verlegenes GIF.

CaptainJillsBFF22: Okay, ich verrate dir was. Aber du darfst nicht sauer sein.

Ich habe keine Ahnung, wie ich darauf reagieren soll, aber sie ist sowieso zu schnell für mich und fährt fort, bevor ich irgendwas tippen kann.

CaptainJillsBFF22: Ich hatte Panik und hab dich angelogen.

CaptainJillsBFF22: Ich gehe nicht auf die Huntington. Ich gehe auf deine Schule.

WARSHIP SEVEN: Episode vier

»Ein illegaler Handel«

SZENENKONTEXT: Die Crew sitzt, völlig niedergeschlagen, im Speiseraum des Schiffs und versucht, einen Plan auszuarbeiten, um ihren gestohlenen Droiden zurückzubekommen, nachdem C0NDOR in der vorherigen Folge entführt wurde.

JILL: [den Kopf in den Händen] Kommt schon, das können wir doch besser. Wir haben schon Krankenhäuser und Hochburgen und Militärstützpunkte der Zentralen Elite geplündert. Da können wir doch wohl auch unseren Navigator aus den Fängen eines Schwarzmarkthändlers retten.

GEMMA: [mit rot geflecktem Gesicht, in ihren Augen schimmern frische Tränen] Ich verstehe nur einfach nicht, wie das passiert ist. Er war direkt neben uns.

SONNY: Wenn du auf ihn aufgepasst hättest, anstatt mit irgendwelchen Kerlen zu flirten …

GEMMA: Kannst du bitte die Klappe halten? Nur für eine Sekunde?

SONNY: Ich will damit ja nur sagen …

JILL: *Schluss jetzt.* [springt von ihrem Stuhl auf] Ich will von keinem von euch noch ein einziges Wort hören, das nicht konstruktiv ist, kapiert?

MARKUS: [steht stoisch in der Ecke] Sie hat recht. Das hilft uns nicht weiter.

SKULLS: [aus dem Flur] Eine falsche Bewegung und diese Kugel landet irgendwo in deiner Arschfalte, klar? [Die Tür schwingt auf, und SERGEANT AARON LEWIS taucht darin auf, die Hände gefesselt, mit SKULLS dicht hinter ihm, der eine Waffe auf seinen Rücken richtet.]

AARON: Was man hier alles über sich ergehen lassen muss, nur, wenn man mal pinkeln will.

JILL: [spannt sich sichtlich an] Wenn's dir nicht passt, dann kannst du dir auch in deiner Zelle in die Hose pinkeln, Abschaum.

AARON: [betritt die kleine Toilette, gefolgt von SKULLS] Ich glaube kaum, dass ich einen Aufpasser brauche.

SKULLS: Letztes Mal hast du mit einem verrosteten Rohr deine Fesseln halb durchgesäbelt.

AARON: Und ich muss sagen, dass das wirklich ein Geniestreich meinerseits war. Aber von mir aus – wenn du darauf bestehst. [Er lässt die Hosen runter, spöttisch grinsend, und pinkelt in die metallene Kloschüssel, die Tür weit geöffnet, sodass alle ihn sehen können.]

JILL: [hält den Blickkontakt zu ihm aufrecht, ihre Lippen fest zusammengepresst] Durch dieses kindische Verhalten erwärme ich mich nur immer mehr für die Idee, dich aus der Luftschleuse zu werfen.

AARON: Lass mich raten. [zieht seine Hose wieder hoch, nachdem er fertig ist] Der gute alte Schwarzmarkthändler wollte euer Geld für den gestohlenen Droiden nicht annehmen. Und jetzt plant ihr eine nette kleine illegale Aktion.

JILL: [mit leicht überraschtem Ausdruck, den sie zu verstecken versucht] Wovon redest du denn da?

AARON: Ich hatte schon mal mit diesem Typen zu tun. Sein Name ist Marty. [wäscht sich die Hände und schüttelt dann das Wasser ab] Geld interessiert ihn nicht besonders. Aber ich weiß, *was* ihn interessiert.

GEMMA: [schnappt nach Luft] Du weißt, wie wir C0ndor wieder zurückkriegen?

AARON: [grinst selbstgefällig, ohne den Blickkontakt mit Jill abzubrechen] Oh ja.

JILL: [verschränkt die Arme] Wenn du lügst …

AARON: Ich lüge nicht. Aber ich gebe euch auch keinerlei Informationen ohne Bezahlung.

SKULLS: Halt's Maul. [klatscht eine Hand auf Aarons Schulter und stößt ihn unsanft wieder zur Tür hinaus] Du verhandelst nicht mit uns. Du bist unser Gefangener.

JILL: [hebt eine Hand] Warte.

9
Stella

Wesley sieht mich nicht, als ich mich ihm an seinem Spind von hinten nähere. In dem Moment, als er ihn öffnet, strecke ich eine Hand über seine Schulter aus und knalle die Tür wieder zu. Das Scheppern des Metalls hallt in meinen Ohren wider.

»Was zur Hölle soll das sein?« Ich wedle mit einer Handvoll beschissener Fotos vor seinem Gesicht herum.

»Wow, guten Morgen auch dir, mein liebster Stock im Hintern.« Er grinst und fährt mit einer Hand durch sein hellbraunes Haar. »Das scheinen mir Fotos zu sein.«

»Das scheint mir absoluter Mist zu sein.«

Er legt eine Hand auf sein Herz. »Willst du damit sagen, dass dir mein Beitrag zu unserem Jahrbuch nicht gefällt? Das tut weh, Stock.«

»Ich will damit sagen, dass du höchstwahrscheinlich gerade mal fünf Minuten darauf verwendet hast, die hier zu machen, und dass ich meine Druckertinte jetzt für diesen Mist verschwendet habe.« Ich knalle ein Foto von einem Urinal gegen seinen Spind, den er gerade wieder aufreißen will. Ein Schweißfilm bedeckt seine Stirn, vom Lauftraining am frühen Morgen.

»Weißt du, ich wette, die werden eines Tages ziemlich viel wert sein, nach meinem Tod.«

»Oh, gut.« Ich schenke ihm ein süßes Lächeln. »Vielleicht kann ich ja dafür sorgen, dass dieser Tag eher früher als später kommt.«

»Wow, dann würdest du also selbst vor Mord nicht zurückschrecken, um Valedictorian zu werden? Gut zu wissen. Ich werde wohl nachts mit einem offenen Auge schlafen müssen.«

»Als würde ich mich deinem Bett freiwillig auch nur nähern.« Bevor er etwas erwidern kann, stürme ich wieder den Flur hinunter und stoße direkt mit Brandon Nguyen zusammen. Ich kann ihn noch nicht mal mehr anschauen, ohne an all die Fotos zu denken, die Wesley mir auf so freundliche Weise hat zukommen lassen und von denen die Hälfte Brandon zeigt, der so tut, als wollte er vor der Kamera blankziehen. Ich werde dieses Bild nie wieder loswerden – und ich kann noch nicht mal Dahlia was davon erzählen, weil sie es wahrscheinlich auch noch toll finden würde.

»Stella!« Er winkt mir flüchtig zu. »Bist du am 20. März dabei?«

Ich habe keine Ahnung, wovon er spricht, deshalb sage ich das Erste, was mir in den Sinn kommt. »Kommt Wesley auch?«

»Na ja, schon.«

»In dem Fall: nein.« Ich rausche ohne ein weiteres Wort an ihm vorbei.

Jemand könnte ein Geldregen-Festival veranstalten, bei dem er an alle haufenweise Bargeld verteilt, ich würde trotzdem nicht hingehen, wenn Wesley auch dort wäre.

Okay, für haufenweise Bargeld vielleicht doch. Ich brauche schließlich immer noch diese Jill-Stiefel.

In der Sekunde, in der ich außer Sichtweite bin, fällt mir plötzlich wieder ein, was an diesem Samstag ansteht: Laser Tag in der Space Arena. Und ich habe Dahlia versprochen, dass ich mitkomme. Offensichtlich hat mein Kopf heute ein Loch, aus dem meine Hirnmasse raussickert.

Außerdem lässt mich der Gedanke nicht los, dass ich CERanger11 vielleicht lieber nicht hätte sagen sollen, auf welche Schule ich wirklich gehe. Ich bin immer noch nicht restlos überzeugt, dass er nicht irgendwann anfängt, mich zu stalken, und mich am Ende umbringt, wie dieser Typ in *You – Du wirst mich lieben*.

Aber es ist okay. Er weiß nicht, wer ich bin. In unserer Stufe sind über vierhundert Schüler:innen, was bedeutet, dass wir ungefähr zweihundert Mädchen sind. Sofern er nicht gerade ein Meisterschnüffler ist, wird er es also niemals herausfinden. Ich könnte absolut jede sein.

Aber er könnte auch jeder sein.

Was würde passieren, wenn er es doch herausfinden würde?

Ich hole im Gehen meinen Terminplaner heraus, schlage die rosa Registerseite auf und fange an, Dinge von meiner Liste zu streichen. Ich muss irgendwo sechzig Ersatzfotos herkriegen – und darf Wesley nie wieder irgendeine Aufgabe anvertrauen –, den Papierkram für die Nationale Schülervereinigung erledigen, meine Mathehausaufgabe fertig machen und mit meinen Recherchen für den Geschichtsaufsatz anfangen, der am Ende des Halbjahrs fällig ist.

Vielleicht wäre es ja gar nicht so schlimm.

Ich habe wirklich keine Ahnung, was zur Hölle heute mit mir los ist, aber mit einem Mal stelle ich mir ein total seltsames Aschenputtel-Szenario vor, bei dem der geheimnisvolle Fremde jedes Mädchen in der Schule mit dem Profil vergleicht, mit dem er gechattet hat, so als sei es eine Art gläserner Pantoffel und er müsste das Mädchen finden, das dazu passt.

Meine Füße laufen auf Autopilot, und ich navigiere im Slalom durch Trauben von Leuten, die sich im Korridor tummeln. Vage nehme ich wahr, wie ein paar von ihnen Hallo zu mir sagen, aber ich habe jetzt keine Zeit zum Plaudern. Ich blättere ein paar Seiten in meinem Planer zurück, um die Deadline für das Rattenlabyrinth zu überprüfen, und stoße prompt erneut mit jemandem zusammen, wobei mein Kalender in hohem Bogen durch die Luft fliegt.

»Kannst du nicht aufpassen, wo du hin…«

Kyle Nielsen strahlt mich an. »Oh, hey.« Er beugt sich nach unten, um meinen Planer aufzuheben, staubt ihn ab und drückt ihn mir wieder in die Hand. »Tut mir leid.«

Ich glotze ihn an und mache den Mund auf und zu wie ein Fisch. »Kyle. Hi.«

»Ich stehe heute total neben mir.« Er lacht. »War lange auf.«

»Lange auf… Was hast du denn Schönes gemacht?«

»Ach, nichts. Ich hab versucht, für eine Convention im Frühjahr eine Gruppe zusammenzutrommeln, aber bisher ohne Erfolg.« Er zuckt mit den Schultern. »Na dann, wir sehen uns in Bio?«

Er ist bereits um die Ecke verschwunden, als ich ihm hinterherrufe: »Bis dann!«

Wow, hätte ich das noch unsouveräner handeln können? Ich schiebe meine Brille auf die Stirn und presse die Handballen auf meine Augen. Als ich sie wieder wegnehme, sind sie mit meinem lila Lidschatten verschmiert. Na toll.

Eine Convention im Frühjahr.

Mir klappt die Kinnlade herunter. O mein Gott. Das kann nicht sein… oder doch?

Kyle ist Aaron2.

Vielleicht?

Nein. Ich ziehe nur voreilige Schlüsse. Er hat ja noch nicht mal gesagt, welche Convention. Es könnte alle möglichen geben.

Ich stürme weiter den Flur hinunter und bemerke gar nicht, dass ich vor dem Sekretariat bin, bis Ms Rossi, die Sekretärin, mich mit einem riesigen zusammengerollten Poster beinahe köpft, das sie sich unter den Arm geklemmt hat, während sie gleichzeitig gefährlich auf einer Trittleiter balanciert.

»Oh, guten Morgen, Stella.« Sie rollt das Poster langsam aus und drückt es gegen die Wand.

»Hi, Ms Rossi.« Das gigantische Poster mit dem Schriftzug *DIE ABSCHLUSSPRÜFUNG NAHT* in der Schrift von *Game of Thrones*, das sie ans Schwarze Brett zu tackern versucht, hängt ziemlich schief nach rechts. »Warten Sie, ich helfe Ihnen.« Ich öffne die Wasserwaagen-App auf meinem Handy und halte sie gegen das Poster. Die kleine Blase huscht zur linken Seite des Bildschirms.

»Oh, danke.« Sie justiert nach, und ich halte das Poster fest, während sie es ans Brett tackert. »Sag mal, könntest du dieses Jahr noch ein paar morgendliche Ankündigungen machen? Du fehlst uns richtig im Büro.«

»Klar, wenn Sie wollen.« Weil ich unbedingt noch mehr Verpflichtungen auf meinen übervollen Terminplan packen will.

»Du hast das letztes Jahr so toll gemacht. Und inzwischen bist du wegen dieser ganzen Valedictorian-Sache ja schon quasi eine Berühmtheit.«

»Oh. Danke.«

Sie tackert die äußerste Ecke fest. »Weißt du, ich arbeite jetzt schon seit zweiundzwanzig Jahren an dieser Schule, aber ich glaube nicht, dass wir schon jemals zwei Schüler hatten, die so ehrgeizig waren wie du und Wesley Clarke.«

Mir fällt auf, dass ich sie unbewusst völlig leer anstarre, und ich schüttle mich aus meiner Trance. »Oh. Ja.« Sie steckt mich doch hoffentlich nicht in dieselbe Kategorie wie diesen reichen Vollidioten.

»Ihr zwei seid euch wirklich sehr ähnlich.« Sie lacht.

Wow, womit habe ich denn diesen persönlichen Angriff verdient? Ich versuche nicht mal, mir meinen entsetzten Ausdruck wieder aus dem Gesicht zu wischen. »Nein, ich fürchte, da irren Sie sich, Ms Rossi.«

»Du wärst überrascht. Dieser Junge ist ein ziemlich kluger Kopf.« *Ja, das ist auch kein Wunder, wenn einem die Eltern achttausend Nachhilfelehrer bezahlen.* Ich frage mich, ob sie ihn immer noch für einen so *klugen Kopf* halten würde, wenn ich ihr die Sammlung mit den Umkleidekabinenfotos zeigen würde, die sich in meiner Tasche befindet. Sie steigt wieder von der Leiter herunter. »Danke für deine Hilfe. Bis bald, Stella.«

Die drei gemeinsten Dinge, die sie zu mir hätte sagen können: (1) Stella, du wirst nicht Valedictorian. (2) Stella, aus dir wird nie etwas werden und du wirst genauso enden wie deine Familie. (3) Stella, du und Wesley Clarke habt eine Menge gemeinsam. Wie kann sie es wagen, mich so zu beleidigen? Was habe ich dir eigentlich getan, Rossi?

Mein Handy piepst – Dahlia.

Bist du schon da? Wir sind an Der Wand.

Ich bin kaum um die Ecke gebogen, als mich auch schon die Fotos der Zwölftklässler mit den Collegezusagen an der Wand des Sekretariats begrüßen.

Mein Gesicht brennt förmlich, als ich mein eigenes sehe, und die abgrundtief beschämend kurze Liste darunter. Wenn ich private Nachhilfe gehabt hätte, Rhetorik-Tutoren, genügend Geld für Bewerbungsgebühren und Eltern, die es sich leisten können, mir einen Porsche in Aussicht zu stellen, wäre meine Liste vielleicht auch länger gewesen.

»Du siehst aus, als ob dir gleich Rauch aus den Ohren kommt.« Dahlia lehnt an der Wand und verdeckt mindestens fünf Zwölferporträts.

Em steht neben ihr und fummelt am Riemen ihrer Handtasche herum, der aussieht, als würde er einen tiefen Krater in ihre Schulter graben. Sie hat in der Neunten beschlossen, dass sie zu cool für Rucksäcke ist, und jetzt stopft sie stattdessen all ihre Bücher in ihre riesige Michael-Kors-Tasche.

»Alles okay?«, fragt sie mich, einen Starbucks-Becher in der Hand. Es ist komisch: Meine beiden besten Freundinnen glauben, dass ich Kaffee hasse, dabei bin ich einfach nur zu arm, um mir die sechs Dollar teuren Venti-Was-auch-Immers leisten zu können, die sie jeden Tag trinken.

»Ja, was ist denn passiert?« Em ist eine von diesen Fußballverrückten, die das ganze Jahr über spielen. Sie hat sich sogar extra ein Hallenteam für den Winter gesucht und kommt praktisch jeden Tag im Trikot in die Schule. Der Name *GONZALES* erstreckt sich in roten Buchstaben quer über ihren Rücken.

»Wesley Clarke ist passiert.« Ich drücke Em den Fotostapel in die Hand.

Sie fängt an, sie durchzugucken. »Das verstehe ich nicht. Hab ich irgendwas verpasst?«

»Wesley hat mir die abgeliefert – damit wir sie *in unserem Abschlussjahrbuch abdrucken*.«

Em blättert weiter durch den Stapel, bis sie und Dahlia synchron angewidert zurückzucken. »Ist das … ist das der nackte Hintern von jemandem?«

»Das will ich ehrlich überhaupt nicht wissen.«

»Das hier gehört in den Louvre.« Dahlia hält ein Foto von einer Toilette hoch. Er hat mir tatsächlich ein Bild von einer Toilette abgegeben.

»Nein, weißt du, wo das hingehört?« Ich stelle mich vor Wesleys Porträt mit seiner langen Collegeliste, auf dem er aussieht, als sei er gerade einer Calvin-Klein-Anzeige entstiegen, und klatsche das Toilettenfoto darauf. »Genau hierhin.«

Em und Dahlia prusten vor Lachen.

Ich pule den Tesa-Streifen seines eigentlichen Fotos ab und schiebe das neue direkt darunter, damit es sicher an der Wand klebt und Wesleys Gesicht komplett bedeckt. »Das ist seine Endgestalt.«

Ich nehme mir einen Moment Zeit und lasse den Blick über die Fotos schweifen. Sofern der Typ mich nicht total verarscht hat, könnte einer der Jungs an dieser Wand CERanger11 sein. *Aber welcher?*

Ich ertappe mich dabei, wie ich auf Kyles Foto starre. University of Connecticut, UMass-Amherst und Keene State starren zu mir zurück. Ich schlucke schwer und konzentriere mich wieder auf seine sanften braunen Augen. *Bist du Aaron2?*

Nein. Ich darf keine voreiligen Schlüsse ziehen. Es könnte jeder von ihnen sein. Vielleicht sogar einer, der noch nicht mal an Der Wand hängt.

»Was habt ihr zwei am Wochenende gemacht?«, will Em wissen.

»Ich musste meine Ratte für Bio abholen.«

»Ich hatte ganz vergessen, dass du auch in diesem Kurs bist«, sagt Dahlia. »Ich sehe um diese Jahreszeit andauernd Leute mit Ratten auf der Schulter durch die Gegend latschen.«

Declan Detton strahlt mich an, der extra für sein Zwölferporträt – das aussieht, als hätte er es mit einem Selfie-Stick aufgenommen – sein zerzaustes Haar blau gefärbt hat. Ich zucke zusammen, denn er scheint mir ein möglicher Kandidat zu sein: Er ist fernsehsüchtig, also warum sollte er nicht auch *Warship Seven* mögen?

»Ich hab das ganze Wochenende mit Hausaufgaben verbracht«, berichtet Dahlia. »Und dann bin ich mit meinen Eltern nach Boston gefahren, um meine Schwester zum Mittagessen zu treffen.«

Em trinkt einen Schluck von ihrem Kaffee. »Wie gefällt ihr das BC?«

Connor Jacobsens Porträt sieht aus, als sei es in der Stadtbibliothek aufgenommen worden. Er blickt nachdenklich in die Ferne, sein Kinn total prätentiös auf einen Stapel Bibliotheksbücher gestützt. Er gehört zu den Typen, an denen Hornbrillen richtig gut aussehen. Ich bin mir ziemlich sicher, dass er schwul ist. Ich erinnere mich noch vage daran, dass er bei

Cory Ellisons Geburtstagsparty letztes Jahr so was erwähnt hat – aber andererseits, warum sollte ich annehmen, dass CERanger11 hetero ist? Er hat nie Andeutungen zu seiner sexuellen Orientierung gemacht.

»Sie liebt es.« Dahlia wirft ihr Haar über ihre Schulter. »Sie stand letztes Semester auf der Bestenliste und wird diesmal ziemlich sicher auch wieder draufstehen.«

»Vielleicht laufe ich ihr nächstes Jahr in Boston ja mal über den Weg«, sinniere ich. »Bestimmt kennt sie ein paar gute Cafés.«

»Ich bin so neidisch, dass du hier in der Nähe bleibst«, jammert Em. »Ich kenne in Savannah überhaupt niemanden.«

Dahlia gibt ein Schnauben von sich. »Du musstest dir ja unbedingt ein College aussuchen, das so weit entfernt ist.«

Kyle Nielsen kommt wieder vorbei, mit dicken roten Kopfhörern auf den Ohren. Verdammt, ich versuche hier, an irgendetwas anderes zu denken, aber er muss ständig wieder auftauchen. Em und Dahlia reden weiter über Colleges oder was weiß ich, aber ich blende sie komplett aus.

Es könnte Kyle sein. Was, wenn es Kyle ist?

Mein Herz schlägt ein wenig schneller.

Er winkt mir schüchtern zu. »Hab mein Mathebuch im Spind vergessen.«

Ich lächle und nicke zurück, Hitze kriecht in meine Wangen.

»Wäre es komisch, wenn ich ihn fragen würde, ob er mit mir zum Abschlussball geht?«, frage ich so leise, dass nur die beiden mich hören können.

Dahlia legt die Stirn in Falten. »Warum sollte das komisch sein? Es ist schließlich nicht 1952.«

»Ich frage Leah, ob sie mit mir hingeht.« Em zuckt mit den Schultern.

»Du bist schon mit ihr zusammen«, erwidere ich.

»Das zählt nicht.«

»Ich hoffe, dass Brandon Nguyen mich fragt«, sagt Dahlia.

»Was für'n Schock«, zieht Em sie auf, und Dahlia gibt ihr einen freundschaftlichen Schubs.

»Aber wenn er es nicht tut«, fügt Dahlia hinzu, »werde ich in den sauren Apfel beißen und ihn selbst fragen.«

»Das ist die richtige Einstellung«, ermuntere ich sie.

»Hey, ich hab gehört, dass Wesley Clarke auch noch kein Date hat.« Em knufft mich mit dem Ellenbogen in die Seite. »Mindestens vier verschiedene Mädchen haben ihn schon gefragt. Vielleicht wartet er ja auf seine einzig wahre Liebe – Stella Greene.«

»Sehr lustig. Zum Totlachen.«

»Okay, eine Frage«, wirft Dahlia ein. »Wenn du wählen müsstest, ob du Wesley Clarke oder Mr Hebert, den Sportlehrer küsst, für wen würdest du dich entscheiden?«

»Hebert. Definitiv.«

Sie prusten beide vor Lachen.

»Okay, nein, ich hab noch eine.« Ems Pferdeschwanz schwingt beim Gehen hin und her. »Lieber Wesley küssen oder nicht Valedictorian werden?«

»Ist tot umfallen eine Option?«

»Nein.«

»Argh. Ich weiß nicht…«

»Okay, okay. Noch eine.« Wir haben unsere Spinde inzwischen erreicht und Dahlia gibt die Kombination für ihren ein. »Würdest du lieber mit Wesley Clarke schlafen oder sterben?«

Ich lege den Planer in meinen Spind und stelle im Kopf eine Pro-und-Kontra-Liste zu dieser Frage auf. Ein Foto von Dahlia, Em und mir beim Homecoming im letzten Jahr schaut mich an, mit einem rosa Gänseblümchenmagneten an das Metall gepinnt. Mein Kalender klebt daneben, aber er sieht eher aus wie einer dieser Footballspielpläne, auf denen alles eingekringelt und mit rotem Kuli vollgekritzelt ist.

Mir wird bewusst, dass ich total das Gesicht verziehe, als Em mich anschaut und wieder zu lachen anfängt. »Also?«

»Ich denke nach!«

* * *

»Kannst du das bitte sein lassen?«, blaffe ich Wesley an, nachdem sein Knie zum zillionsten Mal unter dem Tisch gegen meins gedonnert ist.

»Was soll ich lassen?« Er klebt Pappteile zusammen, die den äußeren Rand unseres Labyrinths bilden sollen und die sich jetzt schon gefährlich nach rechts neigen. »An unserem Projekt zu arbeiten?«

Ich fasse unter den Tisch und schiebe sein Bein weg.

»Wow.« Er grinst dämlich. »Behalte deine Hände bei dir, Stock. Wir sind hier in einem Klassenzimmer.«

Ich rolle mit den Augen. »Halt das einfach fest, damit ich es ankleben kann.«

»Ich finde immer noch, dass wir meine Idee hätten umsetzen sollen.«

»Wir bauen kein Labyrinth, das auf einem Muppet-Film basiert.«

»Hey, *Die Reise ins Labyrinth* ist kein Muppet-Film, sondern ein Jim-Henson-Film. Das ist ein Unterschied.«

»Du bist so ein Nerd.«

»Du hast deinen Hund nach einem Pokémon benannt.«

»Wie läuft es bei allen so?« Mr Hardwicke geht zwischen den Labortischen auf und ab und begutachtet Papplabyrinthe.

»Irre – wie in 'nem Irrgarten eben«, antwortet Kyle auf der anderen Seite des Zimmers.

Als sonst niemand lacht, fange ich seinen Blick ein und schenke ihm mein breitestes Grinsen. Alberner Humor. Auch Sergeant Aaron Lewis ist ein wahrer Experte darin.

Wesley gibt ein Schnauben von sich und stabilisiert eine Pappecke mit einem ellenlangen Tesa-Streifen. »Apropos Nerds.«

»Was soll das denn nun wieder heißen?«

»Nichts. Überhaupt nichts.«

Ich presse die Lippen zusammen, erwidere jedoch nichts und fahre stattdessen mit dem Bleistift über die riesige Pappe, um unser Labyrinth vorzuzeichnen. Als ich fertig bin, hole ich meinen Planer hervor und schlage den Mai auf. Natürlich ist dieses dämliche Projekt direkt nach der Sci-Con fällig.

»Okay, also, wir haben noch ungefähr zwei Wochen Zeit, um das Ding fertig zu bauen, dann bleiben uns zwei Monate, um sie zu trainieren, damit sie perfekt durchkommt.«

»Wow, wow, wow.« Wesley schnappt sich den Planer aus meinen Händen und blättert durch die rosa, orangen, gelben und blauen Klebezettel, die aus den Seiten hervorragen. »Ist das Teil farblich codiert?«

Ich reiße es ihm wieder aus der Hand. »Manche Leute sind eben gerne gut organisiert.«

»Du könntest auch einfach improvisieren.«

Ich kann nicht fassen, dass dieser Typ mein ärgster Konkurrent ist. Das will mir nicht in den Kopf, ganz ehrlich.

Wesley öffnet den Reißverschluss seines schwarzen North-Face-Rucksacks, holt einen Energy-Shot heraus und stürzt ihn dann wie Tequila hinunter. »Prost.«

»Du weißt schon, dass die Dinger Gift für dich sind, oder?«

»Manche Leute waren eben noch spät wach, um an ihrer Latein-Übersetzung zu arbeiten.«

»*Personae sunt molestissimi tellus*, Wesley.«

Er schneidet eine Grimasse. »Persona was?«

»Ganz offensichtlich haben all diese Stunden, in denen du so angestrengt Latein gelernt hast, nicht gefruchtet, wie?«

»Na, jetzt, wo du diese tote Sprache so perfekt *sprichst*, kannst du dir ja endlich deinen Lebenstraum erfüllen und im Vatikan Akten ordnen.« Er wirft die leere Plastikverpackung in Richtung Mülleimer, und sie beschreibt einen perfekten Bogen, bevor sie hineinfällt.

Kyle sitzt einen Tisch weiter und plaudert mit Madison Benson, seiner Laborpartnerin. Mir wird bewusst, dass ich die beiden richtig anstarre, als er den Blick hebt und mir direkt in die Augen schaut. Ich tue hastig so, als würde ich an einem Stück Pappe herumfummeln.

»Wie geht's Lint?«, frage ich. Unsere pelzige Freundin beobachtet uns von ihrem Käfig am Ende des Tisches aus. Ich stecke vorsichtig einen Finger zwischen die Stäbe und berühre ihre Nase.

»Ihr geht's gut.« Wesley hält den Blick auf den Pappstreifen gerichtet, den er langsam mit der Schere ausschneidet. »Frisst ziemlich viel.«

»Hast du immer noch Angst vor ihr?«

Er schnaubt verächtlich. »Ich hab keine Angst vor ihr.«

»Das verstehe ich als Ja.«

»Es ist nur eine Ratte.«

»Okay.« Ich öffne ihren Käfig, und sie krabbelt munter auf meine Handfläche, schnuppert und klettert schließlich an meinem Arm hinauf. »Dann nehme ich an, dass du kein Problem damit hättest, sie mal zu halten?«

Er zuckt zurück. »Du darfst dich ganz allein mit dieser Pest amüsieren, Stock.«

Ich setze Lint auf meine Schulter. »Das ist für dich, Süße. Ich hoffe, du magst Labyrinthe.« Ich streichle ihr weiches Fell.

»Sie würde es garantiert mögen, wenn es auf einem Jim-Henson-Klassiker basieren würde.«

»Hey, kann ich mal euer Tesa ausleihen?« Kyle steht plötzlich an unserem Labortisch. »Unsere Rolle ist leer.« Er trägt ein T-Shirt mit Retro-Aufdruck von einem Seeungeheuer und es sieht genial aus.

»Oh. Ja. Klar.« Ich grapsche ungeschickt nach der Rolle, und sie kullert quer über den Tisch, wo Wesley sie mit einem Finger aufhält, bevor sie auf den Boden fallen kann. »Sorry.«

»Hey, Glückwunsch übrigens zu deiner Wahl zur Schatzmeisterin«, sagt er, und ich brauche einen Moment, um zu kapieren, dass er mit mir spricht. »Ich hab für dich gestimmt.«

Mein Magen schlägt Purzelbäume. »Oh. Na ja. Danke. Es war ziemlich last minute.« Ally Martin war die letzten anderthalb Jahre Schatzmeisterin, aber dann musste sie aus gesundheitlichen Gründen von ihrem Amt zurücktreten.

»Ich hab auch für dich gestimmt«, wirft Wesley ein. »Ich meine, dein Name war schließlich der einzige auf dem Stimmzettel. Allerdings hab ich ernsthaft mit dem Gedanken gespielt, stattdessen Oskar aus der Sesamstraße draufzuschreiben.«

»Großartige Beleidigung – hast du dir die ganz allein ausgedacht?«, zische ich ihn an.

»Na, danke jedenfalls für das Tesa.« Kyle schaut Wesley an. »Vorhin hat sie übrigens gesagt, dass du der nervtötendste Mensch auf der Welt bist. Auf Latein.«

Kyle hat uns zugehört?

Wesley drückt eine Hand auf sein Herz. »Ich fühle mich geschmeichelt.«

»Hey, coole Halskette.« Kyle nickt mir noch kurz zu, bevor er wieder an seinen Tisch zurückkehrt.

»Bis dann«, sage ich, ein wenig zu laut, während er sich wieder zu seiner Laborpartnerin gesellt.

Ich ertappe mich dabei, wie ich unbewusst an meinem Anhänger mit dem dreispitzigen Schwert herumspiele. Hat er mit *coole Halskette* gemeint, dass ein dreispitziges Schwert cool ist? Oder eher: *Das ist ja Captain Jill Brightons Halskette, aus meiner Lieblingsserie?*

Er könnte es sein. Er könnte es wirklich sein.

Wesley klebt eine Ecke an und verbindet zwei schlecht aneinander angepasste Pappteile. »Wenn du das Wort Einfaltspinsel googelst, dann taucht bei der Bildersuche ein Foto von Kyle Nielsens Gesicht auf.«

»Du machst das falsch.« Ich schlage seine Hand weg. Seine Finger streifen über meine und ich weiche ein Stück zurück. »Und er ist *nett*. Tut mir wirklich leid, dass dich das so sehr beleidigt, da oben auf deinem gigantischen Schokoladenthron.«

»Mir kommt er nicht besonders nett vor.«

»Vielleicht kennst du einfach keine netten Leute.«

»Oder vielleicht weiß ich auch nur, wie man ein Arschloch erkennt.«

»Dafür muss man wohl selbst eins sein.«

Es klingelt, und zwar keine Sekunde zu früh. Ich setze Lint wieder in ihren Käfig zurück und gehe aus dem Klassenzimmer, ohne mich von Wesley zu verabschieden.

Betreff: *WARSHIP SEVEN* REWATCH PARTY
Username: CaptainJillsBFF22

Wie geht's all meinen Warshippern heute? Habt ihr diese Woche schon den #HappeningRadio-Podcast gehört? Der Live-Rewatch ist wirklich super. Jess' Reaktionen sind auf den Punkt.

Heute sprechen wir über Episode fünf: »Zwei Stunden auf dem Schwarzmarkt«. Im Prinzip ist sie der zweite Teil von Episode vier, »Ein illegaler Handel« – wir bekommen endlich C0ndor zurück, und Aarons Masterplan wird enthüllt!

Wie sich herausstellt, interessiert sich der gute alte Marty nicht für Geld. Sein Planet stirbt langsam an einer Krankheit, die auf den zentralen Planeten bereits ausgerottet wurde. Doch unser Sergeant Aaron eilt zu Hilfe und verrät Jill, dass sie nichts weiter tun muss, als Marty Medikamente anzubieten, und zack! – C0ndor ist wieder zurück im Kreise der Crew, in all seiner fehlfunktionsanfälligen Pracht. Oh, wenn es doch nur so einfach wäre. Natürlich ist Marty nicht unbedingt der ehrliche Typ. Seine Bodyguards versuchen, die Medikamente zu stehlen, ohne ihren Teil der Abmachung einzuhalten und den Droiden zurückzugeben. Doch Aaron hat auch das kommen sehen und Jill vor der Unehrlichkeit des Händlers gewarnt. Die Arzneifläschchen sind leer, aber als die Gauner das erkennen, ist Gemma mit ihrem kleinen Lieblingsrobotersohn C0ndor bereits meilenweit weg! Die Crew der *Happening* hat auch diese Hürde mit Bravour gemeistert, und das nur dank ihres NEUEN VERBÜNDETEN, Aaron Lewis.

Na ja, mehr oder weniger. Wir wissen natürlich, dass sie noch nicht direkt die besten Freunde sind. Aber wir kommen der Sache näher! Ich wette, es hat Jill tief in ihrem Inneren geschmerzt, zugeben zu müssen, dass Aaron recht hatte. LOL sie ist nun mal ziemlich stolz.

Markus ist auch dabei, genauso schüchtern und unbeholfen wie immer lol. Außerdem ist das hier die EINZIGE Folge, in der sie uns zeigen, dass er schwul ist, wenn auch nur mit einer Zeile. Hat SFFStream ernsthaft geglaubt, wir würden ihnen alle dafür auf den Rücken klopfen, dass sie Markus in einem Nebensatz erwähnen lassen, dass er auf der Erde mit Typen ausgegangen ist? Kommt schon! Gebt Markus Harris einen Kerl, Leute! Ich bin die Erste, die sich darüber beschwert, dass die finale #Lewton-Liebesszene zu kurz ist, aber wenigstens war da was zwischen den beiden. Wie dem auch sei – ich schweife ab.

10
Wesley

»Alter, was ist denn mit deinem Wand-Foto passiert?«, fragt mich Derek Cooper, als wir nach der Schule vom Lauftraining zurückkommen. Schweiß tropft wie Regen über sein Gesicht, und ich stelle sicher, dass ich mich außerhalb der Spritzzone befinde.

»Was meinst du?«

»Jemand hat es durch ein Foto von 'ner Toilette ersetzt.«

Es dauert eine halbe Sekunde, aber dann muss ich mein Lachen hinunterschlucken. Gut gespielt, Stella. »Oh, ja. Das ist mein Zwölferporträt. Wusstest du das nicht?«

Mit dem Rest der Gruppe gehen wir zu den Umkleiden. Ich habe heute eine neue Bestzeit für die anderthalb Kilometer aufgestellt: 4:48. Ein dumpfer Schmerz kriecht in meine Waden, aber im Augenblick fühle ich mich ziemlich gut.

Und zu Stellas Pech habe ich immer noch dieses unglaubliche Paparazzi-Foto von ihr, auf dem sie mich wütend anfunkelt. »Wartet kurz, ich bin gleich wieder da.« Ich schnappe mir meine Tasche und eile zum Haupteingang, wo mir die Wand mit den Zwölferporträts und Collegezusagen entgegenstarrt.

Stellas Porträt ist nicht schwer zu finden, und sobald ich es entdeckt habe, zücke ich mein Spezialfoto. Die lächelnde Stella passt sowieso nicht zu ihrer Persönlichkeit. Das hier ist viel besser.

Ich klebe das Finster-Foto über ihr ursprüngliches Bild und füge ein paar schnelle Änderungen hinzu.

Ich kann es nicht erwarten, morgen den Ausdruck auf ihrem Gesicht zu sehen.

* * *

»Dad, kann ich das Auto haben?«, brülle ich die Treppe hinauf in Richtung seiner geschlossenen Arbeitszimmertür.

Von oben ist ein Rascheln zu hören. »Wie lange brauchst du es?«

»Ich will nur Devin auf ein Eis einladen.« Als ich noch klein war, hab ich meine Eltern immer gefragt, ob ich einen kleinen Bruder kriege. Das ist nicht passiert, aber dafür habe ich einen kleinen Cousin bekommen. »Tante Diane muss länger arbeiten, und ich will nicht, dass er den ganzen Abend allein zu Hause sitzt.« Das ist komplett gelogen – meine Tante ist höchstwahrscheinlich zu Hause, und es wird darauf hinauslaufen, dass ich all das sensationelle Bananenbrot und die Kekse, die sie mir garantiert mitgibt, irgendwo verstecken muss, denn es wird kein Zweifel daran bestehen, dass sie von ihr stammen. Aber ich muss einfach mal hier raus.

»In Ordnung. Aber um sechs bist du wieder da. Du solltest dich um deine Schularbeiten kümmern«, ruft er zurück, ohne die Tür zu öffnen. »Du wirst nicht dadurch Valedictorian, dass du Eis essen gehst.«

»Okay. Schon klar.«

Die Fahrt zu Devin dauert gut zwanzig Minuten. Ein paar Kinder spielen auf der Straße Softball, und das leise Geräusch von Plastik auf Plastik dringt zu mir, als es einer von ihnen schließlich schafft, den Ball mit seinem Schläger zu erwischen. Sie blicken auf, als ich an ihnen vorbeifahre.

Devin sitzt auf der Treppe vor dem Haus und spielt auf seinem DS. Als ich auf die Hupe drücke, reißt er den Blick endlich vom Bildschirm los und schaut zu mir. Mein Cousin steckt immer noch in dieser unbeholfenen, nervtötenden Prä-Teenager-Phase, in der er sich allen gegenüber wie eine echte Plage verhält.

»Hey, Mann«, sage ich, als er die Tür öffnet und in den Wagen steigt. »Coole Frisur.«

»Voll scheiße.« Er lümmelt sich gegen das Fenster. »Mom hat mich gezwungen.«

»Wow, woher die Laune?«

»Bei mir zu Hause sind heute echt zu viele Leute.« Devin seufzt, als hätte er gerade all sein Geld beim Glücksspiel verloren. »Es ist viel zu voll da drin für ein einziges Bad.«

»Oh, ja, ich hab ganz vergessen, dass deine Großeltern zu Besuch sind.« Die Eltern seines Vaters. Des Vaters, über den wir nicht sprechen, weil er eine Midlife-Crisis hatte, Diane sitzen gelassen und nie wieder zurückgeblickt hat. Mom nimmt noch nicht mal mehr seinen Namen in den Mund.

»Aber ich hab 'ne Zwei plus in der Mathearbeit gekriegt.«

Glaub nicht, dass das Plus es irgendwie besser macht, höre ich Dads Stimme in meinem Kopf. *Es ist trotzdem nur eine Zwei.*

»Das ist ja spitze!« Ich strecke die Hand aus, um ihn abzuklatschen. »Du hast richtig viel dafür gelernt.«

»Ja. Ich bin echt froh, dass ich nicht durchgefallen bin.«

»Ich wusste, dass das nicht passieren wird.«

Ich schalte das Radio an und zappe durch die Sender, bis ich einen Lizzo-Song finde.

»Weißt du noch, wie wir letzten Sommer im Park Körbe geworfen haben?«, fragt Devin, während ich aus seiner Wohnsiedlung auf die Hauptstraße abbiege.

»Ich erinnere mich noch gut, dass du meine Schmach mit jedem Wurf schlimmer gemacht hast.« Miterleben zu müssen, wie mich ein Siebtklässler beim Basketball fertigmacht, war definitiv nicht mein bester Moment. Er hat sich mehrfach beschwert, dass ich ihn nicht gewinnen lassen soll, und ich hätte mich ganz ehrlich entschieden besser in meiner Haut gefühlt, wenn es tatsächlich so gewesen wäre.

»Glaubst du, ich sollte mich für die Mannschaft bewerben?«

»Für die Basketballmannschaft an deiner Schule? Unbedingt. Wenn du es willst.« Dann kann er Leute in seinem Alter fertigmachen.

Er schweigt einen Moment lang und fummelt an seinem Sicherheitsgurt herum. »Was ist mit dem Musical?«

»Welches Musical?«

»*Guys and Dolls*.«

»Oh Mann.« Ich halte an einer roten Ampel. »Das haben wir in der Siebten auch aufgeführt. Mein Freund Brandon hatte die Hauptrolle, Sky irgendwas. Warum – hast du vor, dafür vorzusprechen?«

»Ich würde gerne.« Er zögert. »Da ist dieses ... Mädchen.«

»Ach?«

»Sie spricht auch vor.« Ich schicke ein Stoßgebet in den Himmel, dass seine Mom die Bienchen-und-Blümchen-Unterhaltung bereits mit ihm geführt hat, damit ich es nicht tun muss. Aber dann fügt er hinzu: »Hattest du schon mal eine Freundin?«

»Ein paar.« Ich überlege einen Moment lang. »Meine erste Freundin hieß Olivia und dann war ich mit Laura zusammen.« Es ist echt traurig, wie langweilig mein Liebesleben ist. Und sogar noch trauriger, dass das Mädchen, mit dem ich in der Schule im Augenblick am meisten Zeit verbringe, ausgerechnet Stella Greene ist. »Außerdem bin ich in der zweiten Klasse mal mit Katie Jett ins Kino gegangen, aber ich glaube nicht, dass das zählt. Obwohl – immerhin hab ich während *Kung Fu Panda 2* die ganze Zeit ihre Hand gehalten.«

Er hakt den Daumen in den Sitzgurt ein. »Ich glaube, ich mag sie.«

»Wie ist sie denn so?«

»Sie ist richtig cool.« Devin spielt geistesabwesend an einer der hellbraunen Locken herum, die ihm in die Stirn hängen. »Sie hat ihre Ordner alle mit farbigen Etiketten und Markern organisiert.« Ich muss sofort an Stella und ihren gigantischen Terminplaner denken und pruste beinahe vor Lachen. Vielleicht würde sich Devin ja auch in sie verknallen.

»Klingt cool.«

»Ja, sie ist superklug.«

Dads langweiliger Pralinen-Schlüsselanhänger klimpert. Ich weiß, dass das komisch klingt, aber ich habe mir bereits einen Schlüsselanhänger gekauft, obwohl ich noch gar kein Auto habe: ein kleiner C0ndor aus Messing, der aufleuchtet, wenn man seinen Hintern drückt. Niemand wird kapieren, was es ist, aber egal. C0ndor ist der Beste. Abgesehen von Aaron.

Wir rollen auf den Parkplatz des Scoopery und unter dem gigantischen Eiswaffel-Schild vorbei. Das hier ist wahrscheinlich die einzige Eisdiele im gesamten Bundesstaat, die das ganze Jahr über geöffnet hat, aber es ist auch die mit den meisten Sorten, deshalb hab ich kein Problem damit. Ich entscheide mich für eine Parklücke ganz hinten, weit weg von den anderen Autos. Dad bringt mich um, wenn sein Carrera einen Kratzer abbekommt.

»Was willst du?«, frage ich, als wir uns in der Schlange draußen anstellen.

»Mom hat mir vier Dollar gegeben.« Er angelt das Geld aus seiner Jeanstasche.

»Nein, steck das wieder weg. Das geht auf mich.«

»Bist du sicher? Mom sagt, dass ich dich nicht die ganze Zeit für mich bezahlen lassen soll.«

Tante Diane hat zwei Jobs und will sich von niemandem helfen lassen. Es ist das Mindeste, was ich tun kann. »Todsicher. Eis geht immer auf mich. Aber du musst dir auch Toppings bestellen, weil ich echt Lust auf Karamellsoße habe und nicht der Einzige sein will.«

Alte Musik dröhnt aus den Lautsprechern vor dem Laden. Die weiße Farbe blättert von den Wänden ab, schwer vor Nostalgie. Diese Eisdiele war schon Ziel unzähliger Kindergartenausflüge, hier hat jeder als Kind schon mal selbst ein paar Kugeln in eine Waffel portionieren dürfen. Die guten alten Zeiten.

»Wäre es seltsam, wenn ich Gummibärchen auf Cookie Dough bestelle?«

»Irgendwie schon. Aber tu dir keinen Zwang an. Ich meine, ich esse schließlich auch Erdnussbuttersoße auf Erdbeereis.«

Devin verzieht das Gesicht. »Das ist echt widerlich.«

»Wieso? Das ist auch nichts anderes als ein Erdnussbutter-Marmeladen-Sandwich.«

Wir sind als Nächste dran, aber ich studiere immer noch die in verschiedenen Farben verfasste Speisekarte neben dem Fenster. Das Mädchen im Verkaufsfenster stapelt neue Plastikbecher unter der Theke. Dann steht sie plötzlich auf und unsere Blicke treffen sich. Das Universum ist offensichtlich wild entschlossen, mir diesen Tag zu versauen.

»Soll das ein Witz sein?« Stella kneift die Augen zusammen. »Was willst du?«

»Wir wollen ein Eis mit ein bisschen mieser Laune obendrauf, und wie es scheint, sind wir hier genau richtig.« Ich klopfe Devin auf den Rücken. »Also, was nimmst du?«

Stella verschränkt die Arme über ihrem rosa T-Shirt, auf das in verschnörkelten Buchstaben *The Scoopery* aufgedruckt ist. »Nein. Verschwinde.«

»Sag mal, behandelt man so seine Kunden?« Ich lehne mich gegen die Theke. »Ich schwanke noch. Was empfiehlst du mir?«

Sie setzt einen finsteren Blick auf. »Eine andere Eisdiele.«

Devins Augen huschen zwischen uns hin und her. »Bestellen wir jetzt was oder …?«

»Welche Sorte soll ich bestellen, was meinst du?«, frage ich sie.

»Die Sorte, die dich am schnellsten wieder von hier verschwinden lässt.«

»Ich hätte gern das Stella Spezial.«

»Mit extra Spucke?«

Devin räuspert sich. »Ich hätte gerne eine Kugel

Cookie Dough, mit Gummibärchen und Sahne, im Becher, bitte. Und ohne Spucke.«

Sie führt Devins Bestellung blitzschnell aus und reicht ihm dann vorsichtig den Becher.

Ich werfe erneut einen Blick auf die Karte. »Ich nehme …«

»Ich dachte, du wolltest das Stella Spezial.« Sie lächelt mich zuckersüß an. »Kommt sofort.« Sie dreht mir den Rücken zu und beginnt, die Kugeln zu schöpfen. Ich lehne mich weiter vor, kann aber nicht erkennen, welche Sorten sie mir serviert.

»Okay, auf einer Skala von eins bis zehn, wie wahrscheinlich ist es, dass da Gift drin ist?«, murmele ich leise. Es ist ein Zitat von Sergeant Aaron Lewis.

»Ungefähr elf«, antwortet Devin und schiebt sich einen Riesenlöffel Eis in den Mund.

»Hier.« Stella schiebt mir einen Becher über die Theke zu. Er sieht unverdächtig aus. Ich tippe auf Kaffeeeis mit heißer Karamellsoße – keine Spucke zu erkennen. Vorsichtig nehme ich das Eis hoch, als könnte es jeden Moment explodieren.

»Was ist das?«

»Eine Überraschung.«

»Sehr vielversprechend.« Ich hole meinen Geldbeutel heraus. »Wie viel?«

Sie tippt ein paar Zahlen in die Kasse ein. »Das macht zwei fünfzig für die kleine Portion und zehn Dollar für deine.«

Ich ersticke fast an meinem ersten Löffel. »Für *ein* Eis?«

»Es ist das Stella Spezial.«

Ich zwinge mich zu einem Lächeln und schiebe fünfzehn Dollar über die Theke. »Behalt den Rest.«

»Danke für das großzügige Trinkgeld.« Sie schnappt sich den Zehn-Dollar-Schein und steckt ihn direkt in das Trinkgeldglas. Als sie die Quittung ausdruckt, stehen zwei Portionen Eis zu je zwei fünfzig darauf.

»Gut gespielt.« Ich schiebe mir den nächsten Löffel in den Mund und erwarte beinahe, dass mein ganzer Rachen zu brennen beginnt. Aber seltsamerweise schmeckt es richtig gut. »Was ist das?«

Stella zuckt mit den Schultern. »Sahnekaramell mit Karamellsoße. Du hast das Stella Spezial bestellt und das ist meine Lieblingssorte.«

Okay, dann hat Stella Greene also nicht versucht, mich zu vergiften. Ich bin aufrichtig schockiert. »Schmeckt lecker. Wir sehen uns morgen.«

Als Devin und ich wieder im Wagen sitzen, stößt er ein übertriebenes Schnauben aus.

»Mann, hättest du vielleicht noch deutlicher mit diesem Mädchen flirten können? Gott.«

Ähm. Was? »Spinnst du? Ich hab doch nicht mit Stella Greene geflirtet.« Ich lache, aber es bleibt mir ziemlich schnell im Halse stecken. Habe ich etwa gerade mit Stella Greene geflirtet?

* * *

»Okay, du widerliche Bestie, genieß dein Abendessen.« Ich werfe ein paar Pellets in Lints Käfig. Ich bin ungefähr eine Stunde zu spät dran – hoffentlich kommt Stella nicht dahinter, sonst kriegt sie einen Tobsuchtsanfall, und ich will deswegen doch nicht ihren farblich codierten Zeitplan durcheinanderbringen. Ich werde von einem Gähnen geschüttelt. Manchmal wünschte ich, ich könnte meinem gestrigen Ich eins auf die Fresse geben, weil es ernsthaft geglaubt hat, ich könnte auf drei Stunden Schlaf verzichten, um diesen Englischaufsatz fertig zu schreiben.

Lint neigt den Kopf zur Seite und fängt dann an, an einem der Pellets zu knabbern. Ich stehe ein paar Meter entfernt und beobachte sie. »Du bist ein ziemlich verfressenes kleines Ding, was?«

Sie ignoriert mich und knabbert weiter. Ihr wurmartiger Schwanz ist hinter ihr zusammengerollt.

Okay, sie ist irgendwie ganz süß – ein Wort, von dem ich niemals geglaubt hätte, dass ich es benutzen würde, um eine Ratte zu beschreiben. Ich mache zögernd einen Schritt auf ihren Käfig zu und drücke einen Finger auf einen der kalten Metallstäbe. Lint reckt den Kopf und schnuppert daran und ich ziehe ihn hastig wieder zurück. Mein Herz hämmert wie wild.

»Na dann, tschüss.« Ich renne aus dem Gästezimmer, knalle die Tür hinter mir zu und rausche fast mit Dad zusammen. Er hat immer noch seinen Businessanzug an, den Blick auf sein Handy gerichtet, das er sofort in seine Gesäßtasche steckt.

»Wes, warum befindet sich eine Ratte in unserem Gästezimmer?«

Ich blinzle ihn an. Die Ratte befindet sich nun schon seit einer ganzen Weile in unserem Gästezimmer. »Sie ist für die Schule.«

»Zwingen sie euch jetzt schon, euch Ratten als Haustiere zu halten? Wozu? Sollt ihr sie sezieren?«

Ich stelle mir Lints flauschiges kleines Gesicht vor und zucke bei der Vorstellung unwillkürlich zusammen. »Nein. Wir trainieren sie, damit sie den Weg durch ein Labyrinth finden.«

»Reine Zeitverschwendung.« Er klatscht eine Hand auf meine Schulter und ich spanne mich an. »Aber ich bin stolz auf dich, weil du dich mit solchem Ehrgeiz in deine Schulprojekte stürzt. Du hast den Valedictorian-Titel verdient.«

»Oh. Danke.«

»Und ein neues Auto.« Er zwinkert mir zu. »Mom findet, du solltest den weißen nehmen, aber ich persönlich empfehle dir den silbernen. Wir wollen schließlich sämtliche Blicke auf uns ziehen, wenn wir im Sommer nach Kalifornien fahren.«

»Oh. Klar.«

»Haben sie dir das Kursprogramm schon geschickt? Oder ist das jetzt alles online?«

»Ähm.« Um das zu wissen, hätte ich mich auf der Studentenseite einloggen müssen, was ich nicht getan habe. Weil ich mich dort gar nicht einloggen kann. Weil ich den Studienplatz nicht angenommen habe. »Noch nicht.«

»Ich möchte sämtliche Kurse mit dir durchgehen, bevor du deine Auswahl triffst. Wir müssen sicherstellen, dass du im ersten Semester mindestens zwei Wirtschaftskurse belegst.«

Ich kenne die Antwort darauf zwar bereits, aber ich platze trotzdem mit der Frage heraus: »Und wenn ich gar nicht Wirtschaft im Hauptfach studieren will?«

»Dann studierst du eben stattdessen Ingenieurwissenschaften. Chemie, Technik, du hast jede Menge Optionen – ich bin mir sicher, dass du das Richtige finden wirst.« Er drückt meine Schulter kurz, bevor er den Flur wieder hinuntergeht und in seinem Arbeitszimmer verschwindet. Die Tür fällt mit einem leisen Klicken ins Schloss.

Manchmal habe ich das Gefühl, dass ich mit zwei Vätern aufgewachsen bin. Der eine hat im Garten hinter dem Haus ein Zelt aufgestellt und uns am Lagerfeuer Gruselgeschichten erzählt, Mom auf den Kopf geküsst und mit ihr in der Küche getanzt. Und der andere hat meine Buntstifte in den Müll geworfen, wenn ich gemalt habe, anstatt meine Mathehausaufgaben zu erledigen, und den Schiedsrichter angebrüllt, wenn er mir beim Fußballspielen eine Gelbe Karte gegeben hat. Trotzdem, selbst wenn er dieser zweite Vollidiot ist – ich will ihn nicht verlieren. Und ich werde einfach das Gefühl nicht los, dass genau das passieren wird, wenn er das mit der Columbia erfährt.

Ich gehe in mein Zimmer zurück und lasse mich auf meinen Schreibtischstuhl fallen. Plötzlich habe ich das Gefühl, dass sich ein gewaltiges Gewicht auf meine Brust drückt. Ich drehe mich im Kreis und sehe zu, wie der Teppich unter meinen Füßen verschwimmt. Mein Laptop gibt ein *Ping* von sich.

CaptainJillsBFF22: Wie kommst du mit deinem Kostüm voran?

Ich bremse den Stuhl ab. Das geht jetzt schon seit ein paar Wochen, und ich habe immer noch keine Ahnung, wer dieses Mädchen ist.

CERanger11: Der Helm müsste bald hier sein, wird total cool aussehen.
CERanger11: Und deins??
CaptainJillsBFF22: Ich spare immer noch auf die Stiefel, aber ansonsten hab ich alles.

Schwere Stille legt sich über mein Zimmer. Selbst hier oben kann ich diese verdammte Standuhr hören. Tick-tack. Tick-tack.

Ich bin mir nicht sicher, was mich dazu bringt, die nächsten Worte zu tippen, aber ich tue es.

CERanger11: Fühlst du dich auch manchmal eingesperrt?
CERanger11: Ich meine, in deiner momentanen Situation. Mit den Karten, die das Leben dir ausgeteilt hat, wenn man so will. So als würden alle erwarten, dass du etwas bist, das du eigentlich gar nicht sein willst.

CERanger11: Manchmal hab ich das Gefühl, von außen ein ganz anderer Mensch zu sein als von innen. Ich lächle zum Beispiel andauernd, obwohl mir überhaupt nicht danach ist.

CERanger11: Ich hab das Gefühl, als sollte ich glücklich sein, aber ich fühle mich einfach nur … leer.

Ich bin selbst überrascht, dass ich das gesagt habe. Ganz toll, Wesley. Pack ruhig vor irgendwelchen Fremden deine philosophische Seite aus. Sie fängt an zu tippen, aber dann verschwinden die kleinen Punkte wieder. Warum schaffe ich es bloß immer wieder, alles so kompliziert zu machen?

CERanger11: Sorry, ist es komisch, dass ich dich das einfach so frage?

Aaron Lewis hatte immer auf alles eine Antwort, war immer schlagfertig. Und ich sitze hier und finde kaum die richtigen Worte. Ich hole meinen Skizzenblock heraus und fange an zu zeichnen, ohne wirklich darüber nachzudenken.

CaptainJillsBFF22: So fühl ich mich andauernd.

WARSHIP SEVEN: Episode sechs
»Der Preis des Sieges«

SZENENKONTEXT: AARON sitzt nachdenklich in seiner provisorischen Zelle, immer noch angekettet. Schritte donnern auf der Treppe und JILL betritt den Raum.

AARON: Also, ich nehme an, meine Schwarzmarkt-Marty-Idee hat funktioniert?

JILL: Glückstreffer. [Sie knallt ein lieblos zubereitetes Sandwich auf die Kiste.] Iss.

AARON: [spöttisch grinsend] Oh, machst du mir jetzt schon Sandwiches?

JILL: Skulls hat es gemacht.

AARON: [Sein Grinsen verzieht sich zu einem Stirnrunzeln.] Auf einer Skala von eins bis zehn, wie wahrscheinlich ist es, dass da Gift drin ist?

JILL: [setzt sich auf die Kiste gegenüber] Zwei. Er ist froh, dass C0ndor wieder zurück ist und er nicht mehr für uns navigieren muss.

AARON: [beißt ab] Euer Bordschütze gewinnt jedenfalls so bald keine kulinarischen Preise.

JILL: Deshalb ist er ja auch unser Bordschütze und nicht unser Koch.

AARON: Du bist auffallend nett zu mir.

JILL: Ja, na ja, du hast versprochen, unseren Navigationsdroiden wieder zurückzubringen, und das hast du ge-

tan. Und ich habe versprochen, dir die Fußketten abzunehmen, damit du die Beine ein bisschen ausstrecken kannst, also … [Sie holt einen Schlüssel aus ihrer Hosentasche.] Wenn du nach mir trittst, bringe ich dich um.
AARON: [grinst] Das würde mir nicht mal im Traum einfallen.

[JILL kniet sich hin und entfernt die Ketten von seinen Knöcheln.]

AARON: [streckt mit einem tiefen, dankbaren Stöhnen die Beine aus] Okay, und was ist mit diesen Ketten an meinen Händen …
JILL: Übertreib's nicht.
AARON: Spinne ich oder wird unser Schiff langsamer?
JILL: Gemma macht bei einem Wettbewerb auf dem Planeten mit, deshalb liegen wir für ein paar Stunden am Dock.
AARON: Wenn ich das fragen darf – wie schafft man es, in deinem Alter schon Captain zu werden?
JILL: Genauso, wie man es schafft, in deinem Alter schon ZE-Sergeant zu werden. Harte Arbeit und ein bisschen Glück.
AARON: Du scheinst dir von niemandem irgendwelchen Mist gefallen zu lassen.
JILL: Eine Frau in meiner Position kann sich das auch nicht leisten. Wenn du auch nur einen einzigen Fehler machst, halten sie ihn dir für immer vor.
AARON: Na, es ist jedenfalls bewundernswert. Du hast die ganze Zeit dafür gesorgt, dass deine Crew in Sicherheit ist. Obwohl dir wahrscheinlich die komplette ZE auf den Fersen ist.

JILL: Natürlich. [steht auf, um zu gehen] Guten Appetit.

AARON: [ruft ihr nach] Verrätst du mir irgendwann, was dieser Schwertanhänger bedeutet?

JILL: Sobald du mir den Namen und den Aufenthaltsort deines Partners verrätst.

AARON: Also niemals.

JILL: Dann gibst du zu, dass du einen Partner hast? Interessant. Und gut zu wissen.

AARON: [erkennt seinen Fehler und versucht, den flüchtigen Anflug von Panik zu verbergen, der über sein Gesicht huscht]

JILL: Dachte ich's mir doch. [Die Tür fällt hinter ihr ins Schloss und der ZE-Sergeant ist wieder allein in seiner Zelle.]

AARON: [aktiviert den Kommunikationschip in seinem Mund] Michele … bist du da? Ja … gut. Ich mache Fortschritte. Ich glaube, der Captain fängt an, mir zu vertrauen. Das Einzige, was ich noch tun muss, bevor ich wieder zu dir zurückkommen kann, ist, mir ihre gestohlene Medizin zu besorgen … und Captain Jill Brighton zu töten.

11
Stella

Bridget trägt bereits ihre Burger-Blitz-Uniform, als ich am Morgen in die Küche komme. Ein dicker Streifen Wimperntusche ist unter ihrem linken Auge verschmiert. Sie klemmt ihr Handy zwischen Ohr und Schulter, während sie einen Becher unter unsere uralte Kaffeemaschine stellt. Das Gerät erwacht brummend zum Leben. Mom huscht um sie herum und packt ihr Mittagsessen für die Arbeit ein. Gwen zappelt auf ihrem Hochstuhl und gibt einen leisen Heulton von sich.

»Das interessiert mich einen … Nein, das kannst du nicht entscheiden.« Bridgets Stimme wird lauter. »Ihr Vater? Ha! Du hast überhaupt nichts für sie getan – du weißt ja noch nicht mal, wann deine Tochter Geburtstag hat … Weil du nicht dabei warst, darum … Was? Bullshit!«

»Fluch nicht vor deiner Tochter«, zischt Mom.

Bridget legt eine Hand auf ihr Handy und zischt zurück: »Was glaubst du wohl, wo ich diese Wörter gelernt hab, Mom?«

»Guten Morgen.« Ich gebe Gwen einen Kuss auf ihren weichen Kopf. »Es ist noch nicht mal sieben Uhr – viel zu früh für irgendein Ben-Drama.«

Dave sitzt auf der anderen Seite des Tischs und liest Zeitung. Ich finde es irgendwie liebenswert, dass ich einen Stiefvater habe, der tatsächlich noch jeden Morgen eine richtige Zeitung liest, auch wenn es nur daran liegt, dass er der technischen Herausforderung einer CNN-App nicht gewachsen ist. »Dieser Kerl hat sie heute Morgen schon acht Mal angerufen«, grummelt er leise. »Er will sie dazu überreden, Gwen nächstes Wochenende bei ihm zu lassen.«

»Was?« Ich klatsche beschützend eine Hand auf Gwens Hochstuhl. »Nein. Auf gar keinen Fall.«

Mom schüttelt den Kopf und reißt die Kühlschranktür auf. »Ich hab dir doch gesagt, dass du nicht mehr mit ihm reden sollst.«

»Mom, ich bin am Telefon! … Nein, du hörst jetzt mir zu«, brüllt Bridget in ihr Handy. »Ich komme zu spät zur Arbeit, ich hab jetzt keine Zeit für so was.« Sie legt auf und stößt dann ein lautes Stöhnen aus, bevor sie irgendetwas vor sich hin murmelt. Auf der Gesinnungsskala rangiert meine Schwester zu etwa neunzig Prozent der Zeit bei »chaotisch gut« – mit der Betonung auf chaotisch. In dem Moment, in dem sie das Handy auf den Küchentisch knallt, beginnt es sofort wieder zu vibrieren. Feurige Wut blitzt in ihren Augen auf, doch bevor sie sie am Telefon auslassen kann, drücke ich blitzschnell auf Ablehnen und genieße es, zuzusehen, wie Bens Name auf dem Bildschirm erlöscht.

Ich schnappe mir einen Müsliriegel und eine Banane und setze meinen Rucksack auf. »Okay, können wir los?«

Bridget richtet ihre Aufmerksamkeit auf mich. »Ja. Sofort.«

»Das ist genau der Grund, warum du dich nicht mit ihm hättest treffen sollen«, schimpft Mom mit meiner Schwester, während sie ihr Haar zu einem unordentlichen Pferdeschwanz zusammenfasst und ihr Frühstück sich in der Mikrowelle dreht. »Er ist total unfähig.«

»Genau das hab ich ihr auch gesagt«, brumme ich.

»Mom, hör auf«, schnauzt Bridget und wischt Gwen den Mund mit einem Geschirrtuch sauber. »Keiner von euch glaubt, dass ich in der Lage bin, meine eigenen Entscheidungen zu treffen.«

Dave hebt die Hände. »Hey, lass mich da raus, ich hab überhaupt nichts gesagt.«

»Na ja, wenn du hin und wieder auch mal eine *gute* Entscheidung treffen würdest, dann …«

Meine Schwester wackelt mit ihrem Zeigefinger vor meiner Nase herum. »Kannst du das bitte lassen?«

»Stella, sei nett zu deiner Schwester.«

»Ich mein ja nur«, murmele ich. »Diese Familie könnte hin und wieder ein paar gute Entscheidungen gebrauchen.«

Mom gibt ein Schnauben von sich. »Ernsthaft,

Stella? Wir tun hier alle unser Bestes. Du könntest ruhig mal versuchen, etwas nachsichtiger zu sein.«

»Vergiss es.« Bridget wirft das Geschirrtuch auf den Boden. »Du kannst zu Fuß zur Schule gehen.«

Ich öffne den Mund, um etwas zu erwidern, mache ihn dann aber sofort wieder zu. Das meint sie nicht so. Trotzdem sollte ich wahrscheinlich für eine Weile die Klappe halten.

»Arbeitest du heute?«, fragt Mom mich. »Ich hab um acht Feierabend, dann könnte ich dich abholen.«

»Nein, sie haben uns allen die Schichten gekürzt. Ich arbeite erst nächste Woche wieder.« Natürlich wirft mir das Scoopery ausgerechnet jetzt einen Knüppel zwischen die Beine, wo ich diese Stiefel brauche. »Aber was soll's? Ist ja nicht so, als wollte ich für immer dort arbeiten. Es ist nur ein dämlicher Highschool-Job.«

Bridget spannt sich an und hebt Gwen aus ihrem Hochstuhl. Ohne ein Wort rauscht sie aus dem Raum.

»Fährst du … mich jetzt zur Schule oder nicht?«, rufe ich ihr hinterher.

Nach einer Ewigkeit ruft sie zurück: »Zehn Minuten, dann fahren wir.« In ihrer Stimme schwingt nicht der geringste Anflug von Zuneigung mit.

Das schlechte Gewissen meldet sich mit einem Kribbeln in mir, aber ich schlucke es hinunter. Ich kann nicht wie meine Schwester enden. Und das werde ich auch nicht.

* * *

»Wow, wirklich *attraktiv*«, sagt Greg Carlson, als ich in die Schule komme. Eine Gruppe von Jungs steht vor Der Wand versammelt und lacht.

Ich kneife die Augen zusammen, um zu sehen, was so lustig ist, und dann erkenne ich es – es ist mein eigenes Gesicht, das mich mit finsterer Miene von der Wand anschaut und aussieht, als sei ich bereit, jemandem eine zu verpassen. Ich dränge mich an der gaffenden Menge vorbei, um es genauer zu betrachten.

Tatsächlich. Es ist das Foto, das Wesley letzte Woche von mir gemacht hat, genau in diesem Korridor. Teufelshörner aus schwarzem Filzstift krönen mein Haupt und meine Oberlippe ziert ein verschnörkelter Schnurrbart.

Mit einer schnellen Bewegung reiße ich das Foto von Der Wand und lege mein richtiges Porträt wieder frei. Die Jungs jubeln und grölen hinter mir.

Ich mach ihn fertig.

»Die Hausaufgabe in Rhetorik ist heute fällig«, murmelt einer der Jungs. »Das hab ich total vergessen.«

»Hast du deinen Vortrag noch nicht geschrieben?«, fragt sein Kumpel.

»Nein – was bedeutet, dass ich ihn in den nächsten zwei Stunden schreiben muss.«

Ich rolle mit den Augen. Ich habe diesen Vortrag schon vor einer Woche geschrieben, Korrektur gelesen und mehrfach geprobt.

Als Ms Hatley uns die Ergebnisse unserer Schuluniform-Debatte mitgeteilt hat – Wesleys Team hat gewonnen, welch ein Schock –, stand auf meiner Beurteilung in großen, fetten Buchstaben: *Lesen Sie nächstes Mal nicht direkt von Ihren Karteikarten ab, Stella,* gefolgt vom passiv-aggressivsten roten Smiley, den ich jemals gesehen habe, und einem riesigen *-5 Punkte*.

Ich lege eine Hand auf das dreispitzige Schwert unter meinem Sweatshirt und denke an Jill. Sie würde das nicht einfach so akzeptieren. Sie würde etwas unternehmen.

Und dann kommt mir plötzlich eine Idee.

Ich hoffe, du bist heute gut auf deinen Vortrag vorbereitet, Wesley.

Weil ich nämlich bestens auf dich vorbereitet sein werde.

* * *

Ms Hatley sitzt in der ersten Reihe der Aula, eine dicke rote Brille auf der Nase und ein Klemmbrett in der Hand. »Gut, wir haben heute ungefähr für die Hälfte der Vorträge Zeit. Den Rest hören wir dann am Freitag.«

Alle lassen sich verstreut auf Sitze in der ersten, zweiten und dritten Reihe der Aula nieder. Unser Klassenzimmer wirkt immer völlig überfüllt, wenn wir uns alle dreißig hinter unsere Pulte quetschen, aber die riesige Aula der Schule wirkt beinahe verlassen. Hatley hat uns erklärt, dass uns der große

Saal dabei hilft, unsere Stimmresonanz zu trainieren oder so. Was ihr allerdings nicht klar ist, ist, dass alle diese Gelegenheit dazu nutzen werden, ein Nickerchen zu machen, zu chatten oder die Hausaufgaben für einen anderen Kurs zu erledigen.

Mein Blick bleibt an Wesleys Hinterkopf in der zweiten Reihe hängen, mit seinem dämlichen perfekten Haar. Er sitzt, wie sollte es anders sein, neben Brandon. Gott steh mir bei, wenn er und Dahlia wirklich zusammenkommen.

Ich hole meinen Stapel grüner, rosa und gelber Karteikarten hervor, die alle in der Ecke durchnummeriert sind, nur für den Fall, dass ich sie fallen lasse.

Karte Nr. 1	Kurze Begrüßung der Klasse
Karte Nr. 2	Eröffnungsargument: Klimastatistiken, Naturkatastrophen usw.
Karte Nr. 3	Erklärung, wie sich die Temperaturen im Laufe der letzten hundert Jahre verändert haben

Ich lese mir alle achtundzwanzig Karten zum achttausendsten Mal durch. Keine vorformulierten Notizen heute. Ich werde den ganzen Vortrag aus dem Gedächtnis halten. Mein Herzschlag beschleunigt schon bei dem bloßen Gedanken daran.

»Warum musste ich unbedingt vor dieser dämlichen Prüfung eine Erkältung kriegen?« Dahlia lässt sich neben mir nieder, ein zerknülltes Taschentuch in der Hand.

»Willst du ein Hustenbonbon?« Ich öffne den Reißverschluss meines Rucksacks und enthülle mein ordentlich organisiertes Sammelsurium lebensnotwendiger Dinge.

Dahlia fängt an, es zu durchsuchen. »Gott, schau dir dieses ganze Zeug an: Tampons. Binden. Ibuprofen. Hustenbonbons. Taschentücher.« Sie nimmt sich ein Hustenbonbon mit Honig-Kräuter-Geschmack, wickelt es aus und steckt es sich in den Mund. Der Geruch von Thymian und Zitrone erfüllt die Luft. »Du bist eine wandelnde Apotheke.«

»Man weiß nie, wann man was braucht.«

»Was glaubst du, worüber Brandon einen Vortrag halten wird?« Sie setzt sich kerzengerade auf und lässt den Blick über die Reihen vor uns schweifen, bis sie ihn entdeckt.

»Eine stichpunktartige Analyse dazu, warum du seine Freundin sein solltest?« Ich meine, Ms Hatley hat uns das Thema für unseren Vortrag mehr oder weniger frei wählen lassen, deshalb ist dieser Gedanke gar nicht so weit hergeholt. »Wofür hast du dich am Ende entschieden?«

Sie holt ein paar ausgedruckte, zusammengetackerte Seiten hervor. »Sexismus in der schulischen Kleiderordnung. Warum kommen Jungs damit durch, ihre Boxershorts durchblitzen zu lassen, aber ich kriege einen Eintrag, wenn mein BH-Träger rausguckt? Oder werde aus dem Unterricht geworfen, weil ich eine *Ablenkung* für die Jungs darstelle, als sei das mein Problem? Und übrigens gibt es überhaupt keine Shorts für Mädchen, die bis zu den Fingerspitzen reichen, und wenn die Schule ein Problem damit hat, dann kann sie entweder eine funktionierende Klimaanlage installieren oder sich direkt an die Klamottenhersteller wenden.«

»Ja! Sehr gut! Ich kann's nicht erwarten, mehr darüber zu hören!«

»Danke. Und du hältst den CO_2-Bilanz-Vortrag?«

»Jep.« Ich tippe auf meine Karten. »Achtundzwanzig Karteikarten.«

Ein Ausdruck des Entsetzens huscht über ihr Gesicht. »Du benutzt nicht den Projektor?«

Ich zucke mit den Schultern. »Keine Ahnung, vielleicht? Hatley hat angemerkt, dass ich zu sehr von meinen Notizen ablese.« Obwohl jetzt, nachdem Dahlia es erwähnt hat, mein Pulsschlag ein paar Stufen schneller schlägt und ich anfange, zu bereuen, dass ich Ms Hatley nicht wie alle anderen auch meine Stichwortliste zugemailt habe, damit sie sie hinten auf den riesigen Bildschirm projizieren kann.

»Außerdem haben wir heute einen Englischkurs aus der neunten Klasse zu Gast«, fährt Ms Hatley fort und wedelt mit einer Hand über ihrem Kopf herum, um uns zum Schweigen zu bringen. »Sie werden Sie beobachten und dann selbst eine Erörterung verfassen. Außerdem ist es eine gute Übung für Sie, wenn Sie Ihre Reden mal vor einem kleinen Publikum halten.«

Ein Stein bildet sich in meinem Magen. Damit

habe ich nicht gerechnet. Was, wenn ich mich mitten auf der Bühne übergeben muss?

Sie hat kaum zu Ende gesprochen, als die Hintertür aufschwingt und Dutzende von Neuntklässlern in den Raum strömen, fröhlich lachend und plaudernd, und sich ebenfalls auf Stühlen niederlassen.

Ich hebe die Hand. »Ms Hatley, brauchen Sie vielleicht jemanden, der sich um die Technik und die Mikrofone kümmert? Das mache ich beim Musical jedes Jahr.«

»Danke, das wäre wirklich sehr hilfreich, Stella.«

»Wieso meldest du dich denn freiwillig als Tontechnikerin?«, flüstert Dahlia mir zu. »Du hasst diesen Job.«

»Nur so. Ich wollte dafür sorgen, dass Wesleys Vortrag ein bisschen mehr … Würze bekommt.«

»Oh nein.«

Bevor sie es mir ausreden kann, springe ich auf und begebe mich in den hinteren Teil der Aula.

»Gut, jetzt kommen Sie bitte zur Ruhe«, ruft Ms Hatley in die immer weiter wachsende Menge.

Ich lege ein paar Schalter um und korrigiere die Tonbalance, bevor ich meiner Lehrerin zwei Daumen-hoch zeige.

»Wer möchte den Anfang machen?«, fragt sie die Klasse.

»Ich!« Katie Pelham erhebt sich. Ich justiere den Ton nach, um ihre Stimme lauter zu machen. Sie ist ein paar Zentimeter zu klein für das Mikrofon, deshalb stelle ich es lauter. Alle paar Sekunden werfe ich einen Blick auf den Projektionsbildschirm über meinem Kopf, der Katie auf der anderen Seite des Saals ihre Notizen zeigt. Nach einer drei Minuten langen lebendigen Argumentation, warum die Schule eine Fahrt des Lacrosse-Teams nach Florida bezahlen sollte, verbeugt sie sich kurz und setzt sich zurück auf ihren Platz.

Jordan Fisher ist der Nächste und hält einen ziemlich glanzlosen Vortrag darüber, warum man nach vierzehn Uhr kostenlos in der Stadt parken können sollte. Gegen Ende, als er etwas engagierter wird und praktisch zu schreien anfängt, regle ich die Lautstärke ein wenig nach unten. Parkuhren gehen manchen Leuten offensichtlich so richtig auf den Zeiger. Man kann anhand der Themen, die einem Menschen wichtig sind, eine Menge über ihn lernen.

Wesley Clarke hebt seine Hand. »Jetzt ich.« Ich bin sofort hellwach. Er sieht aus, als hätte er seit Tagen nicht geschlafen. Er trägt ein grünes langärmliges Polohemd und eine Jeans, was zumindest eine Verbesserung gegenüber unserer letzten Debatte darstellt.

»Danke, Wesley.« Ms Hatley scrollt auf ihrem iPad. »Ich schicke nur noch Ihre Notizen auf den Projektor.«

Er kriecht die Stufen zur Bühne förmlich in Zeitlupe hinauf. Das wird großartig.

Der Bildschirm über meinem Kopf zeigt eine lange Liste mit Hatleys E-Mails. Sie scrollt weiter, bis Wesleys Name zu sehen ist, und ein Dokument öffnet sich auf dem Bildschirm und zeigt eine Seite mit recht detaillierten Stichpunkten.

»Stellt euch Folgendes vor.« Er steht in der Mitte der Bühne, seine Stimmlautstärke ist perfekt. Ich muss den Ton überhaupt nicht verändern. Noch nicht. »Ihr kommt aus der Schule nach Hause, es war ein langer Tag, und ihr wollt euch einfach nur noch aufs Sofa hauen und euch die nächste Folge eurer Lieblingsserie anschauen.« Er fühlt sich sichtlich wohl – ich könnte kotzen. »Ihr wisst schon, was ich meine. Vielleicht verkörpert die Hauptfigur alles, was ihr euch selbst zu sein wünscht. Oder vielleicht sucht ihr einfach nach einer Fluchtmöglichkeit, wollt all eure Probleme mal für fünfundvierzig Minuten hinter euch lassen. Vielleicht sind euch die Charaktere so sehr ans Herz gewachsen, dass es sich anfühlt, als seien sie eure Freunde. Die Serie hat sich zu eurem Zuhause entwickelt. Oder vielleicht ist es auch nur eine coole Geschichte, und ihr könnt es nicht erwarten, herauszufinden, wie sie endet.«

Ich denke an Aaron Lewis, der von der *Happening* wegfliegt und Jill zurücklässt. Der vertraute Knoten schnürt sich erneut in meiner Brust zusammen.

»Aber dann ändert sich plötzlich alles!« Er spreizt dramatisch die Hände. »Ihr seid einer Serie zwei oder auch fünf oder acht Staffeln lang treu geblieben – und das Ende ist eine Riesenenttäuschung. Oder vielleicht verlässt euer Lieblingsschauspieler die Serie und ihr Grundton verändert sich komplett. Oder, am allerschlimmsten: Ihr findet einen Artikel bei *Deadline Hollywood*, in dem steht, dass eure Lieblingsserie abgesetzt wurde.«

Meine Hände schweben wie erstarrt über den Knöpfen auf dem Pult.

»Und plötzlich ist diese eine Sache, die euch so viel Freude beschert hat – die euch eine Möglichkeit gegeben hat, allem zu entfliehen, einen Ort, an dem ihr euch aufgehoben und wahrgenommen gefühlt habt –, nicht mehr da.« Er verlagert das Gewicht von einem Bein aufs andere. »Vielleicht trauert ihr sogar ein wenig. Das wäre nur natürlich, oder? Ihr habt schließlich etwas verloren, das euch sehr wichtig war.«

Er hebt den Blick, und ich spüre, wie sich seine Augen in meine bohren. Aber nein, er liest bloß seine Notizen auf der Leinwand. Es dauert nur eine halbe Sekunde, dann lässt er den Blick wieder über die Zuhörer wandern und schaut jedem Einzelnen im Saal in die Augen, genau so, wie Ms Hatley es uns beigebracht hat.

Ich schicke Dahlia eine Nachricht. Ein paar Reihen weiter unten sehe ich, wie sie unauffällig auf ihr Handy schaut.

Von welcher Serie redet er?

»Alle sagen dir, dass du endlich drüber wegkommen sollst: Es ist nur eine Serie, es gibt noch tausend andere, bleib lieber in der realen Welt. Aber für dich war diese Serie nie nur eine Serie. Sie war der

Ort, an den du gehörst.« Es geht mir gewaltig gegen den Strich, wie recht er damit hat. Und wie gut er darin ist. »Also begebt ihr euch auf die Suche – und ihr erkennt, dass ihr nicht allein seid. Weil es noch andere Leute gibt, die genauso trauern. Und die es verstehen.«

Ich denke an meine Fanfic, an die *Warship*-Community und daran, dass ich mich dort einlogge, wann immer ich traurig bin oder mich einsam fühle. Wesley hat recht. *Er hat recht.*

Wow, es schmerzt wirklich, das zuzugeben.

Mein Handy vibriert mit einer Nachricht von Dahlia.

> Zitiert er nicht ständig aus *The Office?* Oder vielleicht *Game of Thrones? The 100? Pitch? Sense8? Dexter?* Keine Ahnung. Wahrscheinlich spricht er nur allgemein, du weißt schon.

Ich entspanne mich. Das stimmt. *Warship* war nicht die einzige Serie, die eine Bruchlandung erlitten hat und vorzeitig abgesetzt wurde.

»Vielleicht schreibt ihr ja auch Fan-Fiction. Oder zeichnet Fan-Art. Oder ihr schneidet Videos zusammen. Womöglich seid ihr auch nur stumme Beobachter und saugt alles in euch auf und fühlt euch, wenigstens für einen Moment, mit jemand anderem verbunden. Mit jemandem, der euch versteht.« Er hält kurz inne. »Aber dann findet jemand heraus, dass ihr Fan-Fiction schreibt oder Fan-Art zeichnet oder euch auf andere Weise in dieser Welt einbringt, und dieser Jemand sagt euch, dass ihr damit aufhören sollt. Er versteht es nicht, findet es albern oder kindisch oder unreif. Er sagt euch, dass ihr das Ganze vergessen und euch auf etwas Wichtiges konzentrieren sollt. Sagt, dass ihr ein ›richtiges‹ Buch lesen sollt. Dass ihr an etwas Bedeutungsvollem arbeiten sollt. Euch auf die Dinge in der realen Welt konzentrieren sollt. Na, und was sage ich dazu? Scheißt auf ihn!« Die Zuschauer jubeln begeistert. Ich klatsche leise, heimlich unter dem Mischpult.

Dann erzählt Wesley die Geschichte einer Frau, die er in den Nachrichten gesehen und die ihre beste Freundin – und Trauzeugin – über eine Fandom-Website kennengelernt hat. Und schließlich spricht er darüber, wie Dinge, die man dank Fandom lernt – ob man nun ein Cosplay-Kostüm entwirft, Fiction verfasst oder ein Video zusammenschneidet –, auch später im Leben noch nützliche Fertigkeiten sein können.

Zum allerersten Mal überhaupt habe ich das Gefühl, eine andere Seite von Wesley zu sehen. Eine Seite, die ich vielleicht, irgendwie, verstehe. Ein Teil von mir will es nicht. Aber vielleicht sollte ich in diesem Fall mehr Größe zeigen, die Vernünftigere von uns beiden sein und diesen lächerlichen Kleinkrieg zwischen uns beenden.

»Und deshalb glaube ich, Wesley Clarke, dass Fandom definitiv eine Daseinsberechtigung hat und dass niemand – *niemand* – sich darüber lustig machen sollte.« Er lässt den Blick erneut durch den Saal schweifen und schaut mich dann ganz direkt an. »Und, Stella, mir gefällt dein neues Porträt an Der Wand übrigens ganz hervorragend – eine riesige Verbesserung.«

Lachen schallt durch den Raum, während alle die Hälse recken, um mich anzuschauen. Ich beiße meinen Kiefer so fest zusammen, dass durchaus die Möglichkeit besteht, dass mir die Zähne rausfallen. *Das. Hat. Er. Nicht. Gesagt.*

»Vielen Dank.« Wesley verbeugt sich tief.

Tobend vor Wut knalle ich die Finger aufs Mischpult und schiebe die Lautstärkeregler bis ganz nach oben – und als Wesley sich gerade wieder aufrichtet, hallt ein lautes Furzgeräusch im ganzen Saal wider.

12
Wesley

Ich muss zugeben, das war gut gespielt. Und vielleicht habe ich es sogar irgendwie verdient, auch wenn ich der Fairness halber anmerken möchte, dass Stella mein Zwölferporträt zuerst verunstaltet hat. Trotzdem habe ich diesen Vortrag mit Bravour gemeistert, und Hatley wird mir sicher keine Punkte fürs Furzen abziehen, also was soll's?

»Starke Leistung, Wes.« Dylan Smith aus der Leichtathletikmannschaft haut mir auf die Schulter, als wir nach dem Unterricht aus der Aula strömen und uns einen Weg durch die Menge bahnen. »Es kann nie schaden, einen Vortrag mit einer ganz besonderen Note zu beenden.«

»Danke.«

»Hast du den Teil am Ende vorher geübt, Clarke?«, fragt Matt Hopkins, als er an mir vorbeigeht. Ein paar der anderen Jungs lachen und ich lache mit.

Auch ein paar Mädchen aus der Neunten, die immer noch im Gang lungern, kichern amüsiert und verneigen sich übertrieben vor mir.

»Da bist du ja.« Brandon haut mit solcher Wucht seinen Arm auf meinen Rucksack, dass ich beinahe vornüberkippe. »Ich such dich schon überall.«

»Wie hat dir mein Vortrag gefallen?«

Er zuckt mit den Schultern. »Ich bin ganz deiner Meinung, Mann. Du weißt ja, dass ich drei Sturmtruppen-Kostüme im Schrank hab, also …«

»Ja, leider ist mir das bekannt.«

»Du kommst doch immer noch zum Laser Tag, oder?«

Brandon erinnert mich so oft daran, dass ich noch nicht mal so tun könnte, als hätte ich es vergessen. »Ja, denke schon.«

»Okay, gut, weil wir nämlich echt Glück haben.« Er holt sein iPhone heraus und öffnet eine Groupon-Seite. »Wir zahlen nur den halben Preis, wenn wir mindestens dreißig Leute sind.«

»Alter, kennst du überhaupt dreißig Leute?«

»Das krieg ich schon hin. Pass mal auf – hey! Courtney, Jackie! Habt ihr zwei vielleicht Lust, am 20. März – das ist ein Samstag – mit ein paar von uns in der Space Arena zum Laser Tag zu gehen? Um 20 Uhr?« Die beiden Mädchen aus der Elften schauen einander an, bevor sie mit den Schultern zucken und nicken. »Siehst du? Alle lieben Laser Tag.«

* * *

Ich finde Stella nach dem Mittagessen an einem Tisch in der Bibliothek, wo sie viel zu dicht vor dem Computerbildschirm sitzt. Warum arbeitet sie eigentlich ständig?

»Hey, Greene.« Ich ziehe mir einen Stuhl neben ihr heran. »Wenn du weiter so auf den Bildschirm starrst, machst du dir noch die Augen kaputt.«

Sie lehnt sich auf ihrem Stuhl zurück und verschränkt die Arme. »Unterhaltsamer Vortrag heute. Allerdings solltest du dich nächstes Mal bei den Bohnen etwas zurückhalten.«

»Ich hatte mich schon auf deinen gefreut«, erwidere ich. »Wirklich schade, dass uns die Zeit ausgegangen ist. Am Freitag werde ich mich vor Spannung kaum mehr halten können.«

»Das glaub ich dir gerne. Aber es wird eine gute Übung für meine Rede als Valedictorian werden.«

»All die Übung, für nichts und wieder nichts.« Ich schüttle den Kopf. »Ist wirklich ein Jammer, Stock.«

Sie lächelt süßlich und wendet ihre Aufmerksamkeit wieder dem Computerbildschirm zu. »Rede dir das ruhig weiter selbst ein.«

»Du weißt, dass das Krieg bedeutet, oder?«

»Ich dachte, der Krieg sei längst erklärt worden. Und du solltest dich sowieso lieber ergeben, weil du mich nämlich niemals schlagen wirst, Clarke.«

»Wir werden sehen.«

Ein Mädchen, das ich nicht kenne – wahrscheinlich aus der Neunten oder so –, setzt sich gegenüber von uns an den Tisch.

»Und, um welche Serie ging's in deinem Vortrag?«, fragt Stella und rutscht auf ihrem Stuhl herum.

Ich schätze, ich könnte ihr sagen, dass es um *Warship* ging. Aber was, wenn sich herumspricht, dass ich die Serie liebe und Jill2 davon erfährt? Ich bin mir nicht sicher, ob ich wirklich schon bereit bin, zu enthüllen, wer ich bin. Ich will sie erst noch ein bisschen besser kennenlernen. Wenn unsere Internetfreundschaft den Bach runtergeht, will ich nicht, dass es in der Schule zwischen uns irgendwie komisch ist. »Keine bestimmte. Aber es würde auf eine Menge Serien zutreffen. Mein Bruder und ich waren total sauer, als sie *Schitt's Creek* nicht fortgesetzt haben. Und *The OA* hatte auch noch eine weitere Staffel verdient.«

Stella wirkt etwas enttäuscht. »Oh, okay. Würdige Beispiele.«

»Warum, hattest du was anderes erwartet?«

»Meine Schwester, Bridget, war vor ein paar Jahren total fertig wegen *Game of Thrones*. Ich dachte, du sprichst vielleicht davon.« Sie tippt weiter. »Bridget stand auch auf diese Weltraumserie, *Warship Seven*.« Sie schaut wieder zu mir hoch.

Na, Stellas Schwester hat definitiv Geschmack. Nicht, dass ich jemals in dieses Wespennest stechen würde. »Nie davon gehört.«

Sie zuckt mit den Schultern und dreht sich wieder dem Bildschirm zu.

Ich brauche eine Weile, um zu erkennen, dass Stella eine Stichwortliste in Word tippt. Ich pruste vor Lachen. »O mein Gott! Hatte *die* Stella Greene für den Vortrag heute ernsthaft ihre Notizen nicht vorbereitet?« Ich klatsche eine Hand auf mein Herz. »Deinetwegen krieg ich noch mal 'nen Herzinfarkt.«

Sie ignoriert mich und tippt weiter.

»Was hättest du getan, wenn Hatley dich heute drangenommen hätte?«

»Ich hätte den Vortrag auswendig gehalten, wie geplant. Das hier ist nur eine Vorsichtsmaßnahme.«

»Hat Hatley dir Stress gemacht, weil du letztes Mal alles von deinen Karten abgelesen hast?«

Sie errötet. »Nein.«

»Die ewige Streberin.« Ich strecke eine Hand aus und tue so, als wollte ich auf ihrer Tastatur herumtippen, aber Stella schlägt sie weg.

»Kannst du das lassen?«

»Hey.« Die Neuntklässlerin schaut zu uns rüber. »Wisst ihr, wo die Lexika und so stehen? Ich muss drei verschiedene Quellen finden.«

»Komm mit.« Stella steht auf. »Ich zeig's dir.« Sie führt die Neuntklässlerin zum Regal mit den Lexika auf der anderen Seite der Bibliothek.

Ich will gerade wieder gehen, als mein Blick auf Stellas Dokument fällt, das auf dem Bildschirm immer noch geöffnet ist. Na, wenn das keine Steilvorlage ist. Ich blicke hastig zur anderen Seite des Raumes.

Das hier ist einfach zu perfekt. Ich öffne Suchen und Ersetzen, nehme ein paar Änderungen vor und sehe dann zu, dass ich von hier verschwinde.

Du bist am Zug, Greene.

* * *

CERanger11: Okay, was ist deine Lieblingsfolge?
CaptainJillsBFF22: OMG. Wie kannst du mich das fragen???

Mein MacBook liegt aufgeklappt auf meinem Schreibtisch, mit ein paar offenen Tabs. Die Erschöpfung umhüllt mich wie ein Grabtuch. Ich muss meine Hausaufgaben erledigen. Aber ich kann kaum noch die Augen offen halten.

CaptainJillsBFF22: Ich weiß, dass alle Folge 16 sagen, aber ich mag die Duell-Episode irgendwie? BIS. IN. DEN. TOD.
CaptainJillsBFF22: Und das Finale liebe ich auch ... na ja, abgesehen von den letzten zehn Minuten, aber ich tue so, als seien die NIE PASSIERT!!! Was ist deine Lieblingsfolge?
CERanger11: Ah, das Duell. Der arme Aaron kriegt den Arsch versohlt.
CERanger11: (Ich mag die Duell-Folge auch lol)
CaptainJillsBFF22: Ich meine, selber schuld, wenn er versucht, unseren Captain auszutricksen!

Ich will wissen, wer sie ist. Mir schwirren unendliche Möglichkeiten durch den Kopf. Kara Gordon. Preeti Agarwal. McKayla Grant. Wer in unserer Stufe könnte eine heimliche Warshipperin sein?

CERanger11: Apropos Duell: Das hier ist für dich ... Es ist noch nicht ganz fertig, aber:

Ich schicke ihr ein Bild, das ich mitten in der Nacht von Aarons und Jills Duell gezeichnet habe. Jill richtet darauf mit einer Hand ihre Pistole auf Aaron und umklammert mit der anderen ein Messer, während Aaron mit einer gestohlenen Pistole auf sie zielt – er will durch die Hintertür zum Shuttle fliehen. Ich gebe zu: Auf diese Zeichnung bin ich ziemlich stolz.

CaptainJillsBFF22: OMG. Die ist genial!

CERanger11: Danke!

CaptainJillsBFF22: Hab ich dir erzählt, dass ich eine Fic zu dieser Szene hab, die in einem Paralleluniversum spielt??

CaptainJillsBFF22: Im Prinzip ist es dieselbe Szene, nur, dass sie am Ende nicht von den Piraten gefangen genommen werden. Stattdessen landen sie auf der Krankenstation lol. Ich musste eine Hurt/Comfort draus machen.

CERanger11: Und lass mich raten: Jill und Aaron machen auf der Krankenstation rum?

CaptainJillsBFF22: Spoiler? 😉

Sie kopiert einen Link in den Chat und ich klicke darauf.

CERanger11: Das ist ja ein ganzer Roman!

CaptainJillsBFF22: haha ja, ist echt lang. Aber nicht so lang wie die Fix-it-Fic, die ich dir neulich geschickt hab.

CERanger11: Ich glaube, es gibt kein einziges Lexikon, das so lang ist wie diese Fic.

CaptainJillsBFF22: Ich weiß lol. Ich hab ewig dafür gebraucht, aber ich hab wirklich alles da reingesteckt, weißt du? Du musst sie natürlich nicht lesen!!

CERanger11: Ich spare sie mir für später auf.

Ich hab immer noch das Lesezeichen für ihre letzte Fic, die superbeliebte. Um ehrlich zu sein, verlockt es mich nicht besonders, einen Roman über Lewton beim Poppen zu lesen. Und ich komme auch immer noch nicht darüber hinweg, dass sie tatsächlich 198.000 Wörter geschrieben hat.

Meine Aufmerksamkeit wandert zu dem Stapel Bücher auf meinem Nachttisch. Ich hab noch so viel zu tun. Ich kann das nicht schleifen lassen, nicht jetzt. Ich vergrabe das Gesicht in den Händen. Nur noch ein paar Monate. Dann bin ich Valedictorian und nichts von alledem wird mehr eine Rolle spielen. Ich bin mir nicht sicher, warum, aber ich lasse meine Finger sagen, was mein Kopf denkt.

CERanger11: Ich ertrinke gerade in Hausaufgaben. Aber meine Motivation ist gleich null. Wann ist endlich Juni?

CaptainJillsBFF22: Ich vermute, du gehörst zu den chaotisch Guten.

CERanger11: …

CERanger11: War das eine Beleidigung? Lol

CaptainJillsBFF22: Nein! Das ist die Gesinnungsskala! Guck mal, hier!

Sie schickt mir ein Bild, das ganz offensichtlich gephotoshopt ist und auf dem alle *Warship*-Charaktere anhand ihrer Persönlichkeiten kategorisiert sind. Anscheinend ist Aaron chaotisch gut, deshalb verstehe ich es als Kompliment.

CaptainJillsBFF22: Ich bin rechtschaffen gut.

CERanger11: Wie Jill!

CaptainJillsBFF22: Genau! 😍

CERanger11: Ich hab ziemlich oft das Gefühl, total durch den Wind zu sein, das passt also ganz gut.

CaptainJillsBFF22: Argh, das kenne ich aber auch. Ich meine, ich habe jahrelang so hart gearbeitet, und dann soll das plötzlich einfach … vorbei sein? Na ja, bis zum College jedenfalls.

CaptainJillsBFF22: Aber ich muss gut sein. Niemand aus meiner Familie hat einen Collegeabschluss. Ich werde die Erste sein.

CaptainJillsBFF22: Ich habe echt hart dafür gearbeitet, wurde an meinem Traumcollege angenommen und … ich weiß auch nicht. Wenn ich versage, dann werde ich das Gefühl haben, meine ganze Familie zu enttäuschen.

Ich weiß, wie sich das anfühlt.

CaptainJillsBFF22: Sorry, ich hab das einfach so bei dir abgeladen lol

CERanger11: Nein, ich verstehe das! Familien sind oft … kompliziert.

CERanger11: Du stehst bestimmt ganz schön unter Druck.
CaptainJillsBFF22: Ich brauche eine Zillion Stipendien. Arm zu sein ist echt scheiße, weißt du?

Ich zögere. Ganz ehrlich? Das weiß ich *nicht*. Und ich komme mir irgendwie komisch dabei vor, es zuzugeben. Ich fahre mit dem Kohlestift über die Seite in meinem Skizzenblock und schattiere Aarons Gesicht. An dieser Stelle in der Episode war er schon seit einer ganzen Weile ihr Gefangener und hatte nicht mehr nur einen Dreitagebart.

CERanger11: Du schaffst das, ich glaube an dich!
CaptainJillsBFF22: haha danke
CaptainJillsBFF22: Was ist mit dir? Hast du auch vor, nach der Abschlussfeier einen Monat lang zu schlafen? Zzzzzzz

Das Problem ist, dass ich mir meine Abschlussfeier auf zwei verschiedene Arten vorstellen kann. Entweder werde ich Valedictorian und meine Eltern sind happy und kaufen mir einen Porsche, oder Stella wird es, und Dad tut, als hätte er gerade ein Fahndungsfoto von mir auf der Titelseite der Zeitung gesehen – und danach kommt dann auch noch der Teil, in dem sie von meiner Collegeentscheidung erfahren und mich enterben.

Ich drücke den Kohlestift etwas fester als nötig auf das Papier und die Spitze bricht ab.

CERanger11: Das hoffe ich.

CERanger11: wenn meine Eltern mich nicht rauswerfen lol

CaptainJillsBFF22: … Moment mal, ernsthaft? Warum sollten sie das tun????

CERanger11: War nur n Witz

CERanger11: (mehr oder weniger)

CERanger11: Mein Dad hat echt völlig unrealistische Erwartungen. Ich meine, ich verstehe ihn ja – er wünscht sich, dass ich gut abschneide. Trotzdem hab ich die meiste Zeit das Gefühl, dass ich eine Riesenenttäuschung für ihn bin, weil ich mich nicht zu einer Miniversion von ihm entwickelt habe, im Gegensatz zu meinem Bruder.

CERanger11: Manchmal erkenne ich meinen Dad gar nicht mehr.

Ich schlucke schwer und muss wieder daran denken, wie aufgeregt ich mit sechs bei diesem Fußballturnier war, als unsere Mannschaft bei den Regionalmeisterschaften Zweite geworden ist. Ich hab sogar ein Tor geschossen. Ich bin vom Spielfeld gerannt, mit meiner kleinen Plastiktrophäe in der Hand, und hab sie Dad vor die Nase gehalten.

»Schau mal!« Ich hab ihn angestrahlt und den Pokal geschwenkt.

»Das ist keine echte Trophäe, Wesley«, hat Dad gesagt. »Das ist das Ding, das sie der Verlierermannschaft geben. Sie geben jedem etwas, der mitgespielt hat. Aber wenn du weiter hart arbeitest, schaffst du es nächstes Jahr vielleicht auf den ersten Platz.«

Ich hab den Pokal in meine Sockenschublade gesteckt und irgendwann weggeworfen.

CaptainJillsBFF22: Falls das hilft: Ich bin stolz auf dich! 😍

CaptainJillsBFF22: Und Aaron wäre es auch!

Aus irgendeinem Grund hilft es tatsächlich.

CERanger11: wer bist du?, fange ich an, zu tippen, doch meine Finger zögern, und schließlich lösche ich die Nachricht ungesendet.

Es klopft leise an meiner Tür und ich spanne mich an. Dad schiebt sie quietschend auf, bevor ich antworten kann.

»Hey, hast du eine Minute?«

Mein Verstand schreit *Nein!*, aber mein Kopf nickt, und Dad kommt herein.

»Ich wollte dir das hier geben.« Er stellt ein kleines Päckchen auf mein Bett, eingepackt in eine Supermarkttüte. »Von deiner Mutter und mir.«

Ich stoße mich mit meinem Stuhl ab und rolle zum Bett hinüber. »Was ist das?«

»Keine Sorge, es ist nicht dein Geschenk zum Highschoolabschluss. Nur eine Kleinigkeit.« Er hält den Blick auf den Boden gerichtet. »Fürs College.«

Ich öffne die Tüte und finde ein kleines rechteckiges Kästchen darin. Als ich es aufklappe, blitzt mir ein glänzender silberner Kugelschreiber entgegen.

Wesley Daniel Clarke, GCMHS, Abschlussklasse ist auf der Seite eingraviert. Mir krampft sich ein wenig der Magen zusammen. »Danke.« Ich nehme den Stift heraus. »Lieb von euch.«

»Für deinen Unterricht am College und zukünftige Praktika. Alle respektieren dich umso mehr, wenn du mit einem wirklich guten Stift unterschreibst.«

Ich weiß es zu schätzen, dass er nicht *Für deinen Unterricht in Stanford* gesagt hat. Das kalte Silber wiegt schwer in meiner Hand. »Der ist wirklich cool.«

Mein Handy vibriert auf meinem Schoß.

Laura: Hey, also OMG ich hab total vergessen, dir das zu erzählen. Weißt du noch, wie du andauernd versucht hast, mich dazu zu bringen, mir Warship Seven anzuschauen? NA JA …

»Das Ende der Highschool kann eine schwere Übergangsphase bedeuten, und ich will, dass du weißt, dass wir immer für dich da sind«, fügt Dad hinzu. Er kratzt sich im Nacken. »Mir ist bewusst, dass wir dich immer sehr unter Druck gesetzt haben, aber es hat sich gelohnt. Du wirst sehr erfolgreich werden, genau wie deine Mutter und ich.«

∘∘∘

»Danke.« Ich höre ihm nur noch mit einem Ohr zu. *Tipp schneller.*

Dad wirft einen Blick auf meinen Schreibtisch, auf dem meine Zeichnung von Aaron und Jill bei ihrem Zweikampf offen liegt, wobei die abgebrochene Spitze des Kohlestifts Aarons Gesicht halb verdeckt. »Allerdings wirst du nie etwas erreichen, wenn du deine Zeit weiter mit diesen Weltraumkritzeleien vergeudest.«

Da sind sie wieder – Dr. Jekyll und Mr Dad. Nachdem er gegangen ist, starre ich wütend auf meine offene Zimmertür. Mein Handy vibriert erneut.

Ich bin seit letztem Herbst richtig süchtig danach. Dieser Aaron Lewis 😍

Was? Warum hat sie mir das denn nicht schon früher gesagt? Ich beantworte mir die Frage selbst: weil wir letzten Herbst kaum miteinander gesprochen haben.

Ich antworte ihr schnell.

Warum hast du denn angefangen, die Serie zu schauen? Weil ich ständig darüber geredet habe?

LOL nein. Du wirst mich nur auslachen.

Ich hab angefangen, weil ich online so ein Fan-Video entdeckt hab. Auf Youtube.

Nein. Das kann nicht sein.

Sie ist es. Sie ist Jill2.

Der ganze Raum stürzt in sich zusammen.

13
Stella

Es ist schon nach elf, als ich mit den Hausaufgaben fertig bin. Ich öffne meinen Terminplaner, hake alles ab, was ich erledigt habe – in Orange –, und markiere meinen Fortschritt bei den restlichen Aufgaben in Rosa.

Im Flur ist ein Scheppern zu hören, und dann durchdringt Gwens Geheul die Wohnung, gefolgt von Bridgets sanfter Stimme.

Ich husche auf Zehenspitzen in den dunklen Flur. Eine einsame Lampe brennt in der Küche und erleuchtet die ansonsten dunkle Wohnung. Papiere, ein Taschenrechner und eine Tasse mit irgendetwas, das aussieht, als wäre es mal heiß gewesen, übersäen den Küchentisch. Meine Schwester wiegt Gwen liebevoll hin und her und beruhigt sie leise.

»Was ist passiert?«, flüstere ich. »Ich hab Krach gehört.«

»Gar nichts.« Bridgets Stimme klingt heiser. »Ich hab einen Löffel fallen lassen und Gwen ist davon aufgewacht.« Ihre Augen sind knallrot.

Ich lege eine Hand auf ihren Arm. »Was ist denn los? Warum weinst du?«

»Es ist nichts … Schhh, schlaf wieder ein, *bitte*. Du weckst noch das ganze Haus auf.«

Erneut ertönt ein gewaltiges Heulen aus Gwens winzigem Mund.

»Soll ich sie nehmen?« Ich strecke die Arme aus.

Bridget schüttelt den Kopf. »Nein, schon okay.« Sie trägt immer noch ihr Burger-Blitz-T-Shirt und ihre schwarze Hose aus dem Kino, die mit Popcornfett beschmiert ist.

Ich wasche den bösen Löffel im Spülbecken ab, stecke ihn zum Abtropfen in den Geschirrkorb und setze mich an den Tisch. Etwas, das aussieht wie Bridgets Studienplan von der Abendschule, nimmt die komplette Tischplatte ein, und auf einem der Papiere sind ein paar braune Kaffeespritzer. Zwanghaft schiebe ich die Seiten zu drei ordentlichen Stapeln zusammen, nach Aufgaben sortiert.

»Ernsthaft?«, brummt Bridget mir zu.

Ich ziehe meine Hand auf meinen Schoß zurück. »Tut mir leid, Macht der Gewohnheit.«

Sie setzt Gwen in ihren Schaukelstuhl neben dem Tisch. »Schau dir das an.« Sie hält mir ihren Handybildschirm hin und zeigt mir mehrere Nachrichten von Ben.

Es tut mir wirklich leid.

Kann ich euch dieses Wochenende sehen?

Ich habs versaut.

Ernsthaft? Du ignorierst mich einfach?

Wow, du Schlampe, ehrlich? Ich will nur meine Tochter sehen.

Ich besorge mir nen Anwalt und nehm dir alles weg. Du siehst Gwen nie wieder.

»Ich hab dir doch gesagt, dass du ihn nicht …«

»Wenn du mir 'ne Predigt halten willst, dann geh wieder ins Bett.«

Ich klappe den Mund zu. »Okay. Keine Predigt.«

»Eine meiner Kolleginnen informiert sich schon mal für mich. Sie kennt eine Anwältin.«

»Das ist gut.«

»Ich weiß nur einfach nicht mehr, was ich tun soll.« Sie sitzt mir gegenüber, das Gesicht in den Händen. »Ich will ihn nicht von ihr fernhalten, aber er macht es mir so schwer.«

»Du hast nichts falsch gemacht.« Ich streichle ihren Arm. »Du machst das großartig! Du hast zwei Jobs, gehst auf die Abendschule und ziehst ein fantastisches Mädchen groß!«

»Ich hab aber nicht das Gefühl, dass ich es großartig mache. Ich hab das Gefühl, als könnte ich mich kaum noch über Wasser halten.«

»Ich weiß, dass es nicht das Leben ist, das du wolltest, aber du machst das wirklich super.«

Sie richtet sich kurz auf und wirft mir einen seltsamen Blick zu. »Ich muss das hier noch fertig machen.«

»Du weißt, wo ich bin, falls du irgendwas brauchst.«

Sie fährt mit dem Textmarker über eine Zeile in ihrem Heft, ohne mich noch mal anzuschauen.

* * *

»Jetzt beruhigen Sie sich erst mal alle.« Ms Hatley setzt sich auf ihren Platz in der ersten Reihe der Aula, bereit für Tag zwei unserer Vorträge. Ich schlängle mich zwischen dem Rest unseres Kurses und den Zuschauern aus der Neunten hindurch, die das Ganze als Freistunde zu betrachten scheinen.

»Ich bin mir nicht sicher, ob ich das noch mal eine ganze Stunde lang überlebe«, sagt Dahlia und lässt sich auf den Sitz neben mir plumpsen.

»Ich glaube, es kommen nur noch fünf, mich eingeschlossen.«

»Gott sei Dank.«

»Stella, würden Sie sich wieder um den Ton kümmern?« Hatley schiebt ihre Brille nach unten und lässt den Blick durch den Saal schweifen. »Stella?«

»Hier bin ich.« Ich stehe auf. »Ja, klar.« Ich hätte nicht gedacht, dass sie mich nach dem kleinen Streich beim letzten Mal wieder ans Mischpult lässt, aber okay. Ich gehe die Stufen zum hinteren Teil des Raumes hinauf, aber dann unterbricht Hatley mich.

»Obwohl, wissen Sie, was? Wir kommen auch ohne zurecht. Ich habe ganz vergessen, dass Sie heute ja auch dran sind«, sagt sie. »Wollen Sie direkt den Anfang machen?«

Ich drehe mich mitten im Schritt wieder um und lege mich dabei fast lang hin. »Okay.« Ich gehe in den vorderen Teil des Saales und spüre aller Augen auf mir, kalt wie Eis. Mein Herzschlag dröhnt laut in meinen Ohren.

Ich bin heute Morgen um fünf aufgestanden, um meinen Rock und die Bluse zu bügeln, nur für diesen Vortrag.

Mein Magen rauscht in meine Kniekehlen, als ich Wesleys Augen in der ersten Reihe sehe.

Er grinst hämisch. Warum grinst er so hämisch?

Ich blicke zu der Tonanlage hinten im Saal und mein Puls rast. Nein. Keine Panik. Es sitzt niemand am Mischpult und von dort unten kann er mir nicht das Geringste anhaben.

Hörst du, Wesley? Du kannst absolut nichts tun.

»Wann immer Sie so weit sind«, sagt Ms Hatley von der Seite des Raumes.

Rascheln erfüllt den Saal, aber die Dunkelheit verhüllt die Gesichter der Zuschauer. Das heiße Licht der Scheinwerfer über mir brennt auf meiner Haut. Hoch über den Köpfen aller Anwesenden brummt der Projektor und meine fein säuberlich niedergeschriebene Liste wartet bereits auf mich.

Eigentlich will ich sie nicht benutzen. Ich will Hatley zeigen, dass ich es auch allein schaffe.

Doch in dem Moment, in dem ich den Mund aufmache, bleibt er einfach offen stehen. Jemand im Publikum hustet.

»Ich… Ich bin…« Ich schlucke schwer. Meine Augenlider fallen zu, und ich zwinge mich, tief durchzuatmen. Erleichterung strömt durch mich hindurch, und mit einem Mal bin ich unendlich froh, dass ich mich doch entschlossen habe, die Liste abzuschicken. Mithilfe der Stichwörter kriege ich das hin. Hatley wird schon sehen.

EINLEITUNG – Hallo! Mein Name ist Stella Greene und ich bin in der zwölften Klasse. Heute möchte ich über einige Dinge sprechen, die ihr tun könnt, um eure CO_2-Bilanz zu verringern.

Ich bin nicht stolz drauf, dass ich es Wort für Wort getippt habe, aber ich bin so dankbar, den Text zu haben, dass es mir eigentlich egal ist. Ich lese ihn laut vor.

»Hallo, ich heiße Stella Greene und gehe in die zwölfte Klasse. Heute möchte ich darüber sprechen, was ihr tun könnt, um euren«, meine Stimme bricht, »eure CO_2-Bilanz zu verringern.«

Ich bilde mir ein, ich könnte Grillen zirpen hören, und stelle mir vor, wie jeden Moment ein riesiger Haken von der Decke herabschwingt und mich von der Bühne reißt, wie in alten Cartoons.

Der Klimawandel ist real. Das sieht man an der zunehmenden Anzahl von Naturkatastrophen, die in den vergangenen paar Jahren durch unser Land gefegt sind.

»Der Klimawandel ist absolut real. Das sieht man an der zunehmenden Anzahl von Naturkatastrophen, die in den vergangenen paar Jahren durch unser Land gefegt sind.« Mir fällt auf, dass ich das Mikrofon viel zu dicht an meinen Mund halte, und schiebe es ein Stück zurück. »Wirbelstürme können verheerend sein. Allein 2018 haben sie unzählige Schäden angerichtet …« Ich mache weiter, folge den Stichwörtern Wort für Wort.

Ich lese nur. Ich lese laut vor. Mehr ist das hier nicht.

Verdammt, warum ist Wesley das hier so leichtgefallen? Und warum bin ich so angespannt?

Aber je mehr ich rede, desto mehr entspanne ich mich, und desto leichter kommen mir die Worte über die Lippen. Jetzt muss ich einfach nur weiterlesen und nicht zu nervös wirken, und zack: Eins plus.

Erinnert ihr euch noch an dieses virale Video von einem verhungernden Eisbären, das vor ein paar Jahren durchs Netz gegangen ist? Die Gletscher haben längst zu schmelzen begonnen und Tiere wie Eisbären stranden hilflos und ohne Nahrung.

»Erinnert ihr euch noch an dieses virale Video von einem verhungernden Eisbären, das vor ein paar

Jahren durchs Netz gegangen ist? Nun, die Gletscher haben längst zu schmelzen begonnen und Tiere wie Eisbären stranden hilflos und ohne Nahrung.«

Ich rede weiter, rassele meine sorgfältig recherchierten Fakten herunter und spreche über abgemagerte Bären.

Schlussargumente

Ein Knoten löst sich langsam in mir, als ich dieses wundervolle Wort sehe. »Und genau das ist der Grund, warum ihr euch Gedanken darüber machen solltet, welchen Abdruck ihr in dieser Welt hinterlasst und warum ihr ein paar simple, aber grundlegende Veränderungen in eurem Alltag umsetzen solltet, um dabei zu helfen, den entscheidenden Unterschied zu machen.« Ich gewinne noch mal an Fahrt und stürze mich förmlich in die letzten Argumente auf meiner Liste. »Vergesst nicht: Wir haben nur diesen einen Planeten, und wir können es uns nicht leisten, zuzulassen, dass er unbewohnbar wird. Das Überleben so vieler Tiere, Pflanzen und zukünftiger Generationen der Menschheit hängt davon ab. Also, geht da raus und ändert was, verdammte Scheiße!«

In dem Augenblick, in dem ich es ausspreche, schnappe ich so laut direkt ins Mikrofon nach Luft, dass es wie ein hohes Kreischen klingt. Ich klatsche mir eine Hand auf den Mund. Jubel ertönt, zusammen mit Gegröle und Rufen aus der Menge.

Was? Das ist nicht möglich.

Aber da ist es. Das S-Wort, schwarz auf weiß auf dem Bildschirm, als hätte ich es selbst geschrieben.

Wesley jubelt in der ersten Reihe. Die Bibliothek. Er hat in meiner Liste rumgepfuscht.

Ich werde ihn umbringen. Ich werde ihn eiskalt ermorden. Niemand wird seine Leiche jemals finden.

Ms Hatleys Stimme schneidet sich durch den Lärm. »Stella, kommen Sie bitte nach dem Unterricht kurz zu mir?«

WARSHIP SEVEN: Episode neun

»Zu viele Märchen«

SZENENKONTEXT: AARON liegt auf dem Rücken in seiner provisorischen Zelle und starrt an die Decke. Schnitt zu MICHELE, die in ihrem Shuttle wartet.

MICHELE: Aaron … Aaron, hörst du mich?

AARON: [setzt sich hastig auf und flüstert in seinen Kommunikationschip] Ich bin hier. Irgendwas Neues?

MICHELE: Nichts. Wie läuft's mit der Mission?

AARON: Ich bin kurz davor. Ich muss nur noch einen Moment abwarten, in dem sie unachtsam sind, damit ich die Oberhand gewinne. Ich schalte zuerst den Captain aus und dann jeden, den ich unterwegs sonst noch erwische, schnappe mir die Medizin und komme mit dem Shuttle zu dir zurück.

MICHELE: Gut.

AARON: Und dann sind wir endlich wieder vereint. [Etwas klappert im Hintergrund, und Aaron setzt sich wachsam auf.] Es kommt jemand. Ich muss Schluss machen. [Er bricht die Verbindung ab.]

[SONNY schließt die Tür auf und betritt die Zelle.]

SONNY: Gemütlich hier unten?

AARON: Och, weißt du, ich kann mich nicht beschweren.

SONNY: Der Captain lädt dich ein, mit uns zu Abend zu essen.

AARON: [hebt die Augenbrauen] Wirklich? Ich dachte, unser geliebter Captain hätte nicht allzu viel für mich übrig.

SONNY: Hat sie auch nicht. Sie hat nur ein schlechtes Gewissen, weil wir dir bisher nichts als Skulls' fade Sandwiches vorgesetzt haben.

AARON: Ich schätze, Mitleid ist immer noch besser als Hass. Ich nehme die Einladung gerne an.

[Er folgt SONNY nach oben in den Hauptteil des Schiffs, wo GEMMA, JILL, SKULLS und MARKUS bereits am Esstisch sitzen. CONDOR fährt im Hintergrund hin und her und wühlt in den Küchenschubladen.]

SONNY: Hier ist unser Ehrengast.

MARKUS: [nickt knapp]

JILL: [rollt am Kopf des Tisches sitzend mit den Augen] Das hier ist eine einmalige Sache. Du hast uns geholfen, unseren Droiden zurückzubekommen, und dafür sind wir dir zu Dank verpflichtet. Aber du bist immer noch ZE-Dreck und ein Feind dieses Schiffs.

AARON: Oh ja. Ein großer Feind dieses Schiffs. [setzt sich auf den leeren Platz gegenüber von JILL] Was gibt's Leckeres?

GEMMA: [stellt vor jedem einen Teller ab] Hydriertes Rind mit Brokkoli. Hab ich selbst gemacht.

SONNY: Seid lieber vorsichtig – die Chancen, dass es euch umbringt, stehen fifty-fifty.

AARON: [schiebt sich einen Bissen in den Mund und überlegt kurz] Definitiv besser als Skulls' Sandwiches.

JILL: Das ist auch keine Kunst.

SONNY: Ich bin mir ziemlich sicher, dass deine Kochkünste schuld daran waren, dass ich letzten Monat auf Hutton-2 eine Lebensmittelvergiftung hatte.

SKULLS: [poliert seine Pistole] Ziemlich große Worte von einem unbewaffneten Mann.

SONNY: Ich bin nie unbewaffnet, solange ich diese beiden Wummen hab. [spannt seinen Bizeps an]

GEMMA: [verdreht die Augen] Oh Mann, da hat unsere Großmutter ja dickere Muskeln.

JILL: [fängt geistesabwesend an zu essen] COndor, komm aus dem Müll raus.

CONDOR: [seine untere Hälfte ragt aus einem Mülleimer hervor] Nein.

AARON: Ich bin nun schon seit mehreren Wochen auf diesem Schiff, aber ich hab euch noch nie vorher alle auf einem Haufen gesehen.

[SONNY und GEMMA kabbeln sich und schleudern sich gegenseitig Essen ins Gesicht.]

MARKUS: Kommt schon, Leute. Ernsthaft?

JILL: Ja, Abschaum, willkommen in unserem Zirkus.

AARON: Um ehrlich zu sein, ist es irgendwie nett.

GEMMA: Warum?

AARON: [zuckt mit den Schultern] Ihr scheint euch alle einfach richtig gut zu verstehen.

JILL: [reibt sich die Stirn] Sie sind ein Haufen Ungeheuer,

die es sich zur Aufgabe gemacht haben, ihren Captain in den Wahnsinn zu treiben. Hey! C0ndor, was hab ich gerade gesagt?

AARON: Im Vergleich zu den ZE-Kasernen ist das noch gar nichts, so viel kann ich euch verraten.

SONNY: Und, willst du uns erzählen, wie du bei der Zentralen Elite gelandet bist?

AARON: [trinkt einen Schluck] Das ist eine lange Geschichte, und keine sehr gute.

MARKUS: Der Trip nach Penzon dauert vier Tage – wir haben Zeit.

JILL: Du hast noch zwanzig Minuten, bevor wir dich wieder in deine Zelle stecken, also erzähl lieber schnell.

AARON: [denkt einen Moment lang nach] Habt ihr von der Explosion auf dem Polygon-Satelliten gehört?

MARKUS: Eine Piratenbande hat vor ein paar Jahren eine Raumstation in die Luft gesprengt. Meinst du das?

AARON: Ja. Genau das.

JILL: Wir haben davon gehört.

GEMMA: [leise] Ich glaube, die ganze Galaxie hat davon gehört.

AARON: Meine … meine Familie war dort, als sie explodiert ist. [Der ganze Tisch schaut ihn an.] Und wenn man ein Kind ohne Familie ist, welche Wahl bleibt einem dann? [lacht unbehaglich] Sich der ZE anschließen oder … einem Piratenschiff. Wie diesem hier. Wie dem, das meine komplette Familie getötet hat.

JILL: [starrt auf ihren Teller] Tut mir leid.

AARON: Du warst es ja nicht.

[Alle am Tisch essen schweigend weiter. Als AARON fertig gegessen hat, erhebt JILL sich.]

JILL: Ich bringe dich in deine Zelle zurück.

14
Wesley

»Habt ihr's schon gehört? Stella Greene hat in Hatleys Rhetorikkurs ›Verdammte Scheiße‹ gesagt.« Mindestens fünf verschiedene Leute sagen exakt dasselbe, als ich mir einen Weg in Richtung Cafeteria bahne. Das Ganze ist noch viel besser gelaufen, als ich es geplant hatte. Ehrlich, ich hab gedacht, sie würde es sehen, ein wenig ins Schlingern geraten, den Vortrag zu Ende bringen und mich dann nach dem Unterricht zusammenscheißen.

»Hier kommt ja unsere fluchende Stella!«

»Kinder, alle mal weghören!«

»Aber ich stimme ihr zu: Der Klimawandel ist ein Riesenproblem, verdammte Scheiße.«

Alle reden darüber und, okay, ich bin ein kleines bisschen stolz auf mich.

»Du!«

Stella stürmt direkt auf mich zu, und die Menge teilt sich wie das Rote Meer, um sie durchzulassen. Ich mache mir nicht die Mühe, mir das höhnische Grinsen aus dem Gesicht zu wischen. »Netter Vortrag. Du hast mich wirklich davon überzeugt, all meine elektrischen Geräte aus der Steckdose zu ziehen, wenn ich nach Hause komme.«

»Halt die Klappe.« Sie bohrt mir einen Finger in die Brust. »Du warst das.« Dahlia Johnston und Emma Gonzales flankieren sie wie zwei Bodyguards.

»Was war ich?«

»Du weißt schon, was.«

»Hab ich dir etwa eine Waffe an den Kopf gehalten und dich gezwungen, vor zweihundert Leuten Obszönitäten von dir zu geben?«

Brandon taucht hinter mir auf. »Stella! Hat Hatley dir Nachsitzen aufgebrummt?« Sein Blick fällt auf Dahlia und seine Miene wird sofort weicher. »Hi, Dahlia.«

»Hi.«

»Nein.« Stella funkelt ihn wütend an. »Ich habe ihr gesagt, dass es ein Fehler war, und sie hat meine Leidenschaft und meine Hingabe für dieses Thema gelobt.«

Brandon zieht die Augenbrauen hoch. »Wow. Das ist ja echt cool.«

Sie lächelt ihn an. »Bitte, sag deinem Freund, dass seine Tage gezählt sind. Er wird es gar nicht kommen sehen, aber ich werde ihn so was von plattwalzen.«

»Ich kann's kaum erwarten«, erwidere ich, aber sie zeigt mir nur den Mittelfinger und drängt sich dann an mir vorbei in die Cafeteria.

Brandon lacht. »Was hat sie denn damit gemeint?«

»Sagen wir einfach, Stella sollte lernen, nicht jedes Wort vorzulesen, das in ihren Notizen steht.«

Wir schlendern ebenfalls in die Cafeteria. Laura sitzt allein an einem Tisch und liest ein Buch. *Jill2.*

»Hey! Da ist Laura.«

Bevor Brandon etwas entgegnen kann, steuere ich bereits auf ihren Tisch zu. Ich frage mich, ob ich sie irgendwie dazu bringen kann, sich zu verplappern und zuzugeben, dass sie mein geheimnisvolles Mädchen ist. Ich weiß, dass es eine Million Gründe gibt, warum ich nicht glauben sollte, dass sie es ist – Laura hat gesagt, dass sie erst seit letztem Herbst auf die Serie steht, aber Jill2 war schon im Frühjahr als Captain Jill beim Cosplay. Trotzdem, möglich ist es. Jill2 hat schließlich schon mal gelogen, als es um die Schule ging. Wer weiß, ob sie nicht auch wegen der Sci-Con gelogen hat?

Laura lächelt zu uns herauf. »Hi, ihr. Wollt ihr euch zu uns setzen?« Sie nimmt ihren Rucksack vom Stuhl. »Gleich kommen noch Julia, Tim und Collin.«

Collin. Natürlich. Meine Schultern spannen sich automatisch an, aber ich zwinge mich zu einem Lächeln. »Klar. Danke.« Brandon und ich setzen uns neben sie. Tim gesellt sich zu uns und lässt sich auf einen Stuhl auf der anderen Seite des runden Tischs sinken.

»Also, dann bist du jetzt *Warship*-Fan, ja?« Ich versuche, die Begeisterung aus meiner Stimme zu halten und mich stattdessen darauf zu konzentrieren, ein Päckchen Italian Dressing auf meinen Salat zu quetschen.

»Erst seit einer Weile, aber, o Gott, ich schreibe sogar schon Lewton-Fics.« Sie lacht.

Mir wird bewusst, dass ich sie anstarre, und ich wende hastig den Blick ab. Sie ist es.

»Moment mal, *Warship Seven?*« Tim zieht eine Augenbraue hoch. »Das ist die beste Serie überhaupt. Was ist deine Lieblingsfolge?«

»›Bis in den Tod‹«, antworte ich, ohne zu zögern.

Laura tippt sich auf die Unterlippe und am liebsten würde ich sie küssen. »Ich liebe die, in der sie C0ndor vor diesem Schwarzmarkthändler retten.«

»›Ein unausgefeilter Plan‹«? Ich grinse. »Sehr gute Wahl.«

Tim rollt mit den Augen. »Du kannst dich nicht als *Warship*-Fan bezeichnen, wenn du noch nicht mal die Episodentitel auswendig kennst.«

Ich glaube nicht, dass ich schon jemals beweisen musste, dass ich die Bezeichnung »Fan« auch wirklich verdient habe. Also warum macht er Laura solchen Stress? Ich lege die Stirn in Falten. »Hey, Mann ...«

Laura lacht schallend. »O Gott, komm mir nicht mit diesem *Kein-echter-Fan*-Scheiß. Ich *gucke* die Serie, ich *mag* die Serie, also bin ich ein Fan. Geh und verkriech dich wieder unter deinem Stein, Tim.«

Brandon schüttelt den Kopf und unterdrückt ein Lachen. Er ist nicht unbedingt Tims größter Fan.

»Habt ihr gehört, was Stella in Rhetorik gebracht hat?« Lauras Augen weiten sich. »Ich konnte es gar nicht glauben.«

»Ja.« Brandon grunzt amüsiert und knufft mich in die Seite. »Wir haben davon gehört.«

Laura beißt von ihrem Chicken-Wrap ab. »Irgendwie tut sie mir leid«, sagt sie beim Kauen. »Sie sollte deswegen keinen Ärger kriegen, auf der Bühne ist schließlich jeder nervös. Wahrscheinlich ist es ihr nur so rausgerutscht.«

»Ja«, sagt Brandon. *»Rausgerutscht.«*

»Ich kann mir wirklich nicht vorstellen, dass sie deswegen Ärger gekriegt hat«, erwidere ich, während ich Stella auf der anderen Seite der Cafeteria beobachte. Aus irgendeinem seltsamen Grund fällt mir dabei auf, dass ihr Haar heute wellig ist. Wellig sieht es richtig gut aus.

»Oder es war Sabotage«, fügt Brandon hinzu und wackelt mit den Augenbrauen. »Dam-dam-dam.«

Laura lacht. »Ich wüsste nicht, wer sie sabotieren sollte.«

Brandon macht den Mund auf, aber ich werfe ihm einen tödlichen Blick zu, und er beißt sich auf die Zunge.

»Sie starrt dich an«, flüstert er mir ins Ohr.

»Wer?«

Ich folge Brandons Blick quer durch die Cafeteria, wo Stella mit ihren Freundinnen zusammensitzt und mich mit ihren Augen förmlich durchbohrt. Ich winke ihr freundlich zu, woraufhin sie das Plastikmesser hochhebt, mit dem sie den Frischkäse auf ihren Bagel geschmiert hat, und es direkt durch das Loch in der Mitte sticht.

»Ich will Stella Greene jedenfalls nicht zur Feindin haben, Alter«, murmelt Brandon.

Ich winke ab. »Schon okay. Was kann sie mir schon anhaben?«

* * *

Über zwei Wochen sind inzwischen vergangen und bisher hat Stella nicht zum Gegenschlag ausgeholt. Tatsächlich hat sie kaum mit mir gesprochen, außerhalb unseres Bioprojekts. *Schachmatt, Stock.*

In Geschichte riecht es morgens immer nach Orangen, weil Mr Bailey an seinem Pult jedes Mal eine schält und isst. Es ist mein Lieblingskurs, weil wir hier im Prinzip Geschichten aus der Vergangenheit hören. Mr Bailey hat an den Wänden überall Zitate berühmter historischer Persönlichkeiten aufgehängt, von Präsidenten und Staatschefs, und ich lese sie jeden Tag wieder, obwohl ich sie schon eine Million Mal gelesen habe.

»Guten Morgen, Wesley«, begrüßt Mr Bailey mich zwischen zwei Orangenspalten. »Sind Sie bereit, den Ersten Weltkrieg zu durchleuchten?«

»Selbstverständlich.«

Ich setze mich auf meinen angestammten Platz in der Ecke und hole mein Buch aus dem Rucksack. Mir ist erst gestern gegen Mitternacht wieder eingefallen, dass wir das Kapitel lesen sollten, deshalb war ich noch bis zwei Uhr auf, um es nachzuholen. Ich schlage meinen Terminplaner auf und blättere zu den leeren Seiten hinten, zähle dann aber doch nur die noch verbleibenden Tage bis zur Sci-Con.

Einer nach dem anderen tröpfeln die anderen ins Zimmer und setzen sich auf ihre Plätze. Das Erste, was mir auffällt, ist, dass Stellas Stuhl noch leer ist. Das ist seltsam. Stella kommt höchstens, na ja, *nie* zu spät.

Mr Bailey steckt sich das letzte Stück Orange in den Mund, schiebt den Schalenhaufen in den Mülleimer und beginnt, an die Tafel zu schreiben.

»Wo ist Stella Greene?« Die Worte platzen aus meinem Mund, bevor ich sie zurückhalten kann.

»Sie hilft mit den morgendlichen Ankündigungen im Sekretariat.« Er kehrt uns den Rücken zu und schreibt weiter historische Daten an die Tafel. »Sie kennen ja Stella – allzeit hilfsbereit.«

Ein ungutes Gefühl steigt in mir auf. Stella hat seit dem vergangenen Jahr keine morgendlichen Ankündigungen mehr gemacht. Ich frage mich, warum sie ausgerechnet jetzt …

Der Lautsprecher im vorderen Teil des Klassenzimmers knistert und ein langer Pfeifton ertönt. »Guten Morgen, liebe Schüler:innen und Lehrer:innen der GCMHS!«, begrüßt uns Stellas übertrieben fröhliche Stimme, und das allgemeine Flüstern verebbt zu völliger Stille. »Ich bin Stella Greene aus der Zwölften und übernehme heute die morgendlichen Ankündigungen. Wir schreiben Mittwoch, den 17. März – fröhlichen St. Patrick's Day allen, die diesen Tag feiern.« Vereinzelter Jubel von ein paar Schülern in

Grün ertönt. Meine Familie ist irischer als irisch, und ich trage eigentlich immer Grün, aber heute hab ich es total vergessen.

»Zunächst einmal hat mich unser großartiges Hausmeisterteam gebeten, euch darauf hinzuweisen, dass sie versuchen, auf der vorderen Wiese Gras wachsen zu lassen, also bitte setzt euch für den Rest des Schuljahrs an die Picknicktische, wenn ihr draußen Mittag esst. Alle, die dieses Jahr ihren Abschluss machen wollen, sollten bitte daran denken, bis nächsten Donnerstag ihre Anmeldung zu den Prüfungen abzugeben.«

Ich schreibe kurz eine Erinnerung in meinen Planer, damit ich es nicht vergesse. Es wäre schließlich ziemlich lächerlich, wenn der Valedictorian seinen Abschluss nicht machen könnte, weil er vergessen hat, ein dämliches Formular einzureichen.

»Und dann: der *Abschlussball!* Es sind nur noch wenige Monate bis zu diesem großen Abend, und euer Abschlussballkomitee möchte alle Elft- und Zwölftklässler darüber in Kenntnis setzen, dass sie eure Stimmen ausgezählt haben. Das offizielle Motto in diesem Jahr ist … Trommelwirbel … ›Unter dem Meer‹!« Mehrere im Raum stöhnen. Eine meiner Mitschülerinnen verkündet arrogant, dass sie für das Motto gestimmt hat, während jemand anders irgendetwas davon murmelt, dass das Ergebnis gefälscht wurde. »Und es ist uns tatsächlich gelungen, den offenen Saal im Aquarium zu buchen. Wir werden mit den Fischen tanzen, Leute. Also, schmeißt euch in euer bestes seetüchtiges Outfit und freut euch auf die Party!«

Ich rolle mit den Augen. Abschlussball. Großartig.

»Die Zwölftklässler freuen sich immer über freiwillige Helfer, die nach dem Abschlussball mit aufräumen. Wenn ihr bereit seid, etwa eine Stunde eurer Zeit zu opfern, dann meldet euch bitte bei Jen Meyer, der Vorsitzenden des Abschlussballkomitees. Für alle freiwilligen Helfer ist der Eintritt zum Ball kostenlos. An alle Mitglieder der Französisch-AG: Sie muss heute leider ausfallen. Und wer vorhat, in diesem Sommer mit der Latein-AG nach Griechenland zu reisen, kommt bitte nächsten Mittwoch um 19 Uhr zur Infoveranstaltung in der Cafeteria.«

Ich war mal mit meiner Familie in Griechenland. Damals, bevor meine Eltern angefangen haben, jede freie Minute damit zu verbringen, sich zu streiten und meine Zukunft zu planen. Die Erinnerung daran ist bittersüß.

»Und last, but not least eine Nachricht für Wesley Clarke in Mr Baileys Geschichtskurs.« Alle starren mich an. »Bitte komm nach dem Unterricht ins Sekretariat. Deine Mutter hat dein Mittel gegen Durchfall und eine frische Unterhose für dich hier abgegeben – sie wusste, dass es dringend ist. Vielen Dank.«

15
Stella

Nicht mein reifster Moment, das gebe ich zu. Aber allein die Vorstellung von dem Ausdruck auf Wesleys Gesicht war die Sache absolut wert. Schade, dass Dahlia nicht auch in diesem Kurs ist, sonst hätte sie ihn filmen können.

»Was war das denn?« Ms Rossi stellt sich mir in den Weg, ihre Augen geweitet. »Wir geben normalerweise keine Nachrichten an einzelne Schüler durch.«

Ich schnappe mir meinen Rucksack. »Tut mir leid. Das wusste ich nicht.«

Bevor sie protestieren kann, bin ich aus dem Sekretariat verschwunden und auf dem Weg zu Geschichte. Das Blöde an den morgendlichen Ankündigungen ist, dass ich ein paar Minuten Unterricht verpasse. Und Geschichte ist mein schwächstes Fach, deshalb brauche ich eigentlich alle Minuten, die ich kriegen kann.

Brian Coombs kommt mir im Korridor entgegen und trommelt mit unsichtbaren Schlagzeugstöcken in der Luft. AirPods stecken in seinen Ohren, und was immer er sich auch anhört, wird mit jedem Schritt lauter. Der Bass hallt praktisch in seinem Kopf wider. Ich habe zwar keine Ahnung, wo er gerade sein müsste, aber ich bin mir ziemlich sicher, dass er nicht durch die Schulflure tanzen sollte.

»Hey, Greene.« Er geht einfach an mir vorbei.

»Hi, Brian.« Ich mache den Mund auf, um ihm zu sagen, dass er die Musik wirklich leiser stellen sollte, um sich keinen Hörschaden zu holen, als der Beat meine Aufmerksamkeit erregt.

Mein Herzschlag beschleunigt. Der Titelsong von *Warship Seven* dröhnt aus seinen Kopfhörern. Oder zumindest klingt er so. Aber ist er es auch? Ich drehe mich um, um ihm nachzurufen, aber Brian ist bereits um die Ecke gebogen und verschwunden.

Okay, das muss ich mir notieren. CERanger11, ich habe einen neuen Verdächtigen, und sein Name ist Brian Coombs.

Vielleicht ziehe ich ja voreilige Schlüsse, aber wie soll ich Aaron2 denn sonst finden, wenn ich nicht jedem Hinweis nachgehe, den ich habe? Ich weiß ja, dass ich Aaron2, realistisch betrachtet, nicht besonders gut kenne. Ich meine, ich bin mir nicht mal hundertprozentig sicher, dass ich nicht doch verarscht werde. Aber Aaron2 sieht in mir nicht die verklemmte Stella Stock-im-Hintern Greene – er sieht *mich*. Nur mich. Und ich spüre jedes Mal dieses leise Flattern in der Brust, wenn sein Username auftaucht.

Aber es könnte natürlich auch Kyle sein. Diese Möglichkeit besteht immer noch.

Ich stelle mir vor, wie wir zusammen zum Abschlussball gehen und zum *Warship*-Titelsong tanzen. Der Rest unserer Stufe teilt sich in einem Kreis und lässt nur genügend Platz für uns beide. *Ich wusste immer, dass du es bist,* sage ich. *Ich habe gehofft, dass du es sein würdest,* erwidert er.

Ich summe den Titelsong auf dem Weg zum Klassenzimmer und mache mir nicht die Mühe, mir das Lächeln aus dem Gesicht zu wischen. Er ist absolutes Ohrwurmmaterial und jetzt wird er mir den ganzen Tag durch den Kopf gehen. Der Duft von frischen Orangen begrüßt mich in dem Moment, in dem ich den Raum betrete.

»Ah, Stella, willkommen.« Mr Bailey steht vorne im Zimmer gegen sein Pult gelehnt, auf das Whiteboard hinter ihm sind mit rotem und blauem Marker ein paar scheinbar willkürliche Daten geschrieben. Ich gähne jetzt schon. »Sie hätten beinahe eine mitreißende Reise durch die Geschichte verpasst.«

»Da bin ich mir ganz sicher.« Ich reiche ihm meine Entschuldigung aus dem Sekretariat und setze mich auf meinen Platz. Mein Blick fällt sofort auf Wesley.

Seine Miene wirkt gleichgültig, als ich mich zwei Reihen von ihm entfernt niederlasse. Alle paar Sekunden kratzt sein Bleistift über sein Heft, und er macht sich sorgfältig Notizen, wie ein guter Valedictorian. Als er meinen Blick schließlich einfängt, verzieht sich sein Mund zu einem Grinsen.

Ich verdrehe die Augen und schaue nach vorne.

Mr Baileys Stimme klingt statisch und rattert monoton Daten, Namen und Orte herunter, und ich kann mich einfach nicht dazu überwinden, ihm zuzuhören.

Nicht mal mehr zwei Monate bis zur Sci-Con.

Ich klicke unter dem Tisch auf meine Notizen-App und rufe ein wichtiges Dokument auf, um es zu aktualisieren.

NATE BUCKLEY – hat in Latein eine Bemerkung gemacht, dass alle guten Sci-Fi-Serien abgesetzt werden

MARK SANDERS – hat gesagt, dass er Leigh Stanton heiß findet. Könnte Warship7 gemeint haben oder ihren neuen Film, keine Ahnung. Aber SO bekannt ist sie nicht!

KYLE NIELSEN – stolzer Nerd, hat erwähnt, dass er im Frühjahr zu einer Convention geht (!!!)

Ich tippe schnell unter dem Tisch einen weiteren Eintrag.

BRIAN COOMBS – hat möglicherweise im Korridor den Warship-Titelsong gehört

»Weiß jemand, ich welchem Jahr der Vertrag unterzeichnet wurde?« Bailey lässt den Blick durch den Raum schweifen. »Irgendjemand?« Niemand meldet sich. »Bueller? Oder sind Sie alle zu jung für diese kleine Anspielung? Kommen Sie schon, ich weiß, dass irgendjemand von Ihnen das Kapitel gestern Abend noch gelesen hat.«

Ich schrecke hoch. Ich habe den Text tatsächlich gelesen. Aber schon letzte Woche, als er ihn uns aufgegeben hat, und die Informationen sind genauso schnell wieder aus meinem Kopf gesickert, wie ich sie aufgenommen habe. Ich muss meine Mitarbeitsnote in diesem Fach dringend verbessern, aber ich kann mir nie irgendwas merken. Doch dann fällt es mir plötzlich wieder ein – *1919* –, und meine Hand schießt nach oben.

»Es war 1919«, sagt Wesley. Es ist an den Lehrer gerichtet, aber er schaut dabei mich an. »Fünf Jahre nachdem das Attentat auf Franz Ferdinand den Krieg womöglich überhaupt erst ausgelöst hat.«

»Ausgezeichnet, Wesley.« Bailey dreht sich um und schreibt es ans Whiteboard. Seine Handschrift könnte es in Sachen Lesbarkeit locker mit Gwens aufnehmen. »Sehen Sie? Ich wusste doch, dass jemand das Kapitel gelesen hat.«

Mein Gesicht glüht heiß. Ich habe das Kapitel gelesen. Ich *habe* das Kapitel gelesen. Sobald Mr Bailey uns den Rücken zukehrt, wirft Wesley mir einen selbstgefälligen Blick zu.

Ich hasse Geschichte.

Und ich hasse Wesley.

* * *

Ein riesiger blauer Fleck erstreckt sich quer über mein Knie, dank einer Stunde Hölle, auch bekannt als Bänder-Football im Sportunterricht. Dahlias Lover Brandon hat versucht, sich mein Band zu schnappen, und ich bin blitzschnell herumgewirbelt, über einen Stein gestolpert und mit dem Knie auf einer harten Stelle des noch immer gefrorenen Feldes gelandet. Jetzt zucke ich jedes Mal zusammen, wenn mein linker Fuß auf den Boden trifft. Nachdem ich Latein in der fünften Stunde zur Hälfte im Krankenzimmer verbracht habe, einen Eisbeutel auf mein Knie gedrückt, muss ich jetzt tonnenweise Unterricht nacharbeiten, was bedeutet: kein Mittagessen für mich. Meine Stimmung hat sich dramatisch verschlechtert, und ich bin kurz davor, jemanden umzubringen.

Ich zwinge mich, nicht zu humpeln, als ich die Tür zur Bibliothek aufschiebe. Natürlich sind alle Tische besetzt. Mehrere Gruppen von Neunt- und Zehntklässlern sitzen dicht an dicht darum versammelt, teilweise kichern sie nur, teilweise scheinen sie tatsächlich zu lernen, aber sie belegen jeden einzelnen Platz.

Abgesehen von dem Zweiertisch in der Ecke, an dem ich nur den Hinterkopf einer einzelnen Person erkennen kann.

Wesley sitzt über sein Biobuch gebeugt, seine Sachen über die komplette Tischplatte verteilt, während sein Rucksack den anderen freien Stuhl mit Beschlag belegt. Ich hinke zu ihm und schubse mit einem Schnauben seinen Rucksack auf den Boden.

»Da saß meine Tasche.«

»Pech.« Ich verziehe das Gesicht, als ich mich setze, und versuche, mir die Schmerzen nicht anmerken zu lassen.

»Wie war's in Sport?«

»Schrecklich. Aber das kannst du natürlich nicht wissen. Hast du heute ernsthaft geschwänzt? Du weißt schon, dass das in deinen Notendurchschnitt einfließt, oder?«

»Nein. Nur für den Fall, dass du die Ankündigungen heute Morgen verpasst hast: Ich wurde aufgefordert, mich nach Geschichte ins Sekretariat zu begeben.« Er hält sich den Magen. »Verdauungsprobleme, weißt du? Ich hab eine Entschuldigung gekriegt.«

»Du hast neunzig Minuten gebraucht, um nach einer gefakten Ankündigung im Sekretariat aufzulaufen?«

»Na ja, ich hab mich ein bisschen mit den reizenden Damen dort verquatscht. Du weißt ja, wie sie sind.« Er zwinkert mir zu. »Aber ich hoffe, du hast dich beim Bänder-Football gut amüsiert. Ich wette, es war ein *Riesenspaß*.«

Ich zwinge mich zu einem Lächeln. »Ja. Das ist mein absolutes Lieblingsspiel.«

Wesley steht auf, um sich irgendwelche Bücher zu holen, und ich setze meinen Kopfhörer auf und breite meine Lateinsachen auf dem Tisch aus. Als er wieder Platz nimmt, schiebe ich seinen chaotischen Papierhaufen auf seine Hälfte des Tisches. »Bleib auf deiner Seite, Clarke.«

»Hey.« Er drückt einen Finger auf die Tischmitte und schubst mein Buch ein Stück in meine Richtung. »Das war in der neutralen Zone. Du weißt schon, dort, wo sämtliche Gebiete …«

»Ich weiß, was eine neutrale Zone ist«, blaffe ich ihn an.

»Oh, tut mir leid.« Er grinst. »Ich wusste nicht, ob du in Geschichte aufgepasst hast. Normalerweise wirkst du ziemlich gelangweilt.«

»Du kannst dich über mich lustig machen, wenn du deine Bionote verbessert hast.«

Wesley lacht. »Oh Mann, du kommst echt nicht damit klar.«

»Womit komme ich nicht klar?«

»Damit, dass wir gleichauf liegen.«

»Davon träumst du. Du liegst vielleicht mit einer Kartoffel gleichauf.«

»Es macht dich richtig fertig.« Er legt seinen Bleistift auf den Tisch. »Du kannst den Gedanken einfach nicht ertragen, dass ich dich bei dieser Valedictorian-Sache schlagen könnte.«

»*Diese Valedictorian-Sache*«, ahme ich ihn spöttisch nach. »Vielleicht verlierst *du* ja auch – dann wirst du heulen wie ein Baby, weil es das erste Mal wäre, dass dir nicht alles auf dem Silbertablett serviert wird.«

»Wie kommst du eigentlich darauf, dass mir alles auf dem Silbertablett serviert wird?« Der heitere Unterton verschwindet aus seiner Stimme. »Ernsthaft, warum glaubst du das?«

»Ähm, lass mich mal nachdenken.« Ich halte

einen Daumen hoch. »Weil du Privatnachhilfe und Collegevorbereitungskurse hast.« Ich halte den Zeigefinger hoch. »Weil deine Familie reich ist.« Ich halte den Mittelfinger hoch. »Und weil du all das ganz automatisch bekommst, ohne irgendetwas dafür tun zu müssen.«

»Ist dir eigentlich klar, wie *an*maßend das wirkt, wenn du so wild über andere Leute *mut*maßt, Stock?« Er lehnt sich auf seinem Stuhl zurück.

»Ja, ja, vergiss es.« Ich stöhne laut. »Du hast echt keine Ahnung, was bei anderen Leuten abgeht.«

»Ich weiß jedenfalls, dass du eine furchtbare Klugscheißerin bist, die andere verurteilt, und dass du kein Leben hast, weil du dich jede einzelne Minute in Hausaufgaben vergräbst, selbst wenn du gar keine aufhast.«

»Das muss ich mir nicht anhören.« Ich stopfe meinen Lateinkram wieder in meinen Rucksack und stehe auf.

»Endlich«, murmelt er.

»Gott, könnt ihr zwei euch nicht endlich ein Zimmer nehmen?« Irgendein Zehntklässler am Nachbartisch zieht sich die Ohrhörer raus. »Ich versuche hier, einen Aufsatz zu schreiben.«

Wesley lacht.

»Ich lasse mich nicht von irgendwelchen Kleingeistern verurteilen«, grummele ich leise und ziehe ab.

»Was hast du gesagt?«, ruft Wesley mir nach, ein Anflug von Amüsement in der Stimme.

»Nichts, was du verstehen würdest.« Ich stürme

zum Ausgang und direkt durch die Sicherheitskontrolle. Ein Alarm durchschneidet die Luft und ich erstarre vor Schreck. Sämtliche Augen in der Bibliothek richten sich auf mich, und ich spüre, wie meine Wangen erröten. Habe ich vergessen, irgendwas zurück ins Regal zu stellen? Nein, ich habe mir gar keine Bücher geholt. Ich schüttle den Rucksack von meiner Schulter und erhasche einen Blick auf Wesley, der mich grinsend von der anderen Seite des Raumes beobachtet – zusammen mit allen anderen.

Oh nein.

Oh nein.

»Würden Sie bitte mal Ihre Tasche für mich öffnen, Stella?« Mrs Kendall, die Bibliothekarin, setzt ihre dicke blaue Brille auf und streckt eine runzlige Hand nach meinem Rucksack aus.

Voller Entsetzen übergebe ich ihn ihr, und sie zieht drei Bücher heraus, die ich noch nie zuvor gesehen habe.

Teenager-Ratgeber für Safer Sex.

Die Pubertät: Zeit der Veränderungen

Das Kondom-Tagebuch: Was du von deinem Ersten Mal erwarten kannst

Ringsum ist Gekicher zu hören.

»Ich ... weiß wirklich nicht, wie die da reingekommen sind.« Das ist eine Lüge. Ich weiß genau, wie sie da reingekommen sind. Und er wird dafür bezahlen.

»Hey, Stock«, ruft Wesley. »Du kannst die nicht einfach so mitnehmen! Aber ich finde es gut, dass du dich informieren willst.«

Ich wirbele herum. »Soll das verdammt noch mal ein Witz sein, Wesley?«

Geflüsterte *Oooohs* schweben durch den Raum.

»Was denn?« Er legt eine Hand auf sein Herz. »Ich hatte nichts damit zu tun.«

»Wenn einer was damit zu tun hatte, dann du.« Ich rausche durch die Bibliothek auf ihn zu.

»Das ist eine ziemlich heftige Anschuldigung.«

»Ich schwöre bei Gott, ich werde dir dieses selbstgefällige Grinsen aus dem Gesicht …«

»Ms Greene.« Ich bin nur noch zwei Schritte von ihm entfernt, als eine tiefe Stimme hinter mir dröhnt. Ich wirbele herum und sehe Rektor Woods, die Hände in die Hüften gestemmt. »Und Mr Clarke. In mein Büro. Sofort.«

16
Wesley

Kennt ihr diese Filme, in denen die Übeltäter ins Büro des Rektors zitiert werden, weil sie irgendwelchen dämlichen Mist angestellt haben? Genau. Ich hätte niemals erwartet, dass ich selbst dort landen würde. Und dennoch sitze ich hier, auf diesem unbequemen Holzstuhl, die Hände im Schoß gefaltet, und wippe mit einem Knie auf und ab, als wäre ich ein kleines Kind, das gerade jemanden auf dem Spielplatz geschubst hat.

Stella sitzt neben mir und kocht vor Wut.

»Gut, möchte mir einer von Ihnen beiden vielleicht erklären, was hier los ist?« Rektor Woods funkelt uns hinter seinem Schreibtisch an. Natürlich sitzt *er* auf einem bequemen Bürostuhl. Stella antwortet nicht, also tue ich es auch nicht.

»Ich bekomme schon die ganze Woche Beschwerden von verschiedenen Lehrern.« Er legt zwei Blatt Papier vor sich auf den Schreibtisch. Ich lehne mich auf meinem Stuhl nach vorne und sehe das Toilettenfoto, direkt neben dem entstellten Foto der wütend funkelnden Stella. »Keiner von Ihnen hat irgendetwas zu sagen? Vor fünfzehn Minuten sah das aber noch ganz anders aus, in der Bibliothek – an einem Ort, der zum Lernen in aller Ruhe gedacht ist und nicht für irgendwelche Privatkriege und Streiche.«

Stella atmet tief ein, und einen Moment lang glaube ich, dass sie doch etwas sagen wird, aber dann stößt sie die Luft nur mit einem tiefen Seufzen wieder aus.

»Ich hätte nicht gedacht, dass ich diese Strafpredigt einmal meinen beiden besten Schülern würde halten müssen. Das ist doch wirklich unter Ihrem Niveau. Ich meine, Furzwitze? Den anderen hereinzulegen, damit er ein Schimpfwort sagt? Sex-Bücher? Sind Sie in der zwölften Klasse oder in der dritten?«

Ich richte den Blick auf eine Staubfluse, die auf den dreckigen Linoleumboden hinabschwebt. Mein Gesicht brennt förmlich. Was, wenn er meine Eltern anruft? Für die bin ich sowieso schon eine Enttäuschung.

»Sie sind die Besten Ihres Jahrgangs, und das bedeutet, dass Sie den jüngeren Schülerinnen und Schülern mit gutem Beispiel vorangehen sollten, und Ihren Klassenkameraden natürlich auch. Wenn Sie nicht aufhören, den Unterricht zu stören, dann muss ich Sie beide vorübergehend suspendieren. Und Sie wissen, was das bedeutet?«

Ich spanne den Kiefer an. Stella schnappt scharf nach Luft.

»Wenn Sie einen Eintrag in Ihrer Akte haben, können Sie nicht Valedictorian werden. Haben Sie das verstanden?«

»Ja«, antwortet Stella im selben Moment, in dem ich sage: »Natürlich.«

»Wenn Sie beide sich nicht benehmen können, dann gehen der Titel und das Valedictorian-Stipendium an die Nummer drei in Ihrer Stufe, Marisa Cooke-Allen.«

Wenn ich gegen die Nummer drei verlieren würde, würden meine Eltern vermutlich in Ohnmacht fallen.

Stella schließt einen Moment lang die Augen, und ich frage mich, ob sie anfangen wird zu weinen, aber dann richtet sie sich wieder auf. »Es tut mir leid. Ich werde mich bessern.«

»Mir tut es auch leid«, murmele ich. Mein Magen krampft sich zusammen.

»Gut.« Er erhebt sich. »Ich glaube, Sie haben jetzt beide Biologie, richtig?«

»Ja«, antwortet Stella, während ich nicke.

»In Ordnung. Gehen Sie jetzt zum Unterricht. Wenn ich das nächste Mal mit Ihnen spreche, dann ist es hoffentlich, um Sie als Valedictorian und Salutatorian zu beglückwünschen.«

Ich halte den Kopf gesenkt, als ich das Büro verlasse. Stella bleibt noch einen Moment lang zurück, bevor sie sich im Flur zu mir gesellt. Sie zuckt jedes Mal zusammen, wenn ihr linker Fuß den Boden berührt.

»Na, das war ja ein Spaß«, sage ich.

Sie schnieft. »Ja. Das Highlight meines Tages, definitiv.«

»Hast du dich am Bein verletzt?«

»Nein. Mir geht's gut.« Sie starrt geradeaus, ihre Augen sind glasig. »Ich will das nicht mehr. Keine Streiche mehr, keine Scherze. Für mich steht zu viel auf dem Spiel.«

»Einverstanden.« Ich halte ihr meine Hand hin. »Waffenstillstand?«

Stella blickt mit leerer Miene auf meine Hand. »Ich vertraue dir nicht genug für einen Waffenstillstand.« Sie drängt sich an mir vorbei zur Treppe und lässt mich mit ausgestreckter Hand allein im Flur stehen.

* * *

Ich habe schon ungefähr zwölf verschiedene Nachrichten an Jill2 getippt und sie alle wieder gelöscht. Wenn es wirklich Laura ist, dann muss ich meine Worte vorsichtig wählen.

Wenn sie Aaron2 mag – *wirklich* mag –, dann wird sie mich vielleicht auch wieder mögen.

Ich versuche, mir eine geistreiche Möglichkeit einfallen zu lassen, ihr vorzuschlagen, dass wir uns auf der Sci-Con treffen, aber Jill2 kommt mir mit ihrer Nachricht zuvor.

CaptainJillsBFF22: Ich hoffe, du hattest einen besseren Tag als ich?

Das Dokument für meinen Englischaufsatz blickt mir gähnend leer von meinem Computerbildschirm entgegen. Mein Skizzenblock liegt, aufgeschlagen bei einer Zeichnung von Aaron Lewis, der zusammengesunken in einer Zelle sitzt, auf meinem Schoß. Narben und Blut bedecken sein Gesicht. Sein Haar ist ein einziges strähniges Durcheinander und er hat das Gesicht in den Händen vergraben. Ich schraffiere die Schatten, die sich unter seinem Körper erstrecken. Ich fand schon immer, dass lange, dunkle Schatten alles noch einsamer wirken lassen, und auf diese schreckliche Szene in Folge sechzehn trifft das definitiv zu. Aus irgendeinem Grund kann ich mich heute Abend besonders gut in ihn hineinfühlen.

CERanger11: Nein. Meiner war auch mies. Was ist bei dir passiert?

CaptainJillsBFF22: Dämlicher Schulkram ☹ Hast du irgendein neues Kunstwerk, das mich aufheitern könnte?

Der Gedanke, dass meine Zeichnungen irgendjemanden aufheitern könnten, ist irgendwie cool. Und dieser Gedanke heitert *mich* auf.

CERanger11: Nur das hier. Episode 16

Ich schicke ihr die Skizze und halte den Atem an. Ich poste hier nun schon seit gut zwei Jahren meine Kunst, und die meisten Leute geraten bei allem, was man hochlädt, sofort ins Schwärmen. Das ist nur ein Grund, warum ich dieses Fandom so liebe. Aber aus irgendeinem Grund will ich wirklich, dass dieses Mädchen meine Zeichnungen mag.

Ich habe sie Laura nie gezeigt, als wir zusammen waren. Es ist ein seltsames, entblößendes Gefühl, sie jetzt preiszugeben.

CaptainJillsBFF22: WTF???

Mir rutscht das Herz in die Hose. Moment mal, was hab ich getan? Für einen Sekundenbruchteil habe ich Angst, dass ich ihr das Falsche geschickt habe, wie damals, als ich diese nicht jugendfreie Skizze von Aaron und Michele beim Rummachen gezeichnet habe und mich nicht dazu überwinden konnte, sie tatsächlich zu posten. Aber als ich die Datei überprüfe, sehe ich nur Aaron, derangiert und gebrochen.

Ich fange an, eine Entschuldigung zu tippen, aber sie ist schneller.

CaptainJillsBFF22: Wie soll es mich aufheitern, mein Baby leiden zu sehen??? Schluchz

Sie schickt ein GIF von jemandem hinterher, der in ein Kissen weint.

CaptainJillsBFF22: (die Zeichnung ist wirklich gut, aber mal ernsthaft: Wie kannst du es wagen, mir so das Herz zu brechen???)

CERanger11: hahaha sorry!

CaptainJillsBFF22: Als Wiedergutmachung verurteile ich dich dazu, eine KOMPLETTE Fluff-Fic zu lesen, in der #Lewton total entzückend und zärtlich zueinander sind.

CERanger11: Ich akzeptiere meine Strafe und werde sie tapfer ertragen. Welche Fic?

CaptainJillsBFF22: Warte kurz, ich durchforste nur schnell meine Lesezeichen.

Aus irgendeinem Grund finde ich es gut, dass sie einen Haufen Fluff-Fics gebookmarkt hat. Manchmal versuche ich, mir vorzustellen, wie Jill2 in Wirklichkeit aussieht, aber ich sehe immer nur eine etwas jüngere Version von Leigh Stanton vor mir – und, oh Mann, damit bin ich zu einhundert Prozent happy.

Meine Gedanken springen sofort wieder zu Laura. Ich stelle sie mir beim Jill-Cosplay auf der Sci-Con vor. Einen Moment lang blicke ich blinzelnd auf den Bildschirm, um den Gedanken wieder abzuschütteln.

Was, wenn sie sieht, dass ich es bin, und deswegen total sauer ist? Oder enttäuscht?

Ich muss mir einen Plan zurechtlegen. Während Jill2 ihre Fics durchsucht, gehe ich nach unten, um mir einen Happen zu essen zu besorgen. Es ist erst sieben, aber es kommt mir vor, als wäre schon Mitternacht. Unser Haus ist riesig und es fühlt sich total leer an. Selbst der Pool wirkt einsam, bedeckt mit seiner Winterplane.

Ich mache den Kühlschrank auf – und eine Hand klatscht auf meinen Mund. Mein Herz schießt in meine Kehle hinauf. Ich wirbele herum, die Fäuste erhoben, und Trevor grinst mich an.

»Überrascht?«

Ich schlage seine Hand weg. »Ich hätte dir fast eine zentriert.«

»Als ob du es mit mir aufnehmen könntest.« Trevor legt einen Arm um meine Schultern, aber ich schubse ihn weg.

»Was machst du denn hier?«

»Semesterferien. Ich hab dir doch gesagt, dass ich nach Hause komme.«

»Ich dachte, das ist erst nächste Woche.«

»Theoretisch ja. Aber ich war mit meinen ganzen Prüfungen fertig und hab beschlossen, meinen Flug um ein paar Tage vorzuverlegen.« Er durchstöbert den Kühlschrank und holt ein Stück Käse heraus. »Ich glaube, als Nächstes überrasche ich Mom. Ich hab ihr nicht gesagt, dass ich komme.«

»Mom«, brülle ich die Treppe hinauf. »Dein zweitliebster Sohn ist zu Hause.«

»Was?«, schreit Mom von oben zurück.

Trevor grunzt. »Danke, dass du mir die Überraschung versaut hast.«

»Du hättest ihr sonst nur einen Herzinfarkt beschert.«

Leise Schritte trippeln, und Mom taucht in der Küche auf, in einen rosa Bademantel gehüllt, ihr nasses blondes Haar auf dem Kopf zu einem Knoten zusammengefasst. Sie stößt einen Schrei aus und wirft sich in Trevors Arme, der sie fest an sich drückt.

»O mein Gott, warum bist du denn schon so früh hier?«

»Semesterferien.« Trevor löst sich von Mom und hält sie auf Armeslänge fest. »Ich hab dich vermisst, deshalb hab ich meinen Flug umgebucht.«

»Ich dachte, du verbringst die erste Ferienhälfte bei Mike.« Mom hält ihn immer noch fest, so als hätte sie Angst, er könnte sofort wieder nach Kalifornien verschwinden. Was pure Ironie ist, wenn man bedenkt, dass sie praktisch bereits durchgeplant hat, wie sie mich schnellstmöglich in ein Auto verfrachten und ebenfalls an die Westküste schicken kann.

Er zuckt mit den Schultern. »Ich verbringe den Sommer mit ihm.«

»Warum kommt er uns denn diesen Sommer nicht besuchen?«, fragt Mom. »Dein Vater möchte uns mal wieder alle zu einer Kreuzfahrt entführen.«

Trevor macht ein komisches Gesicht. »Du willst, dass Mike mit uns in den Familienurlaub kommt? Nachdem du wegen Thanksgiving so ein Drama veranstaltet hast?«

»Warum denn nicht? Er gehört doch auch zur Familie.«

Trevor stöhnt. »Ihr werdet ihn nur in die Flucht schlagen. Erinnert ihr euch noch an diese Karibikkreuzfahrt, bei der Dad ein komplettes Tablett mit Piña coladas in den Pool geschüttet hat, weil er sich im Limbo versucht hat? Ich kann mich jedenfalls noch sehr gut daran erinnern.«

Mom lacht. »Ich erinnere mich noch daran, dass sie den kompletten Pool wegen der Glasscherben räumen mussten.«

In dem Film *Alles steht Kopf* sind glückliche Erinnerungen gelb und traurige Erinnerungen blau, aber manche Erinnerungen haben beide Farben. Ungefähr so fühle ich mich auch, wenn ich an diese Kreuzfahrt zurückdenke. Es war immerhin eine Woche, in der wir alle zusammen waren, und niemand hat gearbeitet oder sich gestritten.

»Wie dem auch sei.« Sie streicht Trevors Kragen glatt. Mein Bruder ist der einzige Mensch auf der Welt, der es fertigbringt, nach einem sechsstündigen Flug immer noch wie geleckt auszusehen in seinem perfekt gebügelten, schicken Hemd. Er hat noch nicht mal seinen Uniabschluss in der Tasche und sieht trotzdem schon aus wie einer dieser Wall-Street-Idioten. Oder wie ein Clarke-Candies-Idiot, schätze ich, denn wie er bereits verkündet hat, plant er, das Familienunternehmen eines Tages zu leiten, was für mich mehr als okay ist. Lebe deinen Traum. »Ich hab dich so sehr vermisst.«

Trevor drückt sie erneut an sich. »Ich dich auch.« Er lässt sie wieder los. »Wo ist Dad? Darf ich ihn wenigstens überraschen oder ist das auch gegen die Regeln?«

»Du wirst unsere armen alten Eltern noch ins Krankenhaus bringen.«

»So alt sind wir nun auch wieder nicht.« Mom haut mir auf den Arm. »Er ist die nächsten drei Tage mit Al auf Golfurlaub«, sagt sie dann, und ihre Stimme klingt ein wenig säuerlich.

Trev und ich tauschen einen Blick.

»Golf ist eben wichtiger, als Zeit mit der eigenen Familie zu verbringen, schätze ich«, fügt sie angespannt hinzu. »Ich freue mich so sehr, dass du wieder zu Hause bist.«

WARSHIP SEVEN: Episode elf

»Mehr Gemeinsamkeiten als Unterschiede«

Beschreibung: »Captain Jill Brighton und die Crew der Happening *planen einen Überfall auf ein Transportschiff der Zentralen Elite, aber alles läuft schief.«*

SZENENKONTEXT: JILL und die Crew planen einen Überfall und bereiten sich darauf vor, das Schiff zu verlassen. Sie besucht AARON in seiner Zelle.

JILL: Wir sind für eine Weile auf dem Planeten. [Sie spannt den Hahn ihrer Pistole, bevor sie sie in ihr Halfter steckt.] Sonny bleibt an Bord, also gib dir keine Mühe.

AARON: Erschießt ihr heute wieder Welpen, ja?

JILL: [zieht die Augenbrauen hoch] Was zur Hölle glaubst du, was wir machen, wenn wir auf einem Planeten landen?

AARON: [zuckt mit den Schultern] Kleine Kinder abstechen? Unschuldige Leute entführen? Raumstationen in die Luft jagen?

JILL: Nein.

AARON: Wenn du mir nicht sagst, was ihr treibt, dann muss ich meine eigenen Schlüsse ziehen, basierend auf dem kleinen Waffenarsenal an deinem Gürtel.

JILL: Nicht, dass dich das irgendetwas angeht, Abschaum, aber wir begeben uns auf eine humanitäre Mission.

AARON: Nennt man das heutzutage so?

JILL: Hast du schon mal von den Grünen Pocken gehört?

AARON: [erschaudert] Nein. Aber ich kann mich noch gut an die letzte Epidemie erinnern. Es kam einem vor, als hätten sich alle mit dem fiesen Ding infiziert.

JILL: Und warum bist du dann noch am Leben?

AARON: Meine Eltern haben mich impfen lassen. Warum?

JILL: Auf den äußeren Planeten gibt es Hunderte von Kindern, die nicht geimpft wurden. Und jeden Tag sterben einige von ihnen.

AARON: [entsetzt] Das wusste ich nicht.

JILL: Die Leute auf den zentralen Planeten wissen nur selten davon und den meisten ist es auch egal.

AARON: Ich habe nicht gesagt, dass es mir egal ist.

JILL: Wir überfallen ein pharmazeutisches Lager und plündern ihre Reserven. Dann verkaufen wir sie zu einem fairen Preis an die äußeren Planeten. Eine Win-win-Situation.

AARON: Das ist sehr … ehrenhaft.

JILL: Tu nicht so überrascht, Abschaum. [Sie wendet sich zum Gehen.]

AARON: Wäre es sehr unangemessen, wenn ich dir viel Glück wünschen würde?

JILL: Ich brauche dein Glück nicht.

[Sie knallt auf dem Weg nach draußen die Tür zu und lässt den Gefangenen allein zurück.]

17
Stella

Okay, das ist die perfekte Fic für ihn. Sie hat drei meiner absoluten Lieblingstags: Hurt/Comfort, Fluff und – mein persönlicher Favorit – küsst euch endlich.

Ich füge den Link in das Chatfenster ein und klicke auf Senden. Diese spezielle Fic macht mich ganz hibbelig. Auch wenn der Gedanke, dass ich sie jemandem aus der Schule schicke, irgendwie seltsam ist. Jemandem, dessen wahrer Identität ich immer noch keinen Schritt näher bin.

Kyle. Es könnte Kyle Nielsen sein.

Womöglich habe ich gerade ein nicht ganz jugendfreies literarisches Werk ausgerechnet an Kyle Nielsen geschickt. Was, wenn er es total abartig findet?

Nein. Er kann es unmöglich wirklich sein. So viel Glück habe ich nicht.

Aber vielleicht ist es ja doch nicht so weit hergeholt. Ich meine, er ist (1) süß, genauso, wie ich mir CERanger11 auch vorstelle, (2) ein Nerd – er hat sich letztes Jahr für den Literaturtag als Gandalf verkleidet, so viel dazu – und (3) einfach nur liebenswert. Wenn ich eine Nachricht ans Universum schicke, vielleicht stellt er sich dann am Ende ja wirklich als Aaron2 heraus.

Ganz in diese Gedanken verloren lege ich das Kinn auf meiner Hand ab, den Ellenbogen auf den Schreibtisch gestützt. Ich stelle mir Kyle als Sergeant Aaron Lewis vor, sehr adrett in seiner Zentrale-Elite-Uniform. Ich bin auf der Sci-Con, bummle durch die Verkaufsstände und suche nach einem weiteren *Happening*-Abzeichen für meine Umhängetasche. Dann sehe ich ihn auf der anderen Seite des Raumes: Er schlendert in meine Richtung, vielleicht auf der Suche nach einem Sticker für seinen Helm, und unsere Blicke treffen sich. Ich bahne mir mit der Schulter einen Weg durch die Menge, um zu ihm zu gelangen, und auch er steuert direkt auf mich zu. Es ist Schicksal. Kyle und ich. Aaron2 und Jill2, glücklich vereint, genauso, wie es sein sollte.

Kennt ihr das auch, dass man bei manchen Dingen gar nicht mehr so genau weiß, wann sie angefangen haben? Träume, zum Beispiel, berufliche Ambitionen oder was auch immer. Jemand fragt: »Wann hast du eigentlich beschlossen, Irene, dass du Köchin werden willst?«, und Irene antwortet: »Keine Ahnung. Ich schätze, ich habe Kochen schon immer geliebt, schon als kleines Kind.« Aber ich weiß ganz genau, seit wann ich in Kyle Nielsen verknallt bin: seit dem 16. Oktober, elfte Klasse. Er hatte gerade von einer

Privatschule in Massachusetts zu uns gewechselt. Ich stand in der Kaffeeschlange in der Cafeteria vor ihm und habe ihn gebeten, mir die Mandelmilch zu reichen. Er hat gesagt: »Das klingt jetzt wahrscheinlich total komisch, aber warst du nicht diejenige, die in der sechsten Stunde in Medienkunde diese Bemerkung über Hitchcock gemacht hat? Volltreffer!« Er hat mich mit seinen braunen Augen angeschaut und das war's. Ich war hin und weg.

Das Geräusch einer zuknallenden Tür ertönt auf meinem Computer.

CERanger11 ist offline. Mir wird ein bisschen schwer ums Herz.

Oder auch nicht.

Stimmen dringen aus dem Flur zu mir. Ich stecke den Kopf durch die Tür, um zu sehen, was los ist.

»Und ich hab gesagt, nein, ich hab diese Woche jede Nacht abgeschlossen, und wenn es ihr nicht passt, wie ich die Imbisstheke hinterlasse, dann kann sie es gerne selber machen.«

»Gut, ich bin froh, dass du ihr Kontra gegeben hast. Sie macht das andauernd.«

Ich folge den Stimmen in die Küche, wo Bridget mit einem Mädchen, das ich noch nie vorher gesehen habe, am Tisch sitzt. Ein Tattoo schlängelt sich wie eine dornige Kletterranke um ihren Arm und sie hat mehrere Piercings in den Augenbrauen, in der Nase und in den Ohren. Halb leer gegessene Pappschachteln mit chinesischem Essen stehen vor den beiden auf dem Tisch. Der Duft steigt mir in die Nase und mein Magen fängt an zu knurren. Das ist typisch meine Schwester: Kein Geld, ein Kind, und sie wirft ihr Geld für Take-away raus.

»Hey.«

Die beiden schauen mich an.

»Oh, Stella, das ist Amber. Sie arbeitet mit mir im Kino. Und wir gehen zusammen auf die Abendschule.«

Amber winkt mir träge zu. »Wir leben den Traum, jeden Donnerstag.«

»Oh, das ist ja cool.« Ich setze mich zu ihnen. »Machst du die Prüfung auch mit Bridget?«

»Ich hoffe es. Ich will im Sommer auf die Kosmetikschule gehen.«

»Stell dir vor.« Bridget knufft mich in die Seite. »Wir wollen zusammen einen Friseursalon eröffnen.«

Zugegeben: Ich bin ziemlich schockiert, dass meine Schwester tatsächlich echte Pläne für ihr Leben schmiedet. »Das ist ja großartig! Gehst du dann auch auf die Kosmetikschule?«

»Ja, aber auf die clevere Art, genau wie Amber«, antwortet Bridget, den Mund voller General Gao Chicken. »Die Hälfte der Kurse absolviere ich online.« Sie hält mir den Karton hin, ihre Wangen mit Essen vollgestopft. »Willst du was? Es ist immer noch lauwarm. Die Wan Tans haben wir schon gegessen, sorry.«

Ich nehme mir eine Tasse aus dem Schrank und drehe den Wasserhahn auf. »Ich hab mir grade die Zähne geputzt. Trotzdem danke.«

»Ernsthaft, die Onlinekurse sind viel besser. Und billiger.« Amber pikst ein Stück Hühnchen mit ihrem Essstäbchen auf und ich zucke zusammen. »Nur halb so viele Schulden. Ich sage Bridget die ganze Zeit, dass sie sich nach der Abendschule mal eine Weile freinehmen soll. Eine Pause einlegen. Ein paar Monate mit der Kleinen verbringen, bevor sie wieder zur Schule geht.«

Was?

»Wir Greenes wissen nicht, wie das geht.« Bridget verwuschelt mein Haar und ich schlage ihre Hand weg. »Aber, ja, ich könnte wirklich eine Pause gebrauchen. Dieses ständige Lernen frisst einfach viel zu viel Zeit.«

Oh, großartig, noch eine Chance für meine Schwester, ihr Leben zu versauen. Ich mag diese Amber jetzt schon nicht – was für ein absolut mieser Einfluss. »Aber du bist doch richtig gut in deinem Kurs«, sage ich. »Wäre es nicht besser, wenn du direkt auf die Kosmetikschule gehst? Ich meine, wenn du schon nicht aufs College gehst?«

»Warum spielt es eine Rolle, ob ich aufs College gehe?«, blafft Bridget mich an.

Ich hebe abwehrend die Hände. Ich streite mich jetzt nicht mit ihr darüber.

Sie seufzt. »Es ist schon hart genug, im Kino und bei Blitz zu arbeiten, aber diese ganze Lernerei für die Schule saugt mir sämtliche Energie aus.«

»Das versteh ich total«, sagt Amber. »Ernsthaft, du solltest dir einfach ein paar Monate eine Auszeit gönnen. Konzentrier dich ganz auf Gwen und deinen Burger-Job.«

»Das ist eine echt miese Idee«, werfe ich ein.

Bridget funkelt mich an, aber Amber redet weiter. Ein Schlüssel klappert in der Wohnungstür, und Mom stolpert in *Rapunzel – Neu verföhnt*-Klamotten herein, mit einem Arm voller Supermarkteinkäufe. Ich eile zu ihr, um ihr zu helfen.

Amber und Bridget fangen an, die Einkäufe auf die Arbeitsplatte zu packen, während ich Dosen in den Vorratsschrank staple.

»Hier.« Mom reicht Bridget ein paar Gläser Babynahrung und die Rabattkarte meiner Schwester.

»Danke.« Bridget steckt die Karte in ihre Hosentasche und stellt die Gläschen auf die Theke. »Sie futtert, als ob bald die Welt untergeht oder so.«

»Genau wie meine Ratte«, sage ich.

Bridget rümpft die Nase. »Welche Ratte?«

»Der Wagen macht schon wieder dieses Geräusch.« Mom schiebt eine Dose grüne Bohnen mit etwas mehr Wucht in den Schrank als unbedingt nötig. »Ich muss ihn nächste Woche in die Werkstatt bringen. Keine Ahnung, was ich Cynthia wegen der Miete diesen Monat sagen soll.«

Bridget wirkt einen Moment lang hin- und hergerissen. »Du könntest ihn zu Ben in die Werkstatt bringen. Vielleicht macht er uns einen Sonderpreis.«

Ich lasse fast die Fertigpackung Käsemakkaroni auf den Boden fallen. »Nein. Wage es ja nicht.«

»Ich versuche nur, zu helfen!«

»Hey.« Mom stellt sich zwischen Bridget und mich. Ich mache erneut den Mund auf, um Bridget anzupfeifen, aber Moms tödlicher Blick bringt mich zum Schweigen, und ich weiß, dass diese Unterhaltung hiermit beendet ist. »Wo sind Dave und Gwen?«

»Gwen schläft.« Bridget stellt eine Schachtel Billig-Froot-Loops in den Schrank über dem Herd. »Und Dave ist mit Jerome in der Veteranen-Tafel.«

»Gut.« Mom lässt sich auf einen Küchenstuhl fallen. »Wie war's in der Schule, Stella?«

Ich zucke mit den Schultern. »Okay.«

»Ich habe gerade Jeff Porters Sohn gesehen, Ian. Er arbeitet im Market Basket. Ob er wohl schon ein Date für den Abschlussball hat?«

»Mom, ich versichere dir, dass ich keine Hilfe brauche, um ein Date für den Abschlussball zu finden.«

»Ich mein ja nur.« Sie hebt beschwichtigend die Hände. »Er scheint nett zu sein.«

»Tja, ich gehe aber mit Dahlia und Em zum Abschlussball, okay?«

»Aber das ist so ein großes Ereignis, da wäre es doch vielleicht ganz schön, wenn du einen jungen Mann ...«

»Ich brauche kein Date, Mom.«

»Du bräuchtest gelegentlich auch mal ein Sozialleben. Du bist wie eine Einsiedlerin.«

»Ich habe ein Sozialleben!«, verteidige ich mich.

Sie schüttelt den Kopf. »Die meisten Kids in deinem Alter gehen mit jemandem aus, Stella, das ist wirklich keine große Sache.«

»Okay, zunächst mal entspricht das noch nicht

annähernd der Wahrheit. Und selbst wenn dem so wäre: Warum sollte das eine Rolle spielen?«

»Wollen Sie was vom Chinesen?« Amber hält ihr den Karton hin – das Essstäbchen, das sie bereits im Mund hatte, ins Essen gesteckt –, aber Mom schüttelt den Kopf.

Mein Knie brennt vor Schmerzen, als ich auf den harten Linoleumboden sinke und den Unterschrank einräume. »Wie dem auch sei.« Ich rappele mich wieder auf und massiere mein Knie. Ich fühle mich echt alt. »Ich gehe jetzt wieder auf mein Zimmer.« Und zwar schnell, bevor Mom eine weitere niederschmetternde Bemerkung über mein Liebesleben machen kann. Oder besser gesagt: mein nicht existentes Liebesleben.

Sie zieht die Augenbrauen hoch. »Alles okay?«

Ich kann ihr unmöglich erzählen, dass der Rektor mir wegen meines Kleinkriegs mit Wesley Clarke eine Strafpredigt gehalten hat. Es klingt lächerlich, selbst in meinen Ohren. »Ja. Bin nur müde. Ich hab diesen Sonntag mit Becca die Schicht im Scoopery getauscht, damit sie mit ihrem Freund ausgehen kann, aber ich bin ein bisschen genervt, weil ich jetzt doch nicht das ganze Wochenende freihabe.«

»Siehst du? Becca geht auch mit jemandem aus.« Mom stürzt sich förmlich darauf, so als hätte sie nur darauf gewartet, dass ich das Liebesleben von jemand anderem erwähne. »Gibt's im Scoopery vielleicht ein paar nette Jungs, die du zum Abschlussball einladen könntest?«

»Mom.«

Sie kickt unter dem Tisch ihre Schuhe von den Füßen. »Vielleicht solltest du lieber kündigen. Bis zur Abschlussfeier sind es nur noch drei Monate, und es wäre sicher nicht das Schlechteste, wenn du dich im Augenblick voll und ganz auf die Schule konzentrieren würdest. Ach, und könntest du mir bitte einen Tee machen? Ich bin total platt.«

»Ich *muss* arbeiten.« Ich nehme eine Tasse aus dem Schrank und fülle sie mit Wasser aus dem Hahn. »Ich spare auf ein Paar Stiefel in diesem Discountschuhladen neben Galaxy Pets.«

»In all deinen achtzehn Jahren habe ich es noch nie erlebt, dass du dich für Schuhe interessierst«, wirft Bridget ein. »Normalerweise muss ich dich zwingen, mit mir shoppen zu gehen.« Shoppen macht nicht wirklich Spaß, wenn man nur zwölf Cent in der Tasche hat. Das sollte Bridget eigentlich wissen.

»Sie sind für mein Captain-Jill-Cosplay für die Sci-Con. Aber sie kosten achtzig Dollar oder so.« Ich stelle die Tasse in die Mikrowelle und schalte sie an. »Ich muss nur noch ein paar Schichten dafür arbeiten.«

Mom seufzt. »Du vergeudest so viel Zeit und Energie auf diese Fernsehserie.«

Ich hasse ihren Tonfall, mit dem sie das Wort »Fernsehserie« ausspricht. So als wäre es irgendeine kurzlebige Fixierung, wie bei Gwen, wenn sie bei einem Ausflug in den Park plötzlich total auf Löwenzahn abfährt. »Ich mag sie. Lass den Leuten doch einfach ihren Spaß.«

»Dein Kostüm letztes Jahr war der Hammer«, sagt Bridget, und ich bin erleichtert, dass sie mir bei dieser Sache den Rücken stärkt, auch wenn sie meine Einladungen zu den *Warship*-Rewatch-Livestreams immer ablehnt. »Ziehst du wieder dasselbe an, nur mit Stiefeln?«

»Das ist der Plan! Außerdem hab ich dieses Jahr ein neues Abzeichen.« Die Mikrowelle plingt.

»Achtzig Dollar sind eine Menge Geld für eine Verkleidung«, bemerkt Mom.

Ich hole die kochend heiße Tasse heraus, von der Dampf aufsteigt. »Aber wenn ich es mir verdient habe, wo ist dann das Problem?« Es ist schließlich nicht so, dass diese achtzig Dollar entscheiden würden, ob ich aufs College gehen kann oder nicht.

»Vergiss einfach nicht, dass es auf der Welt noch andere Sachen gibt«, sagt Mom, als ich ihr den Tee reiche. »*Echte* Probleme, für die du dich interessieren solltest.«

Ich presse die Lippen zusammen. Als wäre ich nicht in der Lage, mich um mehr als eine Sache auf einmal zu kümmern. So als würde die Tatsache, dass ich mich in einem Fandom engagiere, bedeuten, dass ich nicht trotzdem hart arbeite, mich für die Schule interessiere und mich mit meinen Freunden treffe, zu Klimawandel-Demos gehe und Vorträge über abgemagerte Eisbären halte, die Wesley Clarke total ruiniert. »Sicher, Mom.«

Amber lehnt sich auf ihrem Stuhl zurück. »Ich weiß nicht. Es fragt schließlich auch nie jemand einen

Sportfan, der Hunderte von Dollar für ein Saisonticket ausgibt und sich vor jedem Spiel das Gesicht anmalt, warum er sich nicht für echte Probleme interessiert.«

Mom macht den Mund auf und schließt ihn dann wieder.

Mit einem Mal scheint mir diese Amber doch gar nicht so übel zu sein.

* * *

Aaron2 ist online, als ich in mein Zimmer zurückkomme, und es warten mehrere Nachrichten auf meinem Bildschirm. Mein Herz schlägt ein kleines bisschen schneller.

CERanger11: Okay, diese Fic ist wirklich ziemlich süß
CERanger11: Und erzähl bloß niemandem, dass ich das gesagt hab – auf gar keinen Fall

Ich frage mich, wie er aussieht. Ob er groß und attraktiv ist, mit einem Lächeln zum Dahinschmelzen, genau wie Aaron. Plötzlich stelle ich mir vor, wie ich mich mit einem jungen Aaron Lewis auf der Sci-Con treffe. Mein Mund fühlt sich mit einem Mal ganz trocken an.

CERanger11: ahhhhh die Szene auf der Brücke. Perfekt
CERanger11: die freche Gemma gefällt mir hier besonders gut

CaptainJillsBFF22: Sie ist eine meiner absoluten Favoriten!! Die Autorin hat noch mehr Fics, und sie sind alle großartig.
CERanger11: Du versuchst, mich von meinen Hausaufgaben abzulenken, stimmts?
CaptainJillsBFF22: #Lewton ist jede Ablenkung wert 😍

Lachen ertönt im Flur. Bridget wird immer irgendwo festsitzen, niemals irgendwo hingehen. Dieses vertraute unbehagliche Gefühl strömt wieder durch mich hindurch. Arm zu sein bringt eine Menge »was, wenn« mit sich: Was, wenn du die Stromrechnung in diesem Monat nicht bezahlen kannst? Was, wenn sie dir das Wasser abstellen? Was, wenn das uralte Auto den Geist aufgibt? Und so weiter. Aber in letzter Zeit geht mir eine andere Frage durch den Kopf, immer wieder.

Was, wenn ich alldem niemals entfliehen kann und mich für den Rest meines Lebens von einem Gehaltsscheck zum anderen hangeln muss, genau wie meine Mom und meine Schwester?

CaptainJillsBFF22: Glaubst du an Schicksal?
CaptainJillsBFF22: Sorry, das ist eine seltsame Frage.
CERanger11: Manchmal.
CERanger11: Warum? Was ist denn los?
CaptainJillsBFF22: Ich habe das Gefühl, dazu verdammt zu sein, genau wie meine Familie zu enden.
CERanger11: Darüber mache ich mir auch Gedanken.
CERanger11: Ich meine, meine Eltern wollen einen ganz

bestimmten Weg für mich, und an diesem Leben habe ich ÜBERHAUPT kein Interesse. Aber was, wenn ich am Ende doch irgendwie darin feststecke? Weil es das ist, was auch der Rest meiner Familie tut?

CERanger11: Wir müssen nur bedenken, dass manchmal Dinge passieren, die wir nicht kontrollieren können. Wir können nur unsere eigenen Entscheidungen kontrollieren, und was wir daraus machen.

CaptainJillsBFF22: Das ist definitiv ein Jill-Zitat.

CERanger11: Erwischt.

CaptainJillsBFF22: Ich kenne dich kaum, aber ich unterhalte mich wirklich gern mit dir. Ist das komisch?

CERanger11: Gar nicht komisch.

CERanger11: Ich unterhalte mich auch gern mit dir.

Mein Herz rast wie ein verdammter Schnellzug, aber ich tippe es trotzdem.

CaptainJillsBFF22: Vielleicht könnten wir uns ja mal IRL treffen?

CaptainJillsBFF22: Auf der Sci-Con zum Beispiel.

Ich starre auf den Bildschirm, als könnte er jeden Moment in Flammen aufgehen – so wie ich gerade. Ich will Aaron2 richtig kennenlernen. Aber was, wenn er mich nicht mag? Was, wenn er total ausflippt, nur, weil ich überhaupt gefragt habe?

CERanger11: Das würde ich gerne.

18
Wesley

Die Space Arena riecht nach verbrannter Pizza und sieht aus, als sei sie direkt aus den Siebzigern hierherverpflanzt worden. Rote und gelbe Punkte wirbeln ein Muster auf den mattgrauen Teppich, den außerdem jahrzehntealte Limonadenflecken zieren. Charts-Hits plärren von irgendwo aus der Decke. Kleine Kinder rennen zwischen den Spielautomaten hin und her und werfen Chips in Flipperautomaten oder Basketballmaschinen.

Und hier bin ich, der peinliche Achtzehnjährige, und stehe allein in der Tür. Ich schaue auf die Uhr auf meinem Handy. Entweder bin ich viel zu früh dran, alle anderen kommen zu spät, oder das hier ist ein total aufwendiger Scherz, und ich werde von meiner halben Stufe verarscht.

Manchmal, als Trevor und ich noch klein waren, hat Dad uns freitags von der Schule abgeholt und ist mit uns hierhergefahren. Dad hat beim Bowling immer haufenweise Wertmarken gewonnen und sie zwischen uns aufgeteilt. Wir haben uns an der

Preistheke immer ein paar Spielzeugautos dafür geholt und sie zu Hause auf dem Fensterbrett aufgestellt. Ein seltsames Loch bohrt sich in meinen Magen, als ich daran denke. Ich bin nicht mehr dieser Junge. Und mein Dad ist schon seit Jahren nicht mehr dieser Typ.

Eine Mutter schießt mir tödliche Blicke zu. Sie steht mit einer Gruppe Vierjähriger, die es geschafft haben, ihre Beute aus vier Hundert-Punkte-Losen gegen dreißig Ein-Cent-Bonbons einzutauschen, an der Preistheke.

Okay, wenn Brandon und die anderen nicht in fünf Minuten hier sind, gehe ich wieder. Wie aufs Stichwort schwingt die Tür hinter mir auf. Dahlia Johnston und Stella Greene stolpern herein und lachen über irgendetwas. Stellas Lachen verschwindet jedoch abrupt wieder aus ihrem Gesicht, als sie mich sieht.

»Hallo, Ladys.«

»Hi.« Dahlia winkt mir zu. Stella verdreht die Augen und schaut demonstrativ zur Preistheke.

Ich lehne mich wie zufällig in ihr Blickfeld. »Hast du später noch Lust auf eine Runde Airhockey? Du weißt schon, nachdem ich dein Team beim Laser Tag fertiggemacht hab.«

»Ich glaube, die Spiele da drüben entsprechen eher deinem Niveau.« Sie zeigt auf den *Mickymaus*-Spieleautomaten im Kinderbereich.

»Es muss dir nicht unangenehm sein, wenn du Angst hast, zu verlieren.«

»Wenigstens habe ich keine Angst vor Ratten.«

Stimmen werden lauter, bis eine Traube aus Menschen auftaucht und in die Spielhalle platzt. Der Dezibel-Level steigt um ungefähr eintausend. Ich entspanne mich ein wenig.

»Laser Tag!« Brandon stürmt auf mich zu und rüttelt mich an den Schultern.

»Hey, krieg dich wieder ein.«

»Hast du Dahlia Johnston schon irgendwo gesehen?«, fragt er mich flüsternd.

Dahlia steht mit Stella an der Preistheke und lässt den Blick über das Spielzeug schweifen. Stella hat ihr Haar zu irgendeinem aufwendigen Flechtzopf zusammengefasst. Es sieht gut aus.

»Teams!« Adam Yang legt die Hände wie einen Trichter an den Mund. »Wir brauchen Teams.«

Ein großer Teil unserer Stufe und ein paar vereinzelte Elftklässler tummeln sich inzwischen hier, lachen und plaudern und kaufen sich Spielchips.

»Holt euch alle eure Laser-Tag-Tickets, wir treffen uns dann vor dem Saal«, ruft Brandon über den Lärm der Menge hinweg.

Es dauert fünfzehn Minuten, bis alle ihr Ticket haben, da ein paar Abweichler direkt zum Pizzakiosk verschwunden sind, anstatt sich an der Laser-Tag-Kasse anzustellen.

»Was hast du dir für einen Codenamen gegeben?«, fragt Brandon und stopft eine Handvoll Wechselgeld in seine Gesäßtasche.

»Ranger-A. Und du?«

Er verzieht das Gesicht. »Hat das was mit Spaceship Seventeen zu tun oder so?«

»*Warship Seven*. Ja.«

»Ich hätte es wissen müssen. Ich bin CaptPhasma.«

»Ist das nicht ein Sturmtruppen-Mädchen?«

Er zuckt mit den Schultern. »Sie ist knallhart, genau wie ich.«

»Wo du recht hast.«

Die Tür schwingt auf und Laura McNally betritt die Spielhalle. Mir rutscht der Magen in die Kniekehlen. Ich hatte keine Ahnung, dass sie auch kommt. Ich will gerade tief durchatmen und zu ihr gehen, als Collin hinter ihr durch die Tür tritt und einen Arm um ihre Taille legt. Ich überlege es mir anders.

Brandon muss uns alle praktisch wie Schafe in den Einführungsraum treiben, wo ein paar Angestellte warten, die nur minimal älter sind als wir.

»Okay, zu den Regeln«, sagt eine Frau in einem Space-Arena-Shirt in ihr Headset, um sich Gehör zu verschaffen, aber es gelingt ihr trotzdem nicht, unseren wilden Haufen zum Schweigen zu bringen. »Hey! Hey, Ruhe!«

Ich stecke Daumen und Zeigefinger in den Mund und stoße den lautesten, durchdringendsten Pfiff aus, den ich zustande bringe. Der Lärm reduziert sich zu vereinzeltem Flüstern.

»Okay, hallo zusammen. Willkommen beim Laser Tag in der Space Arena.«

Brandon stößt irgendwo hinter mir einen Jubelschrei aus. Er ist echt total aus dem Häuschen.

»Die Grundregeln: kein Rennen, kein Fluchen ...«

»Ja, Stella, kein Fluchen«, ruft irgendjemand und erntet Gelächter dafür. Ich grinse hämisch und recke den Hals, um zu sehen, wie sie ihm den Stinkefinger zeigt.

»Und kein Körperkontakt – das Ziel ist es, eure Gegner *nur* mit eurem Laser zu treffen.« Den letzten Teil richtet sie direkt an die Gruppe Footballtypen, die hinten stehen und kichern.

»Die Laser Arena verfügt über zwei Ebenen, und ihr könnt euch oben und unten aufhalten, aber passt bitte auf der Treppe auf. Ihr habt drei zehnminütige Tag-Runden, in denen es euer Ziel ist, Mitglieder des anderen Teams zu erwischen. Wenn ihr selbst getroffen werdet, müsst ihr wieder zur Basis eures Teams zurück und dort neu aufladen. Zwischen den Runden sind jeweils drei Minuten Pause, dann kehrt ihr ebenfalls zu eurer Teambasis zurück und tankt wieder auf, indem ihr eure Laserwaffe an der roten Box scannt. Verstanden?«

»Verstanden!«, brüllt Brandon, ein wenig zu enthusiastisch.

»Okay! Kommt rein und legt eure Ausrüstung an.«

Ein wildes Durcheinander entsteht, als sich vierzig Leute gegenseitig mit dem Ellenbogen anschubsen, um sich ihre Westen, Helme und Laserwaffen zu schnappen. Als ich mir den klobigen schwarzen Helm auf den Kopf setze, ertönt ein langes, tiefes Piepsen in meinen Ohren. Ich muss zugeben, ich komme mir ein bisschen vor wie Aaron in seiner

ZE-Uniform. Ich übe, wie ich den Laserpointer halten muss, und feuere einen Schuss auf Brandons Brust ab. Er drückt die Hände auf seine nicht existente Wunde und stößt einen dramatischen Schrei aus.

»Okay, hören alle das Piepsen? Funktionieren eure Helme und Laser?«

Ein Chor aus aufgeregter Zustimmung hallt um uns wider.

»Sehr gut. Wie teilt ihr eure Teams ein?«

»Zwölfer gegen Elfer«, schlägt Olivia Stanstead vor.

»Das ist nicht fair«, widerspricht ihr Alicia Monroe. »Es sind nur ein paar Elfer hier.«

»Jungs gegen Mädchen!«, brüllt jemand hinter mir.

Alex Hoffman gibt ein Schnauben von sich. »Und was ist mit mir?« They zeigt auf den gelb-schwarz-weiß-violett gestreiften Button auf their Handtasche. »Ich spiele für keins dieser Teams.«

»Stella und Wesley könnten die Captains sein«, schreit jemand aus dem Hintergrund.

»Ja! Die Schlacht der Valedictorians.« Bevor ich protestieren kann, packt Brandon mich am Arm und zieht mich nach vorne. »Stella? Wo ist Stella?«

Stella stolpert mit verschränkten Armen nach vorne, einen mürrischen Ausdruck auf dem Gesicht. »Ich wähle Dahlia.«

Dahlia bahnt sich einen Weg zu ihr, stellt sich neben Stella und grinst Brandon im Vorbeigehen versteckt zu.

»Ich wähle Brandon.«

Mein Freund stellt sich hinter mich. »Oh, oh, Ryan und Josh«, zischt er mir ins Ohr.

Doch ich winke ab. »Wer ist hier der Captain?«

»Ich hab dich nicht gewählt.«

»Kelly Rothenburg«, sagt Stella.

»Sanjay Laghari.«

»Kyle Nielsen.«

»Jake Cooper.«

»Alex Hoffman.«

»Rachel Ross-Bezelman.«

»Laura McNally.«

Mir wird ein wenig schwer ums Herz, als Laura sich zu Stellas Team gesellt. Klar, ich hätte sie zuerst wählen können, aber das wäre zu offensichtlich gewesen. Sie ist mit Collin hier. Der Gedanke bohrt sich förmlich in meine Brust.

Es geht weiter hin und her, bis sich alle hinter uns aufgeteilt haben.

»Bereit, zu verlieren, Stock?«

Sie lächelt mich an. »Warum machen wir das Ganze nicht ein bisschen interessanter?«

»Oh? Eine Wette?«

»Der Verlierer holt sich von seinen Wertmarken dieses Diadem.« Sie zeigt auf die Preisvitrine, aus der mich ein glänzendes rosa Plastikdiadem anstarrt. »Und trägt es für den Rest des Abends.«

»Ich setze sogar noch einen drauf! Die Verliererin trägt die Krone für den Rest des Abends und erfreut die anderen auf einem der Tische stehend mit einer

Darbietung unserer Schulhymne.« Ich zeige auf den Pizza-Party-Tisch in der Mitte der Spielhalle.

»Der Verlierer steht auf dem Tisch und singt, bis die Space Arena ihn rauswirft oder ihn zusammenstaucht.« Sie streckt mir ihre Hand hin.

»Einverstanden.«

»Habt ihr das alle gehört?« Brandon legt eine Hand an den Mund. »Wir kriegen später noch eine kostenlose Showeinlage!«

»Ich hoffe, du hast deine Singstimme geölt«, sage ich.

»Ja, damit ich deine Darbietung der kompletten Spielhalle ankündigen kann. Weil ich definitiv sämtliche Besucher darüber informieren werde.«

»Wenn du das sagst, Stock.«

* * *

Rosa, gelb und grün leuchtende Formen erhellen die ansonsten dunkle Laser-Arena. Mein Team ist um unsere Basis versammelt, ein schwarzer Pfosten an einem Ende des Saals auf der ersten Ebene. Ich kneife die Augen zusammen, kann Stellas Team in der gegenüberliegenden Ecke jedoch nicht erkennen. Bemalte Säulen und Wände, die aussehen sollen wie zerklüftete Weltraumfelsen, ragen überall empor, als befänden wir uns auf dem Mond, und hinter uns führt eine Rampe in die zweite Ebene der Arena hinauf.

»Okay, wir müssen uns eine Strategie zurechtlegen«, sagt Brandon.

Ich stecke meine Laserwaffe in die Ladestation. »Alter, wir sind hier bei Laser Tag, nicht bei den Hunger Games.«

»Das bedeutet aber nicht, dass wir da einfach reinstürmen und mit unseren Knarren rumfuchteln.«

»Meine Strategie ist, mich hinter einer Säule zu verstecken und alle scharfschützenmäßig abzuknallen.«

»Seid ihr bereit?«, brüllt die Space-Arena-Frau von irgendwo. »Drei, zwei, eins, los!«

Wir rennen in alle Himmelsrichtungen davon und pfeifen auf jede Strategie. Ich husche hinter die nächstbeste Säule und luge vorsichtig in den Saal.

Ein leises *Puff!* ertönt in meinem Ohr.

»Erwischt!« Stella taucht hinter mir auf und rennt davon. Wie zur Hölle hat sie es so schnell hier rübergeschafft?

»Na warte, das kriegst du zurück!«

Ich renne zurück zur Basis, lade auf und stürze mich dann wieder aufs Schlachtfeld. Ich schlängele mich lautlos zwischen den Säulen hindurch und blicke nach oben. Die zweite Ebene ist nur durch ein Gitter von der ersten getrennt und von hier unten habe ich freie Schussbahn auf Stellas Rücken. Ich ziele und feuere.

Sie erschrickt, als sie getroffen wird, und wirbelt herum. »Hier unten.« Ich winke ihr zu.

Stella beißt die Zähne zusammen und rennt zurück zu ihrer Basis.

Ich sprinte die Rampe in die zweite Ebene hinauf.

Hier oben herrscht das pure Chaos. Alle rennen lachend durcheinander und Laserstrahlen schießen in sämtliche Richtungen. Brandon und Dahlia stehen auf gegenüberliegenden Seiten einer Schutzwand, schauen einander alle paar Sekunden an und kichern dabei. Schließlich feuert sie einen Schuss auf ihn ab, verfehlt ihn jedoch knapp und er lacht.

»Bam!« Das *Puff*-Geräusch ertönt erneut in meinem Ohr und Stella klatscht Laura ab. Welche von ihnen hat mich erwischt?

Wir rennen alle wild durch den Raum und ballern uns gegenseitig von nah und fern ab. Schweiß bildet sich auf meiner Stirn. Ich glaube, ein paar der Jungs haben aus Versehen einige ihrer Teammitglieder abgeschossen, denn es sind laute Vorwürfe zu hören. Einmal gelingt es mir, Stella zu erwischen, indem ich mich hinter der Rampe verstecke, aber kurz darauf schießt sie mich von meiner eigenen Basis aus ab.

»Man ist noch nicht mal in seinem eigenen Zuhause sicher«, murmele ich.

Stella tut, als würde sie auf den Lauf ihrer Laserkanone blasen. »Nicht, solange ich in der Nähe bin.«

»Hör auf, dich mit dem Feind zu verbünden!«, ruft Dahlia, und Stella verschwindet wieder im Getümmel.

Nach einer Ewigkeit – ich habe mich gerade vornübergebeugt und japse keuchend nach Luft – rennt Stella erneut auf mich zu. Ich feuere einen Laserstrahl ab, aber sie weicht ihm aus und springt von der Seite der Rampe.

Ich stürme zu ihr, um erneut auf sie zu schießen, aber ihr lautes Stöhnen dringt zuerst an mein Ohr.

Stella liegt zusammengekrümmt auf dem Boden und hält sich das Knie.

»Blöder Sportunterricht«, knurrt sie.

19
Stella

Mein Bein fühlt sich an, als hätte ich erst eine Bowlingkugel und dann ein Bügeleisen darauf fallen lassen und es anschließend auf die Bahngleise gelegt, damit der nächste Schnellzug es zermalmt. Okay, das ist vielleicht ein bisschen übertrieben. Aber als ich versuche aufzustehen, schießt ein stechend scharfer Schmerz in mein Knie.

»Hey, Stock, ist alles okay?« Wesley kniet sich neben mich.

»Verschwinde.« Ich hebe meine Laserpistole, um auf ihn zu feuern, aber der nächste Schmerz fährt durch mein Bein, als ich mich bewege.

»Okay, kannst du aufstehen, oder brauchst du Hilfe?«

»Mir geht's gut. Ich brauche deine Hilfe nicht.« Ich hieve mich auf die Beine und versuche, den Schmerz zu verstecken, der sich garantiert auf meinem Gesicht abzeichnet.

Alle anderen toben weiter wild durcheinander und knallen sich gegenseitig mit Lasern ab. Das ist so erniedrigend. Es ist noch nicht mal so, dass ich mir das Bein gebrochen oder richtig überdehnt hätte, ich bin einfach nur beim Bänder-Football blöd aufs Knie gefallen. Man könnte echt meinen, ich hätte meine Gegenspieler getackelt und sie einen nach dem anderen zu Boden gerissen – aber nein.

Wesley zieht die Augenbrauen hoch. »Okay, wenn du meinst. Dann hab ich auch kein schlechtes Gewissen, wenn ich das hier mache.« Er richtet seine Laserpistole auf mich, um mich abzuschießen, aber ich erhebe meine eigene blitzschnell und schieße ihm in die Brust. Wesley starrt ungläubig auf seine Weste hinunter, als das Licht rot aufleuchtet.

Ich hatte erwartet, dass er mich beschimpft, aber stattdessen lacht er nur. »Sieht ganz so aus, als sei ich direkt in deine Falle getappt.«

»Klingt ganz so, als würde da jemand eine Ausrede suchen, weil er der schlechtere Laser-Tag-Spieler ist.«

»Große Worte von jemandem, der in ein paar Minuten eine wunderschöne Darbietung unserer Schulhymne auf dem Kindergeburtstagstisch zum Besten geben wird.«

Ein leises Klingeln ertönt in meinem Kopfhörer und signalisiert das Ende der Runde. Ich humple zu meiner Basis zurück, überlege es mir auf halber Strecke jedoch anders.

»Sag den anderen, dass ich gleich wieder da bin. Ich muss mich mal ein paar Minuten hinsetzen.« Ich schleppe mich an meinem Team vorbei in den hinteren Teil des Raumes.

Ich habe die Laser-Arena kaum verlassen, als sich die Tür erneut hinter mir öffnet.

»Bist du wirklich sicher, dass es dir gut geht?«, fragt Wesley.

»Äh, ja. Ich hab mir in Sport das Knie geprellt, okay?«

Ich lasse mich auf einen der roten Plastikkinderstühle sinken und die Kanten bohren sich in meinen Hintern. Wesley verschwindet zur Imbisstheke auf der anderen Seite der Spielhalle. Ich schaffe es, das Bein meiner Jeans so weit hochzurollen, dass ich den riesigen lila-blauen Fleck auf meinem Knie sehen kann. Wunderschön. Ich rolle das Hosenbein wieder runter.

»Hier.« Ich erschrecke, als Wesley sich neben mich setzt, einen Beutel in der Hand. »Ich hab dir ein bisschen Eis vom Pizzakiosk besorgt.«

Einen Moment lang starre ich ihn einfach nur an. »Wo ist der Haken?«

»Kein Haken. Eis.« Er öffnet den Beutel, um es mir zu zeigen.

»Oh. Ähm. Danke.« Ich nehme ihm den Beutel ab und drücke ihn auf mein Knie.

»Dich hat's echt übel erwischt, oder? Was hast du gemacht? Jemanden getackelt, um dir den Ball zu schnappen?«

Ich blinzle. »Ja. Exakt so ist es passiert.«

»Du weißt schon, dass der Sinn und Zweck von

Bänder-Football eigentlich ist, genau das *nicht* zu tun.« Er grinst.

»Das wusste ich nicht, aber danke für die Info.«

»Also, wen hast du getackelt? Kyle Nielsen?«

»Wenn du in Sport gewesen wärst, wüsstest du es.«

»Ich wäre in Sport gewesen, wenn ich nicht ins Sekretariat bestellt worden wäre.« Er entfernt sich in Richtung Laser-Arena, bleibt dann aber noch einmal stehen. »Was ist dein Codename?«

»Mein was?«

»Dein Codename. Beim Laser Tag.«

Es ist nicht so, dass es mir peinlich wäre, dass ich mich HappeningCap genannt habe, weil das, ganz ehrlich, der perfekte Codename für mich ist. Aber ich bin einfach nicht in Stimmung für die Witze, die garantiert aus Wesleys Mund sprudeln würden. »Das ist ein Geheimnis, das ich niemals preisgeben werde.«

Bevor er weiter nachhaken kann, geht die Tür auf, und der Rest unserer Teams strömt aus der Arena.

»Hey, wo warst du denn?«, fragt Dahlia.

»Das Ganze ist eine Riesenverschwörung!« Brandon legt eine Hand auf sein Herz. »Stella und Wesley, unsere Team-Captains, haben sich verschworen.«

»Tut mir leid, aber ich bin gestürzt.« Ich zeige auf den Eisbeutel auf meinem Knie.

»Sie ist meinem Schuss mit einem perfekten Hechtsprung ausgewichen«, fügt Wesley hinzu. »Es war echt cool.«

Hitze steigt mir ins Gesicht. Ich kann nicht erkennen, ob ein Anflug von Sarkasmus in seiner Stimme liegt.

»Und, wer hat gewonnen?«, frage ich.

Wesley lehnt sich zu mir. »Die entscheidendere Frage ist doch: Wer wird deine Darbietung unserer Schulhymne filmen, damit ich sie später bei Instagram hochladen kann?«

»Du wirst mit diesem rosa Diadem einfach entzückend aussehen«, kontere ich. »Ich kann es nicht erwarten, eine Million Fotos davon zu schießen – und dann rutscht mir aus Versehen die Hand aus, und sie landen alle in unserem Jahrbuch.«

»Es war ein Unentschieden.« Dahlia zuckt mit den Schultern.

Ich klappe den Mund wieder zu. »Na dann«, sagt Wesley.

»Bitte schön – Stella, Wes.« Brandon reicht jedem von uns ein glitzerndes rosa Diadem. »Dann lasst mal hören, wie stolz ihr auf unsere Schule seid!«

»Was für eine unerwartete Wendung«, murmele ich leise und setze mir die spitze Krone auf. Die Königin der Narren.

Als Wesley seine eigene Krone nur lachend hochhält, reiße ich sie ihm aus der Hand und setze sie ihm ebenfalls auf den Kopf. »Wenn ich es mache, machst du es auch.«

»Danke, dass du mich gekrönt hast, Stock.«

Jubel und Gegröle erfüllt die Spielhalle, als sich alle um unseren Tisch scharen, die Handys gezückt und bereit, jeden einzelnen Moment festzuhalten.

»Ich schätze, eine Wette ist eine Wette«, grummele ich.

Wesley hält mir seine Hand hin. »Bist du startklar, Stock?«

Widerwillig lasse ich mir von ihm auf den Tisch helfen. »Ich wurde schon startklar geboren.« Weil ich mir sicher nicht von Wesley Clarke die Show stehlen lassen werde. Jemand in der Menge fängt an, die Instrumentalversion der Schulhymne auf seinem iPhone zu spielen, eine Aufnahme unserer Blaskapelle.

Wir atmen synchron tief ein, bereit, loszuschmettern, aber ein Angestellter mit einem goldenen Managerabzeichen stürmt auf uns zu.

»Runter da, sofort!« Er wedelt mit den Armen wie eine menschliche Windmühle. »Runter vom Tisch, und zwar schnell!«

Unsere Mitschüler:innen stöhnen und nehmen die Handys wieder runter, während Wesley und ich vom Tisch klettern. Tja, was für eine Enttäuschung.

»Noch mal Glück gehabt, Clarke – ich hätte dich sonst definitiv von der Bühne gefegt.«

Wesley grinst. »Du lehnst dich ja ganz schön weit aus dem Fenster, Stock.«

»Na ja, ich sage ja nur ...«

»Müssen die beiden eigentlich aus allem einen Konkurrenzkampf machen?«, murmelt irgendjemand und bringt uns beide zum Schweigen.

Aber die anderen haben sich längst über die ganze Spielhalle verteilt, werfen Spielchips in die Airhockey-

Tische und dreschen mit Holzhämmern auf Plastikkrokodile ein.

* * *

Müssen die beiden eigentlich aus allem einen Konkurrenzkampf machen?

Die Worte gehen mir in der nächsten Stunde immer wieder durch den Kopf, während ich Dahlia durch die Spielhalle folge, das Diadem in meiner Handtasche verstaut. Eigentlich bin ich gar nicht so wettbewerbsgeil. Wesley kitzelt diese Seite einfach nur aus mir heraus.

»Willst du was von meinem Zaubertrank?« Dahlia hält mir einen Pappbecher vom Pizzakiosk hin, aus dem ein roter Trinkhalm herausragt.

»Was ist das?«

»Keine Ahnung. Ihr Spezialgetränk – keine Sorge, es ist kein Alkohol drin oder so, sie verkaufen das auch an kleine Kinder.« Sie zieht ausgiebig an dem Trinkhalm und rümpft die Nase. »Bisschen zu süß.«

Wesley steht mit einer Gruppe von Leuten bei den Basketballspielen, das rosa Diadem immer noch auf dem Kopf, und blickt immer wieder heimlich zu Laura McNally, die sich in die Arme von diesem Collin schmiegt. Viel zu offensichtlich, Clarke. Als ich sehe, wie er sie anschaut, lodert eine seltsame Flamme in mir auf, und ich wende den Blick ab.

»Sollen wir als Nächstes das Spiel mit den Lichtern machen, die sich drehen?«, fragt Dahlia und hakt sich bei mir unter. »Damit können wir sicher haufenweise Wertmarken sammeln.«

»Wofür willst du deine Wertmarken denn eintauschen?« Ich habe mir die Preise noch gar nicht richtig angeguckt. Der Eisbeutel hat sich inzwischen in eine Tüte mit zimmerwarmem Wasser verwandelt und ich werfe ihn in den Müll. Ich hasse es, das zuzugeben, aber er hat geholfen.

»Der kleine lila Wecker ist ganz süß, aber dafür brauchen wir vierhundertzwanzig Punkte.«

»Wie viele hast du?«

Sie verzieht den Mund und fängt an, sie zu zählen. »Mindestens hundert.«

»Du kannst meine haben.« Ich hole meine erbärmliche Losausbeute vom Flippern heraus.

»Okay, dann haben wir schon fast ein Drittel zusammen.«

Wir gehen zu dem Automaten mit den blinkenden Lichtern hinüber und Dahlia wirft ihren Chip ein. »Komm schon«, murmelt sie und wartet darauf, dass das Licht wieder auf dem Jackpot aufleuchtet. »Blödes Licht.«

Kyle zieht ein paar Meter weiter sein Sweatshirt aus und beginnt eine Partie Airhockey gegen Jake. Er blickt auf, und ich tue hastig so, als würde ich stattdessen auf den Fußboden starren.

»Geh und fordere ihn zu einem Spiel heraus«, flüstert Dahlia mir zu.

»Klar, weil das ja nicht superoffensichtlich wäre.«

»Was soll daran offensichtlich sein? Alle spielen doch irgendwas.«

»Hey, Stella!« Kyle winkt mir vom Airhockey-Tisch zu. »Willst du gegen den Sieger spielen?«

»Dahlia Johnston, was zur Hölle hast du da für einen Zaubertrank gekauft?«, murmele ich, bekomme jedoch nur ein Zwinkern zur Antwort.

»Ja, unbedingt!« Ich fange mich sofort wieder. »Ich meine, okay.«

Ein Grinsen breitet sich auf Dahlias Gesicht aus, aber sie richtet ihre Aufmerksamkeit weiter auf das Spiel. »Hab's dir doch gesagt.«

»Wer gewinnt?«, frage ich die Jungs und geselle mich zu ihnen.

Jake haut gegen den Puck und er prallt von der Seite ab. »Gleichstand, zwei zu zwei.«

Auf der anderen Seite der Spielhalle ertönt eine Jackpot-Sirene, gefolgt von Dahlias unverkennbarem: »Ja, verdammt!« Ich zeige ihr zwei Daumenhoch, als sie begeistert ihre Wertmarken aus der Maschine zieht.

Ich versuche, mich lässig über den Airhockey-Tisch zu lehnen, aber natürlich erzielt Jake in diesem Moment den Siegtreffer, und das Spielfeld erlischt. Ich bin ein bisschen enttäuscht.

»Bam!«, brüllt er. »Erledigt!«

»Gutes Spiel, Alter.« Kyle lächelt.

Ich will gerade tapfer vorschlagen, dass ich stattdessen gegen den Verlierer spiele, als eine Ankündigung durch die Halle dröhnt.

»Liebe Besucher, die Space Arena schließt in zehn Minuten. Bitte begeben Sie sich zur Preistheke, um ihre Gewinne abzuholen. Wir wünschen Ihnen noch einen schönen Abend.«

»Kann ich wirklich deine Wertmarken haben?« Dahlia hält mehrere Streifen mit Wertmarken in der Hand, die auf dem Boden schleifen. »Dann kann ich mir den Wecker holen!«

»Ja, hier.« Ich reiche sie ihr und sehe zu, wie Kyle und Jake in Richtung Ausgang verschwinden, unser Spiel völlig vergessen.

Brandon winkt uns von der anderen Seite der Halle zu und zieht seine Jacke an. »Hey, Dahlia! Stella! Wir gehen alle noch zu mir und spielen weiter. Kommt ihr mit?«

Dahlia krallt sich förmlich an meinen Arm. »Ich könnte noch. Ich muss erst um elf zu Hause sein.« Sie schaut mich an. »Willst du auch mitkommen?«

»Ich weiß nicht, ich bin ziemlich müde.« Ich massiere meinen Oberarm. »Aber ich kann meine Mom oder so anrufen, damit sie mich holt.«

Ihr Lächeln erstirbt. »Nein, schon okay, wirklich. Ich hab dich hergefahren, ich bringe dich auch wieder nach Hause.«

»Nee, mach dir keine Sorgen.« Ich zwinge mich zu einem Lächeln. Ich will ganz sicher nicht zu den Leuten gehören, die ihrer besten Freundin eine Chance wie diese bei ihrem Schwarm verbauen. »Meine Mom kann mich abholen.«

»Bist du sicher?«

»Ja. Viel Spaß.« Ich schubse sie in Richtung Tür.

Natürlich – *natürlich* – steht auch Wesley an der Tür und fummelt an seinem Autoschlüssel herum. Ich verdrehe die Augen und gehe direkt an ihm vorbei zum Parkplatz, wo ich zusehe, wie sich alle auf die Autos verteilen und davonfahren.

»Soll ich dich mitnehmen?«, fragt er mich und entriegelt die Türen eines roten Porsches. Natürlich.

»Nein, ich gehe nicht mit zu Brandon.« Ein kühler Frühlingswind weht durch die Luft und ich schlinge die Arme um meinen Oberkörper.

»Ich auch nicht.« Er öffnet seine Fahrertür. »Bist du sicher, dass ich dich nicht mitnehmen soll?«

Ich blicke auf die Nachricht hinunter, die ich meiner Mutter geschickt habe, aber sie hat sie noch gar nicht gesehen. Es ist ziemlich kalt hier draußen. »Okay. Wenn's dir nichts ausmacht.«

Wesley Clarkes Auto riecht zwar nicht nach Schokoriegeln, aber nach Neuwagen. »Ist 'ne coole Karre«, sage ich verlegen.

»Danke. Schätze schon. Gehört meinem Dad.«

»Oh.« Komisch, dass er kein eigenes Auto hat. Ich meine, ich habe auch kein eigenes Auto, aber das hier ist Wesley Clarke. Die Familie hat einen Pool mit Wasserfall im Garten ihrer Villa.

Einen Moment lang sitzen wir schweigend da.

»Wo wohnst du?«, fragt er dann.

Ich schnalle mich an. »Crestview Heights.«

»Oh, wirklich?« Wesley rollt vom Parkplatz. Ich warte darauf, dass er eine abfällige Bemerkung dazu macht, dass ich in einer armen Gegend wohne, so als wäre das etwas, wofür man sich schämen müsste, und ich bin mehr als bereit, zurückzufeuern und ihm zu erklären, dass Armut kein Charakterfehler ist und dass er die Klappe halten soll. Aber stattdessen sagt er: »Mein Cousin wohnt da ganz in der Nähe.«

Ich bin perplex. »Oh. Ja. Schien mir ein netter Junge zu sein.«

»Ist er.«

Es ist irgendwie komisch, mir vorzustellen, dass Wesley nach der Schule mit seinem kleinen Cousin abhängt. »Ihr müsst euch ja ziemlich nahestehen.«

»Ja. Ich versuche, es zu seinen Konzerten mit dem Schulorchester zu schaffen und so, weil seine Mom meistens lange arbeiten muss.«

Wesley trommelt mit den Fingern aufs Lenkrad. Er hält an einer roten Ampel, schaltet das Radio ein und verbindet es mit seinem Handy. Musik erfüllt das Wageninnere.

»Ich liebe diesen Song.« Ich fange an, mich auf meinem Sitz zu wiegen. »The Civil Wars sind genial.«

»Ja? Ich hab sie erst vor ein paar Wochen entdeckt.«

»Ja. Sie gehören zu meinen Lieblingsbands.«

»Cool.«

Wir schweigen wieder für ein paar Minuten.

»Und, hast du morgen irgendwas Spaßiges vor?«, fragt er.

»Also, wenn du es als spaßig bezeichnest, all die

Hausaufgaben zu erledigen, die ich eigentlich heute Abend hätte erledigen sollen, dann vermutlich ja.«

»Unternimmst du am Wochenende nie irgendwas? Wenn dich nicht zufällig jemand zu Brandon Nguyens Laser-Tag-Party mitschleppt?« Er schüttelt den Kopf. »Was für ein Jammer.«

Ich lache. »Was sollte ich denn zum Beispiel tun?«

»Keine Ahnung. Ausgehen, Leute treffen. Durch die Gegend fahren. Einen Ausflug zum Strand machen.«

»Es ist März.«

»Du weißt schon, was ich meine. Irgendwas anderes als Hausaufgaben.«

Geld ausgeben, das ich nicht habe? »Willst du mir sagen, dass ich ein Leben brauche?«

Er grinst. »Schätze schon.«

»Mann, ich war nicht mehr am Strand, seit ich acht war oder so.«

»Wie ist das denn bitte möglich? Wir wohnen nur eine Stunde entfernt.«

Ich spiele am Riemen der Handtasche auf meinem Schoß herum. »Meine Schwester ist die mit dem eigenen Auto und sie bewacht diese alte Schrottkarre mit ihrem Leben.«

»Na, wie klingt das: Wenn ich mein Auto kriege, dann fahre ich mit dir zum Strand.«

Ich weiß nicht, was mich mehr überrascht: dass Wesley gerade angeboten hat, freiwillig mindestens zwei Stunden mit mir zu verbringen, oder dass mich die Vorstellung nicht komplett abstößt. »Klar, gern.«

Er schenkt mir ein verlegenes Lächeln, das ich erwidere, richtet den Blick dann aber schnell wieder auf die Straße. Wir fahren schweigend weiter, bis wir meine Wohngegend erreichen und ich Wesley zu unserem Haus lotse.

»Danke fürs Heimfahren.« Ich schnalle mich ab, nicht sicher, wo ich hingucken soll.

»Keine Ursache.«

»Willst du morgen am Labyrinth arbeiten, bevor ich um vier zur Arbeit muss?«

»Oh. Klar. Um eins bei mir?«

»Klingt gut.«

Ich bin schon halb aus dem Wagen, halte dann aber noch mal inne. Ich stoße ein schweres, übertriebenes Seufzen aus und halte ihm meine Hand hin.

Er setzt eine amüsierte Miene auf. »Was wird das?«

»Ich akzeptiere deinen Waffenstillstand, Wesley Clarke.«

»Ich dachte, du vertraust mir nicht genug für einen Waffenstillstand.«

»Ich habe meine Meinung geändert.«

»Ist das eine Falle?« Er streckt zögernd seine Hand aus. »Weil es nämlich wie eine Falle aussieht.«

»Gib mir einfach die Hand, Clarke.« Er tut es. Unsere Blicke treffen sich und ich spüre dieses seltsam hohle Gefühl im Magen. Hastig wende ich den Blick ab.

Was ist hier gerade passiert?

Als er verschwunden ist und ich allein im Hauseingang stehe, trifft es mich wie ein Schlag. Habe ich mich gerade nicht-ganz-aber-so-gut-wie mit Wesley Clarke angefreundet?

Betreff: WARSHIP SEVEN REWATCH
Username: CaptainJillsBFF22

Hallo alle! Ich fass es nicht, dass unser Rewatch schon zwei Wochen alt ist.

Folge vierzehn, »Eine zerbrechliche Allianz«, erinnert uns an ein altes Sprichwort: Der Feind meines Feindes ist mein Freund. Die *Happening* steckt auf dem Planeten fest, manövrierunfähig wegen eines fremden Programmiercodes. Diese Episode liefert uns endlich die Lösung des Rätsels »Wer verfolgt uns/Wer hat den Warp-Antrieb unseres Schiffs lahmgelegt?« aus den vorherigen Folgen, die da lautet: Ein ZE-Signal hält das Schiff auf dem Planeten fest – und ein Sprengkörper rast direkt darauf zu. Wenn die Crew das Signal nicht neu codieren kann, fliegen sie alle in die Luft.

Und hier kommt Aaron ins Spiel. Sergeant Aaron Lewis, unser armer ZE-Gefangener und der Einzige an Bord, der den ZE-Code entschlüsseln kann. Jill und Aaron schütteln sich die Hände – ein monumentaler Moment –, und er erklärt sich bereit, das Schiff zu befreien und ihnen allen das Leben zu retten. Schließlich ist er genauso tot wie sie, wenn sie die Rakete nicht aufhalten oder die *Happening* wieder manövrierfähig kriegen.

Aaron gibt den Code ein und rettet die Crew. Es ist das erste Anzeichen dafür, dass er auf ihrer Seite stehen könnte. Schließlich hat er die Crew der *Happening* in diesem Fall über die ZE gestellt (auch wenn wir später erfahren, dass es gar nicht die ZE war, sondern dass sie stattdessen von schrecklichen Weltraumpiraten festgehalten wurden!). Jill verkündet ihm, dass er sich einen Platz in der *Happening*-Crew verdient und bewiesen hat, dass er auf ihrer Seite steht. Ich glaube, Aaron ist darüber wirklich glücklich, weil sich sein Herz insgeheim genau das wünscht! Jill lässt ihn aus der Zelle frei und weist ihm eine eigene Kabine an Bord des Schiffes zu.

Ich weiß noch, wie sehr ich nach dieser Folge gehofft habe, dass er das nächste offizielle Mitglied der *Happening* wird. Dass ihm vielleicht endlich aufgeht, dass die ZE im Unrecht ist. Aber, leider Gottes ist da noch Episode zwanzig. Ich hasse das Ende dieser Serie wirklich.

20
Wesley

Trevor und ich sitzen am Sonntagmorgen an der Kücheninsel und stopfen uns eine Handvoll trockener Honey Nut Loops nach der anderen direkt aus der Packung in den Mund. »Willst du bei meiner Fantasy-Baseballliga mitmachen?«, fragt er.

»Du weißt doch, dass ich keine Ahnung von Baseball hab.«

»Uns fehlen nur noch zwei Leute.« Er legt einen Kreis aus Loops auf die Arbeitsplatte und steckt sie sich dann eins nach dem anderen in den Mund. »Der Sieger gewinnt hundert Dollar.«

»Ich wüsste noch nicht mal, wen ich in mein Team holen soll.«

»Ich könnte dir Tipps geben. Komm schon, du willst es doch auch.«

»Nein, will ich nicht, wirklich nicht.«

Mom kommt in die Küche. »Das hätte ich ja fast vergessen: Für dich ist ein Päckchen gekommen«, sagt sie und zeigt mit dem Daumen auf die Post von gestern.

»Für wen?«, fragen Trev und ich gleichzeitig.

»Wesley.« Sie stellt einen quadratischen Karton vor meinen Füßen auf den Boden.

Ich fange mit bloßen Händen an, das Paket zu öffnen, bis Mom seufzt und mir eine Schere holt. »Das ist mein Kampfhelm!«

Ihre Augenbrauen schießen nach oben. »Dein was?«

»Für mein Cosplay-Kostüm: Sergeant Aaron Lewis.« Ich halte ihn hoch und setze ihn mir auf den Kopf. Der Geruch von Plastik erstickt mich beinahe, aber ich kann durch das dunkle Visier alles klar erkennen. Das Teil ist wirklich ziemlich cool. Ich öffne die Kamera auf meinem Handy und stelle sie so ein, dass ich mich selbst auf dem Bildschirm sehen kann. Ich richte mich automatisch gerader auf. Wenn ich unter dem Helm stecke, würde ich mich glatt selbst verwechseln – in diesem Ding *bin* ich praktisch Aaron Lewis.

Trevor lacht. »Du machst das echt immer noch, Kumpel? Du weißt schon, dass die Serie nicht real ist, oder?«

»Du spielst *Fantasy*-Baseball – und machst dich über *mich* lustig, weil ich etwas mag, das nicht real ist?«

Mom setzt sich mit einer Tasse Kaffee an den Tisch. »Lass deinem Bruder doch auch seinen Spaß.«

Keine Ahnung, warum, aber das Erste, was mir durch den Kopf geht, ist, dass ich es Jill2 erzählen sollte. Ich springe von meinem Hocker auf und eile nach oben, den Helm immer noch auf dem Kopf.

Sie ist online. Ich strecke mein Kinn raus und knipse ein Selfie, bevor ich mit Photoshop schnell mein Zimmer verschwinden lasse und es durch einen Hintergrund der provisorischen Zelle auf der *Happening* ersetze.

Es sind immer mindestens sechs oder sieben Aaron Lewis auf diesen Conventions, den Fotos nach zu urteilen, die so im Internet kursieren, aber ich habe kein Problem damit, einer von ihnen zu sein. Eigentlich wäre das sogar ein ziemlich cooles Fotomotiv – alle Aaron-Cosplayer posieren mit Ethan Martone persönlich.

Ich halte einen Moment inne. Laura.

Was würde ich überhaupt zu ihr sagen? Was, wenn sie ihren Account löscht oder so, nachdem sie herausgefunden hat, dass ich es bin? Bevor ich es mir anders überlegen kann, füge ich das Foto direkt ins Chatfenster ein.

CERanger11: Schau mal.
CaptainJillsBFF22: OMG! Der ist sensationell!!

Als wir zusammen waren, habe ich mich immer über Laura lustig gemacht, weil sie in ihren Nachrichten viel zu viele Ausrufezeichen benutzt hat. Nachdem wir uns getrennt hatten, hat sie angefangen, stattdessen Punkte am Ende zu setzen, und Mann, das war echt beschissen. Ich hätte niemals geglaubt, dass ich diesen dämlichen Strich mit dem Punkt darunter so sehr vermissen könnte. So als sei all ihre

Freude daran, sich mit mir zu unterhalten, wie weggeblasen.

Und jetzt ist Jill2 hier und verteilt die Dinger großzügig über den Bildschirm.

CERanger11: Danke, dass du ihn für mich gefunden hast!

CaptainJillsBFF22: Kein Problem, er sieht echt genial aus!! Als wärst du gerade erst aus deinem Shuttle an Bord der Happening gestiegen, um wieder bei deiner wahren großen Liebe zu sein.

CERanger11: Ich werde dir das mal durchgehen lassen, ausnahmsweise

CaptainJillsBFF22: haha danke

Ich denke angestrengt nach. Wie kann ich Laura dazu bringen, ihre Identität preiszugeben?

CERanger11: Erinnert mich an die Pilotfolge, als er zum allerersten Mal auf die Happening kommt.

CaptainJillsBFF22: Das Thema bei Warship Wednesday diese Woche ist Cosplay – du musst unbedingt deinen Helm posten!

CERanger11: Okay 😍 Vielleicht poste ich ihn ja gleich heute! Warship Sunday??

CaptainJillsBFF22: Jeder Tag ist der perfekte Tag dafür!

Eigentlich sollte ich gerade Hausaufgaben machen, aber das hier ist zu wichtig. Ich kann heute Nacht länger aufbleiben, falls es nötig sein sollte.

Laura ist in meinem Biokurs, und ich weiß, dass sie sich freiwillig gemeldet hat, ihre Ratte mit nach Hause zu nehmen. Außerdem haben sie einen schwarzen Labrador.

CERanger11: Hast du Haustiere?
CaptainJillsBFF22: Eins. Einen Hund!!

Okay, es wäre möglich.

CaptainJillsBFF22: aber theoretisch hab ich auch noch eine Ratte lol. (Ich nehme an, du bist nicht in meinem Biokurs?)

Ich darf keine voreiligen Schlüsse ziehen. Es gibt vier Biokurse und wahrscheinlich haben eine Menge Leute einen Hund. Es ist schließlich nicht so, als hätte sie ein exotisches Haustier, das sie von allen anderen abheben würde, wie eine Python oder so.

Aber ich kann es auf diejenigen eingrenzen, die dieses Jahr Bio belegen. So viel ist sicher.

CERanger11: Ich bin auch im Biokurs, mit Ratte.
CaptainJillsBFF22: Ach jaaaa??

Sie lässt eine Reihe von Augen-Emojis folgen.

Ein Teil von mir findet diese ganze Sache total albern. Ich meine, warum können wir nicht einfach den Tatsachen ins Auge sehen und unsere richtigen Namen benutzen?

Weil mich Laura nur wieder abweisen wird, wenn sie es erfährt.

Ich rufe die Hauptseite des Forums auf, um mein Foto zu posten. Mir war allerdings nicht klar, dass ich damit ein Schlachtfeld betrete.

Happening5122: Habt ihr von den Gerüchten gehört, dass es ein Warship-Spin-off geben soll??

DroidBystander09: Ich hab gelesen, dass es ein komplettes Remake wird.

Happening5122: Der Produzent hat sich gestern Abend auf der deutschen Con verplappert.

Ich weiche vom Bildschirm zurück. Okay, das ist keine große Sache. Es kursieren schon seit Jahren haufenweise ähnliche Gerüchte. Leigh und Ethan haben vor ein paar Jahren sogar mal einen Aprilscherz gemacht und auf Twitter verkündet, dass sie angeblich für ein *Warship*-Spin-off namens *Sweet Home Lewton* unterschrieben haben.

Ellenj15: NEIN. OMG. Nein. Das ist völlig inakzeptabel.

Hustler717: hat die Originalbesetzung unterschrieben??

DroidBystander09: Noch sind es eigentlich nur Gerüchte. Nichts Offizielles.

Happening5122: Wozu brauchen sie ein Remake?? Warum können sie nicht einfach was Neues schaffen? Oder UNS EINE VERF*** ZWEITE STAFFEL GEBEN??

Hustler717: wir kriegen noch nicht mal eine zweite

Staffel und sie reden über Remakes? Reine Geldgier.

Happening5122: Ein Remake ist völlig unnötig. Das Original ist perfekt!!

CaptainJillsBFF22: Ich meine, natürlich hatte es ein paar kleine Schwächen, aber das Original ist ein Klassiker. Sie sollten es nicht einfach neu verfilmen, um Geld zu machen. Lächerlich.

Natürlich hat Jill2 dazu eine Meinung, und das ist einer der Gründe, warum ich sie so sehr mag. Ich stelle mir vor, wie Laura an ihrem Computer sitzt und Beiträge fürs Forum tippt.

Hustler717: @CaptainJillsBFF22… Moment mal, was meinst du mit »Schwächen«?

CaptainJillsBFF22: @Hustler717 Lol. Gar nichts. Es ist meine Lieblingsserie.

Hustler717: @CaptainJillsBFF22 Und warum hast du dann Schwächen erwähnt…

CaptainJillsBFF22: @Hustler717 Ich will damit nur sagen, dass sie nicht über jede Kritik erhaben ist, okay? Sexismus ist zum Beispiel ein Thema. Das ist nichts Neues. Aber es bedeutet nicht, dass wir nicht trotzdem Spaß an der Serie haben können.

Happening5122: Ach komm schon. Erzähl das jemand anders.

CaptainJillsBFF22: Beispiele: Sonny vögelt ganz offensichtlich ständig rum, wird dafür von der Crew gefeiert, und es dient auch noch als auflockerndes

Element – aber Gemma wird wegen ihrer Beziehung als Schlampe beschimpft, und die Männer in der Crew spielen sich als Beschützer auf. Dann wäre da noch die Tatsache, dass MEHR ALS EINMAL angedeutet wird, dass Nat von der ZE versucht hat, Michele sexuell zu nötigen (übrigens ganz nebenbei und völlig unmotiviert – immer wieder spitze, wenn männliche Autoren Szenen mit sexuellen Übergriffen als Folgenfüller einbauen). Trotzdem wird das Ganze nur dazu benutzt, einen männlichen Charakter (Aaron) zu entwickeln und zu zeigen, wie heldenhaft er ist, weil er Nat verprügelt, während Micheles Gefühlen diesbezüglich überhaupt nicht nachgegangen wird. Ich meine, ich könnte auch so schon stundenlang darüber schreiben, wie die Figur der Michele ganz allgemein präsentiert wird.

Hustler717: Kein Hate gegen Lisa Rodriguez in diesem Chat.

CaptainJillsBFF22: Ich hate sie nicht! Ich liebe Lisa! Ich will damit nur sagen, dass es ein paar Schwächen dabei gibt, wie diese Figur angelegt wurde (sie wird als Bösewichtin dargestellt, weil sie ehrgeizig ist und sexy und mit Aaron zusammen usw.)

DroidBystander09: manche Leute suchen eben immer nach was, worüber sie sich beschweren können

Happening5122: @CaptainJillsBFF22 wow wenn du die Serie so sehr hasst, dann schau sie dir einfach nicht an

CaptainJillsBFF22: Ich hab nicht gesagt, dass ich sie hasse. Ich kann etwas lieben und trotzdem erkennen, dass es ein paar Fehler hat. Ich liebe Game of Thrones, aber deswegen kann ich doch trotzdem der Meinung sein, dass Staffel 8 scheiße war…

Hustler717: Wir sind hier, um Spaß zu haben und uns über unsere Lieblingsserie zu unterhalten. Wenn du Warship runtermachen willst, dann tu es woanders.

Happening5122: Dem stimme ich zu. Das hier ist nicht das richtige Forum für jemanden, der so überempfindlich ist. Es ist eine Serie. Wenn du sie miesmachen willst, tu's auf Reddit.

Bevor ich zu lange darüber nachdenken kann, mische ich mich ein.

CERanger11: Wow, ziemlich viele Typen hier drin, die sich offenbar in ihrem ganzen Leben noch nie zu Recht über irgendwas beschwert haben *Sarkasmus*

Seltsamerweise greift mich keiner von ihnen an.

Meine Hände zögern über der Tastatur. Ich will nicht so tun, als würde ich Jill2 zu Hilfe eilen, um sie zu retten, wenn sie sehr wohl dazu in der Lage ist, sich selbst zu verteidigen, aber ich komme mir auch wie ein Arschloch vor, wenn ich einfach nur zusehe, was hier abgeht. Ich will gerade noch etwas hinzufügen, aber Jill2 ist schneller.

CaptainJillsBFF22: ihr behauptet alle, ich sei empfindlich, dabei seid ihr es doch, die beleidigt sind, nur weil ich eine eigene Meinung habe! Lol besten Dank!

CaptainJillsBFF22 hat den Chat verlassen.

CERanger11: ihr vertreibt andere aus diesem Fandom, weil ihr euch wie Arschgesichter aufführt, nur zu eurer Info

Ich öffne unseren privaten Chat.

CERanger11: In der Gruppe spielen gerade ziemlich viele Typen die beleidigte Leberwurst. Tut mir leid.
CaptainJillsBFF22: Lol kein Problem, ich bin dran gewöhnt. Meine Freundin Brooke benutzt hier inzwischen einen geschlechtsneutralen Namen, damit sich die Typen ihr gegenüber nicht wie Vollidioten aufführen.
CERanger11: wow das ist echt scheiße.
CaptainJillsBFF22: Jep -_- Aber, weißt du, ich liebe diese Serie, und ich weise auf diese Probleme hin, weil ich die Serie liebe.
CERanger11: Ich verstehe, was du meinst.
CaptainJillsBFF22: Wie dem auch sei, willst du mal was Erfreulicheres sehen??

Sie schickt mir ein Foto von sich, von den Schultern abwärts, das sie in ihrem Jill-Kostüm in einem bodentiefen Spiegel zeigt.

CaptainJillsBFF22: Was meinst du??
CERanger11: Die lila gepunkteten Socken sind der Knaller. Ich wusste gar nicht, dass Jill die trägt

CaptainJillsBFF22: na, der Captain hat eben Stil (und ich hab meine Stiefel noch nicht)

Ich muss zugeben, sie hat eine super Figur, aber es lässt sich unmöglich erkennen, wer sie ist. Die Uniform ist so weit, dass sie alle möglichen unverwechselbaren Kennzeichen verhüllt, abgesehen von der Tatsache, dass sie ziemlich klein ist. *Laura ist ziemlich klein*.

Ich wünschte, ich könnte ihr Gesicht sehen. Aber ich schätze, angesichts all der Idioten, die sich in den *Warship*-Foren tummeln, ist es keine Überraschung, dass sie anonym bleiben will.

CERanger11: Aber mal ernsthaft: Sieht gut aus! Sehr Jill
CaptainJillsBFF22: Danke!
CERanger11: Ich freu mich drauf, den kompletten Look auf der Sci-Con zu sehen.
CaptainJillsBFF22: Kanns kaum erwarten!

Ich auch nicht.

* * *

Stella klingelt um Punkt dreizehn Uhr an meiner Haustür.

»Du bist zwölf Sekunden zu spät«, sage ich, als ich die Tür öffne, und halte mein Handy hoch, um ihr die Uhrzeit zu zeigen.

»Eure Einfahrt ist ziemlich lang.« Sie kommt herein, das Papplabyrinth unter den linken Arm geklemmt und eine rosa Thermosflasche in der rechten Hand. »Das Ding bohrt sich in meine Haut.« Sie lässt das Pappungetüm auf den Küchentisch fallen und wirft den Stapel Post um, den Mom vorhin durchgegangen ist. »Ich glaube, ich hab gerade was umgeworfen. Was war das?« Sie hebt das Labyrinth panisch wieder hoch.

»Meine Kinderfotos. Du hast sie zerstört.«

Sie schnappt erschrocken nach Luft. »Was, ernsthaft?«

»Nein.«

Stella verdreht die Augen. »Wo ist unsere Freundin?«

»Wer?«

»Lint.«

»Hier.« Ich zeige auf den Käfig auf der Küchentheke. Zum Glück ist Mom bei der Arbeit, sonst würde sie mir deswegen in den Hintern treten. Dad wäre wahrscheinlich auch nicht begeistert, aber er hat sich in seinem Arbeitszimmer verkrochen.

»Wie hast du es geschafft, dass Mom und Dad damit einverstanden waren?«, fragt Trevor, der gerade rein zufällig in die Küche kommt, um sich was zu essen zu holen. »Ich bin übrigens Trevor.«

»Stella. Stella Greene.« Sie hebt kaum den Blick, sondern begutachtet Lint durch die Metallstäbe.

Trevor lacht. »Ach, du bist Stella Greene? Wie cool. Wesley redet die ganze Zeit nur von dir.«

Ich verpasse ihm einen Schlag in die Seite.

Stella grinst. »Und was sagt er so?«

»Dass du sein Lieblingsmensch überhaupt bist.«

»Ja«, werfe ich ein. »Ganz genau.«

Trevors Handy klingelt und seine Augen beginnen zu leuchten. »Oh, Mike will mit mir facetimen.« Er geht dran und Mikes Gesicht erfüllt den Bildschirm. »Hi.« Erstaunlich, wie sein Tonfall so plötzlich von Arschloch-Bruder zu cool und gelassen wechseln kann.

»Hi, Mike«, brülle ich.

»Wer ist das?«, flüstert Stella.

»Sein Freund.«

»Hi, Mike!« Diesmal brüllt Stella es, nicht ich. Trevor verschwindet hastig aus der Küche und ich höre seine donnernden Schritte auf der Treppe.

In der Sekunde, in der er verschwunden ist, zeige ich Stella High Five.

»Womit hab ich das verdient?« Sie klatscht mich ab.

»Dafür, dass du meinen Bruder vertrieben hast.«

»Er scheint nett zu sein. Aber er verbreitet Falschinformationen.«

»Falschinformationen? Niemals. Welche Verleumdung!«

Sie entriegelt den Käfig und holt Lint vorsichtig heraus. »Ich kann nicht dein Lieblingsmensch überhaupt sein. Das ist ja schon Laura McNally.«

Ich spüre, wie ich kreideweiß werde. »Was soll das denn heißen?«

»Es soll heißen, dass du dich gestern Abend superauffällig benommen hast.« Sie zuckt mit den Schultern. »Aber schon okay. Dein Geheimnis ist bei mir sicher.«

»Ich will nichts von Laura.«

»Du bist ein ziemlich mieser Lügner, Clarke.«

»Ich weiß ja nicht, was du gesehen hast, Greene, aber vielleicht solltest du mal deine Augen untersuchen lassen. Laura ist mit Collin zusammen.«

Die Worte bereiten mir körperliche Schmerzen, als sie mir über die Lippen kommen.

»Das hab ich gesehen. Aber keine Sorge: Mädchen können dem unvergleichlichen Wesley Clarke nie lange widerstehen.«

»Sehr komisch.« Ich mache mich an die Arbeit und beginne, die Pappe zu verstärken, die sich bereits ein wenig zur Seite neigt. »Zum Totlachen, um genau zu sein. Außerdem waren Laura und ich letztes Jahr mal für ein paar Monate zusammen.«

Ein wissendes Lächeln kriecht über Stellas Gesicht. »Das dachte ich mir.«

»Was? Keine spitze Bemerkung?«

»Warum sollte ich dazu eine spitze Bemerkung machen? Ich mag Laura. Sie hat einen echt guten Musikgeschmack. Für die Wahl ihrer Typen gilt das allerdings weniger.«

»Ah, da ist die Stock, die ich kenne und liebe.«

»Wenn du mich noch einmal Stock nennst, dann suche ich mir draußen einen und werfe ihn nach dir.«

»Wie wär's mit was zu knabbern?« Ich hole eine Tüte Knabbermix aus dem Schrank.

»Ich sage nie Nein zu Knabberzeug. Und, warum habt ihr Schluss gemacht?«

Ah, da ist es – das letzte Thema, über das ich mit irgendjemandem reden will, schon gar nicht mit Stella Greene.

»Ernsthaft?«

»Ja, ernsthaft.«

»Warum interessiert dich das?«

»Ich bin neugierig.«

Stella lässt Lint an ihrem Arm hinaufkrabbeln und die Ratte setzt sich auf ihre Schulter und schnuppert in die Luft. Ich kann nicht umhin, festzustellen, dass Stellas Lächeln heller strahlt, wenn sie mit Lint spielt.

»Hier.« Ich gehe zum Kühlschrank und hole eine mit orangen Würfeln gefüllte Tupperdose heraus. »Gib ihr das.«

»Was ist das?«

»Süßkartoffeln. Die mag sie.«

Stella weicht zurück. »Sind die denn ungefährlich für Ratten?«

»Ja, ich hab's gegoogelt.« Ich koche jeden Abend eine Süßkartoffel, lasse sie auskühlen und werfe die Würfel dann zusammen mit dem anderen Futter in ihren Käfig.

»Wow, was sagt man dazu? Man könnte fast meinen, dass du Lint magst.«

»Tue ich nicht.« Ich kratze mich am Nacken. »Ich will nur eine gute Note.«

Aber ich liebe es, wie sie die Süßkartoffel frisst.

Ihre kleinen Schnurrhaare wackeln dabei die ganze Zeit. Es ist ziemlich niedlich.

»Hier, willst du sie mal streicheln?« Stella setzt Lint auf ihre flache Hand. »Sie liebt Aufmerksamkeit.«

Ich versteife mich. »Ich weiß nicht.«

»Du musst nicht. Ich dachte nur, ich frag mal, wo ich gerade hier bin.«

»Wird sie mich beißen?«

»Nein!«

Zögernd strecke ich einen Finger aus und streichle ihr graues Fell. Es fühlt sich weicher an, als ich erwartet hatte. Ich ziehe meine Hand schnell wieder zurück.

»Sie ist weich.«

»Superweich. Wie Flusen aus dem Trockner.« Stella streichelt Lint ebenfalls. »Und sie wird dieses Labyrinth perfekt meistern.«

»Vielleicht können wir sie mit den Süßkartoffeln durchlocken.«

»Stimmt, die hat sie sofort aufgefuttert.«

Wir machen uns daran, die Wände des Labyrinths zu verstärken, und setzen Lint dann darin ab, damit sie ein bisschen schnuppern und es erkunden kann. Sie schafft es um die erste Ecke, bevor sie sich von irgendetwas ablenken lässt und in eine Sackgasse gerät. Nach mehreren fehlgeschlagenen Versuchen lernt Lint schließlich, dass sie daran vorbeigehen muss, damit sie nicht festsitzt.

»Siehst du?«, flüstert Stella und packt mich am Arm. »Sie kann das.«

»Sie ist ganz nahe dran«, stimme ich zu. »Komm schon, Mädchen, du schaffst das.«

»Lauf, lauf, lauf!«

Lint schaut uns an, schnuppert in die Luft und krabbelt wieder zur ersten Sackgasse zurück.

Ich bin ein wenig enttäuscht. »So viel dazu.«

»Wir haben noch ziemlich viel Arbeit vor uns«, stellt Stella fest. »Aber sie kriegt das schon hin.«

Schritte hallen irgendwo im Flur, und sie sind ein wenig zu schwer, um von Trevor zu stammen.

»Ah, das ist also das Biologieprojekt, von dem du mir erzählt hast?« Dad runzelt die Stirn, als er in der Tür auftaucht, sein Handy zwischen Ohr und Schulter geklemmt.

»Rattenlabyrinthe.« Stella hält Lint hoch, damit Dad sie sehen kann.

Dad stößt ein Schnauben aus und bedeckt sein Smartphone mit einer Hand. »Pappkarton und Ratten. Ich habe deiner Mutter ja gesagt, dass wir dich auf eine Privatschule hätten schicken sollen. Du kannst dir jedenfalls sicher sein, dass du in Stanford *echte* wissenschaftliche Projekte durchführen wirst.«

Stella wirft mir einen Blick zu, und ich bete im Stillen, dass sie die Bombe nicht platzen lässt und verkündet, dass auf meinem Foto an Der Wand steht, dass ich auf die Columbia gehen werde. Ich schüttle kaum merklich den Kopf in ihre Richtung, und sie scheint die Botschaft zu verstehen, denn sie erwidert nichts.

Ich zwinge mich zu einem Lächeln. »Das Projekt macht Spaß. Wir versuchen …«

»Nehmt es von der Arbeitsplatte runter, okay?« Dad zeigt auf das Handy, das an seinem Ohr klebt, schnappt sich eine Banane und verschwindet wieder aus der Küche. Er ist kaum weg, da dringt sein donnerndes Lachen zu uns, als sei er völlig hin und weg von was immer die Person am anderen Ende der Leitung gerade gesagt hat.

Stellas Augenbrauen schießen nach oben, aber sie richtet den Blick sofort auf die Küchentheke, so als würden ihr achttausend Dinge durch den Kopf gehen, die sie sagen will, und als hätte sie Mühe, sie zurückzuhalten, was ich wirklich zu schätzen weiß, auch wenn mir eigentlich ohnehin klar ist, was sie denkt.

»Ja, er kann ein echter Idiot sein«, sage ich, bevor sie es tun kann.

Stella macht den Mund auf, klappt ihn dann aber wieder zu. »Hey, ich verurteile dich sicher nicht. In meiner Familie läuft auch nicht alles bestens.« Flüsternd fügt sie hinzu: »Ich hätte mich auch für die Columbia entschieden.«

Einen Moment lang sitzen wir schweigend da.

»Sie hat gesagt, dass sie mich nicht mehr mag.«

Stella schaut mich verwundert an. »Lint?«

»Laura.« Ich spiele verlegen an meinen Fingern herum. »Sie hat gesagt, dass sie mich als Freund mag, aber dass es zwischen uns nicht… knistert.«

»Ah.« Stella setzt Lint wieder zurück in den Käfig. »Na, dann hast du ja deine Antwort.«

»Wie meinst du das?«

»Ich meine, *Es knistert nicht* ist doch ein guter Grund, um Schluss zu machen. Es zeigt dir, dass sie eure Zeit nicht mit etwas vergeuden will, das sowieso nicht funktionieren wird.«

Ich zucke mit den Schultern und pflücke eine Salzbrezel aus der Tüte. »Kann sein. Aber es ist trotzdem scheiße.«

»Ich meine, sie hat immerhin nicht gesagt, dass sie Schluss macht, weil du langweilig bist oder stinkst oder weil sie wegen Totschlags ins Gefängnis muss und nicht wollte, dass du zwanzig Jahre lang auf sie warten musst, bevor sie auf Bewährung wieder freikommt.« Sie nimmt sich einen Kräcker aus der Packung. »Oder so was in der Art.«

»Passiert dir das öfter, Stock? Dass Typen, die du magst, irgendwelche Leute umbringen und dich einfach hängen lassen?«

»Andauernd«, antwortet Stella. »Aber mal ernsthaft: Warum willst du mit jemandem zusammen sein, der keine Leidenschaft für eure Beziehung empfindet? Wir haben alle jemanden verdient, der uns wirklich mag. Sogar du.«

Sie schaut mir direkt in die Augen, wendet den Blick dann aber schnell wieder ab.

Ihr Handy piepst und sie fällt fast vom Hocker. Ein nervöses Lächeln huscht über ihr Gesicht, als sie total hektisch zurückschreibt.

»Wow, entspann dich mal, Stock. Schreibst du Chris Evans oder so?«

»Wenn du es unbedingt wissen willst: Kyle Nielsen hat mich was wegen unserer Mathehausaufgabe gefragt. Das ist alles.«

»Ich fass es nicht, dass du auf diesen Typen stehst und über *meine* Beziehungen urteilst.« Ich nehme mir ein paar Kräcker aus der Tüte.

Stella verzieht das Gesicht. »Ich habe dich nicht verurteilt und ich stehe auch nicht auf ihn. Wir reden nur über Hausaufgaben.«

»Ich mache jedenfalls nicht so ein Gesicht, wenn ich über Mathehausaufgaben rede. Ich mein ja nur.«

Sie setzt Lint vorsichtig wieder in ihren Käfig. Die Ratte krabbelt überall herum, bevor sie es sich schließlich in der riesigen hohlen Plastikerdbeere gemütlich macht, die ich letzte Woche besorgt und mit Papierschnipseln gefüllt habe, damit sie sie als Bett benutzen kann. »Du hast doch keine Ahnung, wovon du redest, Clarke.«

»Ich will damit nur sagen, dass Kyle Nielsen ein totaler Besserwisser ist. Ich meine, du kannst natürlich befreundet sein, mit wem du willst. Ich finde einfach nur, dass er ein Schleimer ist.«

»Wow.« Sie lächelt selbstgefällig. »Wenn ich es nicht besser wüsste, würde ich sagen, du machst dir was aus mir.«

Ich lache, aber es erstirbt in derselben Sekunde, in der sie sich wieder der Ratte zuwendet.

Scheiße. Ich habe keine Ahnung, wann das passiert ist, aber es ist wahr. Irgendwie mache ich mir wirklich was aus Stella Greene.

WARSHIP SEVEN: Episode fünfzehn
»Bis in den Tod«

Beschreibung: »Nachdem ihm seine Heldentaten einen Platz in der Crew der Happening *beschert haben, missbraucht Aaron Jills Vertrauen und sorgt dafür, dass alle in ein folgenschweres Dilemma geraten.«*

SZENENKONTEXT: Nach Mitternacht. AARON liegt, nicht mehr gefesselt, in seiner neuen Kabine, nachdem er die *Happening* in der vorherigen Episode gerettet hat. Dank seiner Hilfe konnte die Crew entkommen, kurz bevor die Rakete einschlug. CAPTAIN JILL hat ihm nur eine Regel für seine neu gewonnene Freiheit auferlegt: Er darf seine Kabine nachts nicht verlassen.

AARON: [setzt sich nachdenklich im Bett auf] Michele? Hörst du mich?

MICHELE: Ich höre dich. Geht's dir gut?

AARON: Es ist passiert. Der Captain hat mich aus der Zelle gelassen und ich kann mich mehr oder weniger frei auf dem Schiff bewegen. Endlich kann ich besorgen, was wir brauchen, und noch heute Abend zu dir zurückkehren.

MICHELE: Und den Captain töten.

AARON: Ja. Natürlich.

MICHELE: Bis bald.

[AARON schlüpft aus seiner Kabine und blickt in dem dunklen Korridor der *Happening* nach links und rechts. Er schleicht sich über die Brücke und zur Waffenkammer, deaktiviert das Alarmsystem, betritt den Raum und nimmt leise mehrere Waffen von der Wand.]

JILL: [richtet eine Pistole auf seinen Rücken] Stopp.
AARON: [erstarrt, dreht sich langsam zu ihr um und grinst sie an] Hallo, Captain. Was für ein Zufall, dass wir uns hier begegnen. [Bevor JILL reagieren kann, schießt er mit einer Pistole auf sie; sie weicht jedoch aus und feuert ebenfalls.]
JILL: Du dreckiger Abschaum. Ich hab dir vertraut. [schießt auf AARON, der sich hinter eine Kiste duckt]
AARON: Ah, ein schwerer Fehler. [feuert erneut und verfehlt sie]

[JILL und AARON liefern sich einen Schusswechsel.]

AARON: Du hättest mich töten sollen, als du die Chance dazu hattest, Captain.
JILL: Diesen Fehler mache ich nicht noch einmal. [schießt auf ihn]

[Die beiden springen über Kisten, rennen durch das ganze Schiff und feuern aufeinander. AARON gelingt es, JILL die Pistole aus der Hand zu schlagen. Sie wirft sich auf ihn und reißt ihn zu Boden. Die beiden ringen miteinander, und AARON schafft es, sich wegzurollen, während JILL sich ihre Waffe zurückholt. Ein Alarm ertönt, aber die beiden sind zu abgelenkt, um es zu bemerken. Der Kampf geht weiter, und schließlich geht AARON zu Boden, und JILL steht mit ihrer Pistole über ihm.]

JILL: [wutentbrannt] Steh auf, Abschaum.

AARON: [richtet sich langsam auf, die Hände erhoben, und dreht sich ungläubig zu ihr um] Du hättest schießen können. Warum hast du mich nicht getötet?

JILL: [spuckt vor seine Füße] Ich werde dir nicht in den Rücken schießen. Wenn ich dich erschieße, dann schaue ich dir dabei ins Gesicht. [Sie heben beide gleichzeitig ihre Pistolen und zielen damit auf den Kopf des anderen, erstarren jedoch, als sie eine Gruppe von Piraten auf der Brücke stehen sehen, die ihre Waffen auf die mit Schlafanzügen bekleidete Crew der *Happening* richten.]

21
Stella

»Hast du schon ein Kleid für den Abschlussball?« Dahlia jagt mir einen Riesenschreck ein, als sie ihre Tasche auf den Stuhl neben mir plumpsen lässt. Im Englischraum hallt es immer furchtbar.

Ich klappe meinen Terminplaner zu. »Es ist April. Wir haben noch zwei Monate Zeit.«

»Du solltest dich besser beeilen. Ich war in diesem Brautladen in der Main Street, um mir eins auszusuchen, und es war schon fast nichts mehr da.«

»Ich weiß, ich hab dein Foto gesehen.« Ich werde wahrscheinlich sowieso warten, bis im Einkaufszentrum ein paar Ballkleider im Sale sind. »Ehrlich, ich hab noch gar nicht wirklich über den Abschlussball nachgedacht.« Ich habe mich vielmehr darauf konzentriert, mein Outfit für die Sci-Con fertigzustellen, die schon in ein paar Wochen stattfindet.

Nur noch drei Wochen, bis ich Aaron2s wahre Identität herausfinde. Drei Wochen, bis wir uns endlich persönlich gegenüberstehen, obwohl wir uns bereits ziemlich gut kennen.

Was, wenn er enttäuscht ist, wenn er sieht, dass ich es bin?

»Schon irgendwas Neues in puncto Valedictorian? Machst du Clarke endlich richtig fertig?« Sie lässt sich auf ihren Stuhl sinken.

Mein Herz scheint immer einen kleinen Satz zu machen, wenn ich darüber nachdenke. Eigentlich hatte ich vor, inzwischen deutlich vor ihm zu liegen, aber er bleibt mir dicht auf den Fersen. »Noch nicht. Ehrlich gesagt wird sich wahrscheinlich alles mit den Abschlussprüfungen entscheiden und das ist echt ätzend.« Ich lege den Kopf in die Hände, die Ellenbogen auf meinem kalten Pult abgestützt. »Es ist einfach … Ich weiß auch nicht. Ich will meiner Familie unbedingt zeigen, dass ich es schaffen kann.«

»Das verstehe ich.« Sie trinkt einen Schluck aus ihrem Starbucks-Becher. »Alle meine Geschwister haben das College mit Bestnoten abgeschlossen, deshalb werden meine Eltern ausrasten, wenn ich es nicht auch tue. ›Die erste Versagerin der Johnstons‹ ist kein Beiname, auf den ich besonders scharf bin.«

»Wenigstens waren deine Geschwister auf dem College.« Ich rolle mit den Augen.

»Hey, Stella. Dahlia.« Kyle kommt ins Zimmer, ein breites Lächeln auf dem Gesicht.

»Hi.«

Er setzt sich auf die andere Seite des Raumes und zieht seine gelbe Jacke aus. Mir bleibt das Herz stehen, als ich sehe, was er darunter anhat.

Es ist ein schwarzes T-Shirt mit dem Aufdruck

eines riesigen Raumschiffs. In gelben Buchstaben steht quer darüber *Warship Seven*.

Ich kann kaum noch atmen.

O mein Gott.

Er ist es.

Ich hatte recht.

Es ist Schicksal. Wir sind füreinander bestimmt. Jill2 und Aaron2.

Dahlia fängt an, mit Jamie Henderson zu reden, und ich blende sie aus. Alles, woran ich denken kann, ist die Sci-Con, und daran, wie ich mich in meinem Jill-Kostüm direkt in Kyles Arme werfe.

»Hey, Stock.« Wesley lässt sich auf den Stuhl auf meiner anderen Seite fallen und versperrt mir die Sicht auf Kyle. »Lint starrt mich die ganze Zeit an, wenn ich abends an meinem Schreibtisch sitze. Ist ziemlich strange.«

Ich versuche, um ihn herumzuschauen und erneut einen Blick auf Kyles Shirt zu erhaschen. »Dann schläft sie jetzt in deinem Zimmer?«

»Sie wächst mir langsam ans Herz.« Wesley stößt ein übertriebenes Seufzen aus. »Keine Ahnung, wie das passieren konnte.«

Ich habe jetzt keine Zeit dafür. »Warte kurz.« Ich stehe auf, hole tief Luft und streiche mein Haar glatt. Ich weiche den anderen aus, die ins Zimmer strömen, und steuere direkt auf Kyles Pult zu.

Vielleicht hat er sich das Shirt nur geliehen.

Oder vielleicht mag er die Serie, ist aber nicht Aaron2.

Mir wird bewusst, dass ich vor ihm stehe und ihn praktisch angaffe, während er sein Handy sinken lässt und zu mir herauflächelt.

»Hi, Stella. Wie läuft's?«

»Ich wusste gar nicht, dass du Warship-Fan bist.« Die Worte sprudeln nur so aus meinem Mund, bevor ich sie unterdrücken kann.

Auf der anderen Seite des Zimmers zieht Wesley eine Augenbraue hoch. Ich bin froh, dass er aus dieser Entfernung nicht hören kann, was ich sage, sonst könnte das Ganze ziemlich peinlich werden.

Kyle grinst. »Ist ja auch nur die beste Serie aller Zeiten. Guckst du sie auch?«

Ich kriege kein einziges Wort mehr zustande – *wirklich spitze, Greene* –, deshalb nicke ich nur und zeige auf den Anhänger mit dem dreispitzigen Schwert um meinen Hals.

»Nice! Ich hätte nicht gedacht, dass es hier an der Schule noch andere Warshipper gibt. Das ist echt cool.«

Frag ihn, ob er CERanger11 ist. Frag ihn einfach.

Aber stattdessen platze ich mit etwas anderem heraus. »Willst du heute nach der Schule was unternehmen?«

* * *

Ich schaue den ganzen Tag immer wieder auf die Uhr und kann mich kaum konzentrieren. Ich treffe mich nach der Schule mit Kyle Nielsen.

Aber vorher sind drei Dinge passiert.

1. Ich habe einen Typen gefragt, ob er was mit mir unternehmen will. Extrapunkte dafür, dass er Ja gesagt hat.
2. Ich war in Latein in der fünften Stunde total weggetreten und musste mir Dahlias Notizen ausleihen.
3. Mr Bailey hat mich dabei erwischt, wie ich Em und Dahlia eine Nachricht in unserer Gruppe geschickt hab, und hat mein Handy einkassiert, woraufhin alle laut *Ooh* gemacht haben und Wesley kräftig applaudiert hat, weil er ein Arschloch ist.

Aber nichts von alledem spielt eine Rolle. Weil ich nach der Schule mit Kyle Nielsen abhängen werde. Als ich nach Geschichte endlich mein Handy wiederkriege, warten zwei Nachrichten auf dem Bildschirm auf mich.

Also, woran hast du gedacht?

Stück Pizza gegenüber? :)

O mein Gott, er ist so süß. Wer sonst, der nicht im Alter meiner Mom ist, schreibt tatsächlich noch seine Emojis aus? Er *ist* Aaron Lewis. So trottelig und unbeholfen und perfekt.

Das Problem dabei, arm und autolos zu sein, ist, dass die Optionen für »nach der Schule was unternehmen« ziemlich begrenzt sind. Aber Pizza für einen Dollar ist ein guter Plan.

Ja! Treffen wir uns um 3?

Klingt gut! Wir können runter zum Memorial Field und ein bisschen spazieren gehen, wenn du willst. Ist so ein schöner Tag heute!

Ich fand diese Pizzeria nie besonders romantisch, abgesehen davon, dass Em und ihre Freundin letztes Jahr dabei erwischt wurden, wie sie hinter dem Laden miteinander rumgemacht haben. Aber jetzt kann ich mir kein besseres Date vorstellen.

Ich habe meinen Sergeant Aaron Lewis gefunden.

* * *

Kyle lehnt nach dem Unterricht an der Seite des Schulgebäudes und tippt auf seinem Handy herum. Er trägt die Jacke über seinem T-Shirt, aber der Reißverschluss ist so weit offen, dass ich das *Warship*-Logo erkennen kann. Ich lasse mir einen Moment Zeit, um wieder zu Atem zu kommen, bevor er mich sieht.

In meinem Kopf habe ich mir bereits eine komplette Rede zurechtgelegt, ganz ohne Karteikarten. Zuerst breche ich das Eis mit ein bisschen Small Talk, frage ihn was über die Schule und erwähne vielleicht sogar das Wetter. Dann schneide ich das offensichtliche Thema an: Er ist Aaron2 und ich bin Jill2. Schließlich erwähne ich die Sci-Con und bringe vielleicht sogar den Mut auf, ihn zu fragen, ob er mit mir hingehen will.

Okay, Stella, konzentrier dich.

Nebel hängt in der Luft, ein Überbleibsel des Aprilregens an diesem Nachmittag. Die matschige Erde gibt unter meinen Füßen nach.

»Tut mir leid, dass ich zu spät bin.« Ich ziehe den Rucksack höher auf meine Schulter. »Ich musste noch mit Mr Bailey reden.« Okay, das stimmt nur zur Hälfte. Ich bin länger geblieben, damit ich mir die Haare frisieren und frische Wimperntusche auftragen konnte. Aber da ich es bin, weiß ich, dass er mir die Ausrede glauben wird.

»Kein Problem.« Er schenkt mir ein schüchternes Lächeln. »Ich freu mich einfach, dich zu sehen. Wir haben noch nie zusammen abgehangen – außer in Englisch und Bio, meine ich.«

»Ich bin auch froh, dich zu sehen!« Es klingt begeisterter als geplant. Was ist mit mir los?

»Stünde dir der Sinn nach einem Stück Pizza gegenüber?« Er schaut mich mit hochgezogener Augenbraue an. Ich fand es schon immer irgendwie entzückend, dass er manchmal wie ein Gentleman aus den 1920ern klingt. Oder wie Aaron Lewis, direkt nachdem er seinem Shuttle entstiegen ist. Ich meine, ohne sich vorher auf mein Schiff zu schleichen, um irgendwas zu klauen oder mich zu verhaften. Mein Herz rast.

»Klar. Das wäre toll.«

Er hält mir seinen Arm hin – hält mir tatsächlich seinen Arm hin, so als wären wir in einem alten Film – und ich hake mich bei ihm ein. Kyle duftet nach diesen Hustenbonbons mit Kirschgeschmack, die man, auch Stunden nachdem man sie gelutscht hat, noch riechen kann.

Ich stelle mir vor, wie wir genau so zum Abschlussball gehen, Arm in Arm. Vielleicht trage ich dabei Jills Halskette mit dem dreispitzigen Schwert, und er bringt irgendwo auf seinem Smoking ein ZE-Abzeichen an, und es ist alles genau so, wie die Serie hätte enden sollen: wir beide zusammen, endlich vereint.

»Wie … war dein Tag?«, frage ich und versuche, ein breites Grinsen zu unterdrücken.

»Ach, du weißt schon. Das Übliche. Wir hatten in Sport 'nen Aushilfslehrer, und er hat uns gezwungen, Völkerball zu spielen.«

»Das ist das Schlimmste.« Oder vielleicht das Zweitschlimmste, gleich nach Bänder-Football.

»Ja, aber es gab immerhin notgedrungen eine Auszeit, als Liz Jeremy voll in die Eier geschossen hat. Jeremy ist umgefallen und lag bestimmt fünf Minuten auf dem Boden, bevor dem Lehrer klar geworden ist, dass er wirklich zwischen den Beinen getroffen wurde und nicht nur Zeit schinden wollte.«

Ich gebe ein Schnauben von mir. »O mein Gott.»

»Ziemlich lächerlich, oder?«

Wir gehen schweigend über den Schulhof. Kyle

winkt ein paar Neuntklässlern zu und erklärt mir, dass sie in seiner D&D-Gruppe sind, aber ansonsten sind unsere Schritte das einzige Geräusch, das die Stille durchbricht. Ich wünschte, ich hätte irgendetwas Interessantes zu sagen. Ich versuche, Worte zu formen und ihm von dem Forum zu erzählen, aber sie verwandeln sich in unzusammenhängendes Gebrabbel in meinem Mund.

»Hast du …«

»Ich war …«

Wir verstummen beide und lachen verlegen.

»Du zuerst«, sagt er.

»Nein, du.« Ich wollte ihn fragen, ob er seine Geschichtshausaufgaben schon gemacht hat, und wenn man beim Small Talk erst mal bei den Hausaufgaben angekommen ist, dann weiß man, dass die ganze Sache als ziemlicher Reinfall enden wird. »Ehrlich, mach du zuerst.«

Wir bleiben an der Fußgängerampel stehen, warten auf Grün und steuern dann auf die Pizzeria zu.

»Ich wollte nur sagen, dass ich mich wirklich gefreut habe, als du mich heute gefragt hast, ob wir was unternehmen wollen«, sagt er.

»Na, und ich freue mich wirklich, dass du Ja gesagt hast.«

»Ich meine, die meisten Mädchen bemerken nette Typen überhaupt nicht, weißt du? Sie stehen auf Vollidioten und Supersportler und so.«

Ich lache. »Ich bin mir ziemlich sicher, dass die meisten Mädchen nicht auf Vollidioten stehen.«

»Aber sie mögen alle reiche Arschgesichter wie Wesley Clarke.«

»Okay, aber Wesley ist kein *totales* Arschgesicht.« Auch wenn es mich schmerzt, das zuzugeben. »Nur zu neunundneunzig Prozent. Ungefähr.«

Kyle nimmt meine Hand. »Aber du bist auch nicht wie andere Mädchen, Stella.«

Ich bleibe wie angewurzelt stehen. Moment mal. Was soll das denn heißen? »Was stimmt denn nicht mit anderen Mädchen?«

»Das ist ein Kompliment. Ich hab das überhaupt nicht negativ gemeint.«

»Oh.« Es hat sich nicht wie ein Kompliment angefühlt. Zumindest nicht wie ein Kompliment, über das ich mich freuen würde. »Okay.« Er hat nichts weiter damit gemeint. Armer entzückender, unbeholfener Kyle.

Er hält mir die Tür auf. Der Duft von geschmolzenem Käse, Oregano und warmer Pizza erfüllt den kleinen Laden. »Was nimmst du hier normalerweise? Ich liebe ihre Pizza Funghi.«

Er strahlt und zeigt mir eine Reihe perfekter weißer Zähne. »Ich auch. Ich bin am Verhungern. Wollen wir uns eine ganze Pizza teilen?«

Das sind einige Dollar mehr, als ich heute ausgeben wollte. Ich beiße mir auf die Unterlippe und nicke.

Kyle bestellt zwei Wasser und eine mittlere Pizza Funghi mit extra Käse. Ich organisiere uns einen Tisch im hinteren Teil des Ladens neben der alten

Musicbox. Ich stelle mir vor, wie er ein paar Münzen in den Automaten wirft und den *Warship*-Titelsong spielt, und dann tanzen wir durch die Pizzeria, und es ist gleichzeitig romantisch und nerdig.

Aber das passiert nicht. Außerdem bin ich mir ziemlich sicher, dass sie den Titelsong sowieso nicht hätten.

Ein paar Fäden Mozzarella ziehen sich vom Teller hoch, als ich mir ein Stück Pizza nehme. »Also, wer ist deine Lieblingsfigur in *Warship?*«

Er hebt den Zeigefinger, um mir zu bedeuten, dass er noch kaut, und schluckt dann den ganzen Mundvoll hinunter. »Eindeutig Aaron Lewis.«

»Ich bin mir ziemlich sicher, dass ich das bislang von jedem einzelnen männlichen *Warship*-Fan gehört habe.«

»Na ja, er ist eben ziemlich cool.« Kyle öffnet den Reißverschluss seiner Jacke und zeigt auf sein T-Shirt. »Ich hoffe immer noch, dass ich Ethan Martone irgendwann mal begegne und er das hier signiert.«

Erwähne die Sci-Con. Zeig ihm, dass du es bist.

»Ich hab letztes Jahr auf der Sci-Con Leigh Stanton getroffen. Sie war super.«

»Oh, echt? Sie scheint ziemlich cool zu sein.« Er trinkt einen Schluck Wasser. »Ich wollte letztes Jahr unbedingt auch auf die Con, aber ich hatte die Grippe. Echt beschissen.«

»Sie sind dieses Jahr auch wieder da. Leigh *und* Ethan.«

»Ich weiß! Ich will auf jeden Fall hin.«

Ich rutsche auf meinem Stuhl hin und her. So weit, so uneindeutig.

»Okay, mal ernsthaft.« Kyle wischt sich den Mund mit seiner Serviette sauber und lehnt sich auf seinem Stuhl zurück. »Bist du, na ja, ein *echter Warship*-Fan?«

»Im Gegensatz zu einem eingebildeten?«

»Ich meine nur, dass es eine Menge Leute gibt, die die Serie überhaupt nicht geguckt haben, als sie damals ausgestrahlt wurde, weißt du? Oder die sie nur einmal gesehen und noch nicht mal die Romanfassung gelesen haben oder so.« Er rollt mit den Augen.

»Ich habe die Serie nicht gesehen, als sie damals ausgestrahlt wurde. Aber ich bin definitiv ein echter Fan.«

»Okay, wenn du wirklich ein echter Fan bist, wer hat dann die Romanfassung von 2018 mitverfasst, auf der Folge zwölf basiert?«

Ich blinzle. »Das ist jetzt nicht dein Ernst, oder?«

»Das dachte ich mir.« Er seufzt. »Kein echter Fan.«

Meine Hände klammern sich so fest an die Tischkante, dass meine Knöchel weiß hervortreten. »Okay, fragst du das männliche Fans auch manchmal? Damit sie ihren Fanstatus unter Beweis stellen? Ihre Glaubwürdigkeit als Nerd?«

Kyle starrt mich einen Moment lang an und zum allerersten Mal sieht er dabei eher dämlich aus als süß. »Komm schon, das ist doch keine große Sache, okay? Ich kann es bloß nicht leiden, wenn irgendwelche Pseudofans über *Warship Seven* reden, als würden sie dazugehören.«

Kennt ihr diese Sehtests, bei denen der Bildschirm total verschwommen ist, und dann schieben sie die Linse vor eure Augen, und plötzlich sind die Buchstaben total klar? Falls eure Augen genauso schlecht sind wie meine, denkt ihr dabei vielleicht die ganze Zeit, dass ihr ein *K* seht, obwohl es in Wahrheit ein *E* ist? Und ihr seid echt geschockt, wenn ihr erkennt, dass ihr euch geirrt habt? Das hier ist genauso, nur dass ich dachte, ich würde einen Typen vor mir sehen, mit dem ich wirklich zusammen sein könnte, aber jetzt stellt sich heraus, dass ich in Wahrheit auf eine Spargelstange starre. Und ich hasse Spargel.

Ich zwinge mich, mit ruhiger Stimme weiterzureden. »Wenn ich mich als Fan bezeichnen will, nur weil ich die Serie schaue, dann bin ich genauso sehr ein Fan wie du, weißt du?« Ich trinke einen Schluck Wasser und es rinnt eiskalt meine Kehle hinunter. »Ich meine, selbst wenn jemand die Serie erst gestern Abend entdeckt hat und sie liebt, ist er trotzdem ein richtiger Fan. *Warship*-Fans sind die Besten und wir müssen uns nicht gegenseitig kontrollieren.«

»Solange du nicht zu diesen grauenvollen Shippern gehörst, bei denen sich alles nur um Romantik dreht…«

»Was meinst du denn damit?«

»Manchmal schauen Mädchen *Warship Seven* nur, weil sie Ethan Martone heiß finden oder weil sie

Aaron und Jill shippen oder so. Ist ziemlich erbärmlich.«

»*Wie bitte?*«

Die Glocke über der Tür klingelt und Stimmen hallen durch die kleine Pizzeria und erregen unsere Aufmerksamkeit. Das komplette Leichtathletikteam kommt herein, triefend vor Schweiß und noch immer in Trainingsklamotten.

»Hey, da ist Stock!« Wesley winkt mir über die Menge hinweg zu. Ich entspanne mich ein wenig.

Seit wann bin ich *erleichtert*, wenn ich Wesley Clarke sehe? Unfreiwillig muss ich feststellen, dass er ziemlich heiß aussieht, wenn er gerade trainiert hat. Igitt, was ist bloß mit mir los? Ich winke ihm halbherzig zu.

Wesley zieht sich einen Stuhl an unseren Tisch heran, setzt sich rittlings darauf und klaut sich einen verirrten Pilz vom Rand unserer Pizza. Ich schlage seine Hand weg. »Habt ihr zwei ein Date oder so?«

»Ja …«

»Definitiv nicht«, korrigiere ich Kyle. Oder zumindest nicht mehr. Ich stehe auf und ziehe meine Jacke an. »Ich wollte gerade gehen.«

Ich habe mich bereits ein paar Schritte entfernt, als Kyle hinzufügt: »Du schuldest mir noch sieben Dollar für deine halbe Pizza.«

Ich drehe mich noch einmal um und zeige ihm beide Mittelfinger. »Den Rest kannst du behalten.« Ich stürme zur Tür, begleitet vom Jubel des Leichtathletikteams.

Kyle schiebt seinen Stuhl zurück und die Metallbeine scharren quietschend über den Boden. Mir graut jetzt schon davor, ihm draußen wieder begegnen zu müssen. Er erhebt sich, aber Wesley steht ebenfalls sofort auf und versperrt ihm den Weg. »Komm schon, geh ihr nicht nach. Das wäre echt daneben.«

Aus dem Augenwinkel sehe ich, wie Kyle mich anfunkelt, während Wesley von meiner Pizza abbeißt.

22
Wesley

Ich starre auf die nicht versendete Nachricht an Laura auf meinem Handy.

> Hey, hast du dieses Wochenende schon was vor?

Meine Absichten sind denkbar harmlos: sie dazu bringen, dass sie die Sci-Con erwähnt, und sie dann irgendwie fragen, ob sie Jill2 ist. Trotzdem wirkt es, als wollte ich mich an sie ranmachen oder so.

»Wes, hast du den Müll rausgebracht?«, ruft Mom aus dem Flur.

»Ja, warum?«

»Es stinkt hier immer noch«, antwortet sie. »War da irgendwas Verfaultes drin?«

Na ja, kann schon sein, dass ich ihn fünf Stunden später rausgebracht habe, als ich eigentlich sollte, und das, obwohl ich wusste, dass Garnelenschalen drin waren. »Keine Ahnung. Tut mir leid.« Das Haus wirkt viel einsamer, seit Trevor wieder in Stanford ist.

»Wesley Daniel Clarke.«

Mom steht in meiner Zimmertür, noch immer in ihrem Businessanzug, die Arme vor der Brust verschränkt. »Bist du gerade wirklich auf Instagram? Hast du keine Hausaufgaben?«

Ich mache hastig das Fenster zu, in dem ich definitiv nicht Laura gestalkt und mir ihre Fotos von letztem Wochenende angeguckt habe, als sie mit Collin beim Bowling war. »Ich war nicht auf Instagram.«

»Du weißt schon, dass ich den Tab sehen kann, oder?«

Ich klappe meinen Laptop zu und schenke ihr ein verlegenes Grinsen. »Jetzt nicht mehr.«

Sie seufzt und kommt zu mir, um mich in den Arm zu nehmen. »Ach, Wesley. Was soll ich bloß mit dir machen?«

Ich atme tief in ihrem Haar ein. Meine Mutter hatte schon immer diesen seltsam tröstlichen Geruch.

»Trev hat angerufen. Er bucht sich einen Flug und kommt zu deiner Abschlussfeier nach Hause – oder besser gesagt: Ich buche ihn für ihn.«

»Oh. Cool.«

»Ich dachte, ich reserviere zur Feier des Tages einen Tisch in Portman's Steakhouse, ist das okay?« Sie löst sich von mir und hält mich auf Armeslänge fest.

»Klingt gut.« Ich wende den Blick ab. *Sofern meine Eltern überhaupt noch mit mir feiern wollen, wenn sie erst mal hören, wo ich nächstes Jahr hingehe. Und sofern sie mich nicht enterben, falls Stella Valedictorian wird.* »Wie war dein Meeting?«

»Oh, du weißt schon. Wie üblich. Jede Menge Mansplaining von irgendwelchen Anwälten, die meinen, sie würden die Gesetze besser kennen als ich.«

Auch nicht so viel anders als im *Warship*-Forum, schätze ich. »Das ist echt ätzend. Kannst du sie nicht feuern?«

Mom lacht. »Wenn ich jeden Mann feuern würde, der sich so aufführt, dann hätte ich keinen einzigen Anwalt mehr in der Kanzlei.« Sie wechselt das Thema. »Wie ich sehe, hat sich das Rattenprojekt in dein Zimmer verlagert.« Sie geht zu meiner Kommode hinüber, auf der Lints Käfig inzwischen steht. Lint hat sich in einer Ecke zusammengerollt und ignoriert ihr viel gemütlicheres Erdbeerenbett.

»Ja, ich dachte, ich hole sie lieber hier rüber. Du weißt schon – damit ich sie im Auge behalten kann. Für die Schule.«

Mom beugt sich nach unten, die Hände auf die Knie gestützt, und schaut direkt in Lints Käfig. »Hat sie das Labyrinth schon gemeistert?«

»Am Ende biegt sie immer noch falsch ab.« Stella hat das Labyrinth bei sich zu Hause, deshalb kann ich nicht abends mit Lint üben. Ich glaube, sie hat es mitgenommen, damit ich nicht das Gefühl habe, ich müsste Lint rausnehmen und mit ihr trainieren. Zugegeben: Ich weiß das wirklich zu schätzen. »Das Projekt ist in ein paar Wochen vorbei. Ich hoffe, sie hat bald den Bogen raus.«

Mom steckt einen Finger zwischen die Gitterstäbe und Lint schnuppert daran. »Ja hallo, Süße.«

»Ja, sie ist wirklich süß.«

Mein Handy vibriert auf meinem Schreibtisch.

Brandon: Hey, welche Quelle hast du für deinen Englischaufsatz zitiert?

Ich blicke blinzelnd auf die Nachricht. Aufsatz?

Oh nein.

»Na, dann lasse ich dich mal weiterarbeiten.« Mom gibt mir einen Kuss auf den Kopf, bevor sie wieder in den Flur hinausgeht.

Dieser sechsseitige Englischaufsatz, den ich schon seit einem Monat aufschiebe – er ist morgen fällig.

Noch gar keine. Melde mich wieder. Hab ihn total vergessen.

Wen hast du noch gleich bezahlt, damit er dafür sorgt, dass du Chancen auf den Valedictorian hast?

Ich schicke ihm ein Stinkefinger-Emoji und mache mich dann daran, dieses Ding so schnell zu verfassen wie nur menschenmöglich. Mein Laptop plingt.

CaptainJillsBFF22: OMG. Das war mein schlimmster Tag EVER.

Ich tippe kann nicht chatten, superviel zu tun, hab einen total wichtigen Aufsatz für morgen vergessen, aber ich kann mich einfach nicht dazu überwinden, auf Senden zu klicken. Die Wahrheit ist, dass ich mit ihr reden *will*. Und dass ich nicht will, dass sie schlechte Tage hat. Also lösche ich alles wieder und tippe stattdessen etwas anderes.

CERanger11: Was ist passiert?

CaptainJillsBFF22: Ich war in diesen Typen verknallt, aber er hat sich als totaler Vollidiot herausgestellt.

CERanger11: Na, dann hast du wahrscheinlich noch mal Glück gehabt.

CaptainJillsBFF22: Ehrlich gesagt – und sei deswegen nicht sauer: Ich dachte, er wäre DU lol.

CERanger11: Schön zu wissen, dass dich totale Vollidioten an mich erinnern lol

CaptainJillsBFF22: lmao nein! Ich hab rausgefunden, dass er auf W7 steht und automatisch angenommen … na ja.

Ich muss zugeben, ich fühle mich ziemlich geschmeichelt, dass sie nach mir gesucht hat.

CERanger11: Wer ist er? Wahrscheinlich kenne ich ihn. Ich meine, unsere Schule ist ja nicht SO groß …

CaptainJillsBFF22: Spielt keine Rolle. Ich war einfach nur enttäuscht.

CERanger11: Na, dann bin ich froh, dass ich es nicht war. Ich will dich nicht enttäuschen.

CaptainJillsBFF22: Tust du nicht!! ☺

Aus irgendeinem Grund fangen meine Handflächen an, zu schwitzen, als ich ihre letzte Nachricht lese. Ich schaffe es, ein paar Abschnitte für Englisch zustande zu bringen, aber um ehrlich zu sein, könnte ich das Ding auch gleich in die Tonne treten.

CaptainJillsBFF22: Und ich bin irgendwie deprimiert.
CaptainJillsBFF22: /genervt
CaptainJillsBFF22: Meine Mom lässt ständig irgendwelche passiv-aggressiven Bemerkungen darüber fallen, dass ich noch kein Date für den Abschlussball habe und ARGH. Ich weiß auch nicht.
CaptainJillsBFF22: Ich wollte vielleicht diesen Typen fragen, aber jetzt nicht mehr!

Ich fange an zu tippen Ich würde sehr gerne mit dir zum Abschlussball gehen, halte dann jedoch inne. Was zur Hölle ist bloß los mit mir? Ich kenne dieses Mädchen doch kaum. Sie könnte auch irgendeine Irre aus der Schule sein, mit der ich mich normalerweise niemals abgeben würde.

CERanger11: Tut mir leid. Falls das hilft: Ich hab auch noch kein Date für den Abschlussball.
CaptainJillsBFF22: wenigstens steh ich dort dann nicht als Einzige allein rum lol
CERanger11: Freust du dich auf die Sci-Con?
CaptainJillsBFF22: JA! Ich kanns kaum erwarten. Obwohl das mit meinen Stiefeln nichts mehr wird ☹
CERanger11: Gehst du barfuß?

CaptainJillsBFF22: haha nein, der Fußboden da ist widerlich. Wahrscheinlich ziehe ich nur Sandalen an oder so und hoffe, dass es der Jury nicht auffällt.
CERanger11: Ich wette, Jill trägt supercoole Sandalen
CaptainJillsBFF22: Also, ich hab nachgedacht. Da wir uns in ZWEI WOCHEN (!!!) auf der Sci-Con IRL treffen, sollten wir uns vorher vielleicht ein bisschen besser kennenlernen?
CERanger11: Klar. Was willst du wissen?
CaptainJillsBFF22: Zwei Wahrheiten und eine Lüge? LOS.

Ich überlege einen Moment.

CERanger11: 1. Mein Lieblingsessen hat ausschließlich mit Käse zu tun: Käsekuchen (ohne Erdbeeren oder irgendwas Komischem obendrauf), Brie (am besten gegrillt mit Knoblauch) und Grillkäse (klassisch: Weißbrot, Butter, Scheibletten). 2. Ich hab in der Grundschule Geige gespielt. 3. Ich bin letzten Sommer auf den Mount Washington gestiegen.
CaptainJillsBFF22: Hmmm … Geige??
CERanger11: Jep! Aber ich hab Bass gespielt. Das Ding war größer als ich. Du bist dran!
CaptainJillsBFF22: Aaron würde deine Essensliste übrigens zu 100 % unterschreiben
CaptainJillsBFF22: 1. Mein Lieblingsfilm ist Coco (der Disneyfilm). 2. Mein Lieblingsessen ist Lachs. 3. Ich habe zwei Sommer lang als Rettungsschwimmerin gearbeitet.

CERanger11: Ich tippe auf… Lachs?

CaptainJillsBFF22: Bing, bing, bing! Ich hasse Lachs

CERanger11: Coco, also?

CaptainJillsBFF22: DER FILM IST GROSSARTIG VERURTEILE MICH NICHT

CERanger11: Ich verurteile dich aber

CERanger11: (war nur Spaß)

CaptainJillsBFF22: Okay, neues Spiel. Top 3 der Dinge, die du im Leben erreichen willst. Und los!

Das Erste, was mir in den Kopf kommt, ist, Valedictorian zu werden, aber aus irgendeinem Grund kann ich mich nicht dazu überwinden, es zu tippen. Es kommt mir falsch vor.

CERanger11: Ich will alle Kontinente bereisen, einen Sommer lang mit dem Rucksack durch Irland wandern und eine Graphic Novel veröffentlichen.

CaptainJillsBFF22: OMG. Total cool. Ich würde deine Graphic Novel definitiv lesen.

CERanger11: Haha danke. Dann verkaufe ich zumindest ein Exemplar. Vielleicht sogar zwei, wenn meine Mom eins kauft.

CaptainJillsBFF22: Apropos alle Kontinente bereisen: Top 3 Ferienziele, die du mal besuchen willst!

CERanger11: Das ist unmöglich, ich will überall hin

CERanger11: Außerdem hast du geschummelt und zwei Fragen nacheinander gestellt.

Ein Foto in einem ziemlich angeschlagenen Rahmen auf meiner Kommode zeigt meine Eltern, Trevor und mich vor zehn Jahren vor dem Kolosseum. Dad ist an der Rezeption im Hotel ausgerastet, weil eine Stechmücke in unserem Zimmer war. Ich erinnere mich noch gut daran, wie ich selbst als kleines Kind zum Fenster rausgeguckt und so getan habe, als hätte ich nichts mit diesem Idioten zu tun, der gerade alle auf Englisch anbrüllt.

CaptainJillsBFF22: ICH WARTE …
CERanger11: Tokio, definitiv. Alaska. Und ich möchte noch mal nach Rom reisen – ich war nicht mehr dort, seit ich ganz klein war.
CaptainJillsBFF22: Ich würde supergern mal nach Rom. Oder irgendwohin, ehrlich gesagt.
CERanger11: Welches ist dein liebstes Ferienziel??
CaptainJillsBFF22: ähhhhh … keine Ahnung? Ich war noch nie irgendwo.

Wir haben immer Familienurlaub gemacht, oft einmal im Sommer und noch mal in den Winterferien im Februar. Aber der letzte ist schon ein paar Jahre her. Unser letzter gemeinsamer Trip ging nach Disney World, kurz bevor Trevor aufs College gegangen ist. Mom hat den ganzen Urlaub damit verbracht, geschäftliche Telefonate zu führen und sich mit Dad zu streiten. Seither waren wir nicht mehr zusammen weg.

CERanger11: Ehrlich?

CaptainJillsBFF22: Einmal, als ich noch klein war, sind wir für eine Nacht in einem Motel an der Küste abgestiegen, das war cool.

CaptainJillsBFF22: Ich verrate dir ein Geheimnis, okay?

CERanger11:… muss ich jetzt Angst haben?

CaptainJillsBFF22: lol… VIELLEICHT.

CaptainJillsBFF22: Okay, das ist ein bisschen peinlich. Aber mein schmutziges kleines Geheimnis ist: Meine Familie ist arm. Ich meine, so richtig arm. Als ich fünf war, haben wir einen Monat lang bei meiner Tante auf dem Boden geschlafen.

Ich rutsche auf meinem Stuhl hin und her. Damit habe ich nicht gerechnet.

CERanger11: Warum ist das ein »schmutziges« Geheimnis?

CaptainJillsBFF22: Ach, du weißt schon. Armut ist seltsam. Es sind so viele Menschen davon betroffen, aber niemand will darüber reden, weil es einfach unangenehm ist, das Thema Geld anzuschneiden. Und wenn du es tust, behandeln dich alle irgendwie anders. Oder sie versuchen, so zu tun, als würden Klassenunterschiede nicht existieren. Als würde es sich auf uns alle gleich auswirken, dass wir 50 $ für ein Jahrbuch bezahlen müssen.

CaptainJillsBFF22: Ich schäme mich deswegen nicht oder so, ich bin nur… Ich weiß auch nicht.

CaptainJillsBFF22: Aber ich werde mich daraus

befreien. Ich will die Erste in meiner Familie sein, die aufs College geht. Um zu beweisen, dass ich es kann. Und dass es keine Rolle spielt, wo ich herkomme – das habe ich mir verdient.
CERanger11: Glück kann man mit Geld nicht kaufen.

Zumindest meine Familie nicht. Alle Urlaube der Welt hätten nicht dazu führen können, dass meine Eltern sich wieder lieben.

CaptainJillsBFF22: Daran sieht man, dass du noch nie arm warst. 😉

Ich lege die Hände auf die Tastatur, um zu tippen, aber es kommt nichts heraus. Sie hat recht, natürlich, aber es ist irgendwie komisch, es zuzugeben.

CaptainJillsBFF22: Geld würde eine MENGE meiner Probleme lösen. Sich zwischen Benzin und Essen entscheiden zu müssen, ist echt beschissen. Die Tatsache, dass meine Mom ständig Arztbesuche sausen lässt, weil sie nicht anständig versichert ist, macht mir oft richtig Angst.
CERanger11: Tut mir leid. Ich hab mir nichts weiter dabei gedacht.
CaptainJillsBFF22: Ich weiß.

* * *

Um Mitternacht habe ich zwei Seiten geschafft und werde immer wieder von einem Gähnen geschüttelt. Tja, das hier wird wohl die ganze Nacht dauern. Saubere Arbeit, Clarke.

Ich reibe mir die Augen und gehe auf Zehenspitzen nach unten, um mir eine Tasse Kaffee zu besorgen. Ein dunkles Wohnzimmer begrüßt mich, das Ticken des Pendels der Standuhr ist das einzige Geräusch, das die Stille durchbricht.

Ich schalte gerade die Kaffeemaschine in der Küche ein, als sich die Hintertür knarrend öffnet. Ich wirbele herum und sehe Dad, der, noch immer in seinem Anzug, aus der Garage hereinkommt. Er hat ganz offensichtlich nicht erwartet, mich hier zu sehen.

»Oh, Wesley. Du bist noch auf?« Seine Worte klingen seltsam nuschelnd.

Einen Moment lang starre ich ihn nur an. »Ich hole mir nur einen Kaffee.«

»Lernst du so spät noch?«

Mom schlendert in die Küche. Ihre Augen wirken eiskalt. »Es ist nach Mitternacht.«

»Oh.« Dad schnaubt verächtlich. »Mir war nicht klar, dass ich deine Erlaubnis brauche, wenn ich mit den Jungs einen trinken gehen will.«

»Klingt mir nach mehr als einem«, kontert sie. »Dir ist schon bewusst, dass du hier eine Familie hast, oder? Dein ältester Sohn war letzten Monat eine Woche lang zu Hause und du konntest noch nicht mal für eine einzige Mahlzeit mit ihm hierbleiben.«

»Es tut mir leid, dass ich so hart für unsere Familie arbeite und all diese hübschen Dinge ermögliche, für die du so undankbar bist.«

Sie wirft die Hände in die Luft. »Ja, du bist natürlich der einzig Erfolgreiche in diesem Haus. Dabei bin ich schon vor meinem Dreißigsten zur Partnerin in der größten Anwaltskanzlei in ganz New Hampshire ernannt worden, aber was soll's.«

Ihre Stimmen werden lauter, als ich um die Ecke biege, um unbemerkt wieder auf mein Zimmer zu verschwinden.

Ich trinke einen Schluck von meinem Kaffee und spüre die Hitze kaum, als ich mir die Zunge daran verbrenne.

Als *Warship Seven* abgesetzt wurde, war meine Unterschrift die Nummer 22816 bei der Petition für eine zweite Staffel, und ich habe danach jeden Tag ungefähr genauso oft auf Aktualisieren geklickt und zugesehen, wie die Zahl immer höher und höher stieg. Als sie eine halbe Million erreicht hatten, haben sie die Liste an den Vorstand von SFFStream geschickt, aber nie etwas von ihnen gehört. So als hätten sie uns überhaupt nicht zur Kenntnis genommen. Sie sind einfach zur nächsten Serie bei einem anderen Streamingdienst weitergezogen – ein fetter Deal mit Disney+. Manchmal glaube ich, das war der einzige Grund, warum sie *Warship* abgesägt haben.

Ich hab mich damals total unsichtbar gefühlt. So als sei mein Name auf dieser Liste völlig bedeutungslos. So als würde diese Serie, die wie ein Zuhause für mich gewesen war, ihren eigenen Schöpfern außer Geld nichts bedeuten.

Und genauso fühle ich mich jetzt auch. Ich wohne in einem Haus, das von dem vergeblichen Wunsch meiner Eltern nach erfolgreichen Kindern zusammengehalten wird. Aber ich bin unsichtbar. Und mein Zuhause ist nichts weiter als ein hohles Gebäude, das auf Hochglanz poliert und zur perfekten Fassade einer glücklichen Familie geformt wurde.

Aus irgendeinem Grund steigt plötzlich die Erinnerung in mir hoch, wie ich letztes Jahr in meinem Zimmer sitze und auf meinem Laptop zum wiederholten Mal die Serie streame, obwohl mein Blick ganz verschwommen ist. Als die Stimmen unten zu laut wurden, habe ich den Ton lauter gestellt, bis es nur noch die *Happening*-Crew und mich gab.

Mein Körper fühlt sich ganz taub an. So als könnte ein Stein durchs Fenster hereinfliegen und mir den Schädel zertrümmern, ohne dass ich es überhaupt mitkriege.

Meine Beine tragen mich den Rest der Treppe hinauf und den dunklen Flur hinunter, als sei ich eine Marionette. Ich lasse mich wieder auf meinen Schreibtischstuhl fallen.

CaptainJillsBFF22: okay, also wen würdest du aus der Happening-Crew vögeln/küssen/umbringen? Los!

Ich starre auf den Bildschirm. Ich weiß nicht, was mich dazu bringt, es zu tippen, aber ich tue es.

CERanger11: Manchmal glaube ich, ich bin der einzige Grund, warum meine Eltern sich nicht scheiden lassen. Das ist ganz schön scheiße.

In dem Moment, in dem ich auf Senden klicke, wird mir bewusst, dass es das erste Mal ist, dass ich das jemandem erzähle. Ich kneife die Augen ganz fest zu.

CaptainJillsBFF22: OMG was?
CaptainJillsBFF22: Warum glaubst du denn das??
CaptainJillsBFF22: Das tut mir so leid, Aaron2

Ich heiße Wesley, will ich schreiben. Aber ich kann meine Finger nicht dazu bringen, auf die Tasten zu drücken. Also tippe ich stattdessen etwas anderes.

CERanger11: Sie haben sich schon immer gekabbelt. Aber jetzt sind es richtige Streitereien. Sie sind sich überhaupt nur noch einig, wenn es darum geht, mir vorzuschreiben, wie ich mein Leben leben soll.
CaptainJillsBFF22: Oh nein …

Mein Knie wippt gegen das Schreibtischbein. Ich kann nicht glauben, dass ich ihr das alles sage. Aber nachdem ich erst mal angefangen habe, kann ich gar nicht mehr aufhören. Es sprudelt nur so aus mir heraus.

CERanger11: Ich komme mir die ganze Zeit vor, als würde ich in einem Wirbelsturm feststecken.
CaptainJillsBFF22: Das tut mir echt total leid.

CERanger11: Ich glaube, in dem Moment, in dem ich aufs College gehe und sie allein im Haus sind, ist es vorbei.

Ich blinzele heftig, und mir wird erst jetzt bewusst, wie feucht meine Augen sind.

CERanger11: Ich weiß nicht, was ich tun soll.
CERanger11: Alles wird sich verändern und ich fühle mich beschissen. So als hätte ich es irgendwie verhindern können oder so, keine Ahnung.

Vielleicht ist das der Grund, warum ich ihnen noch nichts von der Columbia erzählt habe. Ich will nicht der Dominostein sein, der die anderen anstößt und alles zum Einstürzen bringt.

CaptainJillsBFF22: Das ist echt scheiße. Tut mir so leid.
CaptainJillsBFF22: Aber falls das wirklich passiert, dann ist es nicht deine Schuld.
CaptainJillsBFF22: Menschen entwickeln sich auseinander, verändern sich und erkennen, dass sie nicht zueinanderpassen. Das liegt allein an ihnen. Nicht an dir.

Sie hat recht. Ich weiß, dass sie recht hat. Aber deswegen fühlt sich das klaffende Loch in meinem Bauch auch nicht besser an.

CERanger11: Danke.

Ich schreibe meinen Aufsatz zu Ende und bin eine Stunde vor Sonnenaufgang fertig, auch wenn ich kein einziges Wort davon verstehe.

23
Stella

LINT, DIE RATTE, UND IHRE ABENTEUER IM LABYRINTH

1. Versuch: 21. März. In der ersten Ecke stecken geblieben.
11. Versuch: 31. März. Hat die Hälfte geschafft und schien dann aufzugeben? ABER WIR GEBEN IN DIESEM TEAM NICHT AUF, LINT.
16. Versuch: 1. April. Lint hat die Süßkartoffel am Anfang des Labyrinths gegessen und sich nicht mehr gerührt, bis wir ihr noch mehr gegeben haben. Nicht gerade mein Lieblingsaprilscherz.
27. Versuch: 20. April. Lint hat es bis zur letzten Ecke geschafft, ist dann umgekehrt und wieder zum Anfang zurückgekrabbelt. *Augenroll*
36. Versuch: 1. Mai. Wenn diese Ratte heute noch weitere zehn Minuten im Mittelgang rumsitzt, dann schreie ich.
38. Versuch: 7. Mai. Okay, er kann UNS doch nicht durchfallen lassen, wenn SIE es nicht macht,

richtig? KOMM SCHON, LINT, LASS UNS NICHT HÄNGEN!!

»Ich glaube, sie veräppelt uns.« Wesley stützt das Gesicht in die Hände.

Mein Hintern fühlt sich auf diesem Biologielaborstuhl langsam taub an. »Komm schon, Mädchen. Du schaffst das.« Ich pflücke Lint aus der Mitte des Labyrinths und setze das rundliche, flauschige Tier wieder an den Anfang, nehme mir jedoch einen Moment Zeit, um ihr weiches Fell zu streicheln.

Mindestens drei der anderen Teams haben ihr Projekt schon vor Wochen beendet, sitzen um einen der Labortische versammelt und schauen sich irgendein Video auf einem Handy an, wobei sie alle paar Minuten simultan in Gelächter ausbrechen.

»Dies ist der zweiundvierzigste Versuch, Freitag, 14. Mai«, sage ich frustriert in meine Handykamera und richte sie dann auf das Labyrinth.

Lint schaut zu mir hoch, als wollte sie sagen: »Das soll doch wohl ein Witz sein, ich mach das nicht noch mal.«

Wesley reißt unter dem Tisch eine Packung Chips auf und ist dabei so auffällig wie nur menschenmöglich. Er hält mir die Tüte hin, aber ich schüttle den Kopf. »Du machst niemandem was vor, Clarke.«

»Also, Devin, mein kleiner Cousin.« Er steckt sich eine Handvoll Chips in den Mund.

»Cookie Dough mit Gummibärchen und cooler Haarschnitt.« Ich richte das Handy weiter auf Lint.

Wetten: Bei meinem Glück beendet sie das Labyrinth das *eine* Mal komplett, wenn ich sie nicht dabei filme, und dann fallen wir trotzdem durch.

»Ja, genau der. Er hat ein Date für den Frühlingsball an seiner Schule, aber ich hab immer noch kein Date für meinen Abschlussball. Sag mir eins, Stock: Ist das etwa fair?«

»Ein Date?« Ich rümpfe die Nase. »Ist er nicht erst zehn oder so?«

»Dreizehn. Aber das ist nicht der Punkt.«

»Warum fragst du dann nicht einfach jemanden? Laura, zum Beispiel.« Die Worte schmecken sauer in meinem Mund, und ich habe keine Ahnung, warum. »Es sei denn, sie geht schon mit Collin hin.«

»Tut sie.« Er zuckt so übertrieben mit den Schultern, dass es viel zu gewollt aussieht, um wirklich gleichgültig zu wirken.

»Wen interessiert's? Ich gehe auch allein. Na ja, eigentlich bin ich nicht wirklich allein – ich gehe mit Dahlia, aber wahrscheinlich bin ich am Ende doch das fünfte Rad am Wagen, weil ich vermute, dass Brandon sie noch fragt.«

»Wird er. Bald. Er hat irgendwas ganz Besonderes dafür geplant, keine Ahnung. Ich finde es ziemlich kitschig.«

»Ernsthaft?« Ich werfe meinen Bleistift weg und tippe wie wild auf Wesleys Arm. »O mein Gott, sie wird total aus dem Häuschen sein. Ich brauche Details!«

»Ja, aber du darfst es ihr nicht erzählen.« Er tut,

als würde er seinen Mund mit einem Reißverschluss schließen. »Weil ich es dir auch nicht hätte verraten sollen.«

»Oh, ich werde es ihr auf jeden Fall erzählen.« Ich wedle mit meinem Handy in seine Richtung. »Sobald wir mit Filmen fertig sind, schicke ich ihr sofort eine Nachricht.«

»Das würdest du nicht wagen.«

»Oh doch, würde ich.«

»Ohne Handy kannst du aber nichts verschicken.« Bevor ich begreife, was er meint, schnappt er sich das Smartphone aus meiner Hand. Ich grapsche danach, um es mir wiederzuholen, aber er hebt es über seinen Kopf. »Ernsthaft? Du weißt schon, dass wir filmen, oder?«

»Wenn du es wiederhaben willst, dann musst du mir versprechen, dass du Brandons großen Plan für dich behalten wirst. Und du musst zugeben, dass ich der rechtmäßige Valedictorian bin.«

»Meine Mutter hat mir beigebracht, dass man nicht lügen soll.« Ich klettere über den Tisch und praktisch auf seinen Schoß, kann das Handy aber trotzdem nicht erreichen. Verdammt, ich hasse es, so klein zu sein. »Du bist so ein Arsch.«

»Es ist doch nur ein simpler kleiner Satz, dann kriegst du dein Smartphone wieder.« Er hat die ganze Zeit nicht aufgehört, zu grinsen, was irgendwie peinlich ist, weil ich genau zwischen seinen Beinen stehe.

Ich stürze mich nach vorne, strecke die Hand aus, so hoch ich kann, und meine Wange streift dabei über seine. Unsere Gesichter sind nicht mal zwei Zentimeter voneinander entfernt. Ich lehne mich wieder zurück und eine halbe Sekunde lang schaut er mit seinen braunen Augen direkt in meine. Mein Herz rast. Ich weiche hastig zurück, genau wie er.

Die Ecke seines iPhones lugt aus seiner Hosentasche heraus. »Okay, dann eben so!« Mit einer fließenden Bewegung schnappe ich mir sein Smartphone und halte es auf Armeslänge entfernt. »Gib mir mein Handy zurück, sonst…« Ich schwenke das iPhone wie eine Fahne.

Er grinst. »Sonst was?«

»Sonst…« Mein Blick huscht zum Ausgang des Labyrinths, wo Lint hockt und uns unschuldig anschaut. »O mein Gott! Das kann nicht wahr sein.«

Wesley sieht es auch. »Unglaublich«, ruft er, und das ganze Klassenzimmer schaut zu uns rüber. »Lint hat das Labyrinth gemeistert.«

»Sie hat es geschafft!« Ich hüpfe vor Freude auf und ab. Ohne nachzudenken, werfe ich die Arme um Wesleys Hals.

Er erwidert die Umarmung, und nach einer halben Sekunde wird uns bewusst, was wir tun, und wir ziehen die Arme schnell wieder an unsere Seiten zurück.

»Stella! Wesley!« Mr Hardwickes strenge Stimme durchbricht die Stille. »Haben Sie vergessen, dass Sie hier in einem Klassenzimmer sind und nicht auf irgendeinem Happening?«

Ich wünschte, es wäre die Happening.

»Ich wünschte, es wäre die *Happening*«, murmelt Wes.

Ich werfe ihm einen Blick zu, aber er schaut zu Mr Hardwicke. »Tut mir leid. Aber unsere Ratte hat das Labyrinth geschafft.«

»Ja, schauen Sie mal!« Ich hebe Lint hoch und setze sie wieder an den Anfang des Labyrinths. »Komm schon, Süße, mach's noch mal.«

Mr Hardwicke schlendert mit den Händen auf dem Rücken zu uns und beobachtet, wie Lint durch das Labyrinth krabbelt, diesmal richtig. »Gut gemacht. Ausgezeichnete Arbeit. Vergessen Sie nicht, mir ein Video einzureichen, und ich brauche von Ihnen beiden einen Nachweis über eure Versuche.«

»Geht klar«, versichert Wesley.

Ich nicke, hebe Lint hoch und setze sie auf meine Schulter. »Dieses Video ist das reinste Chaos«, flüstere ich.

Wesley lacht. »Wir drehen einfach ein neues.«

»Apropos harte Arbeit: Ich habe gestern Nachmittag mit dem Rektor gesprochen.« Mr Hardwicke tätschelt Lint freundlich. »Zum allerersten Mal überhaupt wird der oder die Valedictorian erst nach den Abschlussprüfungen feststehen.«

Tja, das hatte ich befürchtet.

»Normalerweise ist eindeutig, wer den Titel bekommt, aber Sie beide sind einander so ebenbürtig, dass es ohne die Abschlussprüfungen ein Unentschieden wäre. Also, lernen Sie fleißig weiter.«

Er wendet sich ab und entfernt sich.

»Warten Sie!«, platzt Wesley heraus. »Warum kann es denn nicht einfach ein Unentschieden sein? Wenn wir es beide verdient haben, warum können wir dann nicht beide Valedictorian sein?«

Die ganze Klasse tut inzwischen wahnsinnig unauffällig so, als würden sie uns nicht zuhören.

»Tja, um es mit den Worten des Highlanders zu sagen« – Mr Hardwicke hebt einen Zeigefinger –, »es kann nur einen geben.« Dann geht er.

Ich beschäftige mich mit Lint, um Wesley nicht anschauen zu müssen, der plötzlich sehr daran interessiert zu sein scheint, die Wände des Labyrinths zu reparieren.

Es wird alles von unseren Abschlussprüfungen abhängen. Es steht immer noch alles auf dem Spiel. Die Sci-Con ist dieses Wochenende und danach muss ich mich voll und ganz aufs Lernen konzentrieren.

Irgendwo gibt plötzlich Kyle Nielsen, der immer noch versucht, seine Ratte durch das Labyrinth zu bringen, ein lautes Stöhnen von sich. »Ich habe Ihnen doch gesagt, dass sie die zwei Schlausten im Kurs nicht zusammen in ein Team stecken sollen.«

»Kyle, mein lieber, lieber Freund.« Wesley legt eine Hand auf sein Herz. »Halt die Klappe.«

* * *

Irgendjemand hat das beste neue Fan-Video überhaupt bei Youtube hochgeladen. Es ist die Lewton-Liebesszene, in Dauerschleife, geschlagene fünfzehn

Minuten lang. Und, ganz ehrlich: Die Originalszene war viel zu kurz und hat höchstens zehn Sekunden gedauert, deshalb ist diese Schleife absolut unglaublich. Ich lache über die Tatsache, dass jemand so viel Zeit hatte, aber ich bin auch unendlich dankbar, dass diesem Fandom Ungerechtigkeiten wie diese nicht egal sind und jemand so viel Arbeit darin investiert hat, die Szene zu verlängern. Ich frage mich, was Leigh denken würde, wenn sie den Clip sehen würde. War nur Spaß – sie hat schließlich selbst gesagt, dass sie hier schon ein paar schmutzige Fanfics gefunden und sie Ethan geschickt hat. Das ist wahre Freundschaft.

Ich muss plötzlich an Wesley denken, und daran, wie ich heute praktisch an ihm hochgeklettert bin. Ich schüttle den Gedanken schnell wieder ab. Igitt. Nein. Es war nicht diese Lewton-Szene, die mein Gehirn dahin gelotst hat. Das ist einfach nur falsch.

Mein Rattenlabyrinth-Bericht für den Biokurs und schmutzige Youtube-Videos: ein Freitagabend für echte Champions. Ich meine, ich muss ja morgen ganz früh raus, damit ich den Bus zur Sci-Con nicht verpasse, deshalb könnte ich sowieso nicht bis spät ausgehen. Ich habe eine Menge Geld für dieses Ticket bezahlt und gedenke, in dem exakten Moment vor der Tür zu warten, in dem sie die Halle öffnen.

Morgen treffe ich Aaron2. Bei dem Gedanken beginnt mein Puls zu rasen. Was, wenn er jemand ist, den ich nicht mag? Oder jemand, der mich für eine totale Loserin hält und nichts mit mir zu tun haben will? Was, wenn er mich versetzt? Was, wenn es total peinlich wird?

Ich scrolle zu den Videokommentaren und füge einen eigenen hinzu.

CaptainJillsBFF22: Lieber OP: vielen Dank für deine Dienste

Meine Zimmertür schwingt auf. »Hey.« Bridget bleibt wie angewurzelt stehen. »Guckst du hier drin Pornos?«

Ich schaue auf den Computerbildschirm, wo Aaron und Jill leidenschaftlich rummachen, ohne Shirts. »Scheiße.« Ich klicke hastig das Fenster zu und Bridget kichert.

»Oh, bitte, das ist mir doch egal.« Sie schlendert in mein Zimmer, mit ihrer Kino-Uniform bekleidet und einen großen Karton auf dem Arm, der in mit Luftballons bedrucktes Papier eingepackt ist, auf denen steht *Juchhu, schon eins!*. »Ich hab ein Geschenk für dich.«

Ich blicke von dem Karton zu meiner Schwester. »Das ist ja wirklich nett, aber für meinen ersten Geburtstag kommst du ungefähr siebzehn Jahre zu spät.«

»Ja, tut mir leid wegen des Papiers. Das war noch von Gwens Geburtstag übrig. Aber ich verspreche dir, dass ich dir nicht auch *Die Raupe Nimmersatt* gekauft habe.«

»Aber ich liebe dieses Buch.« Immer noch, obwohl ich es Gwen letzten Sommer ungefähr eine Zillion Mal vorgelesen habe und das komplette Buch auswendig kenne – diese Raupe ist wirklich *unersättlich*. Ich springe von meinem Schreibtischstuhl auf. »Was ist das?« Als wir noch klein waren, haben Bridget und ich uns immer gegenseitig »Geschenke« gemacht – normalerweise Fingerfarbenbilder und andere große Kunstwerke. Ihre waren immer besser als meine. »Eine Riesentüte Popcorn von gestern?« Eine ältere Schwester zu haben, die im Kino arbeitet, ist ziemlich cool, weil sie immer tonnenweise von dem Zeug mit nach Hause bringt.

»Du musst es aufmachen und es selbst herausfinden.« Sie drückt mir das Päckchen in die Hände, ein Leuchten in ihren Augen. »Mach es auf. Mach es auf.«

Ich reiße das Geschenkpapier auf und klappe den Deckel des Kartons hoch. Mein Herz macht einen Satz. Brandneue schwarze Captain-Jill-Brighton-Stiefel liegen in einem Nest aus Seidenpapier – eine glänzende neue Version des Modells, das ich im Laden gesehen habe und das zu teuer war, um es zu bestellen. »Meine Stiefel!«

»Sind das die richtigen?«

»Ja!« Ich hole sie aus dem Karton und ziehe sie über meine grün gepunkteten Socken an. »O mein Gott, schau sie dir an!«

Bridget quiekt. »Die sind fantastisch! Und sie werden perfekt zu deinem Kostüm passen.«

Meine Begeisterung ist plötzlich ein wenig gedämpft. »Warte mal, die Dinger kosten achtzig Dollar.«

»Du bist es wert.« Sie zuckt mit den Schultern. »Ich hatte ein bisschen Geld übrig.«

»Aber das brauchst du selbst.« Ich fange an, die Stiefel wieder auszuziehen. »Ich kann sie nicht annehmen.«

»Zu spät! Umtausch ausgeschlossen.« Sie wirft die Hände in die Luft. »Ich hab sie für dich gekauft, und ich will hoffen, dass ich tonnenweise Fotos von dir sehe, wie du sie bei der Sci-Con trägst, sonst kannst du was erleben.«

»Aber … das kannst du dir nicht leisten.«

»Stella Catherine Greene.« Sie hält mich an den Oberarmen fest und unser Größenunterschied ist offensichtlich. »Es ist alles gut. Ich wollte sie dir kaufen. Ich bin erwachsen, und ich kann mit meinem Geld machen, was ich will.«

Nein, kannst du nicht. Du hast ein Kind. Und du hast sowieso schon zwei Jobs und wohnst noch bei Mom.

Ich mache den Mund auf, um zu protestieren, aber Bridget hat den Mom-Blick inzwischen perfektioniert, also lasse ich mich wieder auf meinen Schreibtischstuhl sinken.

»So ist es gut«, sagt sie. »Sie gehören dir. Und viel Spaß damit auf der Con.«

»Okay.« Ich zwinge mich zu einem Lächeln. Diese Stiefel sind wirklich großartig. Und sie sehen genauso aus wie Jills. Aber ich kann die Schuldgefühle trotzdem nicht unterdrücken.

»Gehst du allein hin?« Sie setzt sich auf die Bettkante und kaut an ihren lila lackierten Fingernägeln.

»Na ja …« Ich massiere meinen Oberarm und begutachte immer noch meine unglaublichen neuen Stiefel im Spiegel. »Irgendwie schon.«

Sie zieht die Augenbrauen hoch. »Irgendwie schon? Ich kann versuchen, mir ein paar Stunden freizunehmen, wenn du nicht allein hingehen willst. Aber spätestens um fünf muss ich wieder los.«

»Da ist dieser Typ.« Ich drehe mich mit meinem Stuhl im Kreis und alles verschwimmt um mich herum. »Ich hab ihn im *Warship*-Forum kennengelernt.«

»Wow, Moment mal, Sekunde.« Bridget streckt eine Hand aus und bremst meinen Stuhl mitten in der Drehung ab. »Wie bitte? Wer?«

»Das ist genau der Grund, warum ich es dir nicht erzählen wollte.«

»Ich hoffe, du tust das nicht nur, damit Mom dich nicht weiter nervt, weil du noch kein Date für den Abschlussball hast.«

»Nein, ich schwöre.«

»Dir ist aber schon klar, dass der Typ wahrscheinlich mindestens vierzig und total pervers ist, oder?«

»Das glaube ich nicht.«

»Was, wenn er versucht, dich in seinen Keller zu locken?«

»Mitten in der Wells Arena gestaltet sich das ziemlich schwierig.«

Bridget wirft mir einen Blick zu. »Du weißt schon, was ich meine.«

»Wir haben total viel gechattet und es ist einfach … Ich weiß auch nicht. Er scheint echt cool zu sein.« Wäre es seltsam, zuzugeben, dass ich in einen praktisch völlig Fremden verknallt bin? Aber irgendwie ist er ja gar kein Fremder – zumindest wird er das nicht mehr sein, wenn ich erst mal weiß, mit welchem Zwölftklässler von der GCMHS ich die ganze Zeit gechattet habe. »Und, ähm, ich glaube, er geht auf meine Highschool.«

»Aber ihr trefft euch hoffentlich an einem öffentlichen Ort?«

»Ja, Mutter.« Ich rolle mit den Augen. »Wir treffen uns um 12:45 Uhr vor der großen Uhr, kurz bevor um eins der Cosplay-Wettbewerb anfängt.« Mein Herz flattert, wenn ich nur daran denke. »Wir glauben, dass wir bessere Chancen auf den Sieg haben, wenn wir gemeinsam antreten, weil unsere Charaktere eine superbeliebte Ship in der Serie sind.«

»Na gut, aber sei vorsichtig, okay?« Sie steht auf, um zu gehen. »Und schick mir 'ne Nachricht, falls er dich doch verarscht hat, dann komme ich und trete ihm in den Hintern.«

»Oh, keine Sorge.« Ich zücke die Attrappe meiner Captain-Jill-Pistole. »Ich werde die ganze Zeit bewaffnet sein.«

Morgen. Morgen treffe ich meinen Sergeant Aaron Lewis.

WARSHIP SEVEN: Episode sechzehn

»Licht in der Dunkelheit«

Beschreibung: »Jill und Aaron werden auf dem Piratenschiff als Geiseln festgehalten und müssen ums Überleben kämpfen.«

SZENENKONTEXT: Als Gefangene der Piratencrew werden CAPTAIN JILL BRIGHTON und SERGEANT AARON LEWIS mit verbundenen Augen und aneinandergeketteten Händen auf das Piratenschiff verschleppt. Mindestens zwanzig dreckige Mitglieder der Piratencrew säumen den Korridor und verhöhnen die Gefangenen.

PIRAT 1: Fette Beute, Jungs. [reibt sich die Hände] Ein ZE-Soldat und ein flüchtiger Captain auf einen Streich? Da klingelt's in der Kasse.

[AARON versucht, den nächstbesten Piraten mit einer Kopfnuss auszuschalten, aber er trifft ihn nicht richtig.]

PIRAT 2: Der hier ist ziemlich lebhaft. [lacht und versetzt AARON mit einem Viehtreiber einen Elektroschock, der daraufhin mit einem Grunzen vorwärtsstolpert] Die Lady ist keine große Bedrohung.

JILL: [murmelnd] Ich werde euch schon zeigen, wer eine Bedrohung ist.

AARON: [mit ebenso leiser Stimme] Dir ist klar, dass sie uns zehn zu eins überlegen sind, oder?

JILL: Ich hatte schon gefährlichere Gegner. Und attraktivere.

AARON: Sie werden dich töten.

JILL: Sie können es gerne versuchen.

[Die Piraten stoßen AARON und JILL unsanft weiter, und sie stolpern eine kurze Wendeltreppe hinunter, bevor sie sich im verschimmelten Keller des Schiffs wiederfinden. Eine kugelsichere Glaswand trennt zwei dreckige, von Schimmel befallene Einzelzellen voneinander. Der schmutzige Boden ist mit Abfall übersät.]

PIRAT 1: Willkommen in eurem neuen Palast, ZE-Dreck, Captain. [Er reißt ihre Augenbinden herunter.]

AARON: [rümpft die Nase] Stinkt irgendwie mehr als in meinen üblichen Palästen.

PIRAT 2: Tut mir leid, wir haben vergessen, nach unseren letzten Gästen sauber zu machen. Sie haben nicht lange überlebt. [Sämtliche Piraten brechen in schallendes Gelächter aus, während er JILL und AARON die Ketten abnimmt und jeden in eine der Zellen schubst. Einer der anderen Piraten knallt die schwere Tür von JILLs Zelle zu und schließt sie ein.]

AARON: Nur noch eins. [Er schwingt mit der Faust nach einem der Piraten, wird jedoch mit Leichtigkeit überwältigt. Die Piraten prügeln auf ihn ein, stoßen den ZE-Ranger zu Boden und bearbeiten ihn mit weiteren Schlägen und Tritten. JILL sieht voller Entsetzen aus ihrer eigenen Zelle zu.]

PIRAT 1: [spuckt auf AARON hinab, der zusammengerollt auf dem dreckigen Boden liegt] Das wird dir eine Lehre sein, ZE-Dreck. [Er knallt die Zellentür zu, und die Piraten verschwinden wieder aus dem Keller; ihr Jubel und Gelächter wird immer leiser, bis sie alle wieder im Hauptraum des Schiffes sind.]

JILL: [sinkt in ihrer Zelle auf den Boden und knallt den Hinterkopf gegen die Glasscheibe]

AARON: [Zwingt sich, blutüberströmt und übel zugerichtet, in eine sitzende Position, bohrt in seinem Mund herum und holt den zerstörten Kommunikationschip heraus. Er runzelt die Stirn und krümmt sich an der gegenüberliegenden Wand zusammen.] Also, Captain, was machen wir jetzt?

24
Wesley

Dass es das Wochenende der Sci-Con ist, merke ich daran, dass ich einen kompletten Kampfanzug inklusive Weltraumhelm trage und trotzdem nicht der seltsamste Typ im Bus bin. Ich habe ein bisschen ausgeschlafen und beschlossen, so gegen Mittag dort zu sein, und ich bin auf die Minute pünktlich.

Jill2 ist hier, irgendwo. Und ich werde sie kennenlernen. Endlich.

Mein Pulsschlag kribbelt auf meiner Haut. Ich schaue mich in sämtliche Richtungen um und suche nach ihr.

Wenn es wirklich Laura ist, was soll ich dann zu ihr sagen?

Ich muss mich zusammenreißen. Wahrscheinlich ist sie es sowieso nicht. Wahrscheinlich geht sie doch auf die Huntington. Vielleicht hat sie wegen ihrer Schule ja zwei Mal gelogen.

»Hey, da ist Sergeant Aaron Lewis«, brüllt irgendein als Aragorn verkleideter Typ, als ich vor der Wells

Arena aus dem Bus steige. »Zum Schutze der Galaxie.«

Ich tippe drei Finger auf beide Schultern, der Salut der Zentralen Elite, und er tut es mir nach. Nerds sind die Besten.

Der Plastikhelm auf meinem Kopf schließt die Hitze komplett ein, und ich bin mir ziemlich sicher, dass meine Haare inzwischen in Schweiß baden. Die Wärme der vielen Menschen erstickt mich sofort, als ich das große überdachte Stadion betrete. Verkaufsstände säumen den Innenraum in mehreren langen Reihen und das Stimmengewirr von tausend Leuten wird in dem offenen Raum noch verstärkt. Eine Bühne steht ganz vorne, und darüber begrüßt mich ein rot-weißes Transparent: *Willkommen auf der Sci-Con – zum 16. Mal.*

In der Sekunde, in der ich durch die Tür trete, reiße ich mir den Helm vom Kopf.

»Aaron! Mein Liebster!« Eine als Michele Cordova verkleidete Frau in den Dreißigern stürmt auf mich zu. »Machst du ein Foto mit mir?«

Ich grinse. »Für dich tue ich doch alles, Michele.«

Es ist einfach ein unglaubliches Gefühl, dass alle mein Kostüm erkennen. Irgendein alter Typ am Busbahnhof in Nashua, wo ich heute Morgen umgestiegen bin, hat mir zugebrüllt: »Wer willst du denn sein? Neil Armstrong?«, deshalb ist das hier eine sehr erfrischende Abwechslung.

Ich bahne mir mit der Schulter voraus einen Weg durch die Menge und begegne einer Daenerys Targaryen, einem Bucky Barnes und einem kleinen Jungen, der mindestens fünf verschiedene Lichtschwerter in der Hand hat, bis ich die riesige Uhr im vorderen Teil der Halle sehen kann, ganz in der Nähe der Bühne.

Ich weiß gar nicht, warum ich so nervös bin. Wir werden nur ein bisschen zusammen abhängen, uns anschließend bis zur Abschlussfeier ein paarmal peinlich berührt in der Schule über den Weg laufen, und danach werde ich sie nie wiedersehen – es sei denn, sie ist wirklich Laura. Aber es ist trotzdem irgendwie komisch. Ich habe mich immer auf unsere Chats gefreut. Aber das hier? Das hier macht alles real.

Ich schlendere durch die Verkaufsstände und komme an einem Mann im mittleren Alter vorbei, der seine eigene Fantasy-Buchreihe verkauft. Neben ihm bietet eine Frau verschiedene handgemachte Ketten an, die alle mit einem anderen Zitat verschiedener Fandoms verziert sind. Ich schaue sie mir näher an.

Der Winter naht.

Immer.

Ein Ring, sie zu knechten.

Möge die Macht mit dir sein.

You can't take the sky from me.

Ich bleibe vor einem runden goldenen Anhänger stehen, auf den oben ein ZE-Logo eingraviert ist. *Ich lasse mich nicht von irgendwelchen Kleingeistern verurteilen*. Ist das ein seltsames Geschenk für eine Fremde?

Ich weiß ja noch nicht mal, ob sie Halsketten mag, ob sie vielleicht allergisch gegen das Metall ist oder ob sie das für eine viel zu merkwürdige Geste halten würde, wenn man jemanden gerade zum ersten Mal sieht.

Das Metall fühlt sich kalt auf meiner Haut an, als ich es hochnehme.

»Wie viel kostet das?«, frage ich und strecke es der Frau hin.

»Zehn Dollar«, antwortet sie.

Ich gebe ihr das Geld und stecke die Halskette ein. Wenn ich Jill2 mag und sie mich nicht total strange findet, dann gebe ich sie ihr.

Lärm dröhnt um mich herum, als ich meinen Weg in Richtung der großen Uhr fortsetze, aber ich höre nur meinen Pulsschlag in meinen Ohren.

Keine Panik! Es ist nur irgendeine Warshipperin aus dem Forum. Nichts weiter.

Die Menge lichtet sich, je weiter ich mich der Bühne nähere, ironischerweise. Alle bummeln entweder durch die Stände oder lauschen dem Rest der Panels, die um zwölf begonnen haben. Ich werfe einen Blick auf den Veranstaltungsplan in der Sci-Con-App, in der ich die beiden Panels, die ich selbst sehen will, meinen Favoriten hinzugefügt habe, um drei und um vier. Ethan Martone vertritt *Warship,* und ich habe vor, mir um fünf sein Autogramm zu sichern.

Ein einzelner Ton ertönt und teilt mir mit, dass es exakt 12:45 Uhr ist. Ich setze den Helm wieder auf, in der Hoffnung, dass das Plastikding versteckt, wie verlegen und verschwitzt ich bin.

Vorsichtig stelle ich mich hinter die Uhr, um alles im Blick zu haben und beobachten zu können.

Ein Mädchen steht allein mit dem Rücken zu mir, und ich weiß sofort, dass es meine Jill2 ist. Ihr braunes Haar ist auf ihrem Kopf zu einem Knoten aufgedreht.

Ich bin ein wenig enttäuscht. Sie ist zu klein, um Laura zu sein.

Das *Happening*-Wappen prangt stolz hinten auf ihrer Jacke und sie hat total coole schwarze Stiefel an. Sie lehnt sich zur Seite, eine Hand in die Hüfte gestemmt, und kommt mir dabei irgendwie vertraut vor.

Ich atme tief durch und rücke meinen Helm zurecht, bevor ich um die Uhr herumgehe.

Dann rutscht mir der Magen in die Kniekehlen.

Nein.

O Gott.

Soll das irgendein kranker Scherz sein?

Stella Greene starrt mich an.

»Hi.« Sie lächelt freundlich. »Bist du Aaron2?«

Die Stimme bleibt mir im Halse stecken. Ich kann nicht hierbleiben. »Ja. Hi.« Ich zwinge die Worte mit einer Stimme heraus, die nicht mir gehört und zusätzlich durch den Helm gedämpft wird. Nein. Das ist nicht möglich. »Sto… Jill2?«

Es fühlt sich an, als wäre das komplette Universum gerade um mich herum eingestürzt. Es kann nicht

Stella sein. Dieses charmante, lustige, *Warship* liebende Mädchen aus dem Forum ist garantiert nicht die verklemmte, steife Perfektionistin Stella Greene.

»Ja.« Sie betrachtet mich mit einem seltsamen Ausdruck. »Dann … kennst du mich gar nicht? Irgendwie komme ich mir gerade ziemlich komisch vor.«

Ich kenne dich nur zu gut. Auch wenn ich wünschte, ich würde dich überhaupt nicht kennen.

Ich starre sie mit heruntergeklappter Kinnlade an, was sie natürlich nicht sehen kann, weil mein Gesicht hinter dem Helm versteckt ist.

Sie betrachtet mich mit verlegener Miene. »Willst du … den Helm nicht absetzen?«

»Ich … Ich hab wegen meiner Schule gelogen«, sage ich hastig, weil ich ihr auf keinen Fall zeigen werde, wer ich wirklich bin. »Mein Bruder war auf der GCMHS. Ich gehe auf die St. Luke's.«

Das Lächeln auf ihrem Gesicht erlöscht. »Auf diese schicke Privatschule?«

»Ja. Aber alles andere war die reine Wahrheit, das schwöre ich. Ich bin in der Zwölften, mache nächsten Monat meinen Abschluss und werde wahrscheinlich Valedictorian.«

»Ich werde auch Valedictorian.«

Okay, *das* tat weh.

»Oh. Das ist ja cool.«

Einen Moment lang stehen wir peinlich berührt da. Jetzt ergibt auch der Anhänger Sinn, den Stella jeden Tag trägt – ich hatte ihn für ein Kreuz gehalten, irgendwas Religiöses oder so. Nicht in einer Million

Jahren hätte ich geglaubt, dass sie Warshipperin ist. »Dein Kostüm ist super«, platze ich plötzlich heraus.

»Ich finde deins auch spitze!« Sie streckt eine Hand aus und berührt das Abzeichen auf meiner Brust. »Das ist so cool.«

»Danke. Ich hab es selbst draufgenäht.«

»Und der Helm sieht auch super aus.«

»Den hast du für mich gefunden.«

»Ich habe eben Geschmack.« Sie zwinkert mir zu. »Ach, übrigens, jetzt kann ich es dir ja sagen, schätze ich: Ich heiße Stella.«

»Ich bin …« Ein Typ in einem Captain-America-Kostüm huscht an uns vorbei. »Steve.« Ich habe keine Ahnung, warum mir noch nie vorher aufgefallen ist, wie hübsch sie ist. Ist es seltsam, dass ich sie superattraktiv finde, wenn sie als fiktive Weltraumkapitänin verkleidet ist? Was sagt das über mich aus?

»Du bist … anders, als ich mir dich vorgestellt hatte«, sage ich wahrheitsgemäß. Weil ich mir sicher nicht vorgestellt hatte, dass sie aussieht wie meine Erzrivalin.

»Ist das gut oder …«

»Definitiv gut.«

»Na, du siehst auch anders aus, als ich mir dich vorgestellt hatte. Vor allem, weil ich mir vorgestellt hatte, dass ich irgendwann mal dein Gesicht sehen würde.«

»Aaron Lewis behält seinen Helm auch immer auf. Wenn er nicht gerade als Gefangener auf deinem Schiff hockt.«

»Ich …«

»Einen wunderschönen Nachmittag, liebe Fans und Freunde!« Die Stimme eines Mannes schallt von der Bühne direkt hinter uns und wir wirbeln herum. Er trägt einen Zylinder auf dem Kopf, so als sei er einer Zaubershow aus den 1930ern entsprungen, und dazu eine Millennium-Falke-Krawatte – eine bizarre Kombination. »Ich hoffe, ihr amüsiert euch gut. Ich möchte nun alle, die an unserem Cosplay-Wettbewerb teilnehmen wollen, bitten, sich an der Bühne einzufinden.«

Ich atme tief aus. Dieser Typ hat sich gerade in meinen Helden verwandelt.

»Egal, das kannst du mir alles später erzählen.« Stella packt mich am Arm. »Wollen wir zum Wettbewerb?«

»Unbedingt!«

Wir bahnen uns einen Weg durch die Menge, die Richtung Bühne strömt, vorbei an Leuten in allen möglichen Kostümen. Ein paar von ihnen erkenne ich. Ich sehe ein Mädchen mit rosa Haaren, das, glaube ich, irgendeine Anime-Figur darstellt, ungefähr eine Fantastillion Jon Snows und Reys, diesen Typen aus *The Witcher*, Sailor Moon, Doctor Who, Harley Quinn, Captain Marvel, vier als das Team aus *Ghostbusters* verkleidete Frauen, einen Malcom Reynolds und irgendeinen Kerl in einem Zylonen-Anzug. Ein anderer Typ hat sich aus Pappkarton ein ziemlich überzeugendes Iron-Man-Outfit gebastelt, während der Kerl neben ihm in einem Deadpool-

Kostüm eine beherzte Stand-up-Show für alle zum Besten gibt, die ihm zuhören wollen. Ein kleines als Gemma verkleidetes Mädchen spannt in einem Kreis aus Erwachsenen seine Muskeln an und alle jubeln der Kleinen zu. Mehrere Leute liefern sich bereits ein Duell mit ihren verschiedenen Schwertern, Pistolen oder womit ihr Charakter eben sonst so bewaffnet ist. Ein Typ vollführt alle möglichen Drehungen mit seinem Plastiklichtschwert, und ich fürchte ernsthaft, ihm hat noch keiner gesagt, dass er hier kein echtes Duell kämpft. Ich sehe sogar einen Jack Sparrow, der willkürlich die Arme um irgendwelche Leute legt und ihnen einen Schluck aus dem riesigen Krug anbietet, den er mit sich herumschleppt und der mit wer weiß was gefüllt ist. Ein paar Charaktere aus anderen Fandoms, die ich nicht erkenne, tummeln sich ebenfalls im Wettbewerbsbereich, alle in faszinierende selbst gebastelte Outfits gehüllt.

»Wir haben hier einige wirklich fantastische Kostüme«, verkündet der breitschultrige Moderator und lässt den Blick über die Tanzfläche schweifen. »Das wird ein spaßiger Nachmittag! Hey, du da drüben, mit dem Lichtschwert! Du wirst mit dem Ding noch jemandem ein Auge ausstechen.« Die Menge lacht und der Lichtschwert-Typ verbeugt sich.

Langsam tröpfeln Besucher der Con, die nicht am Wettbewerb teilnehmen – ein paar in normalen Klamotten, andere in Fan-T-Shirts oder Cosplay –, in Richtung Bühne und Tanzfläche, um zuzusehen. Ein Kerl in einem Chewbacca-Kostüm stößt ein lautes Wookiee-Heulen aus und sorgt für etwas mehr Ruhe.

»Okay, zu den Regeln.« Der Mann hebt einen Finger hoch. »Zuerst teile ich euch das diesjährige Motto mit, seid ihr bereit?« Halbherziger Applaus schwappt durch die Menge. »Das Motto in diesem Jahr ist – Maskenball! Ihr habt richtig gehört, Freunde, wir feiern dieses Event mit einem guten alten Cosplay-Maskenball.«

Stöhnen und Jubelrufe branden gleichzeitig um uns herum auf. Stella klatscht in die Hände, ein breites Grinsen auf dem Gesicht. Als ich sie lächeln sehe, zuckt der Anflug eines eigenen Lächelns um meine Mundwinkel.

»Das wird ein Spaß!«, flüstert sie mir zu. »Jetzt kann ich meine Captain-Jill-Dancemoves auspacken.«

»Hat Captain Jill überhaupt Dancemoves?«

»Na klar.« Sie knufft mich sanft mit dem Ellenbogen in die Seite. »Hast du meine Fic denn nicht gelesen?«

Diese Fanfic in Romanlänge? Ich hab die erste Seite überflogen. »Oh, doch, natürlich.«

Jetzt, wo ich weiß, dass Stella sie geschrieben hat, bin ich ziemlich beeindruckt, aber andererseits auch nicht wirklich überrascht. Wahrscheinlich hat sie ihren ersten Entwurf fein säuberlich farblich codiert, bevor sie sie niedergeschrieben hat.

Ich kann mir beim besten Willen nicht vorstellen, dass Aaron Lewis auf einen Maskenball gehen würde. Mit niemandem – aber am allerwenigsten mit Captain Jill. Und noch weniger kann ich mir vorstellen, dass *ich*, Wesley Clarke, mit Stella Greene auf einen Maskenball gehe.

Ich blicke zum Ausgang auf der anderen Seite der Halle, jenseits Hunderter von Besuchern. Wie furchtbar wäre es, wenn ich mich genau jetzt verdrücken würde? Meine Hände zucken an meinen Seiten.

»Das Wichtigste zuerst: Wir werden gleich einen kleinen Tanzwettbewerb veranstalten. Aber vergesst nicht: Ihr müsst die ganze Zeit in eurer Rolle bleiben.« Der Moderator hebt erneut den Finger. »Unsere anonymen Juroren werden zwischen euch umhergehen und eure Charaktere beobachten. Dem Gewinner winkt ein unglaubliches Preispaket unserer Sponsoren, im Wert von ungefähr zweihundert Dollar.«

»Was glaubst du, was in dem Preispaket ist?«, flüstert Stella mir zu.

»Ein lebenslanger Vorrat an Donuts?«

Sie prustet vor Lachen. »Der wäre mehr wert als zweihundert Dollar.«

»Kommt drauf an, wie viele du pro Tag isst.«

»Oh, mit einem lebenslangen Vorrat? Da könnte ich eine widerliche Menge Donuts futtern.«

»Bereit?« Der Mann nickt dem DJ an der Seite der Bühne zu, der daraufhin einen Hip-Hop-Song spielt, den ich noch nie vorher gehört habe. »Und nicht vergessen: Bleibt in eurer Rolle.«

»Kannst du dir einen echten Maskenball mit all den Charakteren vorstellen, die heute hier sind?«, fragt sie.

»Ich würde liebend gerne sehen, wie sich Aaron Lewis gegen Han Solo schlägt«, flüstere ich zurück.

»Was glaubst du, wer gewinnen würde?«

»Aaron. Definitiv.«

Ein Typ in einem R2D2-Kostüm rollt im Rhythmus des Beats vor und zurück. Eine als Musikerin aus der Cantina in *Star Wars* verkleidete Frau steht einfach nur still da und spielt auf ihrem Plastikinstrument. Eine andere Frau in einem Prinzessin-Tiana-Outfit wirbelt in einem glamourösen grünen Ballkleid über die Tanzfläche. Ein Batman und eine Daenerys Targaryen scheinen einander gefunden zu haben, tanzen sich gegenseitig supersexy an und wollen offensichtlich direkt vor unseren Augen ihre ganz eigene Crossover-Fic erschaffen.

»Wie würde Aaron darauf tanzen?«, murmele ich leise.

»Zögernd?« Stella verschränkt die Arme und wiegt sich zur Musik, ihre Miene ausdruckslos. »Und Jill würde das hier machen, glaube ich.«

»Sie wäre nicht so steif.«

»Wenn du in der Nähe bist, dann schon.«

Ich fange an, mich zur Musik zu bewegen, so, wie ich mir den Sergeant beim Tanzen vorstelle.

Stella lacht schallend. »O Gott, Aaron würde sicher nicht so unbeholfen zappeln. Er würde die ganze Tanzfläche zum Beben bringen.«

»Ich bin mir ziemlich sicher, dass er der mieseste Tänzer der Welt wäre.«

»Versuchen wir mal was anderes«, sagt der Mann

ins Mikrofon, und die Musik wechselt zu irgendeinem klassischen Stück – wie auf einem traditionellen Ball.

Stella grinst. »Ich glaube kaum, dass auf der *Happening* solche Musik läuft.«

»Aber ich wette, bei der ZE-Ausbildung schon.«

»Ja, die prüden, steifen Truppen der Zentralen Elite«, sie vollführt eine schnelle Drehung auf der Tanzfläche, »würden garantiert dazu tanzen.«

Die Musik wechselt erneut und diesmal ist es ein Remix eines Taylor-Swift-Songs.

Stella klatscht in die Hände. »Hey, ich liebe diesen Song.«

Ich grinse sie an, auch wenn sie es nicht sehen kann. »Ja, aber würde Jill das auch?«

»Jill würde Taylor Swift auch lieben, garantiert.« Sie fängt an, das Lied laut mitzusingen, mit den Armen in der Luft herumzufuchteln und sich hin und her zu drehen.

Es ist irgendwie albern.

Es ist irgendwie entzückend.

»Jill ist ja eine echte Tänzerin.«

»Eine echt coole Tänzerin«, korrigiert sie mich, wirft eine unsichtbare Angel aus und zieht an der Schnur, als wollte sie mich an Land holen. So habe ich sie noch nie gesehen. Es ist fast, als würde ich eine völlig neue Version von Stella kennenlernen. Vergesst Jill2 – hier kommt Stella2.

Vielleicht war sie aber auch schon immer so. Vielleicht habe ich es nur nie bemerkt.

Ich bewege meine Schultern im Takt der Musik, ebenso minimalistisch, wie Aaron es tun würde.

»Aaron ist garantiert nicht so verklemmt.« Stella nimmt mich an den Händen. »Komm schon.« Sie zerrt mich zur Mitte der Tanzfläche, und wir fangen an, uns durch den Raum zu drehen. Ein paar Leute machen uns Platz und bilden einen schiefen Kreis um uns herum.

»Ich weiß nicht, wie man dazu tanzt«, rufe ich über die Musik hinweg.

»Lass dich einfach mitreißen.«

Sie wirbelt unter meinem Arm hindurch, und ich unternehme einen ziemlich erbärmlichen Versuch, unter ihr hindurchzutauchen, bei dem wir beide in schallendes Gelächter ausbrechen.

»Drehung!« Ich ziehe sie ganz plötzlich an meine Brust und drehe sie dann wieder aus, und sie tanzt mit irgendeinem albernen Move wieder zu mir zurück.

»Okay, wir müssen in unseren Rollen bleiben – wie wäre es mit Jill und Aaron in Folge fünfzehn?«, fragt sie.

Ich greife sofort nach meiner Pistole, aber sie ist zu schnell und richtet ihre eigene bereits auf meinen Kopf. Wir ducken uns und schießen und unsere Plastikwaffen geben ein hohes *Peng!* von sich. Irgendwie schaffen wir es, das alles zu tun, während wir weiter zur Musik tanzen.

»Folge sechzehn!«, kontere ich.

Stella macht ein trauriges Gesicht und lässt sich

auf den Boden fallen. Ich setze mich neben sie, unsere Schultern aneinandergepresst, während wir weiter kraftlos mit den Armen tanzen.

Mein Pulsschlag schaltet ein paar Stufen höher, und ich frage mich gerade, was ich machen soll, falls Stella auf die Idee kommt, dass wir Episode zwanzig – die Sexszene – nachstellen sollen, als sie glücklicherweise etwas anderes vorschlägt.

»Folge neunzehn?«, fragt sie.

»Alles klar.«

Gleichzeitig stehen wir wieder auf, huschen um die Tanzenden herum, unsere Pistolen erhoben, und weichen den anderen aus, als seien sie die Piraten, die uns gefangen genommen haben.

Stella wirbelt im Rhythmus der Musik herum und geht in die Hocke. Ich bin dicht hinter ihr. Mehrere andere Teilnehmer haben aufgehört zu tanzen und schauen zu, wie wir uns um alle herumschlängeln und ihnen dabei ständig in die Quere kommen wie zwei totale Nervensägen.

Eine als Harley Quinn verkleidete Tänzerin macht einen Schritt rückwärts und tritt Stella aus Versehen mit voller Wucht auf den Fuß.

»Ich bin getroffen!« Stella krallt stattdessen eine Hand in ihre Brust, genau wie in der Serie, als Jill angeschossen wird, und stürzt zu Boden.

»Ich rette dich!« Ich senke meine Stimme auf ein Flüstern. »Darf ich?« Stella nickt. Mit einer schnellen Bewegung hebe ich sie hoch und werfe sie mir über die Schulter, genau wie Aaron es mit Jill gemacht hat, und tanze dann wieder zu unserem ursprünglichen Platz zurück, während Stella die ganze Zeit lacht. Sie fühlt sich angenehm warm auf mir an.

Am Rand der Tanzfläche setze ich sie wieder ab. Ihr welliges braunes Haar hat sich aus ihrem Knoten gelöst und hängt locker um ihr gerötetes Gesicht.

»Das war sensationell«, ruft sie durch ein Lachen.

Sie ist wunderschön.

Ich bin völlig entsetzt über meinen eigenen Gedanken.

»In Ordnung, unser Maskenball nähert sich dem letzten Song«, dröhnt die tiefe Stimme aus dem Mikrofon. »Seid ihr bereit für eine letzte Herausforderung?«

Eine romantische Ballade ertönt.

Cosplayer wuseln über die Tanzfläche, um sich einen Partner oder eine Partnerin zu suchen. Ein Steve Rogers schlingt die Arme um einen Bucky Barnes, ein Jaime Lannister mit golden angemaltem Handschuh tut sich mit einer Brienne von Tarth zusammen, die ihn um einiges überragt, und der Malcom Reynolds zieht eine Riesenshow ab, als er einer Frau in einem Inara-Kostüm seinen Arm anbietet – woraufhin sie ihn ihrer Rolle getreu zuerst fragt, ob er ihn vorher gewaschen hat. Ein paar Sturmtruppler beschließen, nicht zu tanzen, und patrouillieren stattdessen mit erhobenen Waffen entlang der Tanzfläche. Auch der Jack Sparrow ist hier und wiegt sanft seinen Krug voller Rum. Das kleine als Gemma verkleidete Mädchen drückt einen Plastik-COndor an seine Brust und dreht sich mit ihm im Kreis.

Ich schlucke schwer. Stella bohrt ihren Stiefel in den Linoleumfußboden.

Bevor ich mich zurückhalten kann, strecke ich ihr meine Hand hin. »Würdest du gern tanzen?«

Ein nervöses Lächeln breitet sich auf ihrem Gesicht aus. »Wie könnte sich der Captain eines illegalen Transportschiffes dazu herablassen, mit einem Mitglied der Zentralen Elite zu tanzen?«

»Und wenn ich ganz nett frage?«

»Na, in dem Fall glaube ich nicht, dass Jill – oder ich – deine Bitte ablehnen könnten.« Sie nimmt meine Hand und fädelt ihre Finger zwischen meine. Ich führe sie zurück in die Mitte der Tanzfläche und lege meine rechte Hand auf ihre Taille, während Stella ihre auf meinen Nacken legt.

»Ich … hätte meine schickere ZE-Uniform angezogen, wenn ich gewusst hätte, dass wir tanzen werden.«

Stella schnappt mit gespieltem Ekel nach Luft. »Typisch ZE-Dreck – so stillos.« Flüsternd fügt sie hinzu: »Aber ich liebe die Fliegeruniform. Wenn du den Helm abnehmen würdest, würde ich sie allerdings noch mehr lieben …«

»Den Helm, den du im Internet für mich gefunden hast? Niemals.«

Ich frage mich, ob sie spürt, wie wild mein Herz im Augenblick klopft. Nur wenige Zentimeter und dieser verdammte Helm trennen unsere Gesichter voneinander. Stella sieht mir direkt in die Augen, auch wenn sie es selbst nicht weiß. Mein Plastikhelm kommt mir mit einem Mal furchtbar erstickend vor, und aus irgendeinem Grund wünsche ich mir selbst nichts lieber, als ihn abnehmen zu können.

Wir schweben durch den Raum und seltsamerweise fühlt es sich überhaupt nicht komisch an. Unsere Schritte harmonieren wie von selbst miteinander. Was gut ist, weil ich überhaupt nicht tanzen kann.

Ich wende den Blick nicht von ihren Augen ab.

Das hier ist falsch.

Das hier ist seltsam.

Das hier ist *richtig*.

Meine Hände sind feucht vor Schweiß, aber ich löse meine Finger nicht aus ihren.

Nach einer gefühlten Ewigkeit wird die Musik leiser und Stille legt sich über den Raum. Das Einzige, was ich noch hören kann, ist meine Atmung, die in dem Plastikhelm widerhallt.

Jubel und Applaus branden auf und verkünden das Ende des Wettbewerbs.

»In Ordnung, Leute, unsere Juroren haben sich für einen Gewinner entschieden.« Jemand reicht dem Moderator ein zusammengefaltetes Blatt Papier, als wären wir bei der Oscarverleihung oder so, und er öffnet es mit dramatischer Geste. »Cosplayer Nummer einunddreißig!«

Der Jack Sparrow springt in die Höhe, reckt die Faust in die Luft und torkelt dann zur Bühne, um seinen Preis entgegenzunehmen. Stella und ich stimmen halbherzig in den Applaus der anderen Zuschauer ein. Irgendwie frage ich mich, ob er es einfach nur richtig draufhat oder wirklich betrunken ist.

»Na ja.« Stella zuckt mit den Schultern. »Vielleicht nächstes Jahr.«

Ich deute mit dem Daumen hinter mich. »Ich hab sowieso nicht geglaubt, dass wir mit dem Typen konkurrieren können. Ich meine, er schleppt diesen Riesenkrug schon den ganzen Tag mit sich rum.«

»Wie viel würdest du wetten, dass da tatsächlich Rum drin ist?«

»Eine Menge, ehrlich gesagt.«

Stella grinst mich an. Ihr Lächeln ist so ansteckend. »Willst du was essen?« Sie zeigt in Richtung Imbissbuden.

»Ja, unbedingt.« Mein Verstand beginnt zu rattern. Essen. Essen würde bedeuten, dass ich meinen Helm absetzen muss. »Klar.«

Ich brauche einen Plan. Stella darf nicht wissen, dass ich es bin. Das hier wird nirgendwo hinführen und sie wäre am Montag in der Schule deswegen total komisch. Einen Moment lang stehe ich schweigend da, während sie bereits auf die rot-weiß gestreifte Bude in der Ecke der Arena zusteuert. Das hier ist echt beschissen.

»Hey, warte kurz.«

Stella kommt wieder zu mir zurück. »Ja?«

»Ich hab was für dich.« Ich fasse in meine Hosentasche und hole die Jill-Halskette heraus.

»Wow, die ist wunderschön. Ich hab dieses Zitat als Sticker auf meinem Laptop.« Sie öffnet den Verschluss der Kette. »Legst du sie mir um?«

Stella dreht mir den Rücken zu und ich lege ihr die Kette um den Hals und mache den Verschluss zu. Meine Finger streifen dabei über ihre Haut.

»Wie sieht sie aus?«, fragt sie, wendet sich mir wieder zu und streicht über den bronzenen Anhänger.

»Hinreißend«, antwortete ich, und mir wird erst hinterher bewusst, wie kitschig das klingt. »Hey, ich muss mal kurz auf die Toilette. Treffen wir uns gleich drüben am Stand?« Die Worte verkleben fast in meiner Kehle. Ich hasse das. Ich *hasse* es.

»Klar!«

Ich sehe ihr nach, als sie in der Menge verschwindet und auf den Imbissstand zusteuert. Als Stella mich neulich dabei ertappt hat, wie ich Laura angestarrt habe, hat sie gesagt, dass ich ein ziemlich mieser Lügner bin. Aber sie hat sich geirrt. Ich lüge meine Eltern schon seit Monaten an. Ich bin ein ausgezeichneter Lügner. Und manchmal hasse ich das an mir.

Ich drehe mich um und gehe geradewegs aus dem Gebäude, ohne mich noch einmal umzublicken.

WARSHIP SEVEN: Episode siebzehn
»Unfreiwilliges Publikum«

Beschreibung: »Während die Crew der Happening *ihre Rettungsmission plant, sind Jill und Aaron der Gnade ihrer Entführer ausgeliefert.«*

SZENENKONTEXT: JILL und AARON sitzen in ihren benachbarten Zellen, brodelnd vor Wut.

JILL: Das ist alles deine Schuld.
AARON: [lacht] Meine Schuld? Du hast dich doch selbst ausgeliefert.
JILL: Um meine Crew zu retten. Was übrigens nicht nötig gewesen wäre, wenn du in deiner Kabine geblieben wärst.
AARON: Du hättest mich auch einfach gehen lassen können.
JILL: Ich hätte es besser wissen müssen, als einem ZE-Dreck zu vertrauen – ihr seid doch alle gleich.
AARON: Ich glaube, die korrekte Bezeichnung ist Zentrale-Elite-Soldat.
JILL: Feine Elite. Auf armen Planeten knallhart Wassersteuern einzutreiben ist ja so ehrenhaft.
AARON: [sarkastisch] Weil du dich mit Ehre ja so gut auskennst. Du hättest mich auch einfach töten können – ein ZE-Dreck weniger auf der Welt. Aber, oh nein, unsere

berühmt-berüchtigte Captain Jill Brighton ist zu ehrenhaft, um einem Mann in den Rücken zu schießen.

JILL: [schnaubt verächtlich] Na, wenigstens ist das einer von uns.

[Schritte donnern und drei betrunkene Piraten stolpern in den Keller. JILL steht auf und beobachtet sie durch die Glaswand.]

PIRAT 1: Schaut sie euch an. Wir sind wohl doch nicht so tough, was, Lady Captain? [spuckt gegen das Glas, das ihn von JILLs Gesicht trennt]

JILL: Ich bin nicht Lady Captain – nur Captain.

PIRAT 2: Wow, sie ist ja ganz schön vorlaut.

PIRAT 3: Reißt ziemlich die Klappe auf für jemanden, der hinter Glas sitzt.

JILL: Ihr habt mich hier reingesteckt. [zuckt mit den Schultern] Wie es aussieht, seid ihr diejenigen, die Angst vor mir haben.

PIRAT 1: Was meint ihr, Jungs, wollen wir ihr eine Lektion erteilen?

[Die Piraten grinsen, während ihr Anführer mit den Schlüsseln herumfummelt, aber AARON springt auf.]

AARON: Wisst ihr, auf der ZE-Akademie haben sie uns erzählt, dass ihr Piraten hässlich seid, aber ich hab das immer für einen Mythos gehalten. Ihr habt mich eines Besseren belehrt.

PIRAT 1: Was hast du da gerade zu mir gesagt, du Zwerg?

AARON: Nichts. Gar nichts. Ihr wisst schon, unser General – ihr würdet ihn mögen, großer, einschüchternder Typ – hat uns immer davor gewarnt, mit trickreichen Piraten zu verhandeln, aber ich glaube, er war übervorsichtig. Ich meine, man braucht schließlich Hirn, um trickreich zu sein.

PIRAT 1: Ich glaube, diesem Zwerg muss man erst mal beibringen, dass er Überlegenen Respekt entgegenzubringen hat.

AARON: [lacht] Überlegen?

PIRAT 1: [holt einen anderen Schlüssel heraus und öffnet AARONs Zelle] Ich werd dir beibringen, mich mit Respekt zu behandeln, du Zwerg. [Die Piraten stürzen sich auf AARON, schlagen und treten ihn, bis er wie ein Häuflein Elend auf dem Boden liegt. Sie lachen und verschwinden wieder zurück nach oben.]

JILL: [presst ihre Hände gegen die sie trennende Glasscheibe] Geht's dir gut?

AARON: [spuckt einen Klumpen Blut und Spucke auf den Zellenfußboden] Hab schon Schlimmeres überlebt.

25
Stella

Ich ziehe den Löffel durch meine aufgeweichten Cornflakes. Ein tiefes Seufzen entweicht irgendwo tief aus meinem Inneren.

»Willst du drüber reden?«, fragt Dave auf der anderen Seite des Tisches, während er Gwen auf seinem Knie auf und ab wippt.

»Nicht wirklich.« Wie sollte ich ihm das Ganze auch erklären? *Ein Typ, den ich online kennengelernt habe, ghostet mich?* »Mir ist nur was Blödes auf der Sci-Con passiert.«

Daves grau melierte Augenbrauen wandern nach oben. »Dein Internetjunge?«

»O Gott, Bridget hat es dir erzählt?«

»Sie hat sich nur Sorgen gemacht.«

»Ich geb ihr was, worüber sie sich Sorgen machen kann, wenn sie nach Hause kommt.«

Ich habe eine halbe Stunde lang auf ihn gewartet. In den ersten zehn Minuten dachte ich, er hätte sich vielleicht auf dem Weg zur Toilette verlaufen – sie war tatsächlich auf der anderen Seite der Halle, und wahrscheinlich stand auch eine Schlange davor. Dann habe ich angefangen, mir Sorgen zu machen, dass er sich den Magen verdorben haben könnte und nicht mehr von der Sci-Con-Toilette heruntergekommen ist und dass ich für ihn vielleicht was in der Apotheke besorgen sollte oder so. Dann wollte ich ihm eine Nachricht schicken – *Bist du reingefallen?* –, bis mir wieder eingefallen ist, dass ich seine Handynummer gar nicht habe. Oder sonst irgendeine andere Info über ihn.

Verdammt, er hat mich wegen seiner Schule angelogen. Warum sollte ich ihm glauben, dass sonst irgendwas von dem, was er mir erzählt hat, wahr war? Ich komme mir vor, als wäre ich die Hauptperson in einer total kranken Reality-Serie à la *Aschenputtel*. Beinahe erwarte ich, dass jemand mit einer kompletten Kameracrew durch die Tür platzt und mir verkündet, dass ich reingelegt wurde.

Aber ich wurde nicht reingelegt. Er hat mich nur versetzt.

»Na ja, ich würde mir deswegen nicht allzu viele Gedanken machen.« Dave hievt sich hoch und setzt Gwen vorsichtig in ihren Schaukelstuhl neben dem Tisch. »Alle Jungs sind in diesem Alter Idioten.«

»In jedem Alter«, grummle ich.

Er lacht und drückt mir einen Kuss auf den Kopf. »Das ist meine Stella.«

Die Nachricht, die ich gestern Abend abgeschickt habe, leuchtet immer noch auf meinem Computerbildschirm, als ich wieder in mein Zimmer zurückgehe.

CaptainJillsBFF22: hey, was ist denn heute passiert?

Keine Antwort.

Was soll's. Er war nur irgendein Typ und ich werde ihn nie wiedersehen.

Was würde Captain Jill tun? Ich stelle sie mir vor, am Ende von Episode zwanzig, wie sie allein aufwacht, das Bett kalt, und entdeckt, dass Sergeant Aaron Lewis sie in der Nacht verlassen hat. Ich stelle mir vor, wie sie entdeckt, dass das Fluchtshuttle der *Happening* weg ist – genau da hat die Serie aufgehört. Und dann tue ich etwas, was ich noch nie zuvor getan habe.

Ich stelle mir eine Welt vor, in der die beiden am Ende nicht zusammenkommen. Keine Fix-it-Fic, nur das wahre Leben. Jill würde nach vorne schauen. Sie würde weiterarbeiten, als Captain der *Happening*, und den scharfzüngigen Sergeant vergessen, der einst als Gefangener auf ihrem Schiff war. Genau das würde sie tun.

Ich verdränge Aaron2 aus meinem Kopf und greife nach meinem Geschichtsbuch – dieses Kapitel wird sich schließlich nicht von allein lesen.

* * *

Über eine Woche ist seit der Sci-Con vergangen und meine Nachricht steht immer noch unbeantwortet im Forum. Ich werfe vor Bio kurz einen Blick auf mein Handy, aber sie wartet weiter allein im Äther.

Ich weiß noch nicht mal, ob er sie überhaupt gelesen hat. Verdammt, ein Teil von mir fragt sich sogar, ob er überhaupt existiert.

Eine neue Nachricht trifft piepsend ein und mir hüpft vor Schreck fast das Herz aus der Brust.

Dahlia: OMG! Brandon hat mich gefragt, ob ich mit ihm zum Abschlussball gehe. *Freudentanz*

Ich schrumpfe ein wenig zusammen.

Das wurde auch Zeit.

Ja, oder? Er war total nervös lol es war echt süß.

Ich hatte schon Angst, dass ich entweder ihn fragen muss (lol, nein) oder allein hingehen *erschauder*

...

(Mist, das war nicht so gemeint – sorry)

Ja, es wäre wirklich eine Schande, wenn du mit *nachluftschnapp* MIR zum Abschlussball gehen müsstest.

Wir gehen alle zusammen!

Ich als fünftes Rad am Wagen, kanns kaum erwarten.

Ehrlich, wenn mir nicht alle ständig erzählen würden, dass der Abschlussball ein wichtiger Initiationsritus ist und dass ich es in zehn Jahren oder so bereuen werde, wenn ich ihn sausen lasse, dann würde ich wahrscheinlich sowieso nicht hingehen. Es ist nicht so, dass ich mich nicht gern aufbrezele, ich sehe nur einfach keinen Sinn darin.

Ich lege eine Hand auf die Kette, die Aaron2 mir gegeben hat, und sie fühlt sich kalt auf meiner Haut an. Ich hätte sie wegschmeißen sollen. Ich weiß wirklich nicht, warum ich sie immer noch trage.

Ich stecke sie wieder unter mein Shirt.

Seltsamerweise hat jemand offensichtlich einen noch mieseren Tag als ich.

Wesley Clarke scheint beschlossen zu haben, dass er Laura McNally in Bio nicht mehr länger angaffen will. Stattdessen starrt er wie hypnotisiert auf das Poster mit dem Periodensystem an der Wand. Er war in letzter Zeit ziemlich trübselig.

»Willst du mal einen Chemie-Witz hören?« Ich nehme Lint aus ihrem Käfig, setze sie auf den Labortisch und lasse sie ein bisschen herumschnüffeln und ihre Umgebung erkunden. »Welches ist das lustigste Element? Helium, Helium, Helium. Verstehst du? He He He.«

Wesley blickt nicht auf. Es ist fast, als hätte er mich gar nicht gehört.

»Hey!« Ich stupse ihn am Arm an. »Erde an Wesley. Bist du noch bei uns?«

Er erwacht aus seiner Trance. »Sorry.«

»Du hast einen sensationellen Witz verpasst.«

»Warum sollte Helium lachen?«

»Weil das Kürzel für – vergiss es, es ist nicht mehr lustig, wenn ich es dir erklären muss.«

»Stella, Wesley.« Mr Hardwicke legt ein paar zusammengetackerte Seiten auf unseren Tisch. »Hervorragende Arbeit.« Er geht zum nächsten Tisch weiter und Wesley und ich stürzen uns auf unsere Noten.

Ich halte den Atem an und blättere hektisch durch die Seiten unserer Analyse des Rattenprojekts und der Beschreibung der Labyrinthversuche, bis ich die Note ganz hinten erreiche. Wesley klebt hinter mir und guckt mir über die Schulter. Ich atme erleichtert aus. »Eins plus.«

Wesley wirft den Kopf in den Nacken und fährt sich mit den Händen durch sein zerzaustes Haar. »Oh, Gott sei Dank. Ich hasse Bio.«

»Bloß gut, dass ich da war und deinen faulen Hintern mitgezogen habe.«

»Ja, was hätte ich nur ohne dich gemacht?« Er hält eine Hand hoch. »Wir haben's geschafft, Stock.«

»Haben wir.« Ich klatsche ihn ab.

Mein Blick fängt seinen für einen Moment ein und irgendetwas passiert zwischen uns. Ich räuspere mich verlegen und ziehe die Hand wieder an meine Seite zurück.

»Na, bist du bereit für dein neues Zuhause?«, fragt Wesley Lint, nimmt sie hoch und setzt sie auf seine Schulter. »Ich hätte niemals gedacht, dass mal der Tag kommt, an dem ich es vermisse, eine Ratte bei mir zu Hause zu haben.« Er streichelt ihr weiches Fell und sie schnuppert an seiner stoppeligen Wange.

»Du liebst sie eben.«

»Sag das nicht so laut, Stock. Ich will nicht, dass alle hier denken, ich wäre ein Softie.«

»Ich kann immer noch nicht glauben, dass meine Mom und mein Stiefvater einverstanden waren, sich um sie zu kümmern, wenn ich im College bin, und dass unsere Vermieterin auch nichts dagegen hatte«, erwidere ich und streiche *Notenvergabe Rattenlabyrinth* mit einem dunkelvioletten Filzstift in meinem Terminplaner durch. »Ich werde Espeon erst mal bis auf Weiteres aus meinem Zimmer verbannen müssen.«

»Äh … Kann sein, dass ich es vielleicht Devin gegenüber erwähnt hab. Er ist ziemlich aus dem Häuschen darüber, dass er eine Nachbarin mit einem so coolen Haustier hat.«

»Na ja, er kann Lint gerne mal besuchen kommen. Wenn er will.« Ich nestle an meinen Fingern herum, halte den Blick jedoch gesenkt. »Mit seinem Cousin.«

Um Wesleys Lippen zuckt der Hauch eines Lächelns, dann fällt sein Blick auf meinen offenen Terminplaner und die Seite mit der kunterbunten Liste meiner letzten Hausaufgaben und mit meinem Prüfungsplan.

Geschichte – Karteikarten, Kapitel 1–16
(Prüfung 02.06.) (erste Priorität)
Bio – Bericht Rattenlabyrinth, büffeln für
Abschlussprüfung 31.05. (Kapitel 4–20)
(zweite Priorität)
Rhetorik – Abschlussprüfung 01.06. (sechste Priorität)
Mathe – Integralaufgaben Seite 316–318
(Prüfung 31.05.) (dritte Priorität)
Englisch – letzter Aufsatz, Karteikarten
(Prüfung 03.06.) (fünfte Priorität)
Latein – Vokabelliste aus Kapitel 6–30 lernen
(Prüfung 01.06.) (vierte Priorität)

»Du lernst ja in allen Farben des Regenbogens.« Er fährt mit der Fingerspitze über meine Liste. »Aber mal ernsthaft, was haben die Farben zu bedeuten?«

Ich klappe meinen Terminplaner zu. »Geht dich gar nichts an.«

»Aber sie müssen irgendetwas zu bedeuten haben.«

Ich ziehe meine Sammlung bunter Filzstifte aus dem Rucksack und Wesley prustet vor Lachen. »Es gefällt mir einfach, wie es aussieht, okay? Ich bin eben ein Nerd.«

»Das wusste ich bereits.«

»Und trotzdem hast du dich entschieden, mit mir zusammenzuarbeiten.«

»Na ja, ich hatte nicht wirklich eine Wahl.« Er wühlt in seinem Rucksack herum. »Ich hab ein Geschenk für dich.«

»O Gott.« Ich tue, als würde ich vor Schreck zurückweichen. »Tickt es?«

Er reicht mir einen USB-Stick.

Ich neige den Kopf zur Seite. »Was ist das?«

»Sechzig gute Jahrbuchfotos.«

»Nur ungefähr drei Monate zu spät, aber gerade noch rechtzeitig für die Jahrbuchdeadline morgen. Ich schätze, ich kann ja mal einen Blick drauf werfen.« Ich stecke den Stick in meine Gesäßtasche. »Du weißt schon, dass ich inzwischen Fotos von anderen Leuten gekriegt habe, oder? Soll ich dir vielleicht noch dafür danken?«

»Wahrscheinlich nicht – schließlich kommen sie wirklich drei Monate zu spät.«

»Genau genommen solltest du vor mir auf den Knien rumrutschen«, erwidere ich, »weil ich beinahe dieses Toilettenfoto als dein offizielles Jahrbuchfoto abgegeben hätte. Dann hättest du was gehabt, auf das du in zwanzig Jahren zurückblicken und dir dabei denken kannst: Hey, vielleicht hätte ich zu dieser Stella ein bisschen netter sein sollen.«

»Ich bin immer noch der Ansicht, dass dieses Foto museumswürdig ist.«

»In was für Museen gehst du denn, bitte?«

Wesley pflückt Lint von seiner Schulter und setzt sie sanft wieder zurück in den Käfig, bevor er ihn verriegelt. »Nächste Woche beginnen die Abschlussprüfungen.« Er schaut mir nicht in die Augen.

Ich verstehe die versteckte Bedeutung in seinen Worten: Die Abschlussprüfungen werden entscheiden, wer Valedictorian wird und wer nicht. Nach all dieser Zeit werden wir endlich die Antwort darauf kennen.

Ich bin mir nicht sicher, warum, aber irgendwie ist es ein komisches Gefühl.

»Ja. Das wird ein Spaß.«

»Möge der Beste den Titel des Valedictorian erringen?« Er streckt mir seine Hand hin.

»Wirklich, Wesley Clarke, sehr nobel von dir.« Ich schüttele sie. »Und keine Sorge – das wird sie.«

26
Wesley

Mein Knie wippt beim Mittagessen unter dem Tisch nervös gegen meine Hand. Ich schaue immer wieder zu Stella hinüber. Sie sitzt auf der anderen Seite der Cafeteria mit Dahlia Johnston, die immer wieder hierherguckt, zu Brandon, dem schon den ganzen Tag dieses Lächeln im Gesicht klebt.

»Kannst du dich vielleicht einfach zu ihr setzen oder so? Ihr zwei starrt euch schon seit mindestens zwanzig Minuten quer durch die Cafeteria an.«

Brandon verzieht das Gesicht. »Ich muss noch so ein Blumendings für sie kaufen.«

»Meinst du einen Ansteckstrauß?«

»Ja. Weißt du, welche Farbe ihr Kleid hat?«

Ich beiße von meinem Bagel ab. »Warum sollte ich wissen, welche Farbe Dahlia Johnstons Kleid hat? Du bist doch derjenige, der mit ihr zum Abschlussball geht.«

Er zuckt mit den Schultern. »Bist du jetzt nicht mit Stella Greene befreundet? Die beiden sind ja beste Freundinnen, also …«

»Okay, erstens mal bin ich nicht mit Stella Greene befreundet.« Oder doch? »Und zweitens ist sie meine Bio-Partnerin. Wir hocken nicht in irgendeiner Ecke und quatschen über die Farbe irgendwelcher Kleider.« Drüben am anderen Tisch lacht Stella mit Dahlia und Emma Gonzales über irgendetwas. Ich muss wieder daran denken, wie ihre Augen geleuchtet haben, als sie lachend auf der Sci-Con über die Tanzfläche gewirbelt ist. So viel Spaß hatte ich schon ewig nicht mehr.

»Eins ist jedenfalls klar: Du wirfst mir vor, ich würde Dahlia anstarren, obwohl du selbst die ganze Zeit zu ihrem Tisch glotzt und praktisch sabberst.« Brandon sammelt seinen Müll ein und steht auf. »Und sofern du nicht auch auf Dahlia stehst – falls dem doch so sein sollte, müssen wir uns echt unterhalten, Kumpel – oder dir noch nicht aufgefallen ist, dass Em Gonzales auf Mädchen steht, starrst du definitiv Stella an. Ich mein ja nur.«

Er geht und ich starre mit heruntergeklappter Kinnlade auf seinen sich entfernenden Rücken.

Ich komme mir vor, als hätte mich ein Truck überrollt.

Ich kann meinen eigenen Gedanken gerade nicht glauben.

Ich stehe tatsächlich auf Stella Greene.

* * *

Ich finde Laura im Musiksaal in einer der Übungskabinen, wo ihre Finger anmutig die Klaviertasten hinauf- und wieder hinuntergleiten. Ich beobachte sie einen Moment lang durch die Glasscheibe, und mir wird, seltsamerweise, bewusst, dass ich nichts dabei empfinde. Sie stolpert über eine der Noten und flucht, wahrscheinlich viel lauter, als ihr klar ist. Ich zögere mit erhobener Faust, weil ich sie nicht unterbrechen will, zwinge mich aber schließlich doch dazu, an die Tür zu klopfen.

Laura erschrickt, lächelt jedoch, als sie mich sieht. Sie macht die Tür auf. »Hey, Wes! Was gibt's?«

»Ich wusste gar nicht, dass du Klavier spielst.«

»Oh, tue ich auch nicht.« Sie lacht. »Ich übe für meine Musikprüfung. Wir müssen acht verschiedene Tonleitern auswendig lernen.«

Ich kratze mich im Nacken. »Kann ich mal kurz mit dir reden? Ich schwöre auch, dass es ganz schnell geht.«

»Nur, wenn du mit mir spielst.« Laura setzt sich wieder auf die Klavierbank und tätschelt den freien Platz neben ihr. Durch meinen Kopf wirbeln eine Million verschiedene Möglichkeiten, wie ich diese Geste interpretieren könnte, als sie plötzlich die Basslinie von *Heart and Soul* zu spielen beginnt. Ich setze mich neben sie auf die Bank und fange an, die Melodie zu spielen. »Ist alles okay? Du siehst furchtbar aus.«

»Danke«, sage ich. »Ich hab nicht viel geschlafen. Lernen und so.« Tja, das ist eine Möglichkeit, auszudrücken, dass ich *in den vergangenen fünf Tagen viel-*

leicht acht Stunden Schlaf hatte, heute schon drei Tassen Kaffee intus habe und Biologie immer noch nicht kapiere, ganz gleich, wie oft ich das Buch durchlese, und außerdem hätte ich diese ganze Lernerei nicht so lange aufschieben sollen, aber Zeitmanagement ist nun mal nicht meine Stärke, und dann hat sich auch noch das geheimnisvolle Mädchen, mit dem ich seit drei Monaten chatte, als meine Rivalin herausgestellt, von der ich eigentlich dachte, dass ich sie hasse, aber ganz offensichtlich habe ich Gefühle für sie, und, na ja, so sieht es aus.

»Ich habe eine Liste mit den zehn besten Cafés in New York gefunden«, sagt sie. »Ich glaube, wir müssen sie alle ausprobieren. Wir sollten das unbedingt auf unsere To-do-Liste für NYC schreiben.«

Und dann ist da noch das winzig kleine Detail, dass meine Eltern immer noch nicht wissen, dass ich Stanford abgelehnt habe und im Herbst auf die Columbia gehen werde.

»Mein Bruder hat mir auch von irgendeiner Pizzeria erzählt, in der wir unbedingt mal essen müssen«, erwidere ich. »Vielleicht sollten wir einfach direkt eine kulinarische To-do-Liste zusammenstellen.«

»Von mir aus gern.« Wir spielen weiter, bis sie schließlich von einem heftigen Niesen unterbrochen wird und es gerade noch rechtzeitig schafft, die Nase in ihrer Ellenbogenbeuge zu vergraben. »Igitt, tut mir leid. Ich glaube, ich hab mir diese widerliche Erkältung eingefangen, die gerade rumgeht.«

»Direkt vor den Abschlussprüfungen? Mann, das ist ja echt ätzend.«

»Wem sagst du das?«, erwidert sie schniefend mit roter Nase. »Also, was gibt's? Du bist doch sicher nicht in den Musiksaal gekommen, um mir mit meinen Tonleitern zu helfen.«

Ich hole tief Luft. »Weißt du noch, als wir zusammen waren?«

Lauras Hände erstarren für einen Moment über den Tasten. Dann spielt sie weiter. »Natürlich weiß ich das noch. Warum?«

»Warum hast du mit mir Schluss gemacht?«

»Wesley …«

»Bitte, erzähl mir nicht wieder irgendwas von Knistern. Du kannst ruhig ehrlich sein. Ich werde nicht sauer, wirklich.«

»Wesley.« Sie hört auf zu spielen. »Du weißt, dass mir unsere Freundschaft wirklich wichtig ist, oder? Und dass ich mit Collin zum Abschlussball gehe?«

»Nein, warte.« Ich schüttle den Kopf. »Ich versuche nicht, wieder mit dir zusammenzukommen oder so.«

Sie entspannt sich sichtlich. »Okay, gut.«

»Ich glaube … Ich glaube, ich mag jemand anderen.«

Laura rammt mir ihren Ellenbogen förmlich in die Seite. »O mein Gott, wer ist es?« Sie packt mich am Arm. »Wer? Wer? Wer? Das ist total aufregend.«

»Du wirst mich so dermaßen auslachen.«

»Werde ich nicht, das schwöre ich.«

»Stella Greene.«

Laura blinzelt mich an. »*Stella Greene?* Ernsthaft?«

»Ja? Ist das schräg?«

»Nein! Sie ist total nett. Ich dachte nur immer, sie hasst dich.«

»Das kann auch durchaus sein.«

»Ich meine, ich hätte es eigentlich wissen müssen, so wie ihr zwei euch das ganze Halbjahr über bei diesem Rattenlabyrinth angeschaut habt.«

Warum scheint das eigentlich jedem aufzufallen außer mir? »Ja, ich weiß. Es ist doch schräg.«

»Es ist *nicht* schräg! Willst du sie fragen, ob sie mit dir zum Abschlussball geht?«

Stella würde mir wahrscheinlich schallend ins Gesicht lachen, wenn ich sie das fragen würde. »Auf keinen Fall.«

»Warum denn nicht?«

»Weil sie Nein sagen wird.«

»Wesley Daniel Clarke. Wenn du solche Angst davor hast, abgewiesen zu werden, dass du nie irgendwelche Risiken eingehst, dann wirst du im Leben eine Menge verpassen.« Einen Moment lang sitzen wir schweigend da, bevor Laura zu kichern anfängt. »Wow, das war echt tiefsinnig.«

»Findest du wirklich, dass ich es ihr sagen sollte?«

»Ja. Das finde ich definitiv.«

Ich stehe auf. »Danke, Laura. Das weiß ich wirklich zu schätzen.«

Laura atmet tief durch. »Und um deine Frage zu beantworten: Ich habe dir sonst keinen Grund gegeben, weil es sonst keinen Grund gab. Wir haben Schluss gemacht, weil mir klar wurde, dass ich diese Art Gefühle nicht für dich habe. Es war nichts Persönliches. Ich wollte einfach nur mehr als das, was wir hatten.« Sie legt eine Hand auf meinen Arm. »Und du hast auch mehr verdient als das.«

Mehr als das. Ich denke an Stella, auf der Sci-Con, und wie sie in Bio die Arme um mich geworfen hat. Und wie richtig es sich in diesem Moment angefühlt hat. »Ich glaube ... Ich glaube, das habe ich jetzt endlich verstanden.«

»Gut. Und ich mag dich wirklich sehr als Freund. Ich bin froh, dass wir zusammen in New York sein werden.«

Ich lächele sie an. »Ich auch. Und ich kann es kaum erwarten, diese ganzen Cafés zu testen.«

Sie schlingt die Arme um mich und drückt mich an sich und ich drücke sie auch.

Genau das werde ich tun. Ich werde Stella sagen, was ich empfinde. Beim Abschlussball.

Und diesmal werde ich noch nicht mal meinen Kampfhelm tragen.

* * *

Der Sekundenzeiger der Uhr tickt im selben Rhythmus wie mein Herz. Mein Fuß tippt auf das Linoleum. Auf der anderen Seite des Raumes klebt Stellas Gesicht praktisch an ihrem Papier und ihr Bleistift bewegt sich in Lichtgeschwindigkeit über die Seite. Sie ist so gut in diesem ganzen Wissenschaftskram.

Aber ganz abgesehen von Stellas an Sabotage grenzender Zurschaustellung ihres Wissens hat mich das

Universum offensichtlich ausgerechnet in der Woche der Abschlussprüfungen auf dem Kieker. Dröhnende Kopfschmerzen hämmern hinter meiner Stirn. Ich reiße gerade noch rechtzeitig den Arm hoch, um das Husten, das aus meinem Mund bellt, in meiner Ellenbogenbeuge zu dämpfen, aber das Mädchen rechts neben mir wirft mir trotzdem einen bösen Blick zu. Mein Körper hat sich die absolut falsche Woche ausgesucht, um krank zu werden. Ich fange langsam an, zu bereuen, dass ich auf der Klavierbank so dicht neben Laura gesessen habe.

Nach und nach geben die anderen ihre Klausuren ab, legen sie auf den Stapel auf Mr Hardwickes Pult und verlassen den Raum. Ich schniefe, zum achtzigsten Mal.

Ich starre immer noch auf die vierte Frage. Warum kann ich mich nicht an diese Gleichung erinnern?

Konzentrier dich.

Ich kaue auf meinem Bleistift herum.

Mein Magen knurrt wie verrückt. Ich hätte frühstücken sollen. Oder nicht bis vier Uhr nachts aufbleiben und dieselben drei Bioseiten immer wieder lesen. Oder ich hätte Wick MediNait nehmen sollen oder so.

Ich huste erneut in meinen Ellenbogen.

Stella erhebt sich mit einem nervösen Lächeln von ihrem Stuhl und legt ihre Klausur auf den Stapel. Unauffällig lässt sie ein paar Hustenbonbons und eine Packung Taschentücher auf mein Pult fallen, bevor sie zur Tür hinausgeht.

»Noch zehn Minuten«, verkündet Mr Hardwicke mir und den beiden anderen, die noch im Klassenzimmer sitzen.

Kyle Nielsen gibt ein Schnauben von sich, als er seine Klausur praktisch auf den Stapel knallt und zur Tür hinausstürmt. Okay, wenigstens werde ich nicht schlechter abschneiden als er.

Mr Hardwicke geht zu seinem Pult und beginnt, die Schubladen zu durchwühlen. Das Geräusch lenkt mich total ab. Einer der anderen Schüler wirft ihm einen tödlichen Blick zu, als er einen Haufen Stifte auf den Boden fallen lässt.

Ich wünschte, ich würde mich an diese verdammte Formel erinnern.

Ich tippe wie wild mit dem Bleistift auf die Tischplatte.

Ich habe gelernt. Ich müsste das hier eigentlich wissen.

Ich wünschte, ich wäre zu Hause, im Bett, und könnte eine heiße Hühnersuppe schlürfen.

Eine nach der anderen kreuze ich die Antworten bei den Multiple-Choice-Fragen an.

Entweder versiebe ich das hier spektakulär oder ich schaffe irgendwas im Zweierbereich, aber wenigstens werde ich fertig.

Schließlich lege ich meine komplett ausgefüllte Klausur auf den Stapel. Mr Hardwicke steht auf, seine Krawatte ein wenig zerknittert, die Hemdtaschen mit Stiften vollgestopft. »Gut gemacht, Wesley, danke.«

Ich nicke ihm zu, schaue ihm jedoch nicht in die

Augen. Wenn ich irgendwas sage, fange ich nur wieder an, mir die Lunge aus dem Leib zu husten. Bio wird mir meinen Notendurchschnitt total versauen. Die Columbia wird mir meinen Platz wieder wegnehmen, und dann muss ich in Stanford zu Kreuze kriechen, aber diesmal werden sie mir eine Absage erteilen, und ich muss für immer bei meinen Eltern wohnen, falls sie mich nicht schon längst rausgeschmissen haben.

* * *

Am zweiten Prüfungsmorgen schlucke ich einen Löffel voll Wick MediNait und gehe nach unten. Kein Fieber, aber ich fühle mich trotzdem wie ausgekotzt. Ich habe keine Ahnung, was Hatley für unsere Abschlussprüfung in Rhetorik plant, aber ich bin dankbar dafür, dass sie bereits verraten hat, dass wir dafür nicht selbst einen Vortrag halten müssen oder so, weil meine Stimme im Augenblick total heiser ist.

Moms Laptop steht offen auf dem Küchentisch, eine Tasse Kaffee links neben ihr.

»Wo ist Dad?«, frage ich und schlucke mein Prozac schnell mit einem Glas Wasser hinunter.

»Schon früh aus dem Haus.«

Natürlich ist er das. »Oh.« Ich nehme mir eine Banane von der Küchentheke.

»Bist du bereit für deine Prüfungen heute?« Sie blickt nicht vom Bildschirm auf, und irgendwie frage ich mich, ob sie mir überhaupt zuhört.

»Ja.« Ich putze mir die Nase und werfe das Taschentuch in den Mülleimer. »Ich glaube schon.«

»Moment mal!« Sie schießt förmlich von ihrem Stuhl hoch, tiefe Falten auf ihrer Stirn. »Bist du krank?«

Ich schniefe. »Nur eine Erkältung. Ich hab schon was eingenommen, keine Sorge.«

Panik huscht über ihr Gesicht. »Du kannst nicht zu den Prüfungen antreten, wenn du krank bist.« Sie fühlt mit dem Handrücken meine Stirn. »Du bist kühl, Fieber hast du keins.«

»Mir geht's gut.«

»Nein, das stimmt nicht.« Sie nimmt mir die Banane aus der Hand und zerrt mich zur Couch im Wohnzimmer. »Du solltest zu Hause bleiben. Und die Prüfungen ablegen, wenn du wieder gesund bist.«

Ich betrachte sie mit skeptischer Miene. Einmal, in der sechsten Klasse, hatte ich Grippe und fast neununddreißig Grad Fieber. Meine Eltern sind ausgeflippt, weil ich zu Hause bleiben wollte, und haben mich gezwungen, trotzdem in die Schule zu gehen. Am Ende hat mich meine Sozialkundelehrerin zur Schulkrankenschwester geschickt, weil ich wie der Tod höchstpersönlich aussah, und die wiederum hat mich nach Hause geschickt. Mom hat den Rest des Tages damit verbracht, sich Sorgen darüber zu machen, wie sich der verpasste Unterricht auf meine Noten auswirken wird, während Dad in der Schule angerufen und sich mit der Rektorin gestritten hat.

Brandon hat andauernd so getan, als sei er krank, um die Schule zu schwänzen, und seine Eltern sind auch meistens drauf reingefallen. Bei mir hat das nie funktioniert, weil meine Eltern mich noch nicht mal zu Hause behalten haben, wenn ich wirklich krank war. Deshalb bin ich im Moment auch total verwirrt.

»Es ist nur eine Erkältung, mir geht's wirklich gut.« Ich will wieder aufstehen, aber Mom legt sanft eine Hand auf meine Schulter.

»Wes. Du musst dich ausruhen. Das hier ist zu wichtig. Wenn du dich nicht auf deine Prüfungen konzentrieren kannst, dann wirst du nicht gut abschneiden, und dafür hast du viel zu hart gearbeitet.« Sie wickelt mich in eine Decke ein. »Ich koche dir einen Tee.«

»Okay, wer sind Sie, und was haben Sie mit meiner Mutter gemacht?«

»Ruh dich aus.« Sie küsst mich auf die Stirn und schaltet den Fernseher ein. »Schau dir irgendwas Lustiges an. Ich rufe in der Schule an und sage Bescheid, dass du heute nicht kommst.«

Ich starre sie immer noch mit offenem Mund an, als das nächste Husten in meiner Kehle kratzt. Vielleicht hat sie recht. Ein bisschen Erholung kann sicher nicht schaden. Ich schnappe mir mein Handy und schicke Brandon eine Nachricht.

Hey, ich komm heut nicht in die Schule, fühl mich beschissen. Viel Glück bei den Prüfungen. Ich hoffe, sie sind nicht zu heftig.

Latein und Rhetorik werden warten müssen.

Eine Nachrichtenreporterin berichtet im Fernsehen über irgendeine Parade, aber meine Augenlider werden immer schwerer, und ich döse ein. Aus irgendeinem Grund träume ich von Stella.

Als mein Handy vibriert, schrecke ich aus dem Schlaf hoch. Ich schaue auf die Uhr auf meinem Smartphone – es ist schon nach elf. Eine Tasse mit inzwischen kaltem Tee steht auf einem Untersetzer auf dem Couchtisch, der Faden des Teebeutels hängt über den Rand. Das Erkältungsmittel muss gewirkt haben, denn ich fühle mich schon viel besser.

Ich reibe mir die Augen und checke meine Nachrichten.

OMG. Die Rhetorikklausur war mein Tod.

Das ist nicht gerade vielversprechend für ein Fach, in dem ich mir eine einfache Eins sichern wollte.

So schlimm?! Wtf! Was hat Hatley denn gemacht?

Weißt du noch diese berühmten Reden, die wir durchgenommen haben, im Januar oder so?

…

Nein?

Warte! Doch, ich glaub schon. Die hab ich irgendwie verdrängt.

Ja, genau wie wir alle. Bei der GANZEN Prüfung ging es nur darum. Winzige Details zu diesen Reden. Niemand hat beim Lernen auch nur daran gedacht, mal einen Blick draufzuwerfen.

Okay. Die Erholungspause ist vorbei. Ganz offensichtlich muss ich dieses superalte Zeug noch mal durchgehen. Dabei bin ich mir noch nicht mal sicher, ob ich mir im Januar Notizen zu diesen Reden gemacht habe.

Ich schicke meinem Rhetorik-Tutor eine Nachricht.

Hi Rob. Sorry, dass ich dich störe. Könntest du vielleicht zufällig später vorbeikommen? Obwohl, eigentlich bin ich krank und wahrscheinlich ansteckend, deshalb sollten wir wohl lieber telefonieren oder so.

Meine Eltern bezahlen ihn pro Stunde, deshalb bin ich mir sicher, dass er begeistert darüber sein wird, dass ich so schlecht vorbereitet bin.

Kann sein, dass ich Hilfe brauche für meine Rhetorikklausur. Anscheinend geht es dabei um irgendwelches Zeug von Januar, an das ich mich überhaupt nicht erinnern kann.

Es dauert nur ein paar Sekunden, bis er zurückschreibt.

> Kein Problem! Ich habe das Unterrichtsmaterial hier. Ich bringe es bei dir vorbei und werfe es in den Briefkasten, dann können wir alles über FaceTime durchgehen.

* * *

Dramatische Wendung: Brandon war nicht der Einzige, der Hatleys Abschlussprüfung in Rhetorik versiebt hat.

Ich sitze unbehaglich im Klassenzimmer und zapple nervös hin und her, während ich dabei zusehe, wie Hatley die Prüfungsergebnisse verteilt, und auf meine Ersatzklausur warte. Letzte Nacht habe ich noch ewig über diesen alten Reden gebrütet und dem Stöhnen und geflüsterten Fluchen im Raum nach zu urteilen kann ich sehr froh über diese Entscheidung sein.

»Die Noten sind schlechter ausgefallen, als ich erwartet hatte«, verkündet Ms Hatley laut.

Stellas Hand schießt in die Luft. Sie wartet noch nicht einmal ab, bis Hatley sie aufruft. *»Zweiundsechzig?«* Ihre Stimme quietscht richtig. »Ernsthaft?«

Gott, sogar Stella.

Alle in der Klasse starren unsere Lehrerin mit weit aufgerissenen Augen an, wie ein Haufen Frösche.

»Stella, die höchste Note der ganzen Klasse waren

zweiundsechzig Prozent.« Hatley seufzt. »Keiner von Ihnen hat sich den älteren Stoff noch mal angesehen.«

Weitere Hände recken sich nach oben.

»Wesley, kommen Sie mit mir.« Hatley winkt mich zur Tür. »Sie dürfen Ihre Klausur im Leseraum am Ende des Flurs nachschreiben. Sie können nicht hier drin sitzen, während wir die Aufgaben besprechen.«

Ich nicke, schaue jedoch niemandem in die Augen, als ich ihr zur Tür folge.

»Sie haben gesagt, dass es um eine Rede gehen wird.« Stellas Stimme bricht. »Um eine unserer Reden aus dem Unterricht.«

»Ich habe gesagt, dass es um *eine* Rede gehen wird, aber nicht notwendigerweise um eine von Ihren eigenen.«

»Können wir die Note noch verbessern?«, will Stella wissen.

»Nein. Dazu bleibt in diesem Schuljahr nicht mehr genügend Zeit.«

Ich fahre mir mit einer Hand übers Gesicht und zweifle auf einmal daran, dass ich das Richtige gelernt habe.

»Aber damit wurden unsere rhetorischen Fähigkeiten doch überhaupt nicht getestet«, flüstert Dahlia irgendwo hinter mir. »In einem Kurs für *Rhetorik.*«

Hatley schiebt mich in den Flur hinaus, und welche Beschwerden die anderen auch sonst noch wegen der Prüfung haben, ich höre sie nicht mehr.

* * *

»Da ist ja mein zukünftiger Stanford-Absolvent«, sagt Dad, als ich zur Haustür hereinkomme. »Vergiss nicht, mir den Katalog mit dem Studienprogramm zu zeigen.«

»Steht ganz oben auf meiner Liste«, murmele ich so leise, dass er es nicht hören kann.

Dad betätigt den Hebel und richtet die Rückenlehne des Fernsehsessels wieder auf, auf dem er sitzt. Eine Jogginghose und ein Kapuzenpullover ersetzen seine üblichen Businessklamotten. »Geht's dir heute besser?«

Ich zucke mit den Schultern. »Ja. Meine Nase ist immer noch ein bisschen verstopft, aber die Erkältung ist im Prinzip überstanden.«

»Gut. Und deine Prüfungen?«

»Okay.« Ich bin Brandon superdankbar dafür, dass er mich wegen Rhetorik vorgewarnt hat, doch er hatte nicht übertrieben: Die Klausur war beschissen. Aber wenigstens wusste ich ein paar Sachen. »Rhetorik hat alle ziemlich aus der Bahn geworfen.«

»Das ist ohnehin kein richtiges Fach. Mach dir deswegen keinen Kopf.«

»Ist auch egal. Jetzt ist es sowieso gelaufen.« Ich schüttle den Kopf, einen Fuß auf der Treppe. »Warum seid ihr denn beide zu Hause?«

»Wir haben uns den Nachmittag freigenommen«, antwortet Dad. »Deine Mutter und ich sind unten am Teich spazieren gegangen. Wir mussten uns mal unterhalten … über eine Menge Dinge.«

Mom kommt ins Wohnzimmer, einen Teller mit

Chocolate Chip Cookies in der Hand. Der Duft steigt mir in die Nase und mein Magen fängt an zu knurren. »Wesley! Möchtest du einen?« Sie trägt immer noch ihren Hosenanzug, freier Nachmittag hin oder her.

Aus irgendeinem Grund fühlt es sich an wie Bestechung. Ich bin immer misstrauisch, wenn meine Eltern sich gut verstehen. »Klar.«

»Gehst du heute mit Brandon und den anderen Jungs joggen?«, erkundigt sich Mom. »Du kannst sie hinterher gerne hierher mitbringen und an sie auch ein paar von den Keksen verfüttern. Wir haben noch eine ganze Ladung im Ofen.«

»Ja. Vielleicht. Ich muss auch noch meinen Smoking für den Abschlussball abholen.«

Ein Lächeln breitet sich auf Moms Gesicht aus. »Du wirst so umwerfend aussehen. Ich bin mir sicher, dass dich sämtliche Mädchen um einen Tanz bitten werden.«

Hoffentlich auch die, auf die es wirklich ankommt. Ich schlucke schwer und stelle mir vor, wie ich beim Abschlussball mit Stella tanze. Ich muss ihr sagen, was ich für sie empfinde. Beim Abschlussball. Wenn ich bis zum nächsten Tag warte, dann haben sie vielleicht schon verkündet, wer Valedictorian ist, und dann wäre es einfach zu seltsam. Wenn Stella es wird, wird es irgendwie unangenehm. Wenn ich es werde, wird es auch irgendwie unangenehm. Aber so oder so, wenn ich es ihr nicht sage, werde ich es später garantiert bereuen.

»Ja. Aber jetzt muss ich erst mal für meine Geschichtsprüfung lernen.« Nicht, dass sie noch eine Rolle spielen würde. Rhetorik und Bio werden mir sowieso meinen kompletten Schnitt versauen.

»Du wirst dich hervorragend schlagen«, sagt Dad und nimmt sich selbst einen Keks. »Und du wirst dich auch nächstes Jahr in Stanford hervorragend schlagen.«

Ich werde noch nervöser. Ich hätte es ihnen schon vor Monaten sagen sollen, denn jetzt weiß ich einfach nicht, wie. Wahrscheinlich werden sie es erst herausfinden, wenn sie in Kalifornien ankommen und mein Name nicht auf der Liste steht.

Ein Loch bohrt sich in meinen Magen und plötzlich kann ich den Keks überhaupt nicht mehr schmecken.

Betreff: VORLETZTE. FOLGE. WARSHIP. SEVEN. ZUSAMMENFASSUNG!
Username: CaptainJillsBFF22

Schnappatmung Da wären wir, Leute. Die vorletzte *Warship*-Folge, auf die wir alle gewartet haben: Jills und Aarons große Flucht, auch bekannt als Episode neunzehn: »Die Piratenwache«.

Jill und Aaron sitzen immer noch gefangen in den Piratenzellen. Ich finde es grandios, wie tough Jill in dieser Folge ist, und Aaron ist auch nicht so übel. Als die

Piraten ihren Gefangenen eine magere Mahlzeit servieren, lenkt Aaron sie mit seinem typischen geistreichen Witz so lange ab, dass Jill zum Angriff übergehen und ein paar Piratenärsche verdreschen kann. Die Typen haben keine Chance gegen sie und es ist einfach nur großartig. Jill stürzt sich in den Kampf und schaltet eigenhändig vier der Piraten aus, bevor sie erkennt, dass sich in der Ecke des Raumes eine Kamera befindet. Sie schaltet die Kamera aus und will gerade fliehen, als ihr bewusst wird, dass Aaron immer noch in seiner Zelle eingeschlossen ist. (Tut mir leid, gerate ich zu sehr ins Schwärmen? Ich fürchte, das klang jetzt wie ein einziger langer Satz. Aber OMG, DIESE EPISODE!)

Jedenfalls sieht Jill Aaron an, und MAN SIEHT GENAU, WAS IN IHREM KOPF ABLÄUFT!!! Innerhalb eines Sekundenbruchteils rennt sie zu ihm zurück und befreit ihn und er ist völlig SCHOCKIERT. Sie fliehen gemeinsam, verteidigen sich gegenseitig und kämpfen Rücken an Rücken, eben wie das perfekte OTP – bis plötzlich jemand Jill in den Bauch schießt und sie zusammenbricht.

Jetzt muss Aaron eine Entscheidung treffen. Er sieht seinen möglichen Fluchtweg, seine Chance auf Freiheit, aber er wirft sich stattdessen die verwundete Jill über die Schulter und rennt mit ihr zum Shuttle. Die beiden entscheiden sich füreinander. Es gibt immer eine Wahl, Leute, und darum weiß ich, dass #Lewton das OTP sind: Als ihr Leben auf dem Spiel stand, als alles um sie herum in sich zusammenstürzte, haben sie sich füreinander entschieden.

27
Stella

Dahlias Schwestern stürmen in ihr Zimmer, um uns dabei zu helfen, uns für den Abschlussball fertig zu machen. Der ganze Raum riecht nach Vanille und Kokosnuss und nach dem Parfüm, mit dem Em sich eingenebelt hat.

Ich werfe einen Blick auf die winzige Uhr auf Dahlias Kommode. Wenn ich am Ende wegen Rhetorik nicht Valedictorian werde, dann schreie ich.

Em schnuppert an ihren Achselhöhlen und sprüht noch mal. »Ich sag's auch, Leute, ich hab meine Statistikprüfung total verhauen.«

»Ich garantiere dir, dass du nicht schlechter sein kannst als Bobby Miller – er hat während der ganzen Prüfung geschwitzt wie ein Schwein«, versichert Dahlia ihr und zuckt zusammen, als ihre Schwester Bethany ihr Haar zu einer aufwendigen Hochsteckfrisur strafft, die sie auf Pinterest entdeckt hat. »Bist du bald fertig?«

Bethany funkelt sie an. »Willst du die Frisur jetzt oder nicht?«

»Sieht wirklich super aus.« Ich nicke Dahlia zu. »Leute, kann ich das ohne trägerlosen BH bringen?« Ich ziehe mein Kleid hoch und betrachte mein hautenges rosa Outfit im Spiegel. Im Nachhinein bin ich mir nicht sicher, warum Vergangenheits-Stella unbedingt ein trägerloses Kleid wollte, obwohl ich sage und schreibe Körbchengröße A habe.

»Warte.« Em trippelt zu mir herüber und hat offensichtlich Mühe, sich in ihrem engen gelben Kleid richtig zu bewegen. »Dreh dich um, ich steck dir das Ding so fest, dass die beiden Mädels garantiert nicht raushüpfen.«

Ich drücke beide Hände auf meine armen Brüste. »Ja, aber kriegen sie denn dann noch Luft?«

»Verdammt, halt still.« Bethany steckt noch mehr Haarnadeln in Dahlias Frisur. »Ich schwöre, es ist die Sache wert.«

»Das will ich doch hoffen«, brummt Dahlia und massiert sich die Schläfen.

Bridget und Amber haben mir die Haare mit vereinten Kräften gestylt, bevor ich gegangen bin, und dann ein Foto davon für die Website ihres zukünftigen Salons gemacht. Mein Pony umrahmt in lockigen braunen Strähnen mein Gesicht und der Rest meines Haars ist zu einem dicken Knoten auf meinem Kopf zusammengefasst.

»Ooh, dein Lidschatten ist so toll, Em. Ich wünschte, mir würde Gold auch so gut stehen.«

»Hey.« Sie zeigt auf mich. »Deine Kajal-Wings hast du heute Abend hingekriegt wie ein Profi.«

Sie hat recht, das habe ich – und zu meiner Brille sehen sie einfach phänomenal aus. Zum ersten Mal in der Geschichte ist es mir heute tatsächlich gelungen, einen makellosen Wing zu ziehen, ohne ihn achttausend Mal neu malen zu müssen.

Wir wuseln geschäftig durchs Zimmer, tragen Make-up auf und stecken Haare fest. Schließlich entlässt Bethany Dahlia, die vor Freude strahlt, als sie ihre Frisur im Spiegel betrachtet. »Okay, na gut: Es sieht grandios aus.«

Bethany schnaubt höhnisch. »Sag ich doch. Aber erst mal beschweren.«

»Kommt, wir machen ein Selfie.« Ich halte mein Handy hoch und Em und Dahlia lehnen sich zu mir.

Trotz allem bin ich irgendwie auch traurig. Das hier könnte einer unserer letzten gemeinsamen Tage sein, wir alle drei zusammen.

»Süß!«, quietscht Em. »Wir müssen noch eins machen, wenn Leah und die Jungs hier sind.«

»Warum hat sich Leah denn nicht mit uns gestylt?«, will Dahlia wissen.

»Weil wir einen großen Enthüllungsmoment brauchen!« Em rollt mit den Augen. »Außerdem musste sie unbedingt noch einen draufsetzen und sich die Haare und so in irgendeinem schicken Salon machen lassen.«

»Es ist fünf Uhr!« Dahlia schnappt sich ihr Handy von der Kommode. »Die Abschlussnoten sind raus!«

Mein Herz hämmert wie wild gegen meine Rippen. Ich hole mein eigenes Handy heraus und logge mich auf der Website der Schule ein, aber ich bin viel zu hektisch und gebe das Passwort mindestens drei Mal falsch ein.

Stella Catherine Greene
Englisch: *94 %*
Biologie: *96 %*
Rhetorik: *90 %*
Mathematik: *95 %*
Geschichte: *94 %*
Latein: *97 %*
Sport: *95 %*

Ein Lächeln huscht über mein Gesicht. Die Vier in der Abschlussprüfung hat mir nicht das Genick gebrochen: Eins minus in Rhetorik. Ich schicke Mom schnell eine Nachricht mit meinen Noten, und sie antwortet sofort mit einem GIF von jemandem, der auf und ab hüpft. Mom hält sich für ziemlich cool, weil sie weiß, wie man GIFs benutzt, deshalb spammt sie mich bei jeder Gelegenheit damit zu. Selbst wenn sie dem Anlass nicht hundertprozentig angemessen sind.

Dahlia führt einen kleinen Tanz auf. »Ich hab eine Zwei minus in Statistik. Gott sei Dank.«

»Ich hab vier Einser, eine Zwei und eine Drei plus«, verkündet Em. »Ziemlich gut, wenn man bedenkt, dass mir kurz vor der Chemieprüfung eigentlich schon alles egal war.«

»Was ist mit dir, Stella?«, will Dahlia wissen.

Ich versuche, mein Grinsen zu verbergen, weil ich kein arrogantes Arschloch sein will. »Ich bin zufrieden mit meinen Noten.«

»Lauter glatte Einsen?«, hakt sie nach.

»Glatte Einsen und eine Eins minus in Rhetorik, weil Hatleys Abschlussprüfung allen den Schnitt versaut hat.«

Dahlia und Em quietschen synchron, und ich bin wirklich dankbar dafür, dass ich Freundinnen habe, die sich aufrichtig mit mir freuen.

»Und, bist du jetzt Valedictorian?«, fragt Em. »Nach alldem?«

Ich schlucke schwer und stecke das Handy wieder in meine Handtasche. »Keine Ahnung.«

Ich bin stolz auf meine Noten. Aber ich weiß nicht, ob sie reichen.

* * *

Leah trifft um Punkt sechs ein und sie und Em posieren vor Dahlias breiter Treppe und schießen die süßesten Fotos aller Zeiten zusammen. Ems Mom weint, was dazu führt, das Em auch weint, was wiederum dazu führt, dass Bethany sie zurück in Dahlias Zimmer schiebt, damit sie ihre Wimperntusche neu auftragen kann. Acht weitere Mädchen aus der Schule kommen ebenfalls vorbei, um Fotos zu machen, und wir knipsen Schnappschüsse in einer Million verschiedenen Posen, auf der Treppe und draußen auf dem Rasen. Irgendwann treffen auch

Mom und Dave ein, Mom immer noch in ihren Krankenhausklamotten, und Bridget schickt mir eine Nachricht von der Arbeit und verlangt haufenweise Fotos, bevor sie hinzufügt: »Viel Spaß, aber vergiss nicht: kein Gummi – keine Nummer«. Am Ende tut mir vom vielen Lächeln das Gesicht weh, aber ich kann auch nicht aufhören, mich zu fragen, wie unser großer Zweikampf ausgehen wird. Ich trommele nervös mit den Fingern auf dem seidigen Stoff herum, der meine Oberschenkel bedeckt.

Wie werde ich es erfahren? Kann ich Wesley einfach nach seinen Noten fragen, wenn er herkommt? Oder wäre das seltsam?

Die Limousine mit den Jungs trifft fünfzehn Minuten zu spät ein, wie erwartet. Brandon, Dylan und ein paar andere stürzen sich aus dem glänzenden schwarzen Wagen und lachen über irgendetwas, von dem ich wahrscheinlich gar nicht wissen will, was es ist. Ich hätte niemals geglaubt, dass ich in einer Limo zum Abschlussball fahren würde, aber ein paar der anderen haben zusammengelegt, und da ich mit Dahlia und Brandon hingehe, war auch Platz für mich. Es sind nur zehn Minuten Fahrt vom Haus der Johnstons zum Aquarium, aber trotzdem: Es ist ziemlich cool.

Wesley steigt als Letzter aus, in einen klassischen schwarz-weißen Smoking gekleidet. Sein wuscheliges Haar ist zurückgekämmt, und ich schäme mich dafür, zugeben zu müssen, dass er gut aussieht. Richtig gut. Ich schlucke schwer. Einen halben Moment lang will ich seine Noten gar nicht mehr wissen. Ich will nur noch mit den Fingern durch sein wundervolles Haar fahren.

Dahlia rammt mir unsanft den Ellenbogen in die Seite und ich erwache aus meiner Trance.

Frag ihn.

Er gesellt sich zu den anderen Jungs aus der Leichtathletikmannschaft, die direkt auf die Häppchen zusteuern, die auf einem Tisch auf der Terrasse der Johnstons angerichtet sind. Dylan versucht ganz offensichtlich, seinen eigenen Rekord für die Anzahl Mozzarella-Sticks zu brechen, die er sich auf einmal in den Mund stopfen kann.

Ich habe gerade all meinen Mut zusammengenommen, um Wesley nach seinen Noten zu fragen, als Dahlias Mom nach vorne tritt.

»Versammelt ihr euch bitte alle auf dem Rasen für ein Gruppenfoto?«

»Wie wollen wir es machen?«, fragt Em.

»Wie wäre es, wenn sich die Pärchen hintereinander aufstellen?«, schlägt Brandon vor und hält Dahlia seine Hand hin, deren Wangen sofort erröten.

Na, das ist mal peinlich. Ich sehe zu, wie sich die verschiedenen Paare finden, Em hinter Leah, Brandon hinter Dahlia, Dylan hinter Charlotte, Collin hinter Laura und so weiter. Vorsichtig schiebe ich mich hinter die Gruppe. Wenn ich mich unauffällig verhalte, ist es vielleicht auch gar nicht so offensichtlich, dass ich kein Date habe. Meine silbernen Absätze versinken im feuchten Boden.

»Stella, wir können dich gar nicht sehen«, ruft Mom, und in diesem Moment hasse ich sie irgendwie. »Du bist zu klein, um hinten zu stehen.«

»Komm, stell dich zu Wesley«, sagt Laura. »Er ist auch solo. Dein Kleid ist übrigens der Hammer.«

»Danke – deins ist sensationell.« Ich fahre mit den Fingern über die blauen Pailletten auf Lauras Rücken. Sie hat sogar diesen coolen, glitzernden blauen Kajal aufgetragen, der ihre Augen richtig hervorstechen lässt. »Du siehst wie eine glamouröse Meerjungfrau aus.«

»Danke!« Sie strahlt und zeigt mir ihre perfekten weißen Zähne. »Schließlich ist das Motto ›Unter dem Meer‹.«

Dylan stöhnt übertrieben laut. »Okay, jetzt macht schon.« Ich will ihm gerade den Stinkefinger zeigen, als mir wieder einfällt, dass meine Mom hier ist.

»Stell dich vor Wes, damit wir endlich dieses Foto machen und losziehen können«, drängt Brandon.

Wesley steht am Rand der Gruppe und scharrt mit den Füßen. Ich gehe zu ihm.

»Hi«, flüstere ich und stelle mich schräg vor ihn, genau wie die anderen.

»Hi.«

»Könnt ihr vielleicht ein bisschen enger zusammenstehen, damit ich euch alle draufkriege?«, bittet einer der Väter aus der Meute der elterlichen Paparazzi, die ihre Handys auf uns richten und Fotos schießen.

Ich spüre, wie Wesley einen halben Schritt näher

an mich heranrückt, bis sich mein Rücken an seine Brust drückt. Er riecht nach irgendeinem harzigen Parfüm und ich atme ein wenig tiefer ein.

»Du siehst … gut aus«, flüstert Wesley.

»Du auch«, flüstere ich zurück.

Zum ersten Mal an diesem Abend entspanne ich mich ein wenig. Ich bin mir nicht sicher, seit wann ich mich in Wesley Clarkes Nähe so wohlfühle, aber seine Anwesenheit wirkt seltsam beruhigend auf mich.

»Okay, wir haben noch ungefähr fünf Minuten, bis wir wieder in die Limo steigen müssen«, ruft Brandon. Es gefällt mir, dass er bei solchen Gelegenheiten immer den Zeremonienmeister spielt.

Der Rest der Gruppe huscht davon, um sich noch ein paar letzte Snacks zu besorgen.

Ich reibe mir den Oberarm und drehe mich zu Wesley um. »Hey, kann ich mal kurz mit dir reden?«

»Ja, klar. Ich wollte … auch noch mit dir reden.«

»Stella, du hast mir ja gar nicht erzählt, dass du mit diesem gut aussehenden jungen Mann zum Abschlussball gehst.« Ein breites Grinsen ziert Moms Gesicht. »Kann ich ein Foto von dir und deinem Begleiter machen?«

»Er ist nicht mein …«

»Selbstverständlich.« Wesley schlingt einen Arm um meine Taille, und ohne nachzudenken, lege ich eine Hand auf seine und lehne mich an ihn. Mein Herz klopft so laut, dass ich überrascht bin, dass es sonst niemand hören kann. Mom knipst ein paar Fotos, und als sie endlich zufrieden ist, zieht sie sich zurück, um sie sich auf ihrem Handy anzuschauen, so als könnte sie gar nicht glauben, dass das gerade wirklich passiert ist. Sie durfte sich die ganze Zeit anhören, wie ich mich über Wesley Clarke auslasse, deshalb würde sie wahrscheinlich in Ohnmacht fallen, wenn sie wüsste, dass er der Junge ist, der gerade neben mir steht.

»Na, du hast den Abend meiner Mom definitiv gerettet«, sage ich.

»Ich tue, was ich kann.«

Meine Hand streckt sich wie von selbst zu ihm aus, aber ich ziehe sie wieder an meine Seite zurück. Sämtliche Worte bleiben mir im Halse stecken.

»Hey – ich will auf keinen Fall in der Mitte sitzen.« Laura lacht und ringt praktisch mit Collin, als die beiden in die Limousine steigen. »Ich trete dir in den Hintern.«

Dahlia und Brandon folgen ihnen, und es staut sich ein wenig, als alle versuchen, einzusteigen. Ich beiße mir auf die Lippe. Ich werde Wesley wohl später fragen müssen.

Wir mischen uns in das Durcheinander, und bevor ich weiß, was passiert, quetschen wir uns mit den anderen in die Limo, winken unseren Eltern zu und rollen in Richtung Aquarium davon.

* * *

Ich knalle gegen eine Wand aus Musik, als die Limousine vor dem Aquarium vorfährt und sich in die

Schlange der anderen Autos einreiht, die weitere Ballbesucher aussteigen lassen. Alle triefen förmlich vor Eleganz. Ein paar Mädchen tragen klassische schwarz-weiße Kleider und Perlenketten, während andere sich für eher dramatische Outfits aus mit Pailletten besetzten goldenen, silbernen, violetten und blauen Kleidern entschieden haben, die an die Schuppen von Fischen erinnern.

»Ein paar haben das Motto ja ziemlich ernst genommen«, bemerkt Em und zupft an ihrem Kleid herum. »Vielleicht hätte ich auch was Violettes anziehen sollen.«

»Hör auf, du siehst super aus. Und, seid ihr bereit?« Dahlia hakt sich bei mir unter und hält sich mit der anderen Hand an Brandon fest. Ich bin ihr wirklich dankbar, dass sie mich nicht einfach hat fallen lassen, weil sie ein Date hat.

Wir bewegen uns in einer riesigen Menschenmenge auf das Gebäude zu, wo Ms Hatley steht und unsere Tickets abstempelt. Ich verdrehe die Augen. Großartig: der letzte Mensch, den ich heute Abend sehen wollte. Danke, dass du alles kaputtgemacht hast, Hatley.

Wesley, Dylan und Brandon bleiben stehen, um sich mit einer Gruppe Jungs aus ihrem Leichtathletikteam zu unterhalten.

»Ernsthaft?«, stöhnt Em und drängt sich mitten durch sie hindurch. »Ihr blockiert den kompletten Eingang.«

Als Letzte in unserer Gruppe reiche ich Ms Hatley,

die einen grauen Hosenanzug trägt und das Unterwasser-Motto offensichtlich ignoriert, mein Ticket. »Oh, Stella, Sie sehen bezaubernd aus.« Sie stempelt ein fischförmiges Loch in meine Eintrittskarte und gibt sie mir zurück. *Klar, mach mir ruhig Komplimente – ich hab dir diese fette Zweiundsechzig noch nicht verziehen.*

»Meinen Glückwunsch, übrigens.«

Mein Herz macht einen Satz. »Danke – aber wozu?«

»Zur Salutatorian.«

Ich fühle mich, als hätte sie mir eine Ohrfeige verpasst. »Moment mal, was?«

»Ja, ich weiß, dass es erst morgen offiziell verkündet wird, aber es ist einfach eine zu große Ehre, um es Ihnen nicht schon heute Abend zu sagen. Sie haben so hart dafür gearbeitet.«

Nein. Was? Wie?

»Ich dachte … Ich dachte … *Wesley* ist Valedictorian?«

»Ich glaube schon, ja. Sie dürfen ihn dann bei der Abschlussfeier ankündigen.«

»Aber … wie?« Mir ist selbst klar, dass das eine kindische Frage ist, aber mehr bekomme ich nicht heraus.

»Ich habe gehört, dass es sehr, sehr knapp war.« Sie legt tröstend eine Hand auf meinen Arm. »Er hatte bei seinen Abschlussprüfungen lauter glatte Einsen.«

»Sogar … in Bio?« Meine Stimme quiekt richtig.

»Ich glaube schon.«

»Aber ich dachte … ich dachte, die höchste Note bei Ihrer Prüfung waren meine zweiundsechzig.«

Eine weitere Limousine fährt hinter mir vor. Die Autotüren knallen zu und Schritte und Stimmen werden lauter.

Hatley fängt an, sich mit einer anderen Lehrerin zu unterhalten, und ignoriert mich.

Ich blinzle die Tränen hinunter, die aus meinen Augen zu kullern drohen. »Okay, danke, dass Sie es mir gesagt haben.«

»Ich wünsche Ihnen einen wunderschönen Abend, Stella.« Sie lächelt, und ich sehe, dass sie sich wirklich aufrichtig für mich freut, obwohl die ganze Welt gerade vor meinen Augen eingestürzt ist. »Den haben Sie sich verdient.«

Am liebsten würde ich sofort wieder umdrehen, nach Hause rennen und nie wieder aus meinem Zimmer rauskommen. Doch meine Füße bewegen sich wie von selbst, und bevor ich wirklich begreife, was passiert, betrete ich das Aquarium und folge den Kleidern und Smokings, funkelnden Lichtern und all den anderen hübschen Dingen, die ich kaum richtig wahrnehme.

»Stella!«, brüllen mir Em und Dahlia vom Tisch mit der Bowle zu. Sie tanzen bereits mit Styroporbechern in den Händen.

Vielleicht habe ich nicht hart genug gearbeitet.

Oder vielleicht fällt dem verdammten Wesley Clarke eben einfach immer alles in den Schoß.

Ich zwinge mich, zu lächeln. So zu tun, als wäre ich glücklich, ist immer noch leichter, als der Wahrheit ins Gesicht zu sehen.

Ich habe Tag und Nacht gearbeitet, jahrelang, auf Schlaf und Partys und Spaß verzichtet, aber es war trotzdem nicht genug.

Ganz gleich, was ich tue, es wird niemals genug sein.

WARSHIP SEVEN: Episode zwanzig
»Eine schwere Entscheidung«

*Beschreibung: »*Warship Seven *endet mit einem äußerst kontroversen Cliffhanger, als Aaron eine niederschmetternde Entscheidung trifft.«*

SZENENKONTEXT: Nach der Rückkehr der beiden auf die *Happening* geht AARON nervös vor dem Krankenzimmer auf und ab, in dem die bewusstlose JILL von MARKUS und SONNY behandelt wird. GEMMA stellt sich hinter ihn und blickt ebenfalls durch das Fenster des Krankenzimmers.

GEMMA: Sie wird überleben, das weißt du, oder?
AARON: [erschrocken] Was? Oh. Großartig. Das sind fantastische Neuigkeiten.
GEMMA: Wir hatten schon einen kompletten Rettungsplan vorbereitet. Wenn ihr uns noch einen Tag mehr Zeit gegeben hättet, wären wir da reingestürmt und hätten sie gerettet. [Sie errötet.] Und dich. Dich hätten wir auch gerettet.
AARON: Jill hat Glück, dass sie eine so treue Crew hat.
GEMMA: Sie ist ein unglaublicher Captain.
AARON: Stimmt.

[Einen Moment lang stehen sie schweigend da.]

GEMMA: Also, warum bist du zurückgekommen?

AARON: Was meinst du?

GEMMA: Du hattest ein Fluchtshuttle. Du hättest Jill zur ZE bringen, sie ausliefern und der *Happening* für immer entkommen können.

AARON: [steht stumm neben ihr und weiß darauf keine Antwort]

28
Wesley

Ich kralle mich so verkrampft an meiner Dose Sprite fest, dass sich fingergroße Dellen in das Aluminium drücken. Ich kann nicht aufhören, den Blick durch den Saal schweifen zu lassen und nach ihr zu suchen. Ich muss ihr sagen, was ich fühle, und ihr endlich gestehen, dass ich Aaron2 bin. *Wir müssen reden. Wir müssen reden. Wir müssen reden.* Ich wiederhole die Worte so oft in meinem Kopf, dass sie langsam miteinander verschwimmen.

Die Musik bebt durch den Boden und meine Beine hinauf. Die riesigen, vom Fußboden bis zur Decke reichenden Aquarien tauchen alle in einen bläulichen Schimmer. Bunte tropische Fische huschen vorbei, scheinbar verblüfft über die Tanzenden und die Musik, die im ganzen Raum widerhallt.

»Wesley!« Ein Mädchen, das ich aus dem Literaturkurs kenne, stürmt auf mich zu und nimmt meine Hand. Sie sieht hübsch aus, in einem engen silbernen Kleid und mit dazu passenden silbernen Federn im Haar. »Willst du tanzen?«

Ich zwinge mich zu einem Lächeln. »Vielleicht später?«

Dylan kommt zu uns, schon ziemlich angeheitert dank des Flachmanns voller Wodka, den er sich ans Bein geklettet und den er uns bereits vorhin in der Limo präsentiert hat. »Darf ich?«

Er nimmt das Mädchen an der Hand und führt sie zur Tanzfläche, wobei er mir über die Schulter hinweg zuzwinkert.

Ich kann mich auf überhaupt nichts konzentrieren. Ich muss Stella finden.

»Hey, hör auf, hier Trübsal zu blasen«, ruft Brandon von der Tanzfläche, die Arme um Dahlia geschlungen. »Komm, tanz mit uns.«

Dahlia lacht und zieht ihn näher zu sich heran.

Ich winke ab. »Vielleicht später, Mann.«

Ich bahne mir mit der Schulter voraus einen Weg durch die Menge zum Büfett, wo winzige Fingerfood-Sandwiches, Gemüse, Kräcker und Käse warten. Ich bin mir nicht sicher, wer die clevere Idee hatte, das Büffet neben dem Flur mit den Toiletten aufzustellen, aber genau da steht es.

Aus der Damentoilette ergießt sich bereits eine lange Schlange. Tabitha Edwards und Mitch Michaels scheinen ein Stück abseits in einen Streit verwickelt zu sein. Ein paar Jungs nippen abwechselnd heimlich von einem Flachmann, bevor ihn einer von ihnen wieder in seiner Jackentasche verschwinden lässt und sie auf die Tanzfläche zurückkehren. Ich stecke mir einen Würfel Cheddar in den Mund.

Über mir beobachtet mich ein gigantischer gelber Fisch und wedelt mit seiner Flosse im Wasser.

»Amüsierst du dich gut?«

Ich wirbele herum. Stella kommt aus der Toilette, ihre Augen knallrot.

»Klar.« Ich nicke ihr zu. »Alles okay?«

Sie schnieft, lächelt mich aber an. »Ja. Allergie.«

»Ziemlich heiß hier drin, was?«

»Ja.« Sie macht einen Schritt rückwärts und blickt an dem mächtigen Aquarium hinauf. »Ich war seit Jahren nicht mehr hier.«

Ich sehe zu, wie ein Schwarm kleiner schwarzer Fische an uns vorbeischwimmt.

Sag es ihr. Sag ihr einfach, was du empfindest.

Ich versuche es wirklich, aber stattdessen kommt heraus: »Was ist dein Lieblingsfisch?«

»Kugelfisch«, antwortet sie, ohne zu zögern. »Wie der in *Die kleine Meerjungfrau*.«

»Du meinst Fabius?«

»Nein, Fabius ist ein Doktorfisch. Ich meine den, der bei *Unter dem Meer* Saxofon spielt. Du weißt schon.« Sie wackelt mit den Hüften. »›Und der Fisch, der bläst sich auf.‹«

»Ich fürchte, du musst das komplette Lied singen, um meiner Erinnerung auf die Sprünge zu helfen.«

Sie schubst mich sanft am Arm an. »Was ist dein Lieblingsfisch?«

»Ähm. Tintenfisch?«

»Das ist kein richtiger Fisch.«

Einen Moment lang stehen wir schweigend da,

keinen halben Meter voneinander entfernt, und betrachten das Aquarium. Ein riesiger Hai gleitet vorbei, seine schwarzen Augen direkt auf mich gerichtet.

»Wie ich höre, darf man dir gratulieren«, sagt Stella, blickt jedoch weiter auf das Aquarium. »Zum Valedictorian.«

Ich erstarre. »Was?«

»Hatley hat's dir wohl noch nicht gesagt?«

Scheiße. Wirklich? »Ich ... was? Bist du sicher? O mein Gott.« Ich taumele einen Schritt rückwärts und schließe die Augen. Nein.

»Jep. Du bist es.« Sie schenkt mir ein Lächeln, das ihre Augen nicht erreicht. »Glückwunsch.«

»Du verarschst mich nicht?«

»Ich hab wirklich gedacht, Hatley hätte es dir schon gesagt. Sie hat's mir beim Reingehen erzählt.«

Ein Grinsen breitet sich auf meinem Gesicht aus und ich werfe den Kopf in den Nacken. Dann ist es wirklich wahr? Es ist vorbei. Ich bin es. Ich hab es tatsächlich geschafft.

Ich werde in New York aufs College gehen, und es gibt nichts, was meine Eltern deswegen sagen könnten, weil ich ein Stipendium bekomme. Ich kneife die Augen zusammen, weil Tränen darin kribbeln und es total peinlich wäre, auf dem Abschlussball zu heulen.

Ich habe es geschafft. Ich habe es wirklich geschafft. »Ich kann's gar nicht glauben.«

Stella starrt auf ihre Füße. »Ich schon.«

Ich versuche, »Danke« zu sagen, aber meine

Stimme bricht. Ein Lachen platzt aus mir heraus, und ich muss mich richtig zurückhalten, um nicht laut zu jubeln. Dann trifft es mich plötzlich wie ein Schlag, wie beschissen das für Stella sein muss, und ich zwinge mich, den Mund wieder zuzuklappen. *Stella.*

»Oh, ähm. Danke. Dass du's mir gesagt hast.« Ich wanke nervös hin und her. »Und herzlichen Glückwunsch, du weißt schon, zur Salutatorian.«

Stella nickt, erwidert jedoch nichts.

Mein Lächeln erstirbt.

Ich bin Valedictorian. Ich habe alles erreicht, was ich wollte. Alles, wofür ich so verdammt hart gearbeitet habe – also warum fühle ich mich deswegen mit einem Mal so seltsam?

Die laute Musik verklingt und ein langsamer Song tönt stattdessen aus den Lautsprechern. Die meisten Leute finden sich rasch zu Pärchen zusammen und ich werde von einem Déjà-vu von der Sci-Con geflasht. Stellas Freundin Em Gonzales schlingt die Arme um Leah Baker und Dahlia lehnt ihren Kopf an Brandons Schulter. Mehrere Jungs eilen von der Tanzfläche und stürmen zum Büfett oder zur Toilette.

Stella blickt mit verschränkten Armen auf die Tanzenden. Ihr Blick huscht zu mir und sie schenkt mir ein halbes Lächeln.

»Willst du …«

»Wäre es …«

Wir brechen beide ab. »Du zuerst«, sage ich.

»Nein, du.«

»Okay.« Ich lehne den Kopf zurück und schaue den Fisch an anstatt sie. »Wäre es komisch, wenn … wenn ich dich fragen würde, ob du tanzen willst?« Ich halte ihr für eine gefühlte Ewigkeit meine Hand hin.

Sie beäugt mich skeptisch. »Ist das der Moment, in dem du mich fragst, ob ich mit dir tanzen will, aber in Wirklichkeit verarschst du mich bloß und lässt mich stolpern oder so?«

»Ich meine, du musst nicht.« Ich ziehe meine Hand wieder zurück. »Ich dachte nur, du weißt schon … als Biopartner. Die sich das Sorgerecht für eine Ratte teilen.«

Stella blinzelt. »Okay.«

Sie nimmt meine Hand und führt mich auf die Tanzfläche. Mehrere Leute recken die Hälse und müssen offensichtlich zwei Mal hinschauen, als sie uns zusammen sehen. Wahrscheinlich wegen der Sache mit den Büchern in der Bibliothek. Und der Sache in Rhetorik. Und, na ja, allem eben.

Stella schlingt die Arme um meinen Hals und sie fühlen sich überraschend warm an. Ich lege die Hände auf ihre Taille, ziemlich überwältigt von dem Drang, sie näher zu mir heranzuziehen.

Stella Greene. Meine schlimmste Feindin. Was zur Hölle ist bloß los mit mir?

Sie schaut mit ihren braunen Augen direkt in meine und wir bewegen uns über die Tanzfläche. Ihre Augen sind so hübsch. Irgendwie, trotz all der anderen Tanzpaare, die ständig gegen uns prallen, ist es, als wären wir die Einzigen hier. Ich muss an das letzte Mal denken, als ich mit Stella Greene getanzt habe: Sie war Captain Jill, und ich war Sergeant Aaron, und dann ist mir alles um die Ohren geflogen. Es kommt mir vor, als sei es eine Ewigkeit her, dabei sind es erst ein paar Wochen.

»Okay, ich muss dich das fragen«, sagt sie. »Wie hast du es geschafft, deine Bionote so zu verbessern?«

Ich zögere. »Hab ewig für die Prüfung gelernt.«

»Cool. Herzlichen Glückwunsch.«

»Danke. Ich hab gehört, du hast in der Geschichtsprüfung auch super abgeschnitten.«

Sie lächelt. »Ja. Ich hab Karteikarten benutzt. Ich schätze, es ist doch gar nicht so schwierig, ein paar Jahreszahlen auswendig zu lernen.«

»Vielleicht macht dir Geschichte ja sogar eines Tages Spaß.«

»Jetzt halt mal schön den Ball flach, Clarke.«

Sag ihr einfach, was du fühlst.

»Ich muss zugeben, dass ich nicht für ›Unter dem Meer‹ gestimmt habe«, sagt sie und blickt sich um. »Aber es ist ziemlich cool.«

»Ich hab dafür gestimmt. Ich mag Fische.«

»Klar.« Wir tanzen weiter und das Wasser im Aquarium spiegelt sich in ihren Augen. »Also, wie viel würdest du darauf wetten, dass es weniger als eine Stunde dauert, bis Mr Hardwicke sämtliche Lichter anmacht und mit einem Maßband rumgeht, um sicherzustellen, dass sich alle an die Fünfzehn-Zentimeter-Abstandsregel halten?«

»Einen lebenslangen Vorrat an Donuts.«

Sie erstarrt. »Was hast du gerade gesagt?«

»Einen lebenslangen …« Oh. Oh Scheiße. Ich habe ganz offensichtlich kein Pokerface, denn Stellas Augen werden immer größer.

»O mein Gott.« Sie löst ihre Hände von meinem Hals. »Nein.« Ein Ausdruck blanken Entsetzens zeigt sich auf ihrem Gesicht. *»Du?«* Mit einem Anflug von Panik stürmt sie von der Tanzfläche.

Ich folge ihr, zurück in den nun leeren Flur mit den Toiletten.

»Du bist Aaron2.«

»Ich kann dir alles erklären.«

»Du hast mich angelogen.«

»Warte.« Ich schüttle den Kopf. »Warte, ich kann dir das erklären.«

»Du warst es die ganze Zeit.« Sie klatscht sich eine Hand auf den Mund. »O mein Gott. Wie …? Wie konnte ich das nicht erkennen?«

»Lass es mich erklären …«

»Auf der Sci-Con. Du hast mit mir getanzt und dann … dann bist du … *weggerannt?*«

»Ich weiß.« Ich kralle die Fäuste in mein Haar. »Es tut mir leid, okay? Es tut mir so leid. Ich hab es sofort bereut, nachdem ich abgehauen bin. Aber ich … konnte es dir einfach nicht sagen.«

Sie wird lauter. »Und warum zur Hölle nicht, Wesley?«

»Ich wollte es dir heute Abend sagen.«

»Wann?« Wut leuchtet in ihren Augen auf. »Nachdem ich den ganzen Abend irgendwas über Kugelfische gebrabbelt habe?«

»Ich weiß es nicht, okay? Aber ich wollte es dir sagen. Ich habe nur auf den richtigen Moment gewartet.«

»Und ich dachte, ich würde mich mit einem netten Kerl unterhalten, dem ich etwas bedeute.«

»Du bedeutest mir ja auch was. Sehr viel. Mehr, als du denkst.«

»Nein.« Sie bohrt ihren Zeigefinger in meine Brust. »Wenn ich dir etwas bedeuten würde, dann hättest du mir die Wahrheit gesagt.«

Wir schweigen beide. Ich wünschte, mir würde etwas einfallen – irgendetwas –, was ich sagen kann. Aber ich stehe einfach nur da und starre sie an.

»Du hast mich die ganze Zeit nur verarscht. Ich komme mir so dumm vor«, sagt sie schließlich leise und schaut mir direkt in die Augen. Ein scharfes, humorloses Lachen entweicht aus ihrem Mund. »Aber wir wussten ja bereits, dass du viel schlauer bist als ich, hab ich recht, *Mr Valedictorian?*«

»Okay, das war echt ein Tiefschlag.«

»Du kapierst es einfach nicht.« Gift sprüht aus ihrer Stimme. »Wir lagen überall gleichauf.«

Ich weiche zurück. »Was willst du damit sagen?«

»Dass du mich vielleicht nicht geschlagen hättest, wenn ich dieselben Tutoren und Nachhilfestunden und dieselben Vorteile gehabt hätte wie du, mit deiner schicken Villa und deinem schönen gemütlichen Leben.«

»Vorteile?« Wut kocht in mir hoch. »Vielleicht habe ich mir den Titel ja auch geholt, weil ich hart dafür gearbeitet und ihn mir verdient habe.«

»Ja, weil natürlich keine anderen Faktoren eine Rolle spielen, außer, wie hart man arbeitet.« Sie wirft die Hände in die Luft. »Du glaubst ganz selbstverständlich, dass alle haben, was du hast, weil du überhaupt nicht über deinen eigenen Tellerrand hinausschaust.«

»Und du glaubst, dass dein Leben total schrecklich ist, und erkennst all die guten Dinge überhaupt nicht, die du hast.«

»Ich hatte von Anfang an recht, was dich betrifft. Du kriegst alles auf dem Silbertablett serviert, weil du ein reicher weißer Junge bist und mit dem richtigen Nachnamen geboren wurdest.«

»Du weißt überhaupt nichts über mich.« Ich werde lauter. »Ich habe mir den Arsch aufgerissen.«

Ein paar Leute belauschen uns auffällig unauffällig, und es scharen sich immer mehr um uns, um uns zu beobachten.

»Ich weiß alles, was es über dich zu wissen gibt«, brüllt sie. »Sobald wir unseren Abschluss haben, will ich dich nie wiedersehen.«

»Gut. Viel Spaß in Boston.«

»Viel Spaß als Daddys kleiner Stanford-Junge.«

»Stella …«

»Halt dich von mir fern!« Sie dreht sich um und rennt zur Tür.

»Stella! Warte!« Ich renne ihr nach, aber sie rauscht

in die warme Juniluft davon. »Stella!« Ich schlucke den Kloß in meinem Hals hinunter und brülle in die leere Nacht hinaus, während ich zusehe, wie sie verschwindet. »Stella!«

Sie schaut sich nicht noch einmal um.

WARSHIP SEVEN: Episode zwanzig

»Eine schwere Entscheidung«

SZENENKONTEXT: Mehrere Tage sind vergangen, seit AARON und JILL zurückgekehrt sind. JILL ist auf dem Weg der Besserung und sitzt, wieder in ihrer Kabine, nachdenklich auf ihrem Bett. Es klopft an der Tür.

JILL: [steht mithilfe eines metallenen Gehstocks auf, öffnet ihre Kabinentür und ist überrascht, als sie AARON vor sich sieht] Oh. Hi.

AARON: Hey. [Einen Moment lang steht er verlegen in der Tür, bevor JILL einen Schritt zurück macht und ihn hereinwinkt.] Wie … fühlst du dich?

JILL: So gut ich mich eben fühlen kann, unter den Umständen. [Sie setzt sich wieder auf die Bettkante und streicht mit einer Hand über ihren bandagierten Bauch.] Markus hat erwähnt, dass du dich gerne unserer Crew anschließen würdest.

AARON: Ja, das habe ich gesagt. [hält inne] Wenn ihr mich wollt.

JILL: Ich schätze, ich könnte schon ein Plätzchen für dich finden. Auf der *Happening*. Bei uns.

AARON: [schweigt einen Moment lang und starrt auf den Boden] Warum bist du zurückgekommen, um mich zu befreien?

JILL: Weil ich nie jemanden zurücklasse.

AARON: Du bist ehrenhafter, als dir selbst bewusst ist. [Er senkt den Blick wieder.] Und ehrenhafter, als ich es verdiene.

JILL: [leise] Du bist ehrenhafter, als du glaubst, ZE.

[Sie schauen einander einen Augenblick lang an, bevor JILL auf ihn zugeht.]

AARON: Ich muss zugeben, dass du nicht der Mensch bist, für den ich dich gehalten habe.

JILL: Und für wen hast du mich gehalten? [stellt sich noch näher vor ihn, bis sie nur noch wenige Zentimeter voneinander trennen]

AARON: [streckt vorsichtig eine Hand aus und streicht eine Strähne von JILLs rotbraunem Haar hinter ihr Ohr] Für eine Piratin.

JILL: [schnaubt verächtlich] Ich hoffe, dir ist inzwischen bewusst, dass ein riesiger Unterschied zwischen …

[JILL wird unterbrochen, als AARON sie küsst. Sie umfasst mit beiden Händen sein Gesicht und zieht ihn zu sich heran. Sie küssen sich zärtlich, bis JILL sich schließlich wieder zurückzieht. AARON atmet tief ein, vorsichtig, aus Angst, er könnte zu weit gegangen sein. Sie schauen einander einen Moment lang in die Augen, dann zieht JILL ihr Top aus. Auch AARON streift sein Hemd ab. Sie starren einander schweigend an, bevor JILL die Lücke zwischen ihnen wieder schließt, ihn leidenschaftlich küsst und dabei rückwärtsgeht, bis sie auf ihrem Bett landen. Schwarzblende.]

[Bildschirmeinblendung: VIER STUNDEN SPÄTER]

[AARON erwacht in der Dunkelheit, JILL schläft neben ihm im Bett. Er betrachtet sie und lächelt traurig. Dann streckt er eine Hand aus, um sie zu berühren, zieht sie jedoch in letzter Sekunde wieder zurück, als ein kurzes Piepsen die Luft durchschneidet. AARON zieht sich hastig wieder an und fummelt an seinem Kommunikationsgerät herum, das er in der vergangenen Woche auf der *Happening* reparieren konnte.]

MICHELE: Aaron? Bist du da?
AARON: [zögert] Ja, ich bin hier.
MICHELE: Ich bin ganz in der Nähe der *Happening*. Kannst du zu mir kommen?
AARON: [schluckt den Kloß in seinem Hals hinunter und betrachtet wieder die friedlich schlafende JILL, ihre nackte Schulter über der Bettdecke sichtbar] Ja. Ich bin gleich da.

[Am nächsten Morgen erwacht JILL. Sie blickt sich in ihrer leeren Kabine um, nicht sicher, was mit AARON passiert ist. Der Bildschirm wird schwarz. Ende der ersten Staffel.]

29
Stella

Der Soundtrack von *Warship Seven* dröhnt in meinen Ohren und übertönt die Welt um mich herum.

Ich bin gar nicht hier. Ich bin irgendwo anders, weit, weit fort, auf der *Happening*. Jill ist mein Captain, und wir erkunden gemeinsam die Galaxie, ohne einen einzigen Mann in Sicht.

Jemand zieht mir einen Hörer aus dem Ohr und ich reiße die Augen auf.

Bridget ragt über mir auf. »Willst du drüber reden?«

Über was reden? Darüber, dass mich irgendein Idiot, von dem ich dachte, er mag mich, die ganze Zeit angelogen und mir dann das Einzige weggeschnappt hat, was ich jemals wirklich wollte?

»Nein.« Ich drehe mich um, presse das Gesicht in mein Kopfkissen und stecke mir den Hörer wieder ins Ohr. »Geh weg.«

Meine Matratze sinkt nach unten und verkündet mir, dass meine Schwester sich trotzdem ans Fußende meines Bettes gesetzt hat. Sie legt eine Hand auf meinen Rücken und zieht mir die Kopfhörer wieder raus.

»Kann ich dir irgendwie helfen, Bridget?«

»Ich mache mir Sorgen um dich.«

»Musst du aber nicht. Du hast genug andere Dinge, über die du dir Sorgen machen kannst.« Ich setze mich auf und plötzlich verbrennt mir grelles Licht die Netzhaut. »Musstest du das anmachen? Ich hab mich im Dunkeln sehr wohlgefühlt.«

»Du bläst schon die ganze Woche im Dunkeln Trübsal. Dave hätte dir gestern Abend fast Essen aufs Zimmer gebracht, damit du endlich aufhörst, ausschließlich Froot Loops zu essen, aber ich hab ihm gesagt, dass er dich in Ruhe lassen soll. Nächstes Mal lasse ich ihn mit einem Riesenteller voller Lachs hier reinplatzen, mit extra Oliven obendrauf.«

Ich rümpfe die Nase. »Ich hasse Lachs und Oliven.«

»Das hast du davon, wenn du fünf Tage lang nur im Bett liegst und mit niemandem redest. Weißt du, Cassie Palmer arbeitet im Kino mit mir. Sie hat's mir erzählt, das mit dem … Valedictorian.«

»Erinnere mich daran, dass ich ein Vorhängeschloss an meiner Tür anbringe.« Ich rolle mich wieder zusammen und drehe mich von ihr weg. »Du kannst jetzt wieder gehen.«

»Ich gehe, wenn du mir erzählst, was beim Abschlussball passiert ist.«

Ich stoße die Mutter aller Seufzer aus und hieve mich in eine sitzende Position. Mein Haar klebt platt an meinem Kopf.

»Wie wär's mit einer Bürste?« Bridget schnuppert in die Luft. »Oder einer Dusche?«

»Völlig unnötig. Ich gehe nirgendwohin. Ich werde für den Rest meines Lebens eine Riesenloserin sein. Wahrscheinlich werde ich für immer zu Hause wohnen bleiben und einen beschissenen Mindestlohnjob haben. Die ehrenvolle Familientradition fortsetzen und so.«

In dem Moment, in dem es mir über die Lippen kommt, bereue ich es sofort. Ich klappe den Mund zu und ein Schleier der Stille legt sich über den Raum.

»Wie ich«, sagt Bridget nach einer Ewigkeit.

»Nein«, versichere ich ihr hastig. »So hab ich das nicht gemeint, Bridget.«

»Doch, hast du.«

»Ich schwöre, das hab ich nicht.« Ich packe sie am Arm. »Bridget.«

»Weißt du was, Stella? Du bist meine Schwester und ich liebe dich sehr. Aber du bist echt ein kolossaler Snob.«

Ihre Worte fühlen sich an wie Schläge. Das hab ich nicht verdient. »Was zur Hölle? Ich bin kein *Snob!*«

»Doch, bist du. Du hältst mich für total erbärmlich, weil ich eine zwanzigjährige alleinerziehende Mutter ohne Highschoolabschluss bin, die zwei Mindestlohnjobs hat und noch zu Hause wohnt. Du glaubst, dass ich eine Versagerin bin und dass es deine Aufgabe ist, mich zu retten.« Sie lacht. »Wahrscheinlich hast du sogar Albträume, in denen du – oh Schreck! – wie ich endest.«

Ich mache den Mund auf, schließe ihn dann aber wieder.

»Tja, aber ich liebe mein Leben.« Sie zuckt mit den Schultern. »Und ich würde daran verflucht noch mal nichts ändern wollen. Und mir ist egal, ob dich das stört oder nicht.«

»Aber …«

»Du bist immer die Erste, die schreit, dass deine Lebensumstände nicht definieren, wer du bist, aber trotzdem verurteilst du alle anderen für ihre. Es ist okay, wenn du dein Leben ändern willst, Stella, aber verdammt noch mal, hör endlich auf, meins schlechtzumachen.«

Einen Moment lang herrscht Schweigen. Dann atme ich tief durch. »Bridget …«

»Mein Foto hat niemand an irgendeine Wand in der Schule gehängt – und übrigens: Diese Tradition mit Der Wand stinkt nach Klassismus-Bullshit. Warum hängen sie keine Bilder von den Schülern und Schülerinnen an die Wand, die auf die Berufsschule gehen? Oder direkt anfangen zu arbeiten? Das ist auch etwas, worauf man stolz sein kann. Aufs College zu gehen ist nicht synonym mit Intelligenz, Stella. Der Wert eines Menschen wird nicht an seinem Beruf oder seiner Bildung gemessen oder daran, wie viel Geld er hat. Reich zu sein bedeutet nicht, dass man ein besserer Mensch ist. Erfolg ist kein Einheitsmodell. Vielleicht ist die Abendschule nicht der Weg, den ich mir ursprünglich für mich vorgestellt hatte, aber das ändert nichts daran, dass es *mein* Weg ist – und mein Weg hat genau dieselbe Daseinsberechtigung wie deiner.«

Ich starre sie immer noch stumm an.

»Okay, dann bist du eben nicht Valedictorian, weil dir den Titel irgendein dämlicher reicher Typ vor der Nase weggeschnappt hat. Wen interessiert's?«

»Hey!«

»Nein. Ernsthaft. Du tust so, als seist du eine totale Versagerin, weil du nicht die perfekte Valedictorian bist. Aber du bist keine Versagerin. Du kannst trotzdem noch aufs MIT gehen, wenn es das ist, was du willst, und Physikerin werden, wenn es das ist, was du willst, und in Zukunft erfolgreich sein, *wenn es das ist, was du willst*. Glaubst du, du bist die Erste aus armen Verhältnissen, die nicht Valedictorian war und trotzdem aufs College gegangen ist?«

»Das ist mir egal, okay? Ich wollte es mir *verdienen*.« Meine Stimme bricht. »Ich habe *so* hart dafür gearbeitet.«

»Oh, bitte, niemanden interessiert nach der Highschool noch, wer Valedictorian war. Der Valedictorian aus meiner Stufe reist mit dem Rucksack durch Thailand oder so. Ich glaube, er ist noch nicht mal aufs College gegangen. Wohingegen Vicky, die auf der Berufsschule war, ein *kleines Vermögen* als Klempnerin verdient. Und Amber und ich? Haben auch schon Pläne für unseren Salon. Weil es, und ich sage es gerne noch mal lauter, damit mich die Leute auf den billigen Plätzen auch verstehen«, sie lehnt sich näher zu mir, »nicht den einzig richtigen

Weg zum Erfolg gibt. Also hör endlich auf, andere zu verurteilen, deren Erfolg anders aussieht als deiner.«

»Mir ist egal, ob es für andere Leute eine Rolle spielt oder nicht. Es hat für *mich* eine Rolle gespielt.« Eine verräterische Träne kullert aus meinem Auge und ich wische sie energisch weg. »Ich hab es mir so sehr gewünscht. Ich wollte es mir verdienen.«

Bridget legt die Hände auf meine Wangen. »Hey. Du hattest es wirklich verdient. Du hast so hart gearbeitet. *Wir* wissen, dass du es verdient hattest, und das ist alles, was zählt. Dein Leben fängt gerade erst an. Du kannst immer noch alles erreichen, wovon du geträumt hast.« Sie steht wieder auf. »Und Salutatorian ist *verdammt* gut.«

Vielleicht hat sie recht. Ich habe mir den Arsch aufgerissen, um es bis hierhin zu schaffen, und verdammt noch mal, ich habe nicht so hart gearbeitet, um jetzt einfach aufzugeben. Ich werde trotzdem erfolgreich sein. Das habe ich mir verdient.

»Bridget – warte!«

Meine Schwester bleibt stehen, einen Fuß schon aus der Tür. »Was denn?«

»Es tut mir leid. Du hast recht.«

Sie wirft ihr Haar zurück. »Ich weiß.«

»Nein, ehrlich. Du bist echt ein Vorbild für mich. Und wehe, du gibst mir keinen Rabatt in deinem Friseursalon.«

»Danke.« Bridget verbeugt sich. »Aber ich gebe nur Kundinnen Rabatt, deren Haar nicht aussieht wie frisch aus der Fritteuse im Burger Blitz. Geh duschen.« Sie zeigt drohend mit dem Finger auf mich. »Und deine Familie liebt dich, verdammt. Sei stolz darauf, wo du herkommst.«

Ich lächle sie an, obwohl sie bereits aus dem Zimmer verschwunden ist. »Das bin ich.«

* * *

Widerwillig geselle ich mich zum Abendessen wieder zum Rest der Menschheit. Und mit Menschheit meine ich Dave und Gwen, da Bridget und Mom bei der Arbeit sind. Ich schaffe es sogar, mir vorher die Haare zu bürsten, auch wenn ich mir dabei aus Versehen ein ganzes verfilztes Nest ausreiße.

Der Duft von Lasagne erfüllt die winzige Küche. Gwens Gesicht ist, schon eine halbe Sekunde nachdem Dave die Plastikschüssel vor ihr abgestellt hat, mit roter Soße überzogen. Mehrere rote Kleckse zieren den Boden unter ihrem Hochstuhl, und Espeon macht sich sofort daran, sie wegzuputzen.

»Schön, dass du wieder da bist, Stells.« Dave lächelt mich an und stellt einen Teller mit Lasagne auf meinem Plastiktischset ab. »Wir sind alle sehr stolz auf dich. Ich hoffe, das weißt du.«

»Danke.«

Es klopft so laut an der Tür, dass ich beinahe vom Stuhl falle. Espeon erschrickt ebenfalls und fängt an zu jaulen und auch Gwen verzieht das Gesicht und stimmt mit ihrem Heulen in den Lärm ein.

Ich springe auf, bereit, demjenigen, der davorsteht, ordentlich die Meinung zu geigen, und reiße die Tür auf.

»Hey. Wir kennen uns aus der Eisdiele.« Devin steht vor der Tür und scharrt nervös mit den Füßen.

Die Wut entweicht wieder aus meinem Körper. »Oh. Ähm. Ja. Hi, Devin.« Eine halbe Sekunde lang habe ich Panik, dass Wesley bei ihm ist, aber der Hausflur ist leer. Gwens Geheul, vermischt mit Daves vergeblichen Versuchen, sie zu beruhigen, übertönt alles andere, deshalb trete ich in den Flur hinaus und mache die Tür hinter mir zu. »Was gibt's?«

»Ich soll dir das hier geben.« Devin hält eine große, mit orangen Würfeln gefüllte Tupperdose hoch. »Wesley hat gesagt, da sind frisch gekochte Süßkartoffeln drin. Für Lint.«

»Oh. Cool.« Mir wird bewusst, dass meine Stimme alles andere als cool klingt, und ich füge hastig hinzu: »Danke fürs Vorbeibringen.«

»Ich wohne nur zwei Straßen weiter.« Er zeigt auf die Wand in der entsprechenden Richtung. »Meine Mom hat gesagt, dass du jederzeit zu Besuch kommen und die Ratte mitbringen kannst, wenn du willst.«

Ich bin mir zu neunundneunzig Prozent sicher, dass er nur mit Lint abhängen will und meine Anwesenheit lediglich tolerieren würde, wenn sie bedeutet, dass er mit einer Ratte kuscheln darf. »Klar. Sicher.«

»Okay, dann. Bis bald.« Er wendet sich zum Gehen.

Ich weiß nicht, was in mich gefahren ist, aber bevor ich darüber nachdenken kann, platze ich heraus: »Und, was treibt Wesley so?«

Devin bleibt noch einmal stehen und stößt einen dieser tiefen Seufzer aus, die nur von Dreizehnjährigen stammen können. »Er bläst schon die ganze Woche Trübsal.«

Ich verdrehe die Augen und die vertraute Wut kocht wieder in mir hoch. Natürlich tut er das. »Was zieht ihn denn so runter? Kann er sich nicht entscheiden, welche Farbe sein Porsche haben soll?«

»Keine Ahnung.« Devin zuckt mit den Schultern. »Ich glaube eher, er ist so fertig, weil ihm irgendein Mädchen das Herz gebrochen hat.«

Betreff: AM BODEN ZERSTÖRT
Username: CaptainJillsBFF22

Ja, ich bin immer noch stinksauer.

Er hätte sie nicht verlassen.

Tut mir leid, aber das hätte er nicht. Es ist fast so, als würden die Serienmacher Aaron ÜBERHAUPT NICHT kennen.

Ich bringe noch nicht mal eine richtige Zusammenfassung für Episode zwanzig zustande.

Warship Seven sollte nicht REAL sein. Es sollte reine

FANTASIE sein. Denn wisst ihr, was? Die reale Welt ist beschissen. Ich wollte, dass Aaron und Jill glücklich sind, weil *Warship* nicht die reale Welt ist.

Sie hatten ein Happy End verdient – und wir hatten was Besseres verdient.

30
Wesley

Ich lasse das Gesicht auf meine Hand sinken. Es ist jetzt fünf Tage her und ich fühle mich furchtbar. Aus irgendeinem Grund gehen mir Stellas Worte einfach nicht mehr aus dem Kopf. Ich logge mich im Forum ein, halte den Atem an und klicke auf Stellas Username.

Dieser User hat seinen Account deaktiviert.

Am liebsten würde ich meinen Computer aus dem Fenster schmeißen. Oder auf ein Kissen einprügeln. Oder irgendwas.

Vielleicht hättest du mich nicht geschlagen, wenn ich dieselben Vorteile gehabt hätte wie du.

Mein Knie wippt unter dem Tisch auf und ab. Am Tag nach dem Abschlussball hat Rektor Woods mich auf meinem Handy angerufen und mir zum Valedictorian gratuliert. Ich habe getan, als sei ich völlig schockiert über die Neuigkeit. Meine Eltern haben sich zum ersten Mal seit einem Jahr oder so umarmt. Aber ich konnte meine eigene gespielte Begeisterung kaum aufbringen.

Vielleicht, wenn ich dieselben Vorteile gehabt hätte wie du …

Ich hole mein Handy heraus. Die Nummer unseres Rektors steht immer noch in meiner Anrufliste. Ich bin mir nicht sicher, was mich letztlich dazu bringt, es zu tun, aber ich drücke auf den Button und halte mir das Telefon ans Ohr.

»Hallo?«

»Hallo, Rektor Woods. Hier ist Wesley Clarke.«

Stille folgt. »Mr Clarke? Oh … hallo. Hi. Wie kann ich Ihnen helfen? Sie wissen schon, dass die Schule für Sie zu Ende ist, oder?« Er lacht. »Haben Sie Ihre Rede für Samstag fertig?«

»Was hat mich zum Valedictorian gemacht?«

»Wie meinen Sie das? Jahrelange harte …«

»Nein, ich meine, was genau? Die Prüfungen? Wie habe ich Stella überholt?«

Er seufzt schwer und es knistert in der Leitung. »Warten Sie kurz. Ich schaue schnell am Computer nach.«

»Okay, danke.«

»Sie wissen, dass ich Ihnen nichts Konkretes über die Noten anderer verraten darf, richtig?«

»Ja. Das will ich auch gar nicht wissen.«

»Ich hatte noch nie zwei Schüler, die so ehrgeizig waren wie Sie beide.« Ich kann hören, wie im Hintergrund die Tastatur klappert. »Gut, hier ist es«, sagt er dann. »Clarke. Clarke. Ja. Wie es aussieht, waren Sie dem Rest Ihrer Klasse in Regina Hatleys Rhetorik-Kurs weit überlegen.«

Mir gefriert das Blut in den Adern. Die Rhetorikklausur, die alle anderen vergeigt haben. Und ich hätte sie auch vergeigt, wenn Brandon und mein Tutor nicht gewesen wären.

Ich kneife die Augen zusammen. »Okay. Cool. Danke, dass Sie es mir gesagt haben.«

»Sie wissen, dass Sie ...«

Ich drücke auf Beenden. Den Rektor einfach so wegzudrücken ist wahrscheinlich ein totales No-Go, aber das ist mir egal.

Ich lasse den Kopf auf die Hände fallen.

Was habe ich getan? Habe ich mir das hier wirklich verdient? Oder hatte Stella doch recht?

Ich öffne meine Schreibtischschublade und hole den Skizzenblock heraus, aber dann fällt mir etwas darunter ins Auge. Das vertraute Foto der wütenden Stella funkelt mich aus der Schublade an.

Sie sieht klug und kämpferisch aus. Wie ein echter Captain.

Der Kohlestift schwebt wie von selbst über die Seite und mit einem Mal bin ich völlig in der Zeichnung verloren.

Mit einem Klick öffne ich Stellas 198.000-Wörter-Ungetüm von einer Fan-Fiction. Und dann beginne ich, zu lesen.

* * *

Meine Knie wollen einfach nicht aufhören, unter dem Esstisch zu wackeln.

»Herzlichen Glückwunsch, Wesley.« Dad klopft mir auf den Rücken, als er sich zu mir an den Tisch setzt.

Ich erwidere nichts. Ich habe nicht die nötige Energie dafür.

Ich hätte in dieser Prüfung durchrasseln sollen. Meine Note war nur besser, weil ich einen Vorteil hatte, den sonst niemand hatte.

Ich habe es nicht verdient.

Stella hat es verdient.

Dad schaut erwartungsvoll in die Küche, und ich folge seinem Blick zu Mom, die zur Feier des Tages einen Käsekuchen in den Händen hält, den ich auch nicht verdient habe. »Wir sind so stolz auf dich, Wesley!«

Ich wünschte, ich könnte machen, dass das alles aufhört.

Ich zwinge mir eine Gabel voll Käsekuchen nach der anderen in den Mund, bis das ganze Stück weg ist, obwohl ich nichts davon schmecke. Ich muss reinen Tisch machen. Ich werde Rektor Woods noch mal anrufen. Irgendwas muss ich tun.

»Hast du deine Rede geschrieben?«, fragt Mom, die sich mit ihrem eigenen Stück Käsekuchen Zeit lässt.

Ich kann sie noch nicht mal anschauen. »Nein.«

Dad lacht. »Das hab ich ihn auch schon gefragt, aber du kennst ja unseren Wes – der König der Prokrastination.«

Es ist komisch, dass meine Eltern sich gut verstehen. Vielleicht bin ich wirklich das Einzige, was sie noch gemeinsam haben.

»Du solltest dich besser beeilen«, sagt Mom. »Die Abschlussfeier ist schon morgen.«

Dad grinst sie nervös an. »Ich bin mir sicher, dass er eine sensationelle Rede halten wird. Und dann, am Sonntag, machen wir einen kleinen Vater-Sohn-Ausflug zum Porschehändler unseres Vertrauens.«

»Ich habe den Titel nicht verdient.« Ich zwinge die Worte zwischen zusammengebissenen Zähnen hervor. »Brandon hat mir gesagt, was in der Prüfung in Rhetorik drankommt, und Rob hat mir geholfen, dafür zu lernen.«

Mom wirkt verdutzt, erwidert jedoch nichts.

Dad starrt mich einen Moment lang nur an. »Das ist doch halb so wild. Du warst *krank*.« Er klopft mir auf die Schulter. »Wir bezahlen Rob dafür, dass er dir beim Lernen hilft, und dieser Brandon konnte doch noch nie den Mund halten. Verdammt – wenn es wirklich so passiert ist, dann solltest du ihnen dankbar sein, dass sie dir geholfen haben.«

Ich weiß, was ich zu tun habe. Aber deswegen tut es nicht weniger weh.

Meine Eltern führen offensichtlich eine Unterhaltung mit den Augen, denn die Anspannung ist regelrecht greifbar.

Mom schaut erst zu Dad und dann wieder zu mir. »Wes, wir müssen mit dir über etwas reden.« Sie ringt mit den Händen. »Eigentlich wollten wir noch bis nach deiner Abschlussfeier warten. Ich weiß, dass das nicht der ideale Zeitpunkt ist, aber wo wir gerade alle hier sind … und es gibt sowieso nie den perfekten Moment für so etwas.«

Ich weiß bereits, was es ist. Aber deswegen schmerzt es nicht weniger, als Dad sagt: »Deine Mutter und ich … Wir werden uns scheiden lassen.«

Stille breitet sich über dem Tisch aus. Ich blinzele nur. Ich weiß nicht, was ich sagen soll. Vielleicht bin ich sogar erleichtert.

»Manchmal leben sich Menschen auseinander«, fügt Mom hastig hinzu und nimmt meine Hand. »Aber ich verspreche dir, dass wir beide nur das Beste für dich wollen.«

Ich schlucke schwer. »Meint ihr das wirklich so?«

»Natürlich, Schatz.« Falten bilden sich in Moms Augenwinkeln. Dad nickt, schaut jedoch keinen von uns an.

»Gut.« Ich stehe auf und atme tief ein. »Ich werde auf die Columbia gehen.«

»Du wirst *was?*«, platzt Dad heraus.

»Ich habe den Platz bereits angenommen und die Einschreibgebühr bezahlt.«

Mom starrt mich nur an. »Wesley … Was? Warum?«

»Es ist nichts Persönliches. Ich will nur einfach nicht in Kalifornien leben. Ich mag New York. Und den Campus der Columbia. Sie haben dort ein großartiges Kunstprogramm – und ein tolles Wissenschaftsprogramm«, füge ich hastig hinzu. »Wenn ihr mich nicht unterstützen wollt, dann ist das in Ordnung, dann kann ich einen Studienkredit beantragen, aber ich … Ich muss das tun. Ich muss meinen eigenen Weg gehen.«

»Ist das wirklich das, was du willst?«, fragt Mom leise.

»Ja, zu einhundert Prozent.«

Sie schließt die Augen und schenkt mir ein ganz offensichtlich gezwungenes Lächeln. »Es tut mir leid, dass du das Gefühl hattest, es uns nicht schon früher erzählen zu können. Du weißt, dass wir dich immer unterstützen werden, oder?« Als Dad nichts sagt, stößt sie ihn scharf mit dem Ellenbogen in die Seite. Dad nickt knapp, steht dann auf und verlässt den Raum.

Aus irgendeinem Grund kommt es mir vor, als wäre ein gewaltiges Gewicht von meinen Schultern genommen worden. »Ich muss noch was erledigen. Ich kann mir ein Taxi rufen, wenn du nicht willst, dass ich den Wagen nehme.«

»Die Schlüssel sind auf der Küchentheke«, erwidert Mom.

Ich schnappe mir den Autoschlüssel und eile aus dem Haus, bevor noch irgendjemand etwas sagen kann.

WARSHIP-SEVEN-FORUM
Betreff: ABER DIESES ENDE

ANMERKUNG DES MODERATORS:
*In diesem Thread könnt ihr den Cliffhanger der ersten Staffel und die darauffolgende Nachricht, dass die Serie abgesetzt wurde, diskutieren bzw. Dampf darüber ablassen. Posts außerhalb dieses Threads, die sich auf die Absetzung beziehen, werden gelöscht. **Entschuldigt, aber die schiere Anzahl von Posts, die sich alle über dasselbe beschweren, war einfach nicht mehr zu bewältigen.*

WarShipper12: Tut mir leid, aber die Autoren sind uns eine Entschuldigung schuldig. Dieses Ende war verf**** noch mal total beschissen.
WarShipper12: Wow, @Mod, zensierst du jetzt schon unsere Posts? Was ist mit dem Recht auf freie Meinungsäußerung? **** mich.

ANMERKUNG DES MODERATORS: @WarShipper12, erste Warnung. Wir tolerieren hier keine aggressive Sprache.

PrincessLea19: Ja, das Ende war nicht gut, aber Gott sei Dank gibts Fanfic! Vielleicht kommt die Besetzung ja eines Tages doch noch mal zusammen und dreht einen Film oder so, wie bei *Firefly*… Und in der Zwischenzeit können wir ja *sämtliche #Lewton-Fics in einem Rutsch lesen*

SonnyDeservedBetter3: Ich mochte das Ende, ehrlich gesagt. Ist das strange? Ich meine, die Leute sind total sauer, weil sie nicht das Ende gekriegt haben, das sie wollten. Aber wir mochten die Serie, weil die Charaktere so echt, voller Fehler und menschlich waren, und jetzt kritisieren alle die Serienmacher, weil sie sich treu geblieben sind und Aaron abgehauen ist? Werdet endlich erwachsen. Perfekte Happy Ends gibt's im wahren Leben nicht und deshalb sollte es sie hier auch nicht geben.

JustHere4theComments: na ja, ich gucke die Serie, um allem zu entfliehen. Meine eigenen Beziehungen IRL laufen scheiße, deshalb schaue ich fern, um hin und wieder mal ein kleines Happy End zu kriegen.

Lewton4Eva: Ähm, nein, @SonnyDeservedBetter3, wir mögen das Ende nicht, weil es KEINEN SINN ERGIBT. Bei der Entwicklung von Aarons Charakter ging es darum, dass er die Propaganda durchschaut, die ihm in der ZE-Akademie eingetrichtert wurde. Er wäre nach alledem nicht zu Michele zurückgekehrt.

WarshipofDreams: lol du bist doch nur sauer weil deine Ship am Ende nicht zusammengekommen ist

Lewton4Eva: Schon mal was von Satzzeichen gehört?

31
Stella

»Das können wir uns doch gar nicht leisten.« Ich rutsche an unserem Tisch im Applebee's neben Dave auf die Bank.

»Ach, komm schon.« Mom setzt sich mir gegenüber, während Bridget Gwen in den Hochstuhl hilft, den der Kellner uns gebracht hat. »Wir feiern.«

»Es gibt nichts zu feiern.«

»Du machst morgen deinen Highschoolabschluss«, widerspricht mir Dave. »Als Zweitbeste deines Jahrgangs. Das ist ein Riesending. Außerdem hat Bridget ihren Kurs an der Abendschule bestanden.«

Bridget verdreht die Augen, lächelt aber. »Und ich habe nur zwei Jahre dafür gebraucht. Nächster Halt: Kosmetikschule.«

»Jedenfalls habt ihr es geschafft«, fügt Mom hinzu. »Alle beide. Und ihr habt euch eine Feier verdient.«

Sie hat recht. Ich habe mir das verdient.

»Sollen wir uns die Mozzarella-Sticks teilen?«, fragt Bridget mich.

»Als ob du mich das wirklich fragen müsstest.«

Ich blättere durch die Speisekarte. »Ooooh, Chicken Nuggets.«

»Die nehme ich.« Bridget legt die Speisekarte wieder weg. »Den Rest muss ich mir gar nicht anschauen.«

»Ihr zwei bestellt hier immer das Gleiche, seit ihr in Gwens Alter wart.« Mom schüttelt den Kopf.

»Wir haben eben einen guten Geschmack«, erwidere ich.

»Gott, ich hoffe, du hast uns nicht wirklich Mozzarella-Sticks futtern lassen, als wir noch in Gwens Alter waren«, sagt Bridget.

»Ja, Mom.« Ich lache. »Was hast du dir nur dabei gedacht?«

Mein Handy vibriert in meiner Hosentasche und erschreckt mich.

»Keine Handys am Tisch.« Mom wirft mir einen tödlichen Blick zu. »Ernsthaft, wie oft muss ich das eigentlich noch sagen?«

»Komm schon, lass sie nachschauen«, meint Bridget. »Es ist schließlich ihr großer Tag.«

Ich erkenne die Nummer auf dem Bildschirm nicht. Ich halte mir das linke Ohr zu, um den Lärm im Restaurant auszublenden, und drücke das Smartphone an mein rechtes. »Hallo?«

»Hallo – Ms Greene?«

Ich lege die Stirn in Falten. »Rektor Woods?«

»Ja. Tut mir leid, dass ich Sie störe. Ich weiß, dass es schon nach fünf ist.«

»Moment.« Ich stehe auf, zeige auf mein Handy

und dann auf die Tür. Mom nickt und ich eile nach draußen in die warme Juniluft. »Schon okay. Ist alles in Ordnung?«

»Na ja, ich weiß, dass das ziemlich kurzfristig ist, aber Sie wurden eben zur Valedictorian ernannt.«

Was? Das Handy rutscht mir aus den Fingern, und ich fuchtele hektisch herum, um es aufzufangen, bevor es auf den Gehweg knallt. »Entschuldigung – was? Wie? Ist das ein Witz?«

»Kein Witz. Sie waren die Beste in Ihrer ganzen Stufe und erhalten somit auch das damit verbundene Stipendium.«

Ich halte mir die Faust vor den Mund, um das fette Grinsen einzubremsen, das sich auf meinem Gesicht ausbreitet. »Aber …«

»Ich weiß, dass das sehr kurzfristig ist, aber wenn Sie für morgen eine kurze Rede vorbereiten könnten, dann wäre das großartig. Wir mussten in allerletzter Minute eine Planänderung durchführen.«

»Was ist mit Wesley Clarke?«

»Er ist Salutatorian. Mr Clarke hat darum gebeten, das Ergebnis seiner Rhetorikklausur nicht in seine Gesamtnote einfließen zu lassen.«

»Was?« Ich verziehe das Gesicht. »Warum?«

»Also, ich kann Ihnen leider keine Einzelheiten zu den Noten anderer Schüler preisgeben, Ms Greene.«

Frustration steigt in mir auf. Was zur Hölle? »Ich will nicht zur Valedictorian ernannt werden, nur weil Wesley Clarke mich für ein Wohltätigkeitsprojekt hält.« Ich will keine Almosen. Soll ich Wesley vielleicht auch noch dankbar dafür sein, dass er versucht, den Helden zu spielen und mich zu retten wie die arme Maid in Not? Bullshit. Wenn das Wesleys Versuch ist, wiedergutzumachen, dass er mich angelogen hat, dann kann er ihn sich in seinen jämmerlichen …

Rektor Woods seufzt. »Ich dürfte Ihnen das eigentlich nicht sagen, aber er hat mich gestern Morgen angerufen, um mich nach seinen Noten zu fragen. Es war seine Prüfungsnote in Rhetorik, mit der er dich überholen konnte.«

Ich schnaube verächtlich. »Er hat doch gar nicht mitgeschrieben.«

»Nun, er war vor einer Stunde bei mir im Büro, um mir mitzuteilen, dass ihm einer seiner Mitschüler Informationen über die Prüfung hat zukommen lassen, als er krank zu Hause war, was ihm beim Nachschreiben einen Vorteil verschafft hat, und das kam ihm nicht richtig vor. Er sagte, er hätte so hart gearbeitet, dass er den Platz, den er am Ende einnimmt, auch wirklich verdienen will.«

Ich blinzle heftig. »Wirklich?«

»Ja. Er war praktisch in Tränen aufgelöst, der arme Junge. Er wird Sie morgen auf der Bühne ankündigen.«

Ich lege eine Hand auf meinen Hals und streiche über die Captain-Jill-Kette, die ich trotz allem irgendwie nicht ablegen konnte. »Ich kann das gar nicht glauben.«

»Sie haben sehr hart gearbeitet, Ms Greene. Und manchmal zahlt sich harte Arbeit eben aus.«

Ich habe kaum aufgelegt, da laufen mir schon die Tränen übers Gesicht.

In dem Moment, als ich zurück im Restaurant bin, nehme ich alle aus meiner Familie nacheinander in den Arm.

»Ist alles in Ordnung?«, fragt Mom und tätschelt mir die Schulter. »Wer war denn das?«

»Mom. Dave. Bridget. Gwen.« Ich stelle mich an die Stirn des Tisches und hole tief Luft. »Vor euch steht die Valedictorian.«

Ich sehe, wie der Schockmoment über ihre Gesichter huscht, bevor sie in tosenden Jubel ausbrechen, so laut, dass das komplette Restaurant zu uns rüberschaut.

EIN WIEDERGUTGEMACHTER FEHLER

Von: CaptainJillsBFF22
Pairing: Captain Jill Brighton / Sergeant Aaron Lewis
Wörter: 198.000
Kapitel: 121/121
Tags: Fix-it-Fic; Beziehungsangst; OTP; #Lewton; so viel Geknutsche; sie gehören zusammen; ich will Amnesie, damit ich das Ende von Folge zwanzig vergesse; diesmal kommt er zurück!; das Staffelfinale war Mist; wir hatten was Besseres verdient; ernsthaft, ich hasse dieses Ende

Kapitel 121

Sergeant Aaron Lewis lässt den Blick über die leere Sternenlandschaft schweifen, die sein Shuttle umgibt, und wird von einem vertrauten Gefühl der Traurigkeit überwältigt. Aaron hat immer gerne zu den Sternen hinaufgeblickt, aber inzwischen erinnern sie ihn nur noch daran, was er verloren hat. Er kann kaum glauben, dass es bereits einen Monat her ist, seit er den größten Fehler seines Lebens begangen hat.

Er fährt mit einer Hand über den Helm, der sein Gesicht verbirgt. Alles war sinnlos. Seit er die ZE verlassen hat und untergetaucht ist, versucht er, seine liebste starrköpfige, wunderschöne Weltraumkapitänin wiederzufinden, mitsamt ihrer bunt zusammengewürfelten Crew und ihrem ramponierten alten Schiff, aber es ist fast so, als wollten sie gar nicht gefunden werden.

Ein schrilles Piepsen durchschneidet die Luft und hallt in dem winzigen Shuttle wider. Aaron schreckt hoch und blickt auf den Radarschirm. Das Signal ist schwach, aber es ist da – die *Happening* ist in Reichweite. Nach all dieser Zeit ist ihm die Liebe seines Lebens wieder so nah.

Sie wird mich umbringen, wenn ich zurückkomme, denkt er. Aber es hält ihn nicht davon ab, die Koordinaten einzugeben und trotzdem in Richtung des Schiffes zu fliegen.

Als das Shuttle an der Seite der *Happening* andockt und sich Dutzende mechanischer Verbindungselemente scheppernd und ratternd an ihren Platz schieben, hämmert Aarons Herz wie wild in seiner Kehle. Er atmet tief ein, verlässt das Shuttle und findet sich auf der Brücke des Schiffes wieder, das für ihn einst sein Gefängnis war – und später sein Zuhause.

»Schaut mal, wer wieder da ist.« Sonny steht auf der anderen Seite der Brücke, seine Pistole auf den ehemaligen ZE-Soldaten gerichtet. »Du hast ja ganz schön Nerven, hier aufzutauchen.« Skulls gesellt sich zu ihm und zielt mit einem Gewehr auf Aarons Kopf.

Aaron hebt die Hände. »Ich weiß. Ich will sie nur sehen.«

Skulls schnaubt verächtlich. »Wie kommst du auf die Idee, du hättest es verdient, sie zu sehen?«

»Ich habe es nicht verdient. Aber ich würde es trotzdem gerne.«

»Tja, wenn du denkst, wir würden es dir erlauben, auch nur einen Fuß…«

»Lasst ihn.«

Die drei Männer blicken zur oberen Ebene der Brücke hinauf, wo Captain Jill Brighton wartet, ihre Augen leuchtend im spärlichen Licht der Dockingstation des Schiffs. Sie begibt sich auf die untere Ebene der Brücke, mit langsamen, entschlossenen Schritten, bis sie nur noch gut drei Meter von Aaron entfernt ist. Skulls und Sonny halten ihre Waffen weiter auf ihn gerichtet, nicht sicher, was sie tun sollen.

Jill nickt ihnen zu. »Geht.«

Ihre treuen Kameraden tauschen einen flüchtigen Blick und verschwinden dann in den Bauch des Schiffes.

»Was willst du?«, zischt sie, ihre Pistole weiter erhoben, so als sei er noch immer derselbe ZE-Ranger wie an jenem Tag, an dem sie sich zum ersten Mal begegnet sind.

Einen Moment lang starrt Aaron Jill nur an – und in diesem Moment ist sie alles: alles, was er will. Alles, was er *sein* will.

Er geht einen Schritt auf sie zu. »Ich hätte nicht gehen dürfen.«

Jill erstarrt, wagt es aber nicht, ihre Waffe zu senken.

»In all meinen Jahren auf der ZE-Akademie habe ich eine Menge Fehler gemacht.« Aaron wagt einen weiteren Schritt auf sie zu. »Aber dich zu verlassen war der schlimmste Fehler, den ich jemals begangen habe.«

Jill schließt die Augen. »Und was soll ich jetzt damit anfangen? Du hast mich verlassen. Du hast *uns* verlassen. Und mein Shuttle gestohlen.«

»Du bist der starrköpfigste, nervtötendste, schönste Captain, der mir jemals begegnet ist.« Aaron macht erneut einen Schritt auf sie zu, bis sie ihm so nahe ist, dass er sie berühren könnte. »Und ich konnte einfach nicht aufhören, an dich zu denken.«

Jill wird von einem Sturm der Gefühle mitgerissen, aber sie zwingt sich, die Beherrschung zu wahren. Sie darf sich nicht noch einmal von diesem Mann hinreißen lassen. »Wenn du nicht aufhören konntest, an mich zu denken, warum bist du dann abgehauen?«

»Das hätte ich nicht tun dürfen.« Er streicht ihr eine lange Strähne ihres rotbraunen Haars aus dem Gesicht. »Aber ich werde immer wieder zu dir zurückkommen.«

»Aaron Lewis, du bist der starrköpfigste, arroganteste ZE-Dreck, den ich jemals …«

Er schneidet ihr mit einem Kuss das Wort ab. Jill erstarrt einen Moment lang und spielt mit dem Gedanken, ihn wegzustoßen, wie sie es auch in jener Nacht in ihrer Kabine hätte tun sollen, vor so langer Zeit. Aber stattdessen geht sie das Risiko ein. Ohne darauf zu achten, ob irgendjemand zusieht, lässt sie sich in den Kuss fallen und schlingt die Arme um ihn, mitten auf der Brücke.

KOMMENTARE:

JBStan21: TRAUMHAFT! Vielen Dank für diese wunderbare Geschichte!

Happening44: Ich liebe jedes einzelne Wort. Danke.

SonnysGF999: ganz ehrlich: genau *so* hätte es enden sollen

HavingaHappening: LMAO DAS IST SO ERBÄRMLICH KITSCHIG. Könnt ihr #Lewton Fans euch nicht einen anderen Lebenssinn suchen? Findet euch endlich damit ab, ffs

KillerPlanet52: Das ist so unrealistisch lol ich meine, kommt schon, das wäre niemals wirklich passiert! LASST ES GUT SEIN!

JBStan21: Wow, @KillerPlanet52 @HavingaHappening, wer hat euch so wehgetan??

CaptainJillsBFF22: Lol Mir ist egal, was ihr Idioten denkt. Ich glaube an diese Lovestory, und wenn sie euch nicht gefällt, dann könnt ihr euch verpissen.

32
Wesley

Ein dunkelblauer Himmel erstreckt sich in einer Heiterkeit über dem Footballfeld, die nicht zu meiner Stimmung passt. Die marineblaue Quaste baumelt an der Seite meines Doktorhuts und schaukelt im Rhythmus meiner Schritte hin und her.

»Wir haben's geschafft, Mann.« Brandon haut mir ein wenig stärker als gewöhnlich auf den Rücken. »Kommst du anschließend zu meiner Party?«

»Ich hoffe schon, ja.« Ich meine, ich gehe ganz sicher nicht direkt nach Hause. Mom und Dad hatten gestern Abend eine »lange Diskussion«, bei der sie ziemlich viel geschrien haben und die damit endete, dass Dad in einem Hotel übernachtet hat. Mom hat gesagt, dass sie stolz auf mich ist, ganz gleich, was passiert, und den Rest der Nacht bei geschlossener Tür in ihrem Zimmer verbracht. Heute Morgen hat sie mir dann versichert, dass sie mich in New York besuchen kommen und mir mit den Studiengebühren helfen wird. Dad hat mir eine Nachricht mit dem Inhalt *Herzlichen Glückwunsch* geschickt, also hat er mich wenigstens nicht komplett vom Familienstammbaum abgesägt, auch wenn ich mir nicht sicher bin, ob er trotzdem zu meiner Abschlussfeier kommt. Vielleicht ging es ja nie wirklich um mich und meine Collegewahl. Vielleicht ging es immer nur um die beiden.

»Gut. Dann sehen wir uns später.« Brandon wackelt mit den Augenbrauen und eilt dann zu Dahlia hinüber, die sich mit Stella unterhält. Es gibt eine Million Dinge, die ich ihr gerne sagen würde, aber sie kleben alle in meiner Kehle fest.

Ich massiere mir die Stirn und drehe mich zu der Holztribüne um. Ich kann mich einfach immer noch nicht dazu überwinden, Stella anzuschauen.

»Stellt euch auf!« Ms Rossi aus dem Sekretariat versucht, uns in einer ordentlichen Zweierreihe zu gruppieren, aber es ist, als wollte sie Katzen dressieren. Ich nehme meinen Platz neben Amanda Carter im vorderen Teil der Reihe ein.

Ein paar vereinzelte Trommelschläge hallen durch die Luft, dann stimmt die Band *Pomp and Circumstance* an, und wir marschieren eher planlos zu unseren Plätzen, begleitet vom Applaus auf der Tribüne.

Rektor Woods stellt sich ans Mikrofon und beginnt, über harte Arbeit und Integrität zu reden, und ich habe das untrügliche Gefühl, dass er seine Worte direkt an mich richtet. Ich versinke tiefer in meinem Stuhl.

»Und jetzt, ohne weiteres Aufheben, möchte ich den Salutatorian dieses Jahrgangs auf die Bühne bitten, um unsere Jahrgangsbeste vorzustellen: Wesley Clarke.«

Applaus brandet unter meinen Mitschüler:innen auf, und ich zwinge mich, aufzustehen, wage es jedoch nicht, zu Stella hinüberzuschauen, die mit ihren Freundinnen in der Reihe hinter mir sitzt. Am Rednerpult sind es gefühlt zehn Grad heißer als auf dem Feld, und mit einem Mal bin ich mir der vielen, vielen Augenpaare, die sich auf mich richten, sehr bewusst.

Ich will Stella sagen, dass es mir leidtut. Dass ich meinen eigenen Weg gehen und nicht so werden will wie mein Dad. Ich will ihr sagen, dass ich an nichts anderes denken konnte als an die Sci-Con. Aber ich bringe es noch nicht mal fertig, sie anzuschauen.

»Guten Morgen, zusammen.« Mein Herz hämmert gegen meine Rippen, aber ich zwinge mich, ruhig zu bleiben. »Mein Name ist Wesley Clarke, und ich fühle mich geehrt, in der diesjährigen Abschlussklasse der Zweitbeste zu sein.« Mein Blick fällt auf Mom, die in der ersten Reihe zwischen meinen Großeltern sitzt und mich mit ihrer Handykamera filmt. Dad sehe ich nicht.

Ich hole tief Luft. »Bei dem Wort *Valedictorian* denkt man sofort an die Nummer eins. Aber es steckt noch so viel mehr hinter diesem Titel. Valedictorian zu sein, bedeutet, dass man jahrelang hart gearbeitet, sich angestrengt, gelernt und nie aufgegeben hat. Und auf niemanden in meiner Klasse trifft all das besser zu als auf Stella Greene.« Ich lege eine Pause ein und fasse in die Tasche meiner Robe, in der sich ein zusammengefaltetes Blatt Papier befindet. »Aber Stella ist noch so viel mehr als das. Sie ist freundlich. Sie zeigt für alles, was sie liebt, eine unglaubliche Leidenschaft. Und sie ist der beste, lustigste Mensch, den man sich nur vorstellen kann. Also, ohne weiteres Aufheben, hier ist unsere Valedictorian: Stella Greene.« Ich blicke in die Menge und finde ihre braunen Augen, die mich anschauen. »Stella … niemand hat das hier mehr verdient als du.« Ich lasse das Papier auf dem Rednerpult liegen und setze mich wieder auf meinen Platz, während der Applaus all die Worte übertönt, die ich nicht aussprechen konnte.

33
Stella

Mit erhobenem Kopf gehe ich zum Rednerpult. Meine Hände sind verschwitzt und umklammern die vier Seiten Papier mit der Rede, die ich gestern Abend noch geschrieben habe. Ich war bis ein Uhr morgens wach und habe sie dann noch mal durchgelesen und korrigiert, als ich heute Morgen aufgewacht bin.

Tosender Applaus begleitet mich zur Bühne.

Das Mikrofon steht viel zu hoch über meinem Kopf, als ich das Rednerpult erreiche. Danke, Wesley. Ich stelle es richtig ein und ein grauenvolles Kreischen schrillt über das ganze Footballfeld und lässt alle simultan zusammenzucken.

»Oh, tut mir leid. Guten Morgen, liebe Mitschüler:innen, Familien und Freund:innen.« Ich habe wirklich hart dafür gearbeitet, und ich kann immer noch nicht glauben, dass dieser Augenblick nun tatsächlich gekommen ist. »Mein Name ist Stella Greene, und ich fühle mich geehrt, die diesjährige Valedictorian zu sein.« Ich will meine Rede auf das

Pult legen, halte dann jedoch inne. Ein Bild in Fotoqualität liegt bereits dort, mit Kohle gezeichnet. Ich erkenne die Person darauf sofort.

Ich bin es.

Es ist eine Zeichnung von diesem schrecklichen wütenden Foto, das Wesley vor ein paar Monaten von mir gemacht hat.

Ich schlucke schwer.

Ich trage Captain Jills *Happening*-Jacke und habe die Hände in die Hüften gestemmt, als wäre ich bereit, es mit einem ganzen Bataillon von ZE-Rangern allein aufzunehmen. Jills Pistole steckt in meinem Holster, und ich funkele jeden an, der sich mir in den Weg stellt.

Doch zum ersten Mal betrachte ich den Ausdruck auf meinem Gesicht mit anderen Augen. Ich sehe nicht wütend und finster aus – ich sehe tough und entschlossen aus. Unter dem Bild steht eine Nachricht.

Herzlichen Glückwunsch, Captain. – W.

Irgendetwas in mir wird weicher. Ich weiß nicht, was mich dazu bringt, es zu tun, aber ich falte meine aufwendig verfasste, gut recherchierte und perfekt einstudierte Rede wieder zusammen und stecke sie in die Tasche meiner Robe.

»Ich hoffe, das ist nicht zu seltsam, aber ich glaube, ich improvisiere lieber, okay?«

Hier und da ist ein Lachen aus der Menge zu hören.

»Solange dir nicht das S-Wort rausrutscht, Stella«,

brüllt Kyle irgendwo aus der Mitte der Stuhlreihen und erntet Gelächter.

Ich schenke ihm ein strahlendes Lächeln und zeige ihm unter dem Pult den Stinkefinger. »Ich werd's versuchen, Kyle, danke.«

Hunderte Augen richten sich gespannt auf mich. Wartend. In der Menge entdecke ich Wesley und er zeigt mir kurz zwei Daumen-hoch. Ich atme tief durch und biege das Mikrofon näher zu meinem Mund.

»Wer hier kennt die Serie *Warship Seven*?«

Die Zuschauer blicken einander an. Ein paar zögernde Hände gehen nach oben. Sogar Kyle hebt eine Hand, verdreht dabei jedoch die Augen.

»Nun, es ist meine absolute Lieblingsserie«, fahre ich fort. »Ich bin schon seit Jahren total besessen davon. Sie hat die besten Sprüche und ist wahnsinnig romantisch, auch wenn die Serie mit einem Riesencliffhanger endet, weil der dämliche Fernsehsender sie abgesetzt hat und – okay, ich schweife ab.« *Gott, schön ruhig bleiben!* Ich atme tief durch. »Meine Lieblingsfigur in der Serie ist die tapfere Jill Brighton. Sie ist der Captain des Schiffs, der *Happening*, und sie lässt sich von niemandem etwas gefallen – obwohl es jede Menge Leute gibt, die sie herabsetzen und glauben, sie hätte es nicht verdient, Captain zu sein. Sie widerspricht ihnen nicht offen – sie beweist ihnen einfach das Gegenteil.

In der Serie sehen wir, wie Captain Jill gegen Piraten und Soldaten der Zentralen Elite kämpft, vor allem aber gegen ihre eigenen Vorurteile, als sie sich plötzlich mit einem Gefangenen der ZE auf ihrem Schiff wiederfindet.

Ich habe jahrelang zu ihr aufgeschaut. Ich habe ein total aufwendiges Cosplay-Kostüm von ihr zusammengestellt, und wenn ich das so sagen darf, es ist wirklich verdammt gut geworden – vor allem wegen dieser unglaublichen Captain-Jill-Stiefel, die ich meiner Schwester verdanke. Aber … für jemanden, der danach strebt, wie Captain Jill zu sein, habe ich meine Sache wirklich beschissen gemacht. Darf ich hier oben *beschissen* sagen? Na, wie dem auch sei.« Ich räuspere mich. »Wir können alle eine Menge von *Warship Seven* lernen. Ich muss beispielsweise zugeben, dass ich andere Leute vorschnell verurteile. Und es fällt mir schwer, zuzugeben, wenn ich mich irre.« Ich hole tief Luft. »Aber ich habe mich geirrt.

Heute verspreche ich euch deshalb, dass ich mich bessern werde, und ich hoffe, ihr werdet es auch versuchen. Vielleicht gibt es ja jemanden, den ihr nicht mögt – den ihr für arrogant haltet oder für starrköpfig oder für einen Idioten oder was auch immer, weil ihr ihn nicht wirklich kennt. Ich sage: Gebt ihm eine Chance. Ich glaube, uns alle verbindet viel mehr, als uns trennt. Also geht da raus und seid wie mein Lieblingscaptain: Kämpft für das, woran ihr glaubt, lebt eure großen Träume und tut all die wundervollen Dinge, zu denen ihr fähig seid.« Ich lasse den Blick über die Zuschauer schweifen und er bleibt an

Wesleys Augen in der dritten Reihe hängen. »Aber vergesst niemals, dass diejenigen, die ihr am schärfsten verurteilt, manchmal diejenigen sind, die euch am meisten überraschen. Vielen Dank.«

Ich husche zu vereinzeltem Beifall auf meinen Platz zurück.

Der Rest der Zeremonie vergeht viel zu schnell, und bevor ich weiß, was passiert, schleudern wir unsere Hüte in die Luft, ich halte ein Zeugnis in der Hand, und Dahlia wirft mich mitten auf dem Feld mit ihrer Umarmung praktisch um.

Ich schlinge die Arme um meine Freundinnen und wir knipsen unendlich viele Fotos in unendlich vielen Posen. Dann kommt meine Familie zu uns und wir machen noch mehr Fotos. Ich setze Gwen meinen Doktorhut auf den Kopf, obwohl er viel zu groß für sie ist, und wir knipsen wieder drauflos. Meine Wangen tun vom vielen Grinsen schon richtig weh.

Als die meisten Leute bereits zu ihren diversen Abschlussfeiern aufbrechen, stürmt Dahlia erneut auf mich zu. »Kommst du mit zu Brandon?«

»Vielleicht. Ich bin ziemlich platt.« Ich bin mir nicht sicher, ob ich es im Moment wirklich schaffe, Wesley gegenüberzutreten, ganz gleich, wie sehr es sich ein Teil von mir wünscht.

»Treffen wir uns dann später? Em hat ein Eis im Scoopery vorgeschlagen.«

»Solange ich es euch nicht servieren muss.«

Wir umarmen uns, dann verschwindet auch sie mit ihrer Familie.

Mom und Dave gehen zu den Picknicktischen neben dem Parkplatz hinüber, wo Bridget Gwen im Gras spielen lässt. Meine Nichte ist überfällig für einen Mittagsschlaf, was bedeutet, dass sie wahrscheinlich knatschig ist, was wiederum bedeutet, dass Bridget auch knatschig ist. Zeit, zu gehen. Meine Füße versinken im weichen Gras, als ich zu ihnen hinübergehen will. Aber dann sehe ich Wesley, der allein auf einer Bank sitzt.

Ich bin mir nicht sicher, warum ich es tue, aber ich drehe schwungvoll ab und steuere stattdessen auf ihn zu.

Wesley springt auf. »Hey.«

Ich schaue auf den Boden. »Hey.«

»Ich, äh, fand deine Rede super.«

»Danke. Ich bin mir ziemlich sicher, dass du der Einzige warst, der die Warship-Vergleiche kapiert hat, also …«

»Abgesehen von Kyle Nielsen.«

»Oh, na ja, ich meinte der Einzige, dessen Gesicht nicht um Schläge bettelt.«

Wesley prustet vor Lachen. »Ernsthaft?«

»Ja.«

»Hör mal, Stella …« Er gräbt seinen Sneaker in das Gras unter uns. »Es tut mir wirklich leid. Das alles.«

Ich strecke eine Hand aus, um ihn zu berühren, ziehe sie dann aber wieder zurück. »Danke, dass du … Du weißt schon.«

»Du hast dir den Titel verdient.«

Einen Moment lang stehen wir schweigend da.

»Freunde?« Ich halte ihm meine Hand hin. Wesley schüttelt sie und schaut mir direkt in die Augen. In dieser Sekunde wünsche ich mir, er würde nicht wieder loslassen, aber er tut es. »Gehst du auf Brandons Party?«

Er zuckt mit den Schultern. »Vielleicht. Du?«

»Ich weiß noch nicht.«

»Na, dann sehen wir uns vielleicht da?«

»Vielleicht.« Ich wende mich zum Gehen, bleibe aber noch einmal stehen und drehe mich wieder zu ihm um. »Danke für die Zeichnung.«

»Ach, keine Ursache.« Er schwingt mit den Armen an den Seiten und weicht meinem Blick absichtlich aus.

»Ich habe deine Fan-Art immer geliebt. Niemand sonst fängt Aaron so ein wie du, Aaron2.«

»Na, und ich liebe deine Fanfics.«

Ich lache. »Bitte, du hast diese Fics in Lexikonlänge, die ich dir geschickt habe, doch gar nicht gelesen.« Ich winke Wesley noch einmal zu und entferne mich dann in Richtung Parkplatz, zu meiner Familie.

»Warte, Stella«, ruft er mir nach.

Ich bleibe stehen und schaue über meine Schulter zu ihm zurück.

»Ich … Ich hätte nicht einfach verschwinden sollen. Auf der Sci-Con.«

Ich schlucke schwer, nicht sicher, was ich darauf erwidern soll.

Wesley macht einen Schritt auf mich zu. »In all meinen Jahren auf der ZE-Akademie habe ich eine

Menge Fehler gemacht. Aber dich zu verlassen war der schlimmste Fehler, den ich jemals begangen habe.«

Diese Worte. Ich kenne diese Worte.

Ich habe sie geschrieben.

»Du hast die Fic gelesen?« Wesley Clarke hat meine 198.000 Wörter starke Fix-it-Fic gelesen?

Er schaut mich an, seine Finger zappeln an seinen Seiten. Es ist fast, als sei er … nervös. Der verdammte Wesley Clarke. Nervös. Wegen mir?

»Und was soll ich jetzt damit anfangen?« Ich gehe einen Schritt auf ihn zu. »Du hast mich verlassen. Du hast *uns* verlassen. Und mein Shuttle gestohlen.«

»Du bist der starrköpfigste, nervtötendste Captain – und Valedictorian –, der mir jemals begegnet ist.« Er macht einen weiteren Schritt auf mich zu. »Und trotzdem konnte ich in den letzten paar Wochen«, Wesleys Adamsapfel hüpft auf und ab, »einfach nicht aufhören, an dich zu denken.«

Ich blinzele heftig. Wesley Clarke konnte nicht aufhören, an mich zu denken. »Aber … warum?«

»Weil ich dich mag. Ich mag dich wirklich. Ich hab keine Ahnung, wo es auf einmal herkam, aber es ist so, okay?« Er wirft die Hände in die Luft und lässt sie mit einem Klatschen wieder an seine Seiten fallen. »Ich mag dich, Stella. Ich mag all deine coolen Frisuren und dass du aus allem einen schlechten Witz rausholen kannst. Ich mag es, dass du deinen Terminplaner in Regenbogenfarben markierst, dass du Lint immer auf deiner Schulter sitzen lässt und dass du online so nett zu mir warst, obwohl ich es manchmal echt nicht verdient hatte. Ich mag dich, okay?«

Mein Herz hämmert wie wild gegen meine Rippen. »Aber … wenn du nicht aufhören konntest, an mich zu denken, warum bist du dann abgehauen?«

»Das hätte ich nicht tun dürfen.« Er streicht mir eine lange Strähne meines braunen Haars aus dem Gesicht. »Aber ich werde immer wieder zu dir zurückkommen. Wie ich es schon beim ersten Mal hätte tun sollen.«

»Wesley Clarke, du bist der starrköpfigste, arroganteste ZE-Dreck, den ich jemals …«

Ich weiß, was als Nächstes kommt. Die Verwirrung und die Verlegenheit und all die Furcht einflößenden Dinge, die es mit sich bringt, zuzugeben, dass ich Wesley Clarke mag.

Aber wisst ihr, was?

Das ist mir echt total egal.

Ich stelle mich auf die Zehenspitzen, und dann, einfach so, küsse ich Wesley Clarke, und er küsst mich auch, hier in unseren feierlichen Roben. Ich schlinge die Arme um seinen Hals und ziehe ihn näher zu mir heran. Alles in mir fühlt sich total flatterig und *richtig* an.

Ich kann nicht anders – ich lächele in seinen Kuss. Er löst sich von mir und grinst. »Was?«

»Mir ist gerade klar geworden, was das hier bedeutet.« Ich fahre mit einer Hand durch sein Haar.

»Und was bedeutet es?«

»Du bist jetzt offiziell ein Lewton-Shipper.«

Er stößt ein übertriebenes Seufzen aus. »Vielleicht ist an deiner Ship ja wirklich was dran. Oder vielleicht shippe ich auch nur uns beide.«

»Halt einfach die Klappe und küss mich, Clarke.«

Er packt mich um die Taille, hebt mich hoch, und wir wirbeln auf dem Footballfeld herum, meine Lippen auf seine gepresst.

Vielleicht bekommt diese Liebesgeschichte diesmal ja ein richtiges Ende. Oder vielleicht, nur vielleicht, ist dies der Beginn einer völlig neuen.

SAN DIEGO COMIC-CON 2018

— PANEL-MITSCHRIFT —
Fanfragen mit Leigh Stanton und Ethan Martone
Moderiert von Halley Stewart

Halley: Okay, wir haben nur noch Zeit für ein paar Fragen! [liest die eingeschickten Fragen auf ihrem Handy] Diese hier stammt von Lisa S. aus Montana. Lisa möchte wissen: »Als ihr Folge zwanzig gedreht habt, war euch da bewusst, dass es eure letzte sein würde?«

Leigh: Definitiv nicht.

Ethan: Keinem von uns. Ich meine, wir wollten alle, dass die Serie ewig weiterläuft, aber, na ja, so kann's eben gehen.

Leigh: Aber wir hatten weiter Kontakt, und wir sind durch diese ganze Erfahrung alle richtig gute Freunde geworden. Wir haben immer noch einen Gruppenchat auf Whatsapp.

Ethan: [lacht] Leigh ist die Sentimentale in unserer Truppe.

Leigh: Halt die Klappe.

Halley: Okay, die nächste Frage ist von Eric B. aus Indiana. Eric will wissen: »Wie kam es dazu, dass eure Charaktere sich am Ende mochten, obwohl sie sich am Anfang so sehr gehasst haben?«

Ethan: Ich bin mir ziemlich sicher, dass Jill Aaron immer noch hasst, in ihrem tiefsten Inneren.

Leigh: Ich meine, nachdem das Schwein sie im Finale hat hängen lassen, ja, das würde ich auch sagen. [Gelächter]

Ethan: Aber mal ehrlich: Vielleicht haben sie die Vergangenheit einfach hinter sich gelassen?

Leigh: [bildet ein Dach mit den Fingern] Okay, seid mir nicht böse, aber ich werde jetzt was ziemlich Unpopuläres sagen.

Ethan: Oh nein.

Leigh: Nein, wirklich. Okay, also: Ich glaube nicht, dass Aaron und Jill sich jemals wirklich gehasst haben. [Kollektives Nachluftschnappen im Publikum]

Ethan: Das gibt einen Shitstorm. [legt einen Arm um ihre Schultern]

Leigh: Hört mir erst mal zu, okay? [schlägt seine Hand weg] Ich glaube nicht, dass Jill und Aaron einander gehasst haben. Ich glaube, sie haben einander nicht verstanden. Und nachdem sie sich besser kennengelernt hatten – und ein echtes Band zwischen ihnen entstanden war –, wurde ihnen bewusst, dass sie gar nicht so verschieden sind.

Ethan: Ha. Okay. Das klingt einleuchtend.

Halley: Tut mir leid, ich will euch nicht drängen, aber wir haben nur noch Zeit für eine letzte Frage. Sharon J. aus Vermont hat dieselbe brennende Frage wie wir alle: »Wenn *Warship Seven* eine zweite Staffel gekriegt hätte, glaubt ihr, dass Aaron und Jill dann am Ende zusammengekommen wären?«

[Schweigen]

Ethan: [nachdenklich] Ja. Ich glaube schon.

Leigh: Ach ja?

Ethan: Klar. Du etwa nicht?

Leigh: Ich weiß nicht, ehrlich gesagt. [Buhrufe im Publikum]

Ethan: Autsch. Das trifft mein zerbrechliches Ego hart.

Leigh: Okay, nein, halt mal die Klappe. Ich habe meine Gründe. Das schwöre ich.

Ethan: Natürlich hast du die.

Leigh: [presst eine Hand auf seinen Mund und zieht sie dann angewidert zurück, als er ihre Handfläche abschleckt] Widerlich, Ethan. [wischt sich die Hand an ihrer Jeans ab] Ich meine, Menschen sind kompliziert, und das ist eine komplizierte Frage. Wer kann schon in die Zukunft sehen?

Ethan: Ungefähr achttausend Fans im Lewton-Camp in den *Warship*-Foren würden dir da widersprechen.

Leigh: Aber ich glaube auch, dass Jills und Aarons Gefühle füreinander wirklich echt sind. Und das ist das Einzige, was zählt. [Publikum jubelt]

Ethan: Ja, wen interessiert, ob es eine zweite Staffel gibt? Wenn euch der Canon nicht gefällt, schreibt euren eigenen. Ihr Fans da draußen habt unglaubliche Enden dieser Geschichte verfasst – wir lieben eure Fics.

Leigh: Sogar die schmutzigen.

Ethan: Vor allem die schmutzigen.

Leigh: Aber, mal ehrlich: Das stimmt. Wenn euch der Canon nicht gefällt, erschafft euren eigenen. Denn das ist es, worauf es im Leben wirklich ankommt.

Dank

Halt die Klappe und küss mich würde ohne die Unterstützung und Ermutigung so vieler Menschen gar nicht existieren.

Ein millionenfaches Dankeschön an meine unglaubliche Agentin, Sarah Landis, die immer an meine schriftstellerischen Fähigkeiten geglaubt hat und ohne die nichts von alldem möglich wäre! Ich bin dir so dankbar dafür, dass du mir eine Chance gegeben hast. Und ich danke allen bei Sterling Lord Literistic dafür, dass sie so wundervoll waren und mich immer so sehr unterstützt haben.

An meine sensationelle Lektorin Ari Lewin bei Penguin: Danke für all deine Unterstützung und dafür, dass du an diese nerdige Geschichte geglaubt und mir dabei geholfen hast, sie zum Leuchten zu bringen. Ohne dich gäbe es Wesley und Stella gar nicht! Und danke an Elise LeMassena für all deine Hilfe bei diesem Buch und für all deine Unterstützung.

Ein riesiges Dankeschön an Jennifer Klonsky, Tessa Meischeid und all die wunderbaren Menschen bei Penguin Teen und Penguin Random House, die daran beteiligt waren, *Halt die Klappe und küss mich* möglich zu machen. Ich bin wahnsinnig dankbar, ein so tolles Team an meiner Seite zu haben!

Danke an Ursula Decay, die fantastische Künstlerin, die mein wunderschönes Cover gestaltet hat!

Ich wäre nicht die Schriftstellerin, die ich heute bin, ohne die endlose Unterstützung meiner phänomenalen Kritikpartnerin und Freundin, Jamie Howard, die meine schlechten Witze, meine ständigen Nachrichten und meine schrecklichen ersten Entwürfe toleriert. Ich bin so dankbar, dass wir uns 2014 gefunden haben!

Danke an meine wunderbare Freundin Jennifer Stolzer für all deine Unterstützung und dafür, dass du den Plot mit mir diskutierst. Danke an meine Freundinnen Elizabeth Unseth und Jen Adam für eure brillanten Anmerkungen zum Anfang des Buches!

Eine Million Dankeschöns auch an Zoulfa Katouh, Jamie Krakover, Ron Walters, Annika Sharma, Amanda Heger, Marie Meyer, Julie Abe, Erin Craig, Rosaria Munda, Lyudmyla Hoffman, Kate L. Mary, alle im #TeamLandis, Diana Pinguicha, Melody Robinette, Taryn Albright, Erin Callahan, Joanna Ruth Meyer, Emily Schroen, Electric Eighteens, Write Pack, NAC und alle in der Schriftsteller:innen-Community auf Twitter – eure Unterstützung hat mich all diese Jahre durchhalten lassen!

Und danke an meinen Cousin, Jon Siegel, der meine Autorinnenfotos gemacht hat!

Vincent – die andere Hälfte meines IRL OTP. Ohne deine endlose Unterstützung für mich und meine Karriere wäre ich niemals so weit gekommen. Ich liebe dich so sehr. Danke für alles, was du tust, was du bist und dafür, dass du einen Teil deiner Sizilienreise damit zugebracht hast, meinen schrecklichen ersten Entwurf dieses Buches zu lesen.

Danke an meinen Vater, Paul Tate, und an meine Mutter im Himmel, Jessica Tate, die mich und meine Träume immer unterstützt haben. Ich habe unglaubliches Glück, so ermutigende Eltern zu haben. Ich liebe euch!

Danke an Finley, den besten pelzigen Begleiter, den ich mir nur wünschen könnte, auch wenn du mich mit Quietschspielzeug angreifst, wenn ich versuche, meine Texte zu überarbeiten.

Danke an alle Tates, Ross, Siegels, Servellos, Bombardiers, Pions und Murrays dafür, dass ihr die beste Familie seid, die ich mir wünschen könnte, und mich immer unterstützt.

Danke an meine Therapeutin, Janet.

Danke an Caitlin Clark, Rebekah Mar-Tang, Kirsten Cowan, Kristina Rieger, Caitlin Stevenson, Sarah Winters, Molly Hyant, Brett Roell, Alexis Carr, Audrey Desbiens, Corey Landsman, Katie Gill, Caity Bean, Katie Levesque, Andrew Shepard, Joanna Wolbert, Jill Schaffer, Paige Donaldson, Ashley Taylor Ward, Amy und Eric Lousararian, Monica Craver, Barbara Hemingway, die Dame-School-Leute und alle anderen – ihr wisst, wer ihr seid! Ihr seid so wundervolle Freunde und ich hätte es ohne die Hilfe so vieler unglaublicher Menschen niemals bis hierher geschafft.

Danke an Ally Davis, die es mir erlaubt hat, die Highschool in diesem Buch nach ihrem Vater zu benennen, und in diesem Zuge auch ein großes Dankeschön an meinen geliebten Highschool-Rektor, Gene Connolly. Ich hoffe, dieses Buch hätte ihm gefallen.

Danke an all die unglaublichen Leute auf den Ausflugsbooten des Lake Zurich: Ich habe schnell gelernt, wie schwer es ist, mit einer Deadline im Nacken zu schreiben, und ich hätte dieses Buch niemals fertiggekriegt, wenn es diese wunderbaren Bootstouren nicht gegeben hätte – und die Menschen, die auf diesen Booten arbeiten und toleriert haben, dass ich im Sommer 2019 fast jeden Tag mit meinem Laptop an Bord kam und viel zu viele Milchkaffees und Käseplatten verzehrt habe.

Und last, but not least schicke ich all meine Liebe und Wertschätzung an die Fandom-Community, die sich für mich so oft wie zu Hause angefühlt hat.

Autorin

Meredith Tate wuchs in Concord, New Hampshire, auf, wo sie ihre zwei großen Leidenschaften entdeckte – das Schreiben und das Reisen. Nachdem sie ihren Master in Sozialer Arbeit an der University of New Hampshire gemacht hatte, arbeitete sie mehrere Jahre in Boston, bevor sie sich dazu entschloss, ihrem wahren Traum nachzugehen und Autorin zu werden. Derzeit lebt sie mit ihrem Mann und ihrem verwöhnten Hund in Houston. Wenn sie nicht schreibt, widmet sie sich der Fotografie, spielt Klavier, probiert neue Rezepte aus oder verfolgt ihr Ziel, alle Kontinente der Welt zu sehen – vier geschafft, drei stehen noch aus!

Übersetzerin

Doris Attwood ist Diplom-Übersetzerin. Nach ausgedehnten Reisen durch Neuseeland und Kanada arbeitet sie nun seit vielen Jahren als freiberufliche Übersetzerin. Am liebsten übersetzt sie Kinder- und Jugendbücher, aber auch Filmuntertitel und Drehbücher, Fantasy-Romane und Reiseführer. In ihrer Freizeit liest sie gerne, genießt auf Trekkingtouren mit ihrem Mann die Natur und testet mit Freunden neue Backrezepte.

Jenn P. Nguyen

Alles, nur kein Surfer Boy

384 Seiten, ISBN 978-3-570-31155-4

Taylor Simmons ist geliefert. Erst wird sie von ihrer Traum-Uni nur auf die Warteliste gesetzt – und dann wacht sie nach einer durchzechten Party-Nacht ausgerechnet neben Bad Boy Evan McKinnley auf. Als Taylors vermeintlicher Ausrutscher zum Thema Nummer Eins an ihrer Schule wird, sieht sie nur einen Ausweg: Evan muss sich als ihr Freund ausgeben. Denn tausendmal lieber hat sie den wilden Surfer gebändigt, als nur eine weitere Kerbe in seinem Surfboard zu sein ...

Huntley Fitzpatrick

Mein Sommer nebenan

512 Seiten, ISBN 978-3-570-40263-4

Samantha Reed liebt die Garretts heiß und innig – doch nur aus der Ferne. Die 10-köpfige Nachbarsfamilie ist tabu, denn die Garretts sind alles, was Samanthas Mutter ablehnt: chaotisch, bunt und lebensfroh. Aber eines schönen Sommerabends erklimmt der 17-jährige Jase Garrett Samanthas Dachvorsprung und stellt ihr Leben auf den Kopf. Sie verliebt sich mit Haut und Haaren und wird von den Garretts mit offenen Armen aufgenommen. Eine Zeit lang gelingt es Samantha, ihr neues Leben vor der Mutter geheim zu halten. Doch als ein Autounfall die Garretts aus der Bahn wirft, muss Samantha eine schwere Entscheidung treffen ...